Mark Frost

Paladin Project

Deine Angst stirbt zuletzt

Aus dem Englischen von
Franca Fritz und Heinrich Koop

Arena

Für meinen Sohn Travis …

FSC
www.fsc.org
MIX
Papier aus verantwortungsvollen Quellen
FSC® C110508

1. Auflage als Sonderausgabe im Arena-Taschenbuch 2017

Zuerst erschienen unter dem Titel *The Paladin Prophecy. Rogue* bei Random House Children's Books, a division of Penguin Random House LLC, New York

Umschlaggestaltung: Zero Werbeagentur, München
Gesamtherstellung: Westermann Druck Zwickau GmbH
ISSN 0518-4002
ISBN 978-3-401-50957-0

Besuche uns unter:
www.arena-verlag.de
www.twitter.com/arenaverlag
www.facebook.com/arenaverlagfans

EINS

WILLS LEBENSREGEL Nr. 1:
WENN DU WIRKLICH EIN GEHEIMNIS BEWAHREN WILLST, VERRATE ES NIEMANDEM.

»Hast du schon mal Champagner getrunken, Will?«

»Nein, Sir.«

Franklin Greenwood gab seinem Butler Lemuel Clegg ein Zeichen, der daraufhin einen der livrierten Bediensteten mit einer geöffneten Flasche zu Will schickte.

»Nur ein kleiner Schluck«, sagte Franklin, beugte sich nach rechts zu seinem Enkel und zwinkerte ihm zu. »Schließlich haben wir etwas zu feiern.«

»Ja, das haben wir, Sir«, pflichtete Will ihm bei.

Will sah zu, wie die kristallklare Flüssigkeit in seinem Glas herumwirbelte, als der Kellner die Flasche zurückzog. Dann tat er es seinem Großvater gleich, erhob sein Glas und stieß mit ihm an.

»Auf die Prophezeiung.«

»Auf die Prophezeiung«, wiederholte Will.

Er nippte an seinem Champagner und verzog sofort das Gesicht, denn ein beißendes Prickeln breitete sich in seinem Mund aus. Franklin hingegen leerte sein Glas gierig in einem Zug und hielt es dann zum Nachfüllen hin. Der Kellner mit der Flasche beeilte sich, ihm nachzuschenken, wirkte dabei aber ganz gelassen.

»Ich kann dir gar nicht sagen, wie sehr ich diese letzten Monate genossen habe, Will. Nichts habe ich mir mehr gewünscht, als gemeinsam mit meiner Familie die Früchte meiner harten Arbeit zu genießen. Und wie du weißt, hatte ich das schon gar nicht mehr für möglich gehalten.«

Will nickte verständnisvoll. Er zwang sich, noch einen Schluck des schäumenden Gesöffs zu trinken, und stellte dann sein Glas in der Hoffnung ab, der Rest möge ihm erspart bleiben. »Mir geht es genauso.«

»Will, die Zeit, die wir zusammen verbracht haben, bedeutet mir mehr, als ich mit Worten auch nur ausdrücken kann. Deine Bereitschaft, ohne Vorurteile zuzuhören und zu lernen, deine positive Einstellung, was unsere Ziele betrifft ...« Franklin beugte sich wieder zu ihm herüber und legte seine kalte Hand auf Wills. »Aber weißt du, was mir am meisten Freude bereitet? Dass ich miterleben darf, wie sich deine außerordentlichen Talente entwickeln.«

»Danke, Sir.«

»Es lässt sich gar nicht ermessen, wie wertvoll das ist. Es ist ein unbezahlbarer Schatz. Nach so vielen Enttäuschungen in meinem Privatleben hätte ich das nie zu hoffen gewagt.«

»Ich auch nicht.« Will hielt seinem Blick stand und lächelte schüchtern. »Großvater?«

»Ja, Will.«

»Du hast gesagt, wenn wir uns besser kennenlernen, möchtest du vor allem mein Vertrauen gewinnen.«

»Das bedeutet mir nach wie vor mehr, als ich mit Worten auch nur ausdrücken kann ...«

Franklin war von seinen Gefühlen so überwältigt, dass ihm fast die Stimme versagte. Seine blassblauen Augen wurden feucht. Er stürzte noch ein weiteres halbes Glas Champagner herunter, nahm dann ein Einstecktuch aus der Tasche seines blauen Jacketts mit dem Schulwappen und tupfte sich ein paar Tränen ab.

»Du musst nichts sagen, Großvater. Und ich kann nur hoffen, dass ich bei allem, was du von mir in den letzten Wochen gesehen und gehört hast, auch dein Vertrauen gewinnen konnte.«

»Aber ja.« Franklin faltete sein Taschentuch zusammen, steckte es wieder ein und lächelte wohlwollend. »Wie kann ich dich am besten davon überzeugen, Will?«

»Ich glaube, ich bin bereit für die ganze Geschichte.«

Franklin überdachte die Aufforderung, während er genüsslich den letzten Bissen seines Ribeye-Steaks vom Kobe-Rind verspeiste. Dann schob er den Teller von sich – der augenblicklich von einem anderen bereitstehenden Bediensteten abgeräumt wurde – und tätschelte Wills Hand.

»Lass uns einen Spaziergang machen«, schlug er vor.

Sie verließen die alte, von Wind und Wetter gezeichnete Burg durch eine Seitentür, die Will zuvor noch gar nicht aufgefallen war, und fanden sich auf der weniger erschlossenen Ostseite der Insel wieder. Die Spätsommersonne hing tief am Abendhimmel und warf lange Schatten. Franklin ging voran, einen sauberen Kiesweg hinunter, der durch perfekt gepflegte Gartenanlagen führte. Will folgte dem alten Mann und hielt mit dessen langen, ausladenden Schritten mit.

»Ich bin auf dieser Insel aufgewachsen«, begann Franklin und schaute sich im Gehen um. »Meine frühesten Erinnerungen sind mit diesem Ort verbunden – diese Bäume, die Gerüche, das Wasser, die herrlichen Ausblicke.«

»Bist du auch hier geboren?«, wollte Will wissen.

»Ganz in der Nähe«, antwortete Franklin und deutete vage in Richtung Festland. »Vater gründete das Center ein paar Jahre vor meiner Geburt. Meinen ersten Schrei tat ich auf der kleinen Krankenstation der Schule, die es damals auf dem Campus gab. Das alles existiert heute natürlich nicht mehr. Als ich ein kleines Kind war, kaufte Vater ›The Crag‹ und die Insel von der Familie Cornish. Alles, was mit der Prophezeiung und mit der Beteiligung unserer Familie daran zu tun hat, beginnt bei Ian Cornish.«

»Cornish kam nach dem Bürgerkrieg nach Wisconsin, nicht wahr?«

Franklin tätschelte Wills Arm. »Ich sehe, du hast gut aufgepasst.«

»Ich dachte mir, dass du mich deshalb all diese alten Akten da oben hast sortieren lassen«, sagte Will und deutete mit dem Kopf auf den Turm, der hinter ihnen über dem Ostflügel der Burg aufragte. »Damit ich etwas über das Center und den Stammbaum der Greenwoods lerne.«

Während er zu den Fenstern des Turms hinaufblickte, hielt Will hinter dem Rücken seines Großvaters zwei Finger in die Höhe – so schnell, dass der alte Mann es nicht mitbekam.

»Genau. Gut kombiniert, mein Junge. Ian Cornish entwickelte und produzierte Gewehre, Kanonen und Munition, und wie du weißt, häufte er damit während des Bürgerkriegs ein gewaltiges Vermögen an. Aber im letzten Kriegsmonat verlor er seinen ältesten Sohn und das warf den Mann vollkommen aus der Bahn. Er verließ fluchtartig Neuengland und ließ sich hier nieder – ein Fremder in diesem Teil der Welt, halb verrückt vor Kummer. Und um nicht dem Wahnsinn zu verfallen, setzte er sein gesamtes Geld auf eine Karte.«

»Was versprach er sich davon?«

»In seinen Tagebüchern schreibt Cornish, er fühle sich von den rastlosen Seelen der Männer verfolgt, die durch seine Waffen ihr Leben verloren – Legionen von ihnen suchten ihn nachts heim, angeführt vom Geist seines eigenen Sohnes. Ian glaubte, sie würden ihm Instruktionen erteilen, was er auf der Erde erbauen ... und wonach er unter der Erde graben sollte. Er war überzeugt, dass er nur dann Frieden finden konnte, wenn er ihre Anweisungen befolgte.«

»Also deshalb ging er hinunter in die Tunnel.«

Sie kamen an dem kleinen Familienfriedhof vorbei, der Will schon bei einem früheren Besuch auf der Insel aufgefallen war – die Grabstätte seiner eigenen Familie, der Greenwoods –, und Will passierte den Grabstein des Mannes, der neben ihm ging, Franklin Greenwood. Über dem Stein ragte die Statue eines geflügelten Engels auf, der ein Schwert gen Himmel reckte.

»Irgendetwas hat ihn wohl gerufen«, meinte Franklin. »Aber es waren nicht die Geister der toten Soldaten – oder vielleicht sollte ich sagen, sie waren zumindest nicht die einzigen.«

»Deshalb hat er mit den Ausgrabungen begonnen?«

»Ja, er hat das bereits existierende System der Tunnel und Höhlen unter der Insel erweitert und dabei immer tiefer gegraben. Er war davon besessen, etwas zu finden, das laut seinen Visionen dort unten auf ihn wartete. Etwas, von dem er glaubte, es würde ihn von seinen Sünden reinwaschen und seine unendliche Trauer lindern.«

»Und er fand es in dieser verlassenen unterirdischen Stadt«, folgerte Will.

»Es ist schon seltsam, welche Wege die Menschen einschlagen und woran sie glauben«, meinte Franklin. »Aber manchmal, wenn der Verstand versagt – und das ist bei dem armen Ian Cornish wohl der Fall gewesen –, kann es einen zu noch größeren Wahrheiten führen. Wie Cahokia.«

Franklin blieb vor einem kleinen Steinmausoleum stehen, um kurz zu verschnaufen.

»Auch wenn die Letzten dieser alten Zivilisation ganz offensichtlich vor Tausenden von Jahren starben oder vertrieben wurden«, fuhr er fort, »fanden sich dennoch noch Spuren von ihnen in der verlassenen Stadt – Fragmente ihres Bewusstseins, nehme ich an, eingeschlossen in einigen wenigen kostbaren Objekten, die sie zurückließen.«

»Das, was sie aphotische Technologie nannten.«

Franklin warf seinem Enkel einen bewundernden Blick zu. »Du überraschst mich immer wieder, Will. Anscheinend hast du meine Forschungsaufträge sehr gründlich ausgeführt.«

»Du hast selbst gesagt, man soll keine halben Sachen machen.« Will zuckte die Schultern. »Was für Objekte waren das?«

»Dazu komme ich später, aber denk an meine Worte«, mahnte Franklin mit erhobenem Zeigefinger. »Für das, was er der menschlichen Rasse zurückgegeben hat, wird man sich an Ian Cornish eines Tages als einen unserer mutigsten Entdecker erinnern, der ebenso wichtig für die Menschheitsgeschichte war wie Galileo, Christoph Columbus oder die Männer, die das Atom spalteten.«

Franklin zog einen kleinen schwarzen Gegenstand, aus der Tasche und zeigte damit auf das Gebäude vor ihnen. Kunstvoll behauene Türen, die Will für bloße Dekoration gehalten hatte, drehten sich plötzlich in verdeckten Angeln und öffneten sich mit einem mahlenden Geräusch von Stein auf Stein.

Erneut drückte Franklin auf den Gegenstand, und direkt hinter den Türen glitten zwei Edelstahlplatten auseinander und gaben den Blick auf die Kabine eines großen, ultramodernen Fahrstuhls frei.

»Bitte nach dir«, sagte Franklin und deutete auf den Lift.

Will betrat den Fahrstuhl, gefolgt von seinem Großvater. Franklin tippte etwas in ein kompliziertes Bedienungsfeld an der Seitenwand des Aufzugs. Will schaute ihm über die Schulter und bemerkte, dass es sich um eine bestimmte Zahlenkombination handelte. Im nächsten Augenblick schlossen sich die äußeren Steintüren und die Fahrstuhltüren glitten leise zu. Ein kühler Luftzug war zu spüren, als sie abwärtsfuhren und schon nach kurzer Zeit eine beträchtliche Geschwindigkeit erreichten.

Das ist der ebenerdige Eingang zu dem Aufzug, den wir in dem Krankenhaus eine Meile weiter unten entdeckt haben, überlegte Will.

»Wenn seine Entdeckung so bedeutend war, warum hat er dann nie jemandem davon erzählt?«, nahm er das Gespräch wieder auf.

»Oh, aber das hat er doch«, ließ Franklin ihn wissen. »Cornish hatte viele einflussreiche Freunde in Neuengland, an erster Stelle die Mitglieder dieser Vereinigung in Boston, die nach außen hin wirkte wie ein sozialer oder akademischer Club. Berühmte Männer, Säulen der dortigen Gesellschaft, die den Lauf der Geschichte beeinflussten. Sie alle gehörten einer Organisation an, die tief in der Tradition und Kultur unseres Landes verwurzelt war und deren Ursprünge auf Werte wie Freiheit und Unabhängigkeit der jungen amerikanischen Republik zurückgingen. Doch in Wahrheit reichte die Geschichte dieser Organisation noch viel weiter zurück, als Ian ahnte, und zwar bis zu den herrschenden Klassen und Monarchien Westeuropas, Jahrhunderte vor der Entdeckung unseres Kontinents.«

Franklin holte einen altmodischen Schlüssel aus der Tasche und legte ihn auf die Innenfläche seiner Hand. Er sah eher zeremoniell als praktisch aus und auf dem Anhänger aus Porzellan befand sich eine Inschrift aus drei Buchstaben, die mit einem Lineal und einem Kompass verflochten waren. Will erkannte sie sofort wieder.

»Die Ritter Karls des Großen.«

»Ganz recht. Als Cornish seinen Kollegen im Osten von dieser Entdeckung erzählte, zeigten sie immenses Interesse daran und wollten seine Arbeit unbedingt unterstützen. Ein paar Jahre später, als sich der Geisteszustand des armen Mannes zusehends verschlechterte, kamen unter ihrer Leitung die ersten bedeutsamen

Erforschungen Cahokias in Gang. Siehst du nun, wie das alles zusammenhängt, Will?«

»Ja, Sir.«

»Ian Cornishs ältester Sohn fiel im Bürgerkrieg, aber er hatte auch noch einen *zweiten* Sohn, der damals zu jung zum Kämpfen war, jedoch von Anfang an über Cahokia Bescheid wusste. Cornish führte den Jungen bei den Rittern ein und nahm ihn mit, als er zum ersten Mal hier in den Westen reiste. Dieser einzige überlebende Sohn von Ian Cornish spielte eine Schlüsselrolle bei der Durchführung der Forschungen. Und als der arme Ian dann vollends den Verstand verlor und sich das Leben nahm, entschieden die anderen Ritter, dass dieser entschlossene junge Mann, Lemuel Cornish, das große Werk fortsetzen und das Vermächtnis seines Vaters lebendig erhalten sollte.«

Lemuel. »Ein ziemlich ungewöhnlicher Name«, meinte Will.

»Nicht im 19. Jahrhundert«, entgegnete Franklin und schaute zu den Mauern hinauf. »Natürlich kannte ich ihn. Ebenso wie mein Vater. Lemuel Cornish verkaufte uns das Anwesen, auf dem später die Schule entstand. Aber er erzählte meinem Vater so gut wie nichts von dem, was er wusste. Das sparte er für mich auf.«

»Warum?«

»Thomas Greenwood - mein Vater, dein Urgroßvater - war ein Mann mit Visionen, ein geborener Führer und auf dem Felde der Pädagogik nichts weniger als ein Prophet. Doch er war auch ... wie soll ich das ausdrücken ... ein unverbesserlicher Gutmensch.« Franklin schaute zur Decke. »Du weißt, dass ich recht habe, Vater.«

Will musste lachen. »Wie meinst du das?«

»Für Thomas gab es keinen Heiden, den er nicht bekehren, keinen hoffnungslosen Fall, den er nicht retten und keinen Sünder, den er nicht wieder auf den Pfad der Tugend führen konnte. Er war das Gute in Person. Die gesamte Menschheit war fein säuberlich in Schwarz und Weiß unterteilt und mein Vater besaß einen unerschütterlichen Glauben an seine Fähigkeit, den Unterschied zu erkennen.«

Will spürte, wie die Aufzugkabine ganz leicht zu vibrieren begann und fast unmerklich langsamer wurde.

»Was gibt es daran auszusetzen?«

Franklin wirkte ein wenig verärgert über diese Frage; das leuchtende Narbengewebe hinter seinen Ohren nahm einen kräftigen Rosaton an.

»Ich will dir sagen, was es daran auszusetzen gibt, mein Junge«, erklärte er und bedachte Will mit einem reservierten, leicht vorwurfsvollen Blick. »Bei einer derart simplen, vereinfachenden, ja geradezu kindlichen Philosophie gibt es keinerlei Graustufen, keine Zwischenräume, in denen selbstständig denkende Menschen ihre eigenen Regeln aufstellen können, nach denen sie ihr Leben gestalten wollen.«

Der Aufzug kam zum Stehen und die Metalltüren öffneten sich nahezu lautlos.

»Und genau dort passieren gewöhnlich die interessantesten Dinge«, sagte Franklin.

***

»Wo ist Will?«, fragte Brooke, kaum dass sie die Wohnung betreten hatte.

Nick war bei seinem dreihundertsten Liegestütz und hob kurz den Kopf. »Wieder beim Abendessen mit dem alten Elliot.« Er sprang auf die Füße, trocknete sich schwer atmend den Schweiß ab und grinste sie an, als könne er einfach nicht anders. So war es auch.

Brooke sah wie immer unangestrengt makellos aus: Outfit, Accessoires, Frisur und nur ein Hauch von Make-up – alle Aspekte ihrer Erscheinung waren aufeinander abgestimmt wie ein perfektes Rezept.

»Er verbringt ganz schön viel Zeit da drüben«, meinte sie und stellte ihren Rucksack auf den Tisch. Dann holte sie einen Terminkalender heraus und trug etwas ein, wobei sie gedankenverloren eine ihrer blonden Locken zwischen den Fingern drehte. »Was ist mit Ajay?«

»Der ist ebenfalls noch in der Burg. Macht Überstunden und ordnet dieses Dingsbums, diese Arche.«

»Archiv, nicht Arche. Damit hat Noah die Tiere vor der Sintflut gerettet.«

»Wie süß«, fand Nick und grinste sie noch immer an.

Brooke schüttelte den Kopf und lachte, schenkte ihm dann aber einen längeren, fast bewundernden Blick. »Das Trainingsprogramm, das sie für dich ausgearbeitet haben, wirkt Wunder für deinen Körper. Und tut absolut nichts für dein Hirn.«

Nick drehte einen der Stühle um und setzte sich ihr gegenüber, das Kinn auf die verschränkten Arme gestützt. »Wenn du schon die Camp-Tutorin spielst, warum fragst du mich dann nicht, wo Elise ist?«

»Also gut: Wo ist Elise?«

»Keine Ahnung.« Nick trommelte mit den Fingern auf der Tischplatte. »Warum willst du immer wissen, wo alle gerade stecken?«

Sie warf ihm einen ihrer berühmt-berüchtigten genervten Blicke zu. »Darf ich mich etwa nicht für meine Freunde interessieren?«

Dann nahm sie den Hörer des schwarzen Telefons auf dem Tisch ab und drückte energisch auf dessen einzigen Knopf. Als sich die Zentrale meldete, bat sie: »Könnten Sie Elise Moreau anpiepsen, damit sie mich anruft?«

»Welches Datum haben wir heute?«, erkundigte sich Nick, als sie auflegte.

»Wieso?«

»Dein Kalender liegt doch direkt vor dir, Goldköpfchen. Also, welches Datum haben wir heute?«

»Den 7. August.«

»Ja, genau!« Nick schnippte mit den Fingern. »Heute ist der nationale ›Interessiere-Dich-Für-Deine-Freunde-Tag‹.«

Sie schaute ihn eindringlich an und für einen Moment blitzte etwas Boshaftes in ihren Augen auf. »Können wir nicht einfach so tun, als würden wir uns gar nicht kennen?«

»Träum weiter, Süße.«

Nick sah zu, wie Brooke mit den Eintragungen in ihren Terminkalender fortfuhr, und sein Lächeln gefror, als sie den Blick von ihm abwandte. Er stand auf und bewegte sich im Moonwalk Richtung Küche, den Blick auf die Wanduhr gerichtet.

»Darf ich dir ein Erfrischungsgetränk anbieten, Brooksie?«

»Ein Wasser wäre schön, danke«, sagte sie, ohne aufzublicken.

»Ein H-zwei-O. Kommt sofort.«

***

Ajay schob die letzte Kiste über den Boden und schloss damit die letzte Lücke in einer langen Reihe von Kisten, die entlang der Wand des runden Turmzimmers angeordnet waren. Er schloss die Augen und presste die Hände gegen die Schläfen. Das schien den Druck, der durch die langen Stunden entstand, in denen er eine enorme Gedächtnisleistung erbringen musste, ein wenig zu lindern. Aber leider richtete es nichts gegen die noch schlimmeren Kopfschmerzen aus, von denen er manchmal mitten in der Nacht aufwachte.

»Du baust gerade außergewöhnlich schnelle und dichte neue Nervenbahnen auf.« So hatte Dr. Kujawa das Phänomen nach den Ergebnissen der letzten Tests beschrieben. »Aber der Begriff ›Bahnen‹ wird diesem Prozess nicht annähernd gerecht; es sind regelrechte Superhighways.«

Als Ajay vor ein paar Tagen in den Spiegel geschaut hatte, waren ihm seine Augen größer vorgekommen als sonst. Außerdem schienen seine Pupillen jetzt weniger lichtempfindlich zu sein, was er fast begrüßte, weil er dadurch die Augen länger und weiter geöffnet halten und mehr sehen konnte. Er gierte geradezu danach, mehr zu sehen. Aber besonders alarmierend fand er, dass seine alte Baseballkappe, die er neulich aufgesetzt hatte, eindeutig enger war als vorher.

Wahrscheinlich war es das Beste, nicht zu viel über solche Dinge nachzudenken.

Ajay schaute auf die Uhr und eilte dann zu dem Fenster, das nach Osten hinausging. Unten auf dem Pfad, der am Friedhof vorbei zum Ufer führte, entdeckte er sofort zwei Personen: Will und Mr Elliot.

Er öffnete die Augen weit, fokussierte den Blick auf die beiden, wie er es gelernt hatte, und erkannte immer mehr Details, die sich nach und nach zu einem deutlichen Bild zusammensetzten.

Unten schaute Will zurück zum Turm und streckte hinter dem Rücken des alten Mannes den Arm aus.

Zwei Finger.

»Du meine Güte«, flüsterte Ajay aufgebracht. Rasch holte er den Rucksack hervor, den er in einer der Kisten versteckt hatte. Es war jetzt 18.50 Uhr – in zehn Minuten würde Lemuel Clegg mit seinem Abendessen kommen. Er nahm den kleinen Schul-Pager heraus, den er so umgebaut hatte, dass er nicht vom Servernetz des Centers erfasst werden konnte.

***

»Da er ahnte, dass Thomas für die tatsächliche Geschichte weniger empfänglich sein würde, erzählte Lemuel Cornish ihm nie davon, was sein Vater und die Ritter dort unten entdeckt hatten«, erklärte Franklin, als die Türen wieder aufglitten. »Mein Vater hat nie ein Wort darüber erfahren.«

Franklin führte Will vom Aufzug in einen engen Korridor. Sie waren also nicht bis ganz nach unten gefahren, denn diese Ebene hatte Will noch nicht gesehen. Die Einrichtung wirkte viel moderner als auf der Ebene, auf der sich das alte Krankenhaus befand, und an den frisch gestrichenen Wänden hingen Porträts von Männern in Bekleidung aus dem 19. und 20. Jahrhundert, von denen er annahm, dass es sich um berühmte Mitglieder der Ritter handelte.

»Wie war er?«, fragte Will.

»Lemuel? Praktisch. Nüchtern. Er begriff nur zu gut, warum sein Vater vom Weg abgekommen war. Dass Ians Besessenheit von dem, was er unter der Erde entdeckt hatte, mehr mit Leidenschaft und Wahnsinn als mit Vernunft begründet war. Nach seiner anfänglichen Begeisterung gelangte Ian mehr und mehr zu der Überzeugung, er habe einen furchtbaren Fehler begangen und diese versunkene Stadt müsse versiegelt und für alle Zeit begraben werden.«

»Ich nehme an, Lemuel sah die Dinge anders als sein Vater«, meinte Will.

»Er war ein viel ausgeglichenerer Mensch. Lemuel war zwar neugierig, aber auch vorsichtig, was die laufenden Untersuchungen betraf. Zum Beispiel war es seine Idee, dieses große Holztor am Eingang des Tunnels zu installieren. Nicht, um etwas zu versiegeln, auch wenn er seinen Vater in dem Glauben ließ, dass das

Tor dazu diente, sondern einfach, um unerwünschte oder zufällige Besucher fernzuhalten.«

»Weißt du, wer diese Worte in die Tür geritzt hat – Cahokia und Teotwawki?«

»Wir wissen nicht genau, wann er es getan hat, aber wir nehmen an, dass es eine der letzten Handlungen Ian Cornishs gewesen sein muss, die von seinem Sohn errichteten Tore mit diesen Worten zu versehen.«

»Aber warum hat er es Cahokia genannt? Du hast von dem Ort im Süden von Illinois gehört, nicht wahr?«

»Oh ja, die archäologische Ausgrabungsstätte. Große Erdpyramiden voller Artefakte, Hinweise auf eine präkolumbische Zivilisation. Französische Forscher stolperten vor mehr als dreihundert Jahren darüber. Heute ist es ein Nationalpark, in dem es Führungen und einen Souvenirshop gibt, aber zu Ians Lebzeiten war die Region nicht annähernd so gut erschlossen.

Nach einem Besuch dort glaubte Ian offenbar, seine Entdeckung hier und die im Süden wären Teil ein und desselben großen unterirdischen Netzwerks von Städten. Keine amerikanischen Ureinwohner, wohlgemerkt, sondern eine viel ältere Zivilisation, die vor langer Zeit von den Anderen unter dem gesamten Mittleren Westen errichtet worden war. In seinem umnachteten Geisteszustand fand Ian darin seine Überzeugung bestätigt, dass sie einst die herrschende Spezies auf der Erde gewesen waren. Und das wiederum« – Franklin hielt inne und gluckste, als er sich mit einem Augenzwinkern Will zuwandte – »sah er als Beweis für deren Vorhaben an, die Weltherrschaft ein zweites Mal zu übernehmen.«

»Darum geht es also bei dem zweiten Wort auf der Tür«, folgerte Will. »Du weißt, was es heißt?«

»Teotwawki. Oh ja, das ist ein englisches Akronym: *The end of the world as we know it* – das Ende der Welt, wie wir sie kennen. Noch mehr wirres Zeug und leider verschlechterte sich Ians Zustand zusehends. Zu diesem Zeitpunkt war er für einige Monate hier in ›The Crag‹ in eine Gummizelle eingesperrt, weil er eine Gefahr für sich selbst darstellte. Dann entkam er eines Tages und flüchtete sich hinunter in die Tunnel. Damals ritzte er diese Buchstaben mit einem Messer, das er aus der Küche gestohlen hatte, in die Tür. Und mit demselben Messer nahm er sich dann das Leben.«

Will blieb kurz stehen. Genau an dieser Stelle hatte er vor nicht allzu langer Zeit schon einmal gestanden. Er schloss die Augen, um sich zurückzuversetzen, und berührte für einen kurzen Augenblick die überwältigende Aura des Schreckens und der Verzweiflung des armen Mannes. Ein Schauer durchfuhr ihn, den er jedoch schnell abzuschütteln versuchte.

»Wer hat die Statuen der Soldaten in den Tunneln aufgestellt? War das auch Ian?«

»Ja, noch so eine verrückte Idee von ihm, die Lemuel viel zu nachsichtig duldete, selbst dann noch, als sein Vater bereits von uns gegangen war – ein Soldat für jeden amerikanischen Krieg. Ian nannte sie Wächter, aufgestellt zum Schutz vor dem, was möglicherweise eines Tages von dort unten an die Oberfläche dringen würde. Ich hoffe, du begreifst inzwischen, dass der arme Ian überaus seltsame Vorstellungen davon hatte, auf was er gestoßen war. Doch zu diesem Zeitpunkt war er schon viel zu verwirrt, um auch nur annähernd zu begreifen, wen er da eigentlich entdeckt hatte.«

»Aber Lemuel begriff es.«

»Ja, durchaus. Und er erkannte auch, dass die Ritter die Hilfe von jemandem aus unserer Familie benötigen würden, um ihr Werk zu vollenden. Ein Verbündeter aus der nächsten Generation, der die Größenordnung, ich möchte fast sagen die Großartigkeit dessen einzuschätzen wusste, zu der das alles führen konnte.« Franklin schaute zu Will herüber und lächelte wieder. »Deshalb kam er zu mir.«

»Aber du warst doch damals noch ein Schüler«, stellte Will verwirrt fest.

»Ich war zwölf.«

Franklin blieb vor einer Flügeltür stehen und holte den Schlüssel mit dem Porzellananhänger heraus. »Ich war dir sehr ähnlich, Will. Ich hatte die Tunnel bei meinen eigenen Erkundungen entdeckt, als ich noch kurze Hosen trug. Ein Junge braucht schließlich seine Abenteuer, nicht wahr?«

»Könnte sein, Sir.«

»Und genau wie zu Ian Cornish sprach dort unten in diesen Höhlen auch etwas zu mir. Es war nicht wirklich eine Stimme, eher ein Gefühl, eine intelligente und geheimnisvolle Ausstrahlung, die etwas Ungeheuerliches ankündigte. Ich bekam es einfach nicht mehr aus dem Kopf und so wagte ich mich wieder nach unten, jedes Mal ein bisschen tiefer, bis ich schließlich zum Tor gelangte. Und als ich an diesem Tag aus dem Tunnelsystem herauskam, wartete Lemuel auf mich.«

»War er wütend?«

Franklin lachte leise. »Das versuchte er, mich glauben zu machen. Aber nachdem wir uns eine Weile unterhalten hatten, spürte er, dass wir Gleichgesinnte waren. Meine Neugier sollte sich bezahlt machen: Lemuel nahm mich mit auf seine Ausflüge unter die Erde – hinter das Tor – und enthüllte mir Stück für Stück seine unglaubliche Entdeckung.«

»Und du hast deinem Vater nie davon erzählt?«

»Nur Lemuel und ich kannten das Geheimnis«, verriet Franklin und hob vielsagend die Augenbrauen. »Genauso, wie jetzt nur wir beide von alldem wissen.« Er steckte den Schlüssel in ein großes rechteckiges Schlüsselloch, drehte ihn und drückte langsam die Tür auf.

Dahinter erwartete sie ein schummriger, mit Teppichen ausgelegter Raum. Sparsam möbliert, an den Wänden ein paar teuer aussehende moderne Kunstwerke, in der Mitte zwei Ohrensessel aus Leder.

In einem der Sessel, der von der Tür abgewandt war, saß jemand. Will sah einen ausgestreckten altmodischen Schuh mit dicker Sohle, konnte das Gesicht der Person aber nicht erkennen.

»Bis Lemuel mich eines Tages bat, unser Geheimnis mit einem von Vaters Kollegen zu teilen, einem Fakultätsmitglied des Centers. Es war einer meiner Lehrer, der sich ebenfalls für mich interessierte. Ein Mann, der noch besser als ich einzuschätzen wusste, was sie entdeckt hatten. Es ist so, Will, dass sich die Ritter seit ihren Anfängen im Altertum stets gut auf das verstanden haben, was wir heute eine ›gründliche Überprüfung‹ von Personen nennen würden, die für uns von Interesse sind. Und was diesen Mann und auch mich und die gesamte Situation betraf, haben sie genau richtig gelegen. Es ist nicht übertrieben zu sagen, dass diese Begegnung der Wendepunkt in unserer Geschichte war.«

Franklin betrat das Zimmer. Ein ekelhaft säuerlicher Geruch nach Medizin und einem Hauch von Verwesung hing in der Luft. Will spürte, wie ihn ein lähmender Schauer durchfuhr. Mit großer Willenskraft zwang er seine Beine, ihm zu gehorchen und seinem Großvater zu dem Mann in dem Ledersessel zu folgen.

»Ich möchte, dass du ihn auch kennenlernst, Will«, sagte Franklin und sah ihn an, während er auf die andere Seite des Sessels trat.

Ein Arm hob sich von der Lehne und winkte Will näher zu sich heran. Schlaffe Haut und zittrige, spinnenartige Finger mit Nägeln, die aussahen wie dicke vergilbte Krallen.

»Will ... das ist mein Mentor, Dr. Joseph Abelson.«

Als Will schließlich das Gesicht des Mannes sah, wäre er fast aus den Latschen gekippt.

***

Der Pager summte leise in Nicks Tasche, als er gerade nach einer Wasserflasche griff. Abgeschirmt durch die offene Kühlschranktür holte er das kleine Gerät heraus und schaute auf das Display.

Es geht los.

»Heiliger Strohsack«, flüsterte Nick. Er steckte den Pager in die Tasche zurück, holte tief Luft und schraubte die Flasche auf. Dann nahm er ein Pipettenfläschchen aus seiner anderen Tasche und träufelte ein wenig farblose Flüssigkeit in die Wasserflasche. Nachdem er die Wasserflasche wieder zugeschraubt und das Fläschchen weggesteckt hatte, nahm er für sich selbst eine andere Flasche aus dem Kühlschrank.

»Hier bitte, Brooks.«

Brooke blickte nicht einmal auf, als Nick die Wasserflasche vor sie auf den Tisch stellte, sich ihr gegenüber hinsetzte, seine eigene Flasche aufschraubte und sie in einem Zug zur Hälfte leerte.

»Heiß genug für dich?«, fragte er und rülpste.

Endlich schaute sie ihn an. »Wenn ich dir Geld gebe, verschwindest du dann? Ich kann es mir leisten.«

»Jetzt hör aber auf, du solltest mich wirklich besser kennen«, antwortete Nick, bevor er seine Flasche in einem weiteren Zug austrank. »Wie viel Geld?«

Brooke warf ihm einen grimmigen Blick zu, griff nach ihrer Wasserflasche und widmete sich wieder ihrem Buch. Nick sah zu, wie sie den Verschluss abschraubte und dann innehielt, um einen Absatz zu Ende zu lesen.

Wie er es bei seinen Freunden gesehen hatte, schloss er die Augen und versuchte, ihr mit seinen Gedanken etwas zu suggerieren: *Trink.*

»Alles in Ordnung?«, erkundigte sie sich.

»Ja, alles wunderbar. Wieso?«, fragte Nick zurück und machte die Augen wieder auf.

»Du hast das Gesicht verzogen wie ein Baby, das auf dem Töpfchen sitzt.« Brooke schüttelte langsam den Kopf und nahm dabei einen großen Schluck Wasser.

Krass. Dieses Gedankendings funktioniert tatsächlich. Oder vielleicht hat sie auch einfach nur Durst.

»Ich habe nur versucht nachzudenken«, erklärte Nick.

»Stimmt, ich hatte ganz vergessen, dass das für dich ja wie Konditionstraining ist.«

Er schaute auf die Uhr.

Sieben Minuten. So lange dauert es angeblich, bis das Nervensystem lahmgelegt wird.

»Ich geh mal duschen«, verkündete er.

»Vielen Dank für die Info«, entgegnete sie und schaute wieder in ihr Buch, während sie noch einen Schluck Wasser trank.

Kaum hatte Nick die Tür seines Badezimmers hinter sich abgeschlossen, beantwortete er Ajays Nachricht.

Geschafft.

ZWEI

WILLS LEBENSREGEL Nr. 2:
MAN SOLLTE IM LEBEN NICHTS ÜBERSTÜRZEN.

»Dr. Abelson, das ist der junge Mann, von dem ich Ihnen erzählt habe«, sagte Franklin lächelnd und deutlich lauter als normal. »Mein Enkel Will.«

Das rechte Auge des Mannes war trüb und milchig vom grauen Star, das andere blickte kalt und leer wie das eines Reptils. Haarbüschel klebten am Kopf des Mannes wie Zuckerwatte. Seine Gesichtshaut war so schlaff und eingefallen, als würde sie gleich vom Schädel rutschen, und lief unter seinem Kinn als faltige Masse zusammen.

Abelson streckte seine rechte Hand aus, die fleckig und mit Schorf bedeckt war; seine Finger waren krumm und verdreht wie zerbrochene Zweige. Als Will sie ergriff, fühlte sie sich trocken und schuppig an, eher wie eine Klaue.

Schnell stellte Will folgende Überlegung an: *Das ist der Mentor meines Großvaters und der ist mindestens fünfundneunzig Jahre alt. Also kann Dr. Joseph Abelson – ein Zeitgenosse und Weggefährte von Adolf Hitler – keinen Tag jünger als hundertfünfzehn sein ... und vermutlich ist er sogar noch viel älter.*

Als Abelson ihn anstarrte, entwich ein langes, trockenes Krächzen aus seiner Kehle – ein Sprechversuch, in dem Will keine Worte ausmachen konnte.

»Er sagt, du siehst aus wie dein Vater«, übersetzte Franklin mit leisem Lachen.

Und du siehst aus wie eine Mumie, dachte Will.

»Ich freue mich, Sie kennenzulernen, Sir«, sagte er in gleicher Lautstärke wie sein Großvater und zog seine Hand wieder zurück.

»Ich nehme an, du weißt, dass keiner aus der ersten Klasse der Paladine bei diesem ›Flugzeugabsturz‹, den wir 1938 inszenierten, ums Leben kam«, bemerkte Franklin und tätschelte dann Abelsons Arm. »Genauso wenig wie unser Lehrer. Er kehrte zurück, um das Programm dort unten in dem Krankenhaus zu überwachen, das die Ritter für uns bauten und das du auch gesehen hast.«

Will konnte den Blick nicht von Abelson abwenden, der ihn weiterhin mit diesem beunruhigenden, rot geränderten Auge anstarrte. Es war unmöglich zu sagen, was er dachte oder empfand. Dieses Auge wirkte wie tot und auch Abelsons schlaffes Gesicht schien zu keinem Ausdruck mehr fähig.

Du bist nicht der Einzige, der seine Gefühle verbergen kann, dachte Will und wandte sich wieder seinem Großvater zu. »Du warst gar nicht an Bord.«

»Nein, dafür hatte mein Vater gesorgt – nachdem sein aufdringlicher Freund Henry Wallace interveniert hatte. Er schickte mich für ein paar Monate nach Europa und deshalb wurde ich nicht in das Programm aufgenommen.«

»Glück gehabt«, meinte Will.

Die Erinnerung an diese mitleiderregenden, sich windenden, missgebildeten Kreaturen, die in den Kupfertanks unter der Erde verkümmerten, kehrte zurück. *Seit fünfundsiebzig Jahren.* Will schloss die Augen und erschauerte.

»Nun ja, wir alle kannten die Risiken«, räumte Franklin nüchtern ein. »Alle diese Jungs meldeten sich aus voller Überzeugung freiwillig und keiner von ihnen hat je gesagt, er habe es bereut.«

Das hörte sich bei Happy Nepsted aber ganz anders an, dachte Will.

»Und obwohl mein Vater mich anfänglich daran hinderte teilzunehmen, wiesen die Ritter mir doch eine wichtige Rolle zu, als ich an die Schule zurückkehrte. Kommst du darauf, welche Rolle das war?«

»Du warst die Kontrollgruppe.«

»Ganz genau, Will. Jede seriöse wissenschaftliche Studie erfordert eine Ausgangsbasis, um etwaige Veränderungen gegenüber der Kontrollgruppe feststellen zu können, und diese Aufgabe fiel mir zu.«

»Aber hat dein Vater dich nicht mit Argusaugen bewacht, wenn er fürchtete, du könntest dich ihnen wieder anschließen?«

Abelson gab ein leises, keuchendes Japsen von sich, von dem Will vermutete, dass es ein Lachen gewesen sein könnte. So schien Franklin es jedenfalls zu interpretieren, der seinerseits zu lächeln begann.

»Nicht in den Kriegsjahren«, erwiderte er. »Genauso wie der Rest des Landes war Vater viel zu sehr damit beschäftigt, den Faschismus und die Nazis zu bekämpfen und Amerika zu einem ›sicheren‹ Land zu machen. Außerdem war er wirklich davon überzeugt, dass er die Ritter für alle Zeit aus dem Center verbannt hatte.«

»Ich nehme an, du hast ihm keine Veranlassung gegeben, seine Meinung zu ändern.«

»So ist es. Ich spielte den Musterknaben. Für die Herausforderung, vor der wir dann standen, hatten wir selbst gesorgt. Als der Krieg vorbei war und sich bei einigen aus der ersten Gruppe leider gesundheitliche Probleme einstellten, mussten wir einsehen, dass die Richtlinien der Paladin-Prophezeiung einer umfassenden ... Feinabstimmung bedurften.«

Abelson hob einen Finger und mit schwerer, lallender Zunge stieß er wieder ein unverständliches Rasseln und Zischen in Franklins Richtung aus.

Franklin beugte sich hinunter und horchte. »Das stimmt, Dr. Joe«, sagte er schließlich und übersetzte wieder: »Zurück ans Reißbrett ... ganz genau, Dr. Abelson.« Dann trat er zu einem dunklen Vorhang, der eine Wandöffnung von der Größe eines mittelgroßen Fensters verdeckte.

»Aber dieses Mal hatten wir eine wesentlich stärkere Inspirationsquelle entdeckt. Inzwischen hatten wir nämlich einen stärkeren und zuverlässigeren Kontakt zu unseren ... neuen Freunden von dort unten auf der anderen Seite der Weltenscheide hergestellt.«

»Wie denn?«, fragte Will interessiert und ging zu seinem Großvater hinüber. »Sie waren zu diesem Zeitpunkt doch bereits alle tot oder dorthin verbannt ...«

»Mit Sicherheit nicht tot, aber verbannt?« Wieder gluckste Franklin. »Das ist nur das, was diese lächerlichen Weltverbesserer, die sie dorthin befördert haben, glauben wollen.« Er warf Will einen scharfen Blick zu. »Du weißt doch, wen ich damit meine, nicht wahr?«

Will wusste, dass er sich auf gefährlichem Terrain bewegte, und versuchte, in seiner Antwort ein feines Gleichgewicht zwischen Skepsis und leichter Verachtung zu wahren. »Ich hörte, sie nennen sich die Hierarchie. Meinst du die?«

»Ganz genau.«

»Ich wusste nicht, dass sie wirklich real sind.«

»Oh doch, das sind sie und leider auch unvorstellbar selbstgerecht, arrogant und größenwahnsinnig.«

»Wer sind sie?«

»Ältere Wesen, genauso wie unsere Freunde. Sehr viel älter, aus einer anderen Welt jenseits unserer Vorstellungskraft oder vielleicht auch – wie sie selbst behaupten, was ich jedoch bezweifle – weiterentwickelte Seelen, die das unwürdige körperliche Dasein auf Erden zugunsten einer erhabeneren Form der Existenz überwunden haben. Und ich halte es auch für möglich, dass sie einst, vor langer, langer Zeit, eine wichtige Funktion auf dieser Erde innehatten. Wer weiß das schon? Vielleicht erfüllten sie eine gewisse Zeit lang ja tatsächlich einen Zweck.

Aber sobald sich unsere Freunde zu etwas entwickelt hatten, das der Hierarchie gleichwertig war, gewann wohl ihr Stolz die Oberhand. Statt sie als gleichrangig willkommen zu heißen, empfanden sie die Anderen als Rivalen und von diesem Augenblick an verwirkten diese Narren jeglichen Anspruch auf ihre vormalige Rolle als ›gütige Beschützer‹. Danach verschrieben sie sich einem völkermordenden Kreuzzug gegen eine großartige Rasse von Wesen, deren einzige Schuld es war, ihre Bestimmung zu erkennen und zu erfüllen. Dies kulminierte in der tragischen Entscheidung der Hierarchie, das hellste Licht zu ›verbannen‹, das diese Welt je hervorgebracht hat.«

Franklins Stimme zitterte vor mühsam unterdrückter Wut und seine Hände gestikulierten wie wild, um seinen Worten Nachdruck zu verleihen. Will hatte ihn noch nie so aufgewühlt erlebt.

»Und jetzt wird von dir und mir also erwartet, dass wir aus unseren Fehlern lernen, richtig? Nun, die Regeln des menschlichen Verhaltens gelten für unsere ›Herren und Meister‹ nicht. Das war erst der Anfang ihrer Fehltritte, Will. In der Geschichte der Menschheit haben sich diese Narren zahllose Fehler geleistet, wenn sie sich in die Angelegenheiten der Menschen einmischten, unseren Fortschritt aufhielten und uns daran hinderten, unser maximales Potenzial zu erreichen. Aber der größte Fehler, den die Hierarchie je beging, war ihr erster: Sie unterschätzten die Anderen, die sie so gnadenlos zu vernichten suchten, auf sträfliche Art und Weise. Und schon bald werden sie endlich dafür bezahlen.«

Will gefror das Blut in den Adern, doch seine Stimme klang unverändert: »Ich bin mir nicht sicher, ob ich das richtig verstehe. Willst du damit sagen, dass deine Freunde gar nicht an diesem Ort – wie nennst du ihn gleich? – gefangen sind?«

»Im Niegewesen? Oh doch. Sie sind dort gefangen. Verbannt für alle Zeit.«

»Wie haben sie dann mit euch Kontakt aufgenommen?«

»In unseren Träumen natürlich«, entgegnete Franklin, als sei dies die selbstverständlichste Antwort der Welt. »Ganz zu Anfang. Dr. Abelson und ich haben es erlebt, wie langsam, aber sicher, Ideen in unseren Geist geschleust wurden. Allerdings brauchten wir dickschädeligen Hominiden eine ganze Weile, um zu begreifen, dass diese einzigartigen Wesen nicht mit Worten, sondern durch Symbole und Bilder mit uns zu kommunizieren versuchten. Damit führten sie uns schließlich zu dem, was wir finden sollten.«

»Was denn?«, bohrte Will.

»Eine direktere Art der Kommunikation«, erwiderte Franklin und griff nach der Zugschnur des Vorhangs. »Mithilfe des Apparats, den sie vor so langer Zeit eigens zu diesem Zweck zurückließen. Sie hatten ihn als eine Art Signalstation entworfen, ähnlich der heutigen Blackbox in Verkehrsflugzeugen. Diese Signalstation sendete ein schwaches Signal aus, das nur diejenigen empfangen konnten, die auf ihre spezielle Frequenz eingestellt waren – das gleiche Signal, das Ian Cornish zum ersten Mal wahrnahm, als er hier ankam, und nach dessen Quelle er all die Jahre dort unten vergeblich suchte. Lemuel, Dr. Joe und ich fanden sie schließlich.«

Franklin zog den Vorhang zur Seite und enthüllte ein Fenster zu einem kleinen angrenzenden Raum, der ungefähr so groß war wie ein Kleiderschrank. Dort lag ein Objekt auf einer erhöhten Plattform. Es war das antike Messing-Astrolabium, auf das Will im Keller der Burg gestoßen war. Eine größere Version des Modells, das er von Franklin bekommen hatte, als der ihm eröffnete, er sei sein Großvater, und das jetzt auf dem Schreibtisch in Wills Zimmer stand. Soweit er es beurteilen konnte, handelte es sich um eine exakte Replik.

»Setz deine Brille auf«, bat Franklin und legte ihm sanft eine Hand auf die Schulter. »Und dann sieh es dir noch einmal an.«

***

Nick sprang aus der Dusche, zog sich rasch an und schnappte sich den Rucksack, in den er alles gepackt hatte, was auf seiner Checkliste stand. Er horchte an seiner Zimmertür und schaute auf die Uhr. Nur noch wenige Sekunden, bis die sieben Minuten abgelaufen waren. Vorsichtig öffnete er die Tür und steckte den Kopf hinaus.

Als er sah, dass Brooke nicht mehr am Tisch saß, setzte sein Herzschlag kurz aus. Er schaute sich um, konnte sie aber nirgends entdecken. Die Wasserflasche stand noch auf dem Tisch; sie war halb leer und das bedeutete, dass Brooke mehr als genug getrunken hatte, um die gewünschte Wirkung zu spüren.

Nick schlich vorsichtig durch den Gemeinschaftsraum und warf einen Blick in die Küche. Hier war sie auch nicht. Dann bemerkte er, dass die Tür zu Brookes Zimmer einen Spaltbreit offen stand.

So leise wie möglich näherte er sich und wollte die Tür gerade weiter aufstoßen, als er hinter sich eine Bewegung wahrnahm. Brooke taumelte aus dem Schatten hinter dem Kamin hervor und kam mit ausgestreckter Hand auf ihn zu. Ihr Gesicht war fast bis zur Unkenntlichkeit verzerrt vor Wut und Verachtung.

Sie darf dich auf keinen Fall berühren. Das war alles, was sie ihm gesagt hatten, und alles, was er wissen musste.

Er schlug einen Salto rückwärts, landete auf dem Sofa und sprang dann auf dessen andere Seite, sodass die Couch zwischen ihnen stand.

»Was hassu getan?«, kreischte Brooke, aber ihre Stimme schien ihr nicht zu gehorchen.

»Was?!«

Brooke taumelte auf ihn zu. Ihre motorischen Fähigkeiten waren deutlich eingeschränkt und sie bemühte sich verzweifelt, aufrecht zu stehen, während sie noch lauter schrie: »Wassum Teufel hassu mit mir gemacht?« Sie stolperte und fiel über den Hocker vor dem Sofa, kroch ein Stück über den Boden und zog sich dann auf die Polster hoch.

»Ich habe gar nichts mit dir gemacht«, behauptete Nick.

»Llüg mich nich' an!«

Alles, was Brooke berührte, verwelkte sofort und fiel in sich zusammen, verlor Farbe, Licht und sämtliche Energie, war verblichen und ausgelaugt.

Als sie sich wieder aufrappelte, rasend vor Wut und noch immer schwankend, brachte Nick sich langsam hinter dem Esstisch in Sicherheit.

»Ich hab keine Ahnung, wovon zum Geier du redest.«

»Doch, hassu!«

Wieder torkelte sie auf ihn zu und hielt sich an einem der Stühle fest, um nicht hinzufallen. Als sich ihre Fingernägel in das Furnier krallten, zischte unter ihrer Hand schwarzer Dampf hervor. Die Leiste fiel in sich zusammen, Brooke taumelte und landete dann schwer mit beiden Händen auf der Tischplatte. Sie vergrub die Fingernägel darin, bevor sie endgültig den Halt verlor, rückwärts umkippte und versengte Kratzspuren und Handabdrücke auf dem Holz hinterließ.

Nick konnte sie nicht mehr sehen. Zur Vorsicht nahm er zwei

Schritte Anlauf, drückte sich von einer Wand ab und landete mit einem Überschlag in der Mitte des Raums.

Er schaute zurück, konnte Brooke aber unter dem Tisch, wo sie gerade noch gewesen sein musste, nicht entdecken. Der unheimliche schwarze Dampf strömte inzwischen an mehreren Stellen hervor und Tisch und Stühle sahen aus, als sei ein Klavier auf sie gefallen. Nick nahm die kleine Schaufel aus dem Ständer mit dem Kaminbesteck.

»Um Himmels willen, Brooke«, sagte er entsetzt. »Fasst du mit diesen Händen etwa deine Mutter an?«

Plötzlich sprang sie mit erstaunlicher Geschwindigkeit hinter dem Sofa hervor und stürzte sich auf ihn. Als Nick ihr mit einem Salto auswich, sah er, wie die Wohnungstür aufflog. Jemand trat in den Raum und zeigte mit erhobener rechter Hand auf Brooke.

Eine leuchtend rote Blüte öffnete sich auf ihrem linken Schulterblatt. Brooke krachte zu Boden, versengte beim Abrollen den Teppich, kam schwankend auf die Füße und griff nach hinten, um herauszuziehen, was in ihrem Rücken steckte.

Ein kleiner Pfeil.

Brooke betrachtete ihn verwirrt, bevor sie auf Hände und Knie sank und dann auf dem Boden zusammenbrach. Schwarzer, beißender Dampf stieg vom Teppich und rund um ihren Körper auf.

»So viel zum Thema Stimmungsschwankungen«, kommentierte Nick.

Coach Ira Jericho stand in der Tür und lud einen weiteren Pfeil in die Pistole in seiner Hand.

»Sieh nach, ob sie hinüber ist.«

»Auf keinen Fall – ich fasse sie nicht an«, weigerte sich Nick und fuchtelte noch immer mit der Schaufel herum.

»Was? Ist sie etwa zu hart für dich, McLeish? Das kann nicht dein Ernst sein. So ein zierliches kleines Ding«, meinte Jericho und ging zu Brookes reglosem Körper.

»Von wegen zierliches kleines Ding, Mann. Sie haben nicht gesehen, wie sie abgegangen ist. Schlimmer als ein Honigdachs.«

Sie schauten beide auf Brooke herab, aber Nick blieb einen Schritt hinter Jericho und wahrte Sicherheitsabstand. Ihr Kopf lag auf der Seite; sie hatte die Augen verdreht, ihre Brust hob und senkte sich regelmäßig und sie atmete tief, war aber vollkommen bewusstlos.

»Sollten wir sie nicht besser fesseln?«, fragte Nick. »Ach, vergessen Sie's: Dann brutzelt sie einfach die Schnur durch.«

»Sie wird gar nichts tun außer ein paar Stunden auf dem Boden rumsabbern.«

»Was haben sie ihr verpasst?«

»Genug, um einen Elch zu betäuben«, ließ Jericho ihn wissen und sah sich Brooke ganz genau an.

Auch Nick beugte sich jetzt dichter zu ihr hinunter und betrachtete ihre zarten Wimpern und ihre Stupsnase. »Irgendwie bin ich froh, dass ich ihr nicht eins mit der Schaufel verpassen musste. Ich meine, auch wenn sie noch so durchgedreht ist, irgendwie ist sie trotzdem noch immer meine Freundin, verstehen Sie?«

Jericho starrte ihn an. »Wie du meinst, McLeish. Bist du so weit?«

»Was geht ab, Coach?«

»Hol deine Sachen. Wir haben nicht viel Zeit.«

Nick nahm seinen Rucksack und den, den sie für Will gepackt hatten, und ging zurück zur Tür, wo Jericho auf ihn wartete. »Dann muss ich wohl den ganzen emotionalen Stress unterwegs verarbeiten«, murmelte er und warf noch einen letzten Blick auf Brooke, bevor sie in den Flur hinaustraten.

***

Ajay biss erneut in das Schinken-Käse-Sandwich, das der Butler, Lemuel Clegg, ihm gebracht hatte, und stopfte sich dazu noch eine Handvoll Kartoffelchips in den Mund.

»Ich kann nicht genau sagen, woran es liegt«, sinnierte er kauend, »aber das Sandwich ist heute Abend ganz besonders köstlich.«

Clegg blieb normalerweise nicht, um ihm beim Essen zuzusehen – genau genommen war es heute das erste Mal, seit Ajay vor einem Monat begonnen hatte, die Kisten zu sortieren.

Verflixt.

»Haben Sie dieses Sandwich selbst gemacht, Mr Clegg?«

Clegg starrte ihn nur missmutig an, die Arme vor der Brust verschränkt und wie immer immun gegen jegliche Charme-Offensive. Der Mann war einfach konsequent und aggressiv ungesellig, also hatte Will Ajay den Tipp gegeben, einfach immer weiterzureden, wenn er ihn loswerden wollte.

»Kann es sein, dass Sie dieses Mal eine andere Zutat verwendet haben? Vielleicht gewürfelte Gürkchen oder eine strategisch platzierte Scheibe japanischen Rettich?«

Clegg schaute auf seine Uhr.

Worauf wartet er? Ahnt er etwas? Habe ich mich irgendwie verplappert?

»Ich verstehe ihre Unergründlichkeit vollkommen«, gestand Ajay mit einem zustimmenden Grinsen. »Ein Meisterkoch verrät nie seine Geheimnisse.« Dann warf er einen verstohlenen Blick auf seine Uhr: zehn Minuten nach acht.

Wenn dieser Trottel nicht bald verschwindet, gerate ich ernsthaft in Verzug.

»Ich werde heute sehr wahrscheinlich bis zum späten Abend arbeiten«, erklärte er. »Mr Elliot möchte, dass ich mindestens noch zwei Kisten durchsehe. Deshalb sollte ich jetzt besser weitermachen.«

Clegg rührte sich nicht. Ajay bemerkte ein leichtes Zucken der Muskeln um seine Augen, als er den Namen Elliot erwähnte.

Vielleicht hat er Angst vor seinem Boss. Oder er wartet einfach nur auf den Teller.

Dann erinnerte Ajay sich an etwas, das er kurz zuvor gelesen hatte, und fügte die Teile des kleinen Puzzles zusammen.

Ich kann's kaum erwarten, Will davon zu erzählen.

Er stopfte sich den Rest des Sandwiches – fast die Hälfte davon – in den Mund und kaute energisch, stürzte die Limonade, die noch im Glas war, so schnell hinunter, dass sie ihm zu den Mundwinkeln herauslief, und hielt Clegg dann Teller und Glas hin.

»Danke nochmals für die köstliche Mahlzeit.«

Clegg nahm Teller und Glas entgegen und ging in Richtung Tür.

Das war es also. Der alte Miesepeter wollte nur wegen des Geschirrs nicht noch mal nach oben gehen müssen.

Der Pager in Ajays Tasche zwitscherte. Ajay erbleichte und griff instinktiv nach dem Gerät, um es auszuschalten.

Clegg blieb an der Tür stehen und drehte sich zu ihm um. »Was war das?«

Ajay holte den Pager hervor und schaute auf das Display. »Nur einer von meinen nervigen Mitbewohnern, glaube ich – ja, der Holzkopf Nick. Will wissen, wo ich stecke.«

»So hören sich diese Pager aber normalerweise nicht an«, stellte Clegg fest.

Ajay machte ein paar Schritte auf ihn zu und schluckte den Rest des Sandwiches herunter. »Wenn ich Sie ins Vertrauen ziehen darf, Mr Clegg: Ich habe mir erlaubt, einen besonderen Klingelton für Nachrichten von meinen engsten Freunden hinzuzufügen.«

Er wartete, ob Clegg ihm das abkaufte. Schwer zu sagen.

»Ich weiß natürlich, dass Veränderungen am Schuleigentum

nicht unbedingt erlaubt sind, aber ich habe in den Verhaltensregeln nachgesehen und konnte nirgends etwas darüber finden, dass sie ausdrücklich verboten sind.«

»Zeig mal her.«

Clegg streckte die Hand aus und Ajay gab ihm den Pager, wobei er inständig hoffte, dass Nick ihm nicht ausgerechnet jetzt antwortete. Wenn Clegg den Pager konfiszierte, würde viel mehr als nur ihre Mission auf dem Spiel stehen.

Nachdem er ihn von allen Seiten begutachtet hatte, gab Clegg den Pager zurück. »Melde dich beim Sicherheitsdienst, wenn du hier fertig bist. Man wird dich zum Bootssteg begleiten und aufs Festland zurückbringen.« Damit drehte der Butler sich auf dem Absatz um und verließ den Raum.

Ajay wartete, bis die Schritte des Mannes auf der Wendeltreppe verhallt waren, bevor er den Pager einschaltete, um Nicks Nachricht zu lesen.

Bin unterwegs.

Er schaute auf die Uhr, atmete tief durch, nahm seinen Rucksack und lief zum hinteren Aufzug. Als er im Foyer ankam, blieb er kurz vor einem Spiegel an der Wand stehen.

»Ajay Janikowski«, sagte er leise zu seinem Spiegelbild. »Ich hoffe, du bist bereit, dem Tod ins Gesicht zu schauen und wenn nötig ins Auge zu spucken.«

Die Antwort auf diese Frage war alles andere als überzeugend, wie Ajay traurig feststellen musste.

***

Will nahm langsam die dunkle Brille heraus und setzte sie bei geschlossenen Augen auf. Als er die Augen wieder öffnete, schaute er direkt auf das Astrolabium.

Die Apparatur hatte ohne die Brille inaktiv ausgesehen – ein statisches, kreisförmiges Gebilde aus einander überlappenden Ringen und Messingscheiben. Aber jetzt erkannte Will, dass sie sich alle unabhängig voneinander bewegten und in komplexen, aufeinander abgestimmten Mustern rotierten. Dann wuchs ein glänzender Stiel aus der Mitte empor – einer der Reifen aus silbernem Stahl verwandelte sich in den Körper und den tödlichen Kopf einer enormen metallenen Schlange. Sie hatte eine Haube wie eine Kobra und kalte, rubinrot funkelnde Augen. Die Augen waren auf ihn gerichtet und er spürte:

Dieses Ding ist lebendig. Es ist nicht bloß eine Maschine, es ist einer von ihnen, ein lebendiges Etwas, vom Anderen Team mit einer Form von Bewusstsein erfüllt.

Will erwiderte den Blick der Schlange und sofort drangen Gedanken in seinen Kopf ein – keine Worte, sondern eher ein leiser Strom von Bildern, die sich zuerst vage und silbern in der Dunkelheit abzeichneten, dann aber immer stärker und präziser wurden. Er schloss die Augen und versuchte, sich auf das einzustimmen, was ihm die Apparatur übermittelte.

Es waren Bilder der Stadt, die sie dort unten entdeckt hatten, aber nicht von verfallenen Ruinen, sondern von einer aufstrebenden Gemeinschaft, mit intakter Infrastruktur, Läden, Werkstätten und Märkten. Kurz sah er sogar das große kathedralenartige Gebäude, in dessen Nähe sie den Zugang zu dem darunter liegenden Wegenetz gefunden hatten. Sanft schimmernde weiße Leuchtkugeln schwebten in der Luft und erhellten die Szenerie wie Straßenlaternen.

Die Bewohner der Stadt waren eindeutig fremdartige Wesen, passend zu den Skeletten, die sie dort unten gefunden hatten, aber hier erschienen sie in verschiedenen Größen, Formen und Farben – eine bunte Mischung, wie man sie in jeder normalen Stadt erwarten würde. Manche waren schon älter, andere eindeutig Kinder, die auf der Straße spielten. Es gab nicht die geringsten Anzeichen für die Unruhen, die Gewalt oder das Gemetzel, auf die der große Opferfriedhof, den sie unter der Kathedrale gefunden hatte, schließen ließ.

Was er sah, wirkte geordnet, gesellschaftlich organisiert, prosperierend, mit einem Wort: *zivilisiert.*

»Was siehst du, Will?«, fragte Franklin begierig.

»Etwas, das ich nicht erwartet habe.«

Kaum hatte er diesen Satz ausgesprochen, verschwanden die Bilder aus seinem Kopf und er schaute wieder in die glänzenden Augen der Schlange. Aber jetzt sah er in ihnen Leben und Intelligenz aufglimmen. Sie taxierte ihn, versuchte, in seinen Geist einzudringen.

Will nahm die Brille ab, denn er wollte nicht denken oder fühlen, was dieses Ding ihm mitzuteilen versuchte.

Wir waren ein Volk.

Er hörte, wie Franklin wieder über irgendetwas lachte, und als er sich umdrehte, sah er, dass er sich zu Abelson heruntergebeugt hatte und ihm zuhörte.

»Ja, er muss noch eine Menge über unsere Freunde lernen«, stimmte Franklin dem Greis zu. »Genauso wie wir alle damals.«

Will verdrängte diesen beunruhigenden Zweifel und die damit verbundenen Fragen aus seinen Gedanken und widmete sich mit neuer Entschlossenheit seinem Vorhaben.

»Dieses Ding habt ihr also da unten entdeckt.«

»Richtig«, bestätigte Franklin. »Verborgen in den Ruinen und nicht ohne Weiteres zu finden. Ein lebendiges Artefakt, das die Essenz dessen enthält, wer sie sind. Sobald wir geistig mit ihm Kontakt aufgenommen hatten, führten uns die Signale schon sehr bald dorthin, wo es versteckt war.«

»Das meiste, was ihr über sie wisst, habt ihr also von diesem Ding erfahren?«

»Es ist das Herzstück ihres Geschenks«, erklärte Franklin und starrte die Apparatur wie hypnotisiert an. »Damals lernten wir, uns auf seine Mitteilungen einzustellen. Es erfordert strenge geistige Disziplin. Man muss Zeit in seiner Gegenwart verbringen und die Bereitschaft zum Ausdruck bringen, sich mit ihm zu verbinden, dann gibt es ganz allmählich mehr Informationen preis. Aber das wirst du schon sehr bald alles selbst herausfinden, Will.«

Will wusste schon jetzt ganz genau, was er meinte. Als er einen Blick auf das Astrolabium warf, spürte er noch immer die Kraft, die von ihm ausging – verführerisch und warm, ein angenehmes, schmeichelhaftes Gefühl, als würde man einen alten vertrauten Freund nach einer langen Trennung wiedersehen.

»So konnten die Anderen, mit denen wir schon bald danach direkten Kontakt aufnahmen, uns zeigen, wer sie waren und was sie uns alles zu bieten hatten. Dr. Abelson gelang als Erstem der Durchbruch. Er erwies sich als besonders empfänglich und geeignet, diese Verbindung zu verstärken, und so lernte er mehr von ihnen als wir anderen.«

Abelson nickte ein paar Mal zustimmend – man hätte es aber auch als Zittern deuten können – und seine rechte Gesichtshälfte zuckte leicht. Will begriff, dass er vermutlich zu lächeln versuchte. Er hob sogar seinen Arm einen halben Zentimeter von der Lehne und reckte mühsam den Daumen nach oben.

»Wieso?«, wollte Will wissen.

»Technologisch gesehen sind die Anderen uns bis heute noch immer um Welten voraus, daher dauerte es nicht lange, bis sie herausfanden, dass Dr. Joe der führende Wissenschaftler in unseren Reihen war. Deshalb gewährten unsere Freunde ihm Einblick in einige Konzepte und Ideen, die so fortschrittlich waren, dass keiner von uns anderen sie auch nur annähernd verstanden hätte. Dr. Joe war der Einzige, der ihr weltveränderndes Potenzial erkannte. Und mithilfe der hoch entwickelten Werkzeuge in den Labors, die wir für ihn eingerichtet hatten, begann der gute Doktor, diese Geschenke zu realisieren und sie in die Wunder zu verwandeln, an denen wir uns seitdem erfreuen.«

»Aphotische Technologie.«

»Ganz genau, Will.«

Will zwang sich zu unschuldiger, jungenhafter Begeisterung: »Ich würde sie zu gerne sehen! Könntest du mir eines von diesen Objekten zeigen?«

Franklin und Dr. Abelson tauschten einen wissenden Blick.

»Ich glaube, das lässt sich arrangieren«, beschied ihm Franklin und verbarg mühsam ein Lächeln. »Dann komm mal mit, mein Junge.«

Franklin tätschelte Abelsons Arm und ging dann zur Tür. Will folgte ihm und warf noch einen verstohlenen Blick auf diesen uralten Basilisken von einem Mann, der reglos wie ein Fels dasaß und ihn mit diesem beunruhigenden starren Auge fixierte.

»Und ich werde dir auch erzählen, wie wir von der Prophezeiung erfahren haben«, versprach Franklin.

***

Ajay stahl sich unten zur Seitentür des Turms hinaus. Irgendwann am Nachmittag hatte er sich ins Freie geschlichen, um die Sicherheitskamera an der Mauer direkt über dem Eingang zu deaktivieren, und nun stellte er erfreut fest, dass das Kabel, das er herausgezogen hatte, nicht wieder angeschlossen worden war.

Er hielt sich im schützenden Schatten der Bäume und Sträucher des üppig bepflanzten Gartens und versuchte, so langsam wie möglich zu gehen. Für den Fall, dass er entdeckt wurde, konnte er jedem Wachmann erzählen, er habe nicht widerstehen können, an einem so ausgesprochen schönen Sommerabend einen Spaziergang um die Insel zu machen.

Solange sie mich nicht quälen. Ich bin ziemlich sicher, dass ich schon bei der geringsten körperlichen Unannehmlichkeit in Ohnmacht falle ...

Als plötzlich der Pager in seiner Tasche zwitscherte, sprang Ajay vor Schreck fast einen Meter in die Luft und landete halb im Gebüsch. Auf dem Display stand:

Ich warte.

Er schnaubte verächtlich. Am liebsten hätte er geantwortet: *Siehst du denn nicht, dass ich absolut alles tue, was ich kann, Mädchen?* Stattdessen schrieb er bloß:

Bin gleich da!

Er rappelte sich auf und hastete dann den Pfad entlang. Als er zu dem kleinen Friedhof kam, sah er durch die Bäume plötzlich einen Wachmann, der ganz in der Nähe vorbeiging. Bevor er reagieren konnte, packte ihn eine Hand am Kragen und zog ihn hinter eine Hecke, welche eine große Steinstatue einrahmte.

Elise schob ihn gegen den Sockel der Statue, legte einen Finger an die Lippen und bedeutete ihm, leise zu sein. Ajay nickte. Dann schaute sie vorsichtig um die Statue herum zu dem Wachmann, legte die Hände wie ein Megafon um ihren Mund und erzeugte das Geräusch von Schritten auf einem Kiesweg, ein Stück von dem Mann entfernt in Richtung Burg.

Der Wachmann zuckte zusammen und lief sofort los, um nachzusehen, woher das Geräusch kam.

Ajay riss die Augen auf. »Das ist neu«, flüsterte er bewundernd, sobald die Wache außer Hörweite war.

»Ich hatte drei Wochen, um an ein paar Effekten zu feilen«, erklärte Elise. »Komm.«

Langsam schlichen sie davon, bis sie zu dem kleinen Steinmausoleum gelangten. Ajay zog ein weiteres der Geräte aus der Tasche, an denen er in der letzten Zeit gearbeitet hatte.

»Noch nicht«, befahl Elise und haute ihm auf die Finger.

»Was sollen wir denn sonst machen? Es ist unglaublich gefährlich, so vollkommen ungeschützt hier im Freien zu stehen.«

Elise schaute auf ihre Uhr. »Wir müssen runter zum Ufer.«

***

Der Aufzug zitterte leicht und nahm dann Fahrt auf, während sie weiter in die Tiefe glitten. Will lauschte und versuchte abzuschätzen, wie weit sie nach unten fuhren – offensichtlich wesentlich tiefer, vielleicht sogar doppelt so tief wie die Ebene, die sie vorhin erreicht hatten. Bis ganz hinunter zum Krankenhaus dieses Mal.

»Führ dir nur einmal unsere Geschichte vor Augen«, sagte Franklin, die Hände hinter dem Rücken verschränkt, und schaute hinauf zur Decke. »Die Ritter Karls des Großen sind eine über sechshundert Jahre alte Organisation, die in all dieser Zeit von ein und derselben Philosophie geleitet wurde. Wir haben stets hinter den Kulissen gewirkt, ohne das geringste Interesse an Ruhm und Ehre, unsichtbar für den einfachen Mann und daher in der Lage, dem Kurs der westlichen Zivilisation beständig ein moralisches Gewicht entgegenzusetzen. In dieser Hinsicht sind wir einzigartig in der Geschichte der Menschheit.«

»Wie habt ihr das bewerkstelligt?«

Als Franklin sich zu Will umdrehte, funkelten seine hellen Augen vor Glaubenseifer. »Es gibt nur ein Motiv – es ging uns nie um persönliche Bereicherung. Die Ritter haben sich immer nur für die Besserung unserer Art eingesetzt und wir waren uns dabei stets der Tatsache bewusst, dass die Weiterentwicklung und das Wachstum der Menschheit – von ihrer körperlichen Entwicklung ganz abgesehen – nie den Massen, sondern allein den Bemühungen einiger weniger zu verdanken gewesen sind.«

»Die Speerspitzen-Theorie«, folgerte Will und erinnerte sich an einen Vortrag von Professor Sangren, seinem Geschichtslehrer.

»Ganz genau, Will. Jeder bedeutende Fortschritt in unserer Geschichte wurde von ein paar Auserwählten hervorgebracht, von den Besten und Intelligentesten unter uns, die eben diese scharfe Speerspitze bilden. Mein Vater war von dieser Theorie überzeugt und lag zumindest in dieser Hinsicht zu einhundert Prozent richtig. Er gründete das Center mit diesem Ziel vor Augen. Dafür gebührt Thomas meine ganze Anerkennung – ein ehrenwertes Unterfangen zur Unterstützung einer edlen Sache.

Aber Thomas war kein Ritter, und obwohl sie ihm oft anboten, sich ihnen anzuschließen, lehnte er ihre Bitten immer wieder rundheraus ab. Dazu war mein Vater zu stolz und er hielt an dem unerschütterlichen Glauben an seine einzigartige Vision fest. Infolgedessen gelangte er nicht annähernd weit genug, um den gewaltigen Herausforderungen gewachsen zu sein, die vor uns liegen. Die Ritter haben recht, wenn sie glauben, dass die menschliche Rasse auf ihre eigene Vernichtung zusteuert. Dummheit, Gier, mangelnde Weitsicht, angetrieben und nur allzu leicht auch geleitet von Angst – das ist der natürliche Zustand der Menschen, Will. Er hat jede Zivilisation zu Fall gebracht, die auf dieser Erde erblühte.«

»Und ihr glaubt, das ändern zu können.«

»Ich weiß, dass wir es können. Denn seit dem Beginn dieser neuen Beziehung und dank der Geschenke unserer Freunde haben wir die Möglichkeit, für die Weiterentwicklung unserer Art zu sorgen, und zwar nicht auf sozialer, politischer oder intellektueller Ebene, sondern auf allen Ebenen *zugleich* – und das schließt selbst die körperliche Ebene mit ein. So etwas wie unser Programm hat es seit Beginn der Aufzeichnungen noch nie gegeben. Zuvor war es auch nicht möglich, weil wir weder über das Wissen noch über die adäquaten wissenschaftlichen Techniken verfügten. Wir müssen nicht länger warten, bis die Evolution stärkere und klügere menschliche Wesen hervorbringt: Das können wir selbst.«

Will wurde eiskalt. Er war sich nicht sicher, ob es daran lag, dass die Luft so tief unter der Erde so stark abgekühlt war.

»Wie du weißt, blieben Dr. Joes erste Versuche mit meinen beklagenswerten Klassenkameraden im Rahmen des Paladin-Programms hinter unseren Erwartungen zurück. Leider. Aber die Wissenschaft macht nur durch Versuch und Irrtum Fortschritte.«

»Was ist mit Hobbes und Stephen Nepsted?«, hakte Will nach und bemühte sich, ruhig zu bleiben. »Sie waren keine Irrtümer, zumindest nicht am Anfang.«

»Nein, sie waren sogar ein großer Erfolg, der zu Recht gefeiert wurde. Und ihre persönlichen Leistungen ermutigten uns, unsere Arbeit in bescheidenerem Rahmen fortzusetzen, bis wir über die nötigen Mittel und Methoden verfügten.«

»Und wie lange dauerte das?«

»Fast vierzig Jahre. Oh, wir hatten andere Erfolge in diesen mageren Jahrzehnten, die uns weitermachen ließen. Besonders in einem Fall, bei dem wir unsere Freunde um Hilfe baten – die Entwicklung einer Behandlungsmethode, mit der sich der Alterungsprozess aufhalten ließ.«

Will schaute ihn verblüfft an. Franklin lächelte in Erwartung der Frage, die Will durch den Kopf ging.

»Warum? Weil wir wussten, dass wir in der Person von Dr. Abelson die größte Chance zur Verwirklichung unserer Ziele hatten, der gute Mann jedoch immer mehr in die Jahre kam. Also machten unsere Freunde uns das Geschenk eines einfachen biologischen Verfahrens, das den Verfall des menschlichen Körpers verlangsamt, ja fast vollständig aufhält. Es war so simpel, als würde man einen Schalter umlegen und damit unsere Zellen anweisen, sich nicht mehr zu teilen. Man konnte sozusagen das Verfallsdatum des Organismus aufheben.«

»Und dieses Verfahren habt ihr an euch selbst angewandt.«

»Dr. Abelson bestand natürlich darauf, dass wir es zuerst an ihm ausprobierten, und dann bot ich mich an – zwanzig Jahre, nachdem ich meine erste Chance verpasst hatte, an dem Programm teilzunehmen. Das ist jetzt fast sechzig Jahre her, Will. Joe war damals knapp sechzig, ich vierzig. Ich würde sagen, die Ergebnisse sprechen für sich, findest du nicht auch?«

Franklin grinste ihn breit an, wobei sich seine Gesichtshaut straff über den Knochen spannte. Will zog anerkennend die Augenbrauen hoch und nickte. Er fragte sich, was er wohl sehen würde, wenn er seinen Großvater durch das Raster betrachtete, und konnte seinen Abscheu nur mühsam unterdrücken.

»Für die Massen ist Sterblichkeit ein Segen. Wir würden niemals die Milliarden abscheulicher Proleten überleben, die mit ihrem unersättlichen, geistlosen animalischen Hunger und ihrem Drang zur Gewalt die wichtigsten Ressourcen aus unserem Planeten saugen. Aber für die wenigen von uns, die über die Intelligenz, die Vision und den Willen verfügen, einen neuen Kurs in der Menschheitsgeschichte einzuschlagen, ist der Tod eine wirklich dumme Unannehmlichkeit.«

Der Aufzug wurde langsamer und hielt dann ruckartig an. Die Stahltüren glitten auf und Franklin führte Will in den Raum, den er und seine Freunde vor einigen Monaten in der Nähe des unterirdischen Krankenhauses entdeckt hatten und der in zwei kleinere Räume unterteilt war. In einem davon wurden hinter verschlossenen Türen die abscheulichen Überreste der Klassenkameraden seines Großvaters in Metallbehältern aufbewahrt. Und in dem daran angrenzenden Raum befanden sich die nach den Prinzipien der aphotischen Technologie hergestellten Geräte.

Ich nähere mich.

Aus diesem Raum trat jetzt ein weiterer Schüler aus Franklins ursprünglicher Ritter-Klasse: Edgar Snow, der Mann, den Will als Mr Hobbes kannte, der Anführer der Schwarzkappen. Kahl, angespannt wie Stacheldraht, mit boshaft leuchtenden Augen. Will hatte ihn seit Wochen nicht gesehen. Er musste in Franklins Alter sein, sah aber nicht einen Tag älter aus als vierzig – knallharte, unerbittliche vierzig.

»Hallo Will«, begrüßte er ihn mit einem Lächeln und einer überraschend sanften Stimme.

»Hallo Edgar«, entgegnete Will.

»Ich habe Edgar gebeten, uns zu begleiten, damit er dir zeigen und erklären kann, wie einige der neueren Geschenke der Anderen funktionieren.«

»Hört sich gut an«, meinte Will trocken. Er aktivierte sein Raster und sah die Wärmesignaturen dreier weiterer Gestalten direkt auf der anderen Seite der Tür. Zwei von ihnen traten einen Augenblick später zu Hobbes: Todd und Courtney Hodak, das durchgeknallte Geschwisterpaar. Sie trugen Shorts, T-Shirts und Laufschuhe, ihre gut definierten Muskeln waren angespannt, ihre Augen schimmerten dunkel und sie lächelten ihn aggressiv an. Auch sie hatte Will schon ein paar Wochen nicht mehr gesehen.

»Sieh an, die Geschwister des Grauens.«

Franklin lachte über diesen Kommentar höflich in sich hinein.

»Hallo West«, sagte Courtney, kaum weniger verächtlich als sonst. Todd nickte ihm nur kurz zu. Die Feindseligkeit in seinen Augen brauchte nicht weiter betont zu werden.

»Schön, euch zu sehen«, behauptete Will.

Die letzte Person, die den Raum betrat, war Lemuel Clegg, Elliots mürrischer Butler.

Die Angelegenheit würde nicht so einfach werden, wie sie zunächst ausgesehen hatte. Und er war ohnehin schon davon ausgegangen, dass sein Vorhaben fast unmöglich war.

***

Ajay erspähte die in einem Baum installierte Kamera bereits wenige Sekunden nach ihrer Ankunft am Ostufer.

»Hat das Ding auch ein Mikrofon?«, fragte Elise, als sie hinaufschaute.

»Von hier aus kann ich keins sehen.«

»Wie weit sind sie noch weg?«, wollte Elise wissen und drehte sich zum See um.

Ajay öffnete seine Augen weit und suchte die Wasseroberfläche auf der Nordseite ab, bis er ein paar ungewöhnliche kleine Wellen entdeckte.

»Keine zwei Minuten«, teilte er Elise dann mit.

»Sag Bescheid, wenn sie an die Oberfläche kommen.«

Elise ging zu dem Baum hinüber, griff sich einen Ast und kletterte rasch drei Meter zu der Kamera hinauf, die dort an einem Schwenkarm befestigt war. Das Gerät fuhr langsam hin und her und erfasste einen großen Bereich des Sees. Elise schaute nach unten und wartete auf ein Zeichen von Ajay.

Schließlich hob er die Hand und senkte sie erst wieder, als sich die Kräuselbewegung des Wassers dem Ufer bis auf sechs Meter genähert hatte.

Elise beugte sich zu der Kamera vor, schürzte die Lippen und begann, in einer niedrigen, anhaltenden und fast unhörbaren Frequenz zu pfeifen. Ein hektisches Rauschen und Kratzen ertönte aus dem Gerät, als Elise die elektrischen Signale zerhackte.

Kurz darauf tauchte Nick aus dem Wasser auf. Als Erstes sah er Ajay, der ihn aufgeregt ans Ufer winkte, wo ihn die Kamera nicht mehr erfassen konnte. Triefend nass schleppte er sich zu ihm an den Waldrand.

Unmittelbar hinter Nick durchbrach etwas Kleineres die Wasseroberfläche. Zuerst dachte Ajay, er würde den Kopf eines Otters sehen, aber im nächsten Augenblick wurde die Gestalt durch einen plötzlichen Strudel verzerrt und verwandelte sich in die eines Mannes.

Coach Ira Jericho stieg aus dem See und folgte Nick rasch in den Schutz der Bäume. Ajay eilte ihm hinterher. Völlig verdutzt versuchte er zu begreifen, was er da gerade gesehen hatte, und glotzte den Coach fassungslos an.

»Es gehört sich nicht, Leute anzustarren«, erklärte Jericho, ohne sich ihm zuzuwenden.

»Starre ich? Ich glaube nicht – das heißt, ich hatte nicht die Absicht zu starren, falls ich es tatsächlich tue. Jetzt schaue ich nach hier drüben ...«

Im nächsten Moment sprang Elise vom Baum herunter. »Wir müssen los«, flüsterte sie.

Geduckt lief sie voran und führte die anderen zurück durch den Wald zum Mausoleum. Jericho trabte neben ihr her, gefolgt von Nick und Ajay.

»Hast du etwas von Will gehört?«, erkundigte sich Jericho.

»Bis jetzt nicht«, antwortete Elise und schaute auf ihre Uhr. »Aber wenn er sich meldet, müssen wir bei diesem Aufzug sein.«

»Nick, haben die anderen dich wie geplant kontaktiert?«, erkundigte sich Ajay.

»Direkt heute Morgen«, teilte Nick ihm mit und schaute ebenfalls auf die Uhr. »Der Perfessor sagte, sie würden rechtzeitig am vereinbarten Ort sein.«

»Vertraust du ihnen?«, fragte ihn Elise über ihre Schulter hinweg.

»Ich vertraue darauf, dass sie tun werden, was er ihnen sagt. Ja, absolut. Warum, du etwa nicht?«

»Ich vertraue schon lange niemandem mehr«, erwiderte sie.

»Deine Art zu denken gefällt mir«, sagte Jericho.

***

Franklin führte Will in den Raum mit den aphotischen Geräten. Clegg folgte den beiden, während Hobbes und die Hodaks bei der Tür blieben. Will mobilisierte seine stärksten mentalen Abwehrkräfte und hielt sich so weit wie möglich von den dreien entfernt. Er verschloss seinen Geist, um zu verhindern, dass einer von ihnen aus seinen Gedanken, seiner Mimik oder seinem Verhalten ablesen konnte, was er vorhatte. Am meisten war er vor Clegg auf der Hut, der ihm schon immer unheimlich gewesen war und körperlich durchaus in der Lage schien, ihm Schwierigkeiten zu machen.

»Wir alle haben das große Glück, Will, dass die Anderen sich uns gegenüber in unserer langen und für beide Seiten fruchtbaren Beziehung als so großzügig erwiesen haben«, erklärte Franklin und fuhr mit der Hand über ein Bedienungsfeld neben der Tür.

»Inwiefern?«

»Sie haben uns eine Fülle von Wundern geschenkt. Seit dem Ende des Zweiten Weltkriegs haben Dr. Abelson und unser Forschungs- und Entwicklungsteam Dutzende ihrer Geschenke in bahnbrechende, inzwischen patentierte wissenschaftliche und industrielle Anwendungen verwandelt.«

Während Franklin sprach, wurden die nackten weißen Wände

des Raums wie Leinwände angestrahlt. Eine Diashow moderner technologischer Errungenschaften lief um sie herum ab. Viele der Objekte sahen rein technisch und obskur aus, aber mehr als nur ein paar – ein Faxgerät, eine Mikrowelle, ein Handy – waren ganz gewöhnliche, vertraute Gebrauchsgüter.

»Du machst Witze«, meinte Will.

»Keineswegs. Das war ihre Absicht, denn durch die kommerzielle Nutzung dieser eher prosaischen Gaben verfügten wir über eine unerschöpfliche Quelle zur Finanzierung unserer ... ambitionierteren Vorhaben.«

Sie näherten sich den beiden glänzenden Stahlzylindern in der Mitte des Raums, die Will bei seinem letzten Besuch hier unten entdeckt hatte. Clegg postierte sich direkt hinter Wills linker Schulter, sodass Will ihn nur schwer sehen konnte.

Vielleicht vertraut mir Franklin doch nicht so sehr, wie ich dachte.

»In den vergangenen dreißig Jahren gaben sie uns Hinweise auf spezielle Vorrichtungen, die unseren höheren Zielen dienlicher waren«, fuhr Franklin fort und strich über einen der glatten, glänzenden Behälter.

»Dinge, die euch halfen, mit der Verwirklichung der Paladin-Prophezeiung zu beginnen«, folgerte Will.

»Ganz genau«, bestätigte Franklin und hob dann den Zeigefinger. »Aber es war nicht allein ihr Werk. Ich freue mich, dir mitteilen zu können, dass die Forschung deines Vaters uns den Schlüssel zur Verwirklichung unserer Ziele lieferte. Trotz seines späteren Verrats zolle ich ihm die gebührende Anerkennung dafür.«

»Was meinst du mit Verrat?«, fragte Will so neutral wie möglich.

»Nachdem er seine bahnbrechende Entdeckung gemacht hatte, hatte Hugh meiner Meinung nach das Recht zu erfahren, wie wir seine Forschungsergebnisse nutzen würden. Meine Hoffnung, ja meine natürliche Erwartung war die, er würde sich dafür entscheiden, uns auf unserem weiteren Weg zu begleiten und die Früchte seiner Arbeit gemeinsam mit uns ernten. Stattdessen entschied dein Vater sich dafür davonzulaufen.«

Will bemerkte, dass Lemuel Clegg höhnisch grinste. Am liebsten hätte er ihm dieses Grinsen aus dem Gesicht geschlagen. »Warum hat er das deiner Meinung nach getan?«

Franklins Blick verschleierte sich und er schaute verbittert fort. Offenbar war dies noch immer ein schmerzhaftes und unangenehmes Thema für ihn. »Deine Mutter war damals mit dir schwanger, Will. Leider konnten die beiden lange Jahre keine Kinder bekommen. Sie hatte eine Reihe von Fehlgeburten. Es war wirklich sehr traurig. Also ... traf ich die Entscheidung für deine Eltern ... sie zum Teil des Programms zu machen.«

»In einer dieser Kliniken für Reproduktionsmedizin, die du damals geleitet hast«, ergänzte Will.

»Richtig. Nicht weit von hier. In Chicago.«

»Und sie erfuhren nie, in was sie da hineingeraten waren?«

Noch immer schaute Franklin ihm nicht in die Augen. Er wirkte aufgewühlt, weil er entweder auf seinen Sohn oder auf sich selbst wütend war – oder vielleicht beides.

»Nicht in allen Einzelheiten, nein. Soweit sie wussten, war es eine gewöhnliche Klinik, die sich an die normalen Richtlinien für Fertilitätsbehandlungen hielt.«

Will bemühte sich, seine Wut herunterzuschlucken und neutral zu klingen. »Warum hast du das getan?«

»Es war meine Entscheidung. Ich habe sie mir nicht leicht gemacht, aber ich habe auch nicht gezögert. Aus mehreren Gründen, Will. Ich glaubte, damit sicherstellen zu können, dass mein Sohn sich unserer Sache verpflichtet fühlt. Ich habe ihn vollkommen missverstanden. Er nahm mir meinen einzigen Enkel und versteckte dich all die Jahre vor mir, lebte im Schatten wie ein gewöhnlicher Krimineller.«

»Meinst du nicht, er hatte ein Recht, verärgert zu sein?«, sagte Will, bereute die Frage aber sofort.

»Dazu hatte er nicht das Recht! Nicht nach allem, was ich durchgemacht habe. Er hatte nicht das Recht, dich mir wegzunehmen! Ich konnte nicht zulassen, dass er das tat!«

Will musste den Blick abwenden, denn er konnte seine Wut auf diesen Mann kaum noch im Zaum halten.

»Zum Glück gab es andere Mitglieder der Familie, die sich nicht so anstellten und mich bei meinem großen Werk unterstützten.« Will bemerkte, dass Franklin Lemuel Clegg einen seltsamen Blick zuwarf, den dieser so voller Zorn und Stolz erwiderte, dass sich Will keinen Reim darauf machen konnte.

Franklin trat zu Will und sah ihn mit roten, weit geöffneten Augen flehentlich an, als ob er erwartete, dass Will Verständnis zeigte und ihn anhörte.

»Warum habe ich wohl all diese Jahre so verzweifelt nach dir gesucht? Ich habe die Hoffnung nie aufgegeben, dass du und ich wieder vereint sein würden. Ich musste vor langer Zeit einsehen, dass ich deinen Vater verloren hatte, aber dich wollte ich auf keinen Fall verlieren!«

Seit ihrer verhängnisvollen Begegnung sechs Wochen zuvor, als Will erfahren hatte, dass sein Vater Hugh noch lebte, hatte er ihn nicht wiedergesehen. Er wusste, dass Hugh gewissermaßen hier gefangen gehalten und gezwungen wurde, wieder an Franklins infernalischem Programm mitzuarbeiten. Will hätte den alten Mann am liebsten gepackt, damit er ihm sagte, wo sein Vater war, und verlangt, ihn freizulassen. Aber er wagte es nicht, denn er wusste, er würde sich nicht beherrschen können. Seine Rache musste warten; er durfte ihr Vorhaben nicht aufs Spiel setzen.

Er biss sich auf die Zunge und drehte sich wieder zu Franklin um, entschlossen, sich nichts anmerken zu lassen. »Aber was war dieses Mal anders? Es war schon einmal schiefgegangen. Woher wusstest du, dass das Verfahren funktionieren würde?«

»Die Ironie liegt darin, dass die Forschung deines Vaters uns die richtige Technik lieferte«, antwortete Franklin, der sich inzwischen etwas beruhigt hatte. »Und von dieser Zeit an gaben unsere Freunde auf der anderen Seite uns das Material, das wir brauchten, um das Programm so durchzuführen, wie es geplant war.«

Will ließ Clegg nicht aus den Augen, der jedes Mal sehr seltsam reagierte, wenn Franklin Wills Vater erwähnte. »Und alles, was sie dafür verlangten, war ... was?«

Franklin zögerte. Will spürte, dass er nicht die Wahrheit sagen würde. »Etwas, das wir ihnen natürlich niemals geben würden. Jedenfalls nicht zu ihren Bedingungen.«

»Aber sie suchen doch einen Weg zurück in diese Welt, oder nicht?«

»Das trifft es nicht ganz«, berichtigte Franklin ihn und hob einen Zeigefinger. »Sie suchen *unbeschränkten* Zugang und die Betonung liegt auf dem Wort *unbeschränkt*. Unsere Position ist eine etwas andere, verstehst du. Wir sind der Ansicht, dass wir diesen Zugang kontrollieren sollten.«

Will versuchte, nicht allzu skeptisch zu klingen. »Und du glaubst wirklich, dass wir das bestimmen können?«

»Solange wir diese Apparate kontrollieren, ja«, versicherte Franklin und legte seine Hände jeweils auf eine bestimmte Stelle oben auf den Zylindern. »Es besteht überhaupt kein Grund zur Sorge. Sie können zu unseren Bedingungen in diese Welt zurückkehren – und nur zu unseren Bedingungen.«

Die beiden Zylinder öffneten sich, wie Will es schon einmal gesehen hatte. An der Vorderseite erschien ein schmaler vertikaler Saum, der sich zu einem Spalt weitete, bis sich die Behälter schließlich wie Türen öffneten und den Blick auf eine Reihe von Schubladen freigaben. Auch sie glitten lautlos auf und jede von ihnen war wieder in Fächer unterteilt, in denen sich jeweils ein aphotisches Gerät befand. In der mittleren Schublade des rechten Zylinders lag das pistolenartige Objekt, mit dem Lyle damals ein Portal ins Niegewesen geöffnet hatte.

Der Schnitzer.

Will drehte sich ein wenig zur Seite und schloss für einen Moment die Augen. Er konzentrierte sich und lokalisierte Elise – sie war genau dort, wo sie sein sollte, direkt vor dem Aufzug im Erdgeschoss. Er schickte ihr die Zahlenkombination für die Schalttafel, mit der sein Großvater den Fahrstuhl in Gang gesetzt hatte.

4951.

Kurz darauf hörte er ihre Stimme in seinem Kopf: *Verstanden.*

Als er die Augen wieder öffnete, lächelte Franklin ihn verschlagen an.

»Was ist?«, fragte Will.

»Es gibt da noch etwas, das du wissen solltest, Will. Aber ich warne dich: Du könntest es beunruhigend finden.«

Will wartete.

»Nachdem dein Vater seine bahnbrechende Entdeckung gemacht hatte – die Entwicklung einer Methode, welche es uns ermöglichte, unmittelbar *in vitro* an der Verbesserung des menschlichen genetischen Potenzials zu arbeiten –, sandten unsere geschätzten Freunde uns das kostbarste Geschenk von allen. Ein Geschenk, das uns dazu verhalf, eine ganz neue Generation von Paladinen zu erschaffen.«

»Und das wäre?«, fragte Will.

»Das Geschenk, das euch alle – Courtney und Todd hier, die letzten beiden und alle zukünftigen Ritter-Klassen, deine Freunde und sogar dich, mein Junge – zu dem gemacht hat, was ihr heute seid.«

Alle lächelten ihn wissend an.

»Tut mir leid ... Das verstehe ich nicht.«

Franklin kam näher, lächelte wieder und erklärte mit sanfter Stimme: »Das genetische Material, das dich, zusammen mit den beachtlichen Fähigkeiten, die du bereits von unserer Familie geerbt hast, zu dem macht, was du heute bist, so einzigartig und bemerkenswert ... Verstehst du es jetzt?«

Will spürte, wie sein Geist sich verschloss – er wollte nichts von dem glauben, was er gerade zu hören bekam.

»Eure Verbesserungen«, sagte Franklin mit leuchtenden Augen, »waren ihr *Vermächtnis*. Das genetische Material ... stammte von *ihnen*. Von den Anderen. Unser Traum ist mit dir wahr geworden, Will. Du bist der lebende Beweis, mein Meisterwerk.«

Sie hörten ein Rucken aus dem Raum nebenan – der Aufzug fuhr wieder durch den Schacht nach oben.

DREI

Zwei Monate zuvor

WILLS LEBENSREGEL Nr. 3:
WENN DU DEINE WAHREN GEFÜHLE VOR DEINEN FREUNDEN VERBERGEN MUSST,
DANN SIND ES NICHT DEINE FREUNDE.

Auf einem der Dächer von »The Crag« stand Will wie gelähmt neben Franklin Greenwood und starrte durch eine dicke Einwegscheibe auf seinen Vater. Hugh Greenwood trug einen Arztkittel und hielt Elise, die bewusstlos auf einem Operationstisch lag, ein Skalpell an die Kehle. Hinter ihm stand Mr Hobbes und drückte ihm den Lauf einer Pistole an die Schläfe.

»Das ist eine Einwegscheibe«, erklärte Franklin. »Er kann dich weder sehen noch hören. Ich gebe dir mein Ehrenwort, Will: Solange du einfach das tust, worum ich dich bitte, wird weder ihm noch Miss Moreau noch sonst einem deiner Freunde auch nur ein Haar gekrümmt.«

»Warum sollte ich Ihnen glauben? Warum sollte ich Ihnen auch nur ein Wort glauben?«

»Weil ich Franklin Greenwood bin, mein lieber Junge, dein Großvater.«

Will zögerte keine Sekunde und schaute ihm entschlossen ins Gesicht. »Ich tue alles, was Sie sagen.«

Dieser kurze Moment, in dem er feststellen konnte, dass sein Vater am Leben war, beflügelte ihn mehr, als Raymond sich jemals hätte vorstellen können. Sie waren zwar beide Gefangene und noch immer in schrecklicher Gefahr, aber allein das Wissen, dass sein Vater noch lebte, genügte Will, um seine heimliche Wut anzufachen und ihn nicht aufgeben zu lassen.

An diesem Abend hatte er im Bett gelegen und das kleine Buch mit den Regeln seines Vaters durchgeblättert, in der Hoffnung auf einen passenden Rat. Schließlich entdeckte er hinten auf der Innenseite des Umschlags entlang der Bindung einen einzigen, leicht verblichenen Satz in der Handschrift seines Vaters:

Du musst jetzt deine eigenen Regeln aufstellen.

Sein Vater hatte recht. Er befand sich auf unbekanntem Terrain. Will wusste, dass er beobachtet wurde - sogar in seinem eigenen Zimmer - und deshalb wagte er es nicht, irgendetwas schriftlich festzuhalten. In dieser Nacht begann er, seine Gedanken zu speichern und sich eine Reihe von Regeln ins Gedächtnis einzuprägen, die ihm nicht nur helfen sollten, das alles durchzustehen, sondern ihm irgendwann auch ein Zurückschlagen ermöglichen würden. Doch diesen Kampf konnte er nicht alleine gewinnen. Wenn er Raymond und den Rittern nur den geringsten Anlass lieferte, an seiner Kooperationsbereitschaft zu zweifeln, würden sie ihn auspusten wie ein Streichholz.

Am nächsten Tag schwor er der wahnsinnigen Vision seines Großvaters die Treue und brachte Franklin dazu, Ajay, Nick und Elise zu verschonen. Er überzeugte den alten Mann sogar davon, dass er seine Freunde dazu bringen würde, sich auf die Seite der Ritter zu schlagen. Franklin schien ihm glauben zu wollen. In der darauf folgenden Woche traf Will sich mit jedem seiner Mitbewohner kurz allein - bis auf Brooke, die sie alle verraten hatte, aber davon hatte er noch niemandem erzählt - und brachte seine Argumente vor. Zugleich ließ er sie ohne Worte wissen, dass sie beobachtet wurden und nicht sagen durften, was sie wirklich dachten. Alle drei hörten schweigend zu und taten, auch wenn sie verwirrt waren, worum er sie bat.

Mehr traute er sich ihnen nicht mitzuteilen. Nick, Elise und Ajay stellten keine Fragen und widmeten sich wieder ganz ihrem vollen Stundenplan. Jeden Abend setzte Will zur Insel über, um mit seinem Großvater zu Abend zu essen. Franklin schien über Wills Kooperation und bislang auch über die Zustimmung seiner Mitbewohner erfreut.

Drei Wochen später kehrte Will eines Abends vom Essen mit Franklin zurück und fand Elise allein in der Wohnung vor. Sie saß am Esstisch und lernte. Ohne aufzublicken, schickte sie ihm eine Frage:

Können sie Gedanken lesen?

Will zog seine Jacke aus und legte seine Sachen ab, ohne sie anzusehen.

Ich glaube nicht, antwortete er. *Aber sie haben hier Kameras installiert. Und Mikrofone. Überall.*

Hab ich mir schon gedacht. Sie wissen nicht, dass du es weißt, oder?

Nein.

Sorgen wir dafür, dass es so bleibt.

Will ging in die Küche, um sich ein Sandwich zu machen. Die Gedankenverbindung zwischen ihm und Elise war stärker denn je und bei jedem Austausch schwangen Emotionen mit. Selbst ihr Schweigen war beredter als Worte.

Du musst mir sagen, was passiert ist. Ich kann mich an nichts mehr erinnern.

Sie haben dich betäubt, klärte Will sie auf.

Als er dann schweigend dasaß, sein Sandwich verspeiste und in einer Zeitschrift blätterte, während sie scheinbar konzentriert in ihrem Buch las und lernte, erzählte er Elise den Rest der Geschichte. Es sprudelte nur so aus ihm heraus – alles, was passiert war, seit sie in Lyles Höhle auf der Suche nach dem Schnitzer aus dem Hinterhalt überfallen worden waren. Den Schocker hob er sich bis zum Schluss auf: Der alte Mann, den sie als Mr Elliot kennengelernt hatten, war sein Großvater, Franklin Greenwood, der zweite – und schon lange tot geglaubte – Rektor des *Center for Integrated Learning.*

Elise sandte nicht eine einzige Reaktion zurück und blickte auch nicht auf, aber er wusste, dass sie nicht las. Als er seinen Bericht beendet hatte, hielt sie einen Augenblick inne und tat so, als würde sie etwas aufschreiben. Dann antwortete sie endlich:

Nette Familie hast du da, West.

Will lächelte, als habe er etwas Witziges in der Zeitschrift gelesen.

Ich habe einen Plan, teilte er ihr mit.

Na toll. Als du das letzte Mal einen Plan hattest, wurde ich betäubt wie eine Laborratte, an eine Trage gefesselt und hätte beinahe meine Stimme verloren.

Sie radierte wütend etwas auf ihrem Notizblock aus.

Ich kann nicht garantieren, dass es funktioniert, ließ Will sie wissen. *Ich kann nicht einmal versprechen, dass wir es überleben. Aber wenn wir nicht zurückschlagen, und zwar bald, haben wir überhaupt keine Chance mehr.*

Welche Möglichkeiten haben wir sonst noch?

Elise nahm einen Schluck aus ihrer Wasserflasche.

Es gibt nur noch eine andere Möglichkeit, am Leben zu bleiben: Aufgeben, bei ihrem Programm mitmachen und zusehen, wie diese Irren unsere Welt zerstören.

Elise verschluckte sich und hustete. Will schaute von seiner Zeitschrift auf.

»Alles in Ordnung?«, fragte er laut.

Sie nickte und schickte ihm, noch immer hustend, einen Gedanken: *Was ist mit deinem Vater, Will? Wenn er hier ist und lebt, kann er uns dann nicht helfen?*

Will blätterte eine Seite um. *Ich habe ihn nicht wiedergesehen und auch nicht wieder erwähnt. Ich nehme an, Franklin hat ihn irgendwo weggesperrt, falls er eine Trumpfkarte gegen mich braucht.*

Und Franklin hat dir abgekauft, dass du mitmachst? Sicher?

Ich arbeite daran. Ich bin ihm gegenüber im Vorteil. Franklins einzige Schwäche – abgesehen davon, dass er komplett durchgeknallt ist – besteht darin, dass er so an mir hängt. Er will mir glauben. Wenn es um die Familie geht, ist er sehr sentimental. Ich bin der Einzige, der noch übrig ist und der seiner Meinung nach sein psychotisches und wirres ›Vermächtnis‹ erfüllen kann.

Die Wohnungstür öffnete sich und Nick und Ajay stapften herein. Sie stellten ihre Taschen ab, grunzten ein Hallo und gingen auf ihre Zimmer.

Wann sollen wir ihnen davon erzählen?

Morgen früh, teilte Will ihr mit und schaute auf seine Uhr. *Um neun. Bring sie mit zu Coach Jerichos Außenbüro, dem großem Baum hinter der Sporthalle.*

Jericho? Warum Jericho?

Weil er die einzige andere Person auf diesem Planeten ist, auf die ich mich absolut verlassen kann – abgesehen von dir. Es tut mir leid, dass ich so lange gewartet habe, dir das alles zu erzählen, aber ich musste erst sichergehen. Ich hätte es nie so weit geschafft, wenn ich nicht gewusst hätte, dass du für mich da bist.

Er riskierte es und sah sie an. Elise zögerte und schaute dann fort, aber was sie fühlte, konnte sie ihm auch ohne Worte vermitteln. Die Stimmung änderte sich, als Brooke durch die Tür kam, lächelnd und gut gelaunt. Sie hatte ihre blonde Mähne unter einen modischen Hut gestopft und begrüßte die beiden herzlich.

»Hey, Leute, wie war euer Tag?«

»Nicht schlecht«, entgegnete Will.

»Okay«, sagte Elise.

»Schön, schön«, meinte Brooke und ging an ihnen vorbei in die Küche. »Meiner war hervorragend. Ich häng mich gleich über die Bücher – morgen ist Chemieklausur. Möchte einer von euch irgendwas?«

»Nein danke«, antwortete Will.

Was ist mit ihr?

Will hatte gewusst, dass Elise diese Frage früher oder später stellen würde, und formulierte seine Antwort vorsichtig: *Sie weiß von alldem nichts. Ich werde es dir morgen erklären. Und jetzt muss ich wirklich alleine mit ihr reden.*

»Mist, diese blöde Chemieklausur hab ich völlig vergessen«, verkündete Elise und stand vom Tisch auf. »Ich gebe besser auch mal Gas. Bis morgen.«

Sie ging direkt in ihr Zimmer und schloss die Tür hinter sich. Brooke kam aus der Küche und löffelte einen Joghurt.

»Ist mit ihr alles in Ordnung?«, wollte sie von Will wissen.

»Wieso?«

»Ich weiß nicht, aber sie ist in letzter Zeit wirklich sehr still gewesen. Ich glaube, da stimmt irgendwas nicht.«

»Kannst du dich mal kurz hinsetzen?«, bat er sie und zog einen Stuhl für sie unter dem Tisch hervor.

Etwas an seinem Tonfall ließ sie aufhorchen und sie nahm Platz. »Was ist los?«

Will schaute in ihre strahlend blauen Augen und lächelte sie an. Sie lächelte zurück und legt kurz die Hand auf sein Knie. Will wusste, dass sie ihn an Franklin und die Ritter verraten hatte. Die ganze Zeit über war sie die Verräterin in ihrer Gruppe gewesen, schon seit ihrem ersten Jahr, noch bevor Will überhaupt an die

Schule gekommen war. Er hatte versucht, ihre Gründe zu verstehen. Am ehesten konnte er es sich damit erklären, dass die Loyalität ihrer Familie gegenüber – ihr Vater, der Diplomat, war seit seinem Abschluss am Center ein Ritter – stärker war als die Gefühle für ihre Mitschüler.

Ohne Zweifel erstattete sie Franklin noch immer jeden Tag Bericht. Brooke konnte aus nächster Nähe verfolgen, was es mit Wills angeblicher »Bekehrung« auf sich hatte, und würde die geringsten Schwächen oder Ungereimtheiten sofort bemerken. Diese schönen Augen konnten leider sehr wohl lügen.

Will dachte: *Man muss selbst ein Lügner sein, um einen zu erkennen. Und auch, um einen Lügner hinters Licht zu führen.*

»Ich muss dir etwas Unglaubliches erzählen«, flüsterte er, »aber du musst mir versprechen, den anderen nichts davon zu sagen. Du bist die Einzige, der ich vertrauen kann.«

Brooke zog interessiert die Augenbrauen hoch und beugte sich näher zu ihm vor. »Was denn, Will?«

Er sprudelte die ganze Geschichte sehr überzeugend heraus. Wie er erfahren hatte, wer sein Großvater war. Was der ihm über die Ritter mitgeteilt hatte. Wie er sich entschlossen hatte, ihren Mitbewohnern nichts davon zu erzählen.

»Aber wieso, Will? Meinst du nicht, sie sollten es wissen?«

»Nein, wir dürfen ihnen nichts davon sagen.«

»Ich verstehe nicht ...«

»Weil mein Großvater mir klargemacht hat, dass ich ein ganz falsches Bild von den Rittern hatte. Von Anfang an. Es kann wirklich sein, dass ich ... mich völlig in ihnen geirrt habe.«

Er sah, wie Brooke sich bemühte, die »richtige« Antwort zu formulieren, aber sie konnte nicht verbergen, dass sie tatsächlich überrascht war.

»Was macht dich so sicher?«, fragte sie schließlich bedächtig.

»Sie haben gute Gründe für alles, was sie getan haben. Ich weiß, es klingt verrückt, aber Franklin hat mich so gut wie überzeugt, dass sie einer gerechten Sache dienen ...«

»Was?«

»Nicht so laut«, mahnte Will. »Ehrlich. Sie wollten immer nur die Zukunft sichern. Unsere Zukunft, Brooke. Das ist es, was sie hier tun. Deshalb haben sie das mit uns gemacht und deshalb sind wir so, wie wir sind.«

»Das kann nicht dein Ernst sein, Will.«

»Sieh uns doch an, Brooke, sieh dir an, wozu wir fähig sind. Was auch immer du sonst von ihnen halten magst, der Plan, den die Ritter für uns hatten, ist aufgegangen. Das kannst du nicht leugnen. Die Schule, das gesamte Paladin-Programm ... mit alldem wollten sie uns helfen, unser Potenzial zu erreichen, zum Wohl der Welt. Das war von Anfang an ihre Absicht.«

Brooke tat weiterhin so, als sei sie skeptisch, und wollte weitere Gründe hören, warum er seine Meinung geändert hatte, aber Will sah, dass es ihr immer schwererfiel, die Freude zu unterdrücken, die sie im Inneren empfand.

»Ich habe so viel durchgemacht ... Ich musste von zu Hause fort und habe meine Eltern verloren. Mein ganzes Leben wurde auf den Kopf gestellt. Ich glaube, als ich hierherkam, habe ich jemanden gesucht, dem ich die Schuld dafür geben konnte – eine Möglichkeit, den Schmerz loszuwerden. Die Ritter kamen mir da gerade recht, um alles zu verdrängen und so zu tun, als sei es nicht real. Mein Großvater hat mir geholfen, das zu erkennen.«

Es funktionierte. Er wusste, dass er sie damit erreichte, auch wenn sie sich noch so sehr verstellte.

»Brooke, ich erwarte nicht, dass du das alles gutgläubig akzeptierst, und das verlange ich auch nicht von dir. Ich will dir nur sagen, dass mein Großvater eine Vision für mich hat, und ich glaube inzwischen auch daran. Für ihn spiele ich eine zentrale Rolle in der Prophezeiung.«

Sie blickte ihm geradewegs in die Augen. »Warum erzählst du mir das alles?«

Er schaute sie eindringlich an und beugte sich noch näher zu ihr, bevor er antwortete: »Weil hier sonst niemand mehr ist, dem ich vertraue. Du bist die Einzige, die das vielleicht versteht ... aber ich denke wirklich ernsthaft darüber nach, dem zuzustimmen, was er für mich vorgesehen hat.«

Es tat ihm von Herzen weh, sie so schamlos anzulügen. Ein paar Monate zuvor war er mehr als nur halb in sie verliebt gewesen. Er musste sich immer wieder bewusst machen, dass Brookes Verrat ihn und seine Freunde ein paar Mal fast das Leben gekostet hätte und vermutlich für den Tod ihres früheren Mitbewohners Ronnie Murso verantwortlich war.

Diese schreckliche Erinnerung veranlasste Will, seinen Geist mit der Gedankenform einer dicken Stahlwand abzuschirmen, während sie sich unterhielten. Damit würde er sie vollständig ausschließen; alles, woran sie sich halten konnte, war das, was er ihr sagte und wie er es ihr verkaufte. Er hatte sich notgedrungen schon immer gut darauf verstanden, seine Gefühle zu verbergen, aber er wusste noch immer nicht, ob sie ihm seine Worte völlig abgekauft hatte.

Um sie vollends zu überzeugen, ergriff er ihre Hände und schaute ihr tief in die Augen. »Wie auch immer du dazu stehst ... wie du dich auch entscheidest, es muss unter uns bleiben und du darfst den anderen nichts davon erzählen. Ist das zu viel verlangt?«

Sie senkte den Blick und simulierte so überzeugend eine innere Zerrissenheit, dass er halb hoffte, sie sei echt. Dann schaute sie zu ihm auf und ihre Augen leuchteten vor Aufrichtigkeit und Verwirrung.

»Ich will dir wirklich gern glauben, Will ... aber ich muss das alles erst einmal verarbeiten. Kannst du mir ein wenig Zeit lassen oder ist das zu viel verlangt?«

Zeit genug, um sich mit Franklin in Verbindung zu setzen und ihn zu fragen, wie sie reagieren sollte.

»Das verstehe ich vollkommen. Nimm dir so viel Zeit, wie du brauchst.«

Sie standen auf und er umarmte sie herzlich, versuchte zu ignorieren, welche Gefühle die Wärme ihres Körpers in ihm weckte. Als sie ihn auf die Wange küsste und dann in ihr Zimmer verschwand, hatte Will kaum noch Zweifel, dass sie ihm die Geschichte abgekauft hatte. Dagegen fiel es ihm viel schwerer, sich selbst davon zu überzeugen, dass die Gefühle, die sie noch immer in ihm auslöste, ihm nichts bedeuteten.

Als er am nächsten Morgen zum Laufen ging – und seine Schnelligkeit nutzte, um sicherzugehen, dass ihm niemand folgte –, war Will der Letzte, der bei Jerichos alter Eiche hinter der Sporthalle eintraf. Coach Jericho, groß und scharfkantig wie eine Klinge in seinen schwarzen Laufhosen, führte sie schnell tiefer in den Schutz des Waldes und hielt dann Wache, während Will Nick und Ajay erzählte, was er Elise am Abend zuvor eröffnet hatte.

Kaum hatte Will geendet, sprang Ajay auf ihn zu und umarmte ihn ungestüm. Nick folgte nur eine Sekunde später und hob die beiden in die Luft. Will sah Tränen in Ajays Augen, während Nick seine ganz fest geschlossen hielt.

»Ja, ja!«, rief Nick begeistert.

»Okay, schon gut«, beschwichtigte Will, der kaum noch Luft bekam. »Zerquetscht mich nicht.«

»Ich wusste es, ich wusste es!«, sagte Ajay zu Nick. »Ich habe dir doch gesagt, dass wir auf ihn zählen können.«

»Moment: Das habe ich dir gesagt«, behauptete Nick ganz dicht an Wills Ohr.

»Blödsinn, ich habe Will mehr vertraut als du. Ich habe nie aufgehört zu glauben, dass …«

»Du hast echt einen Sprung in der Schüssel, Ajay.«

»Nick, ich kriege keine Luft«, protestierte Will und versuchte, sich zu befreien.

»Streitet euch nicht wegen ihm, ihr Idioten«, intervenierte Elise und trennte sie. »Hebt eure Energie für die Bösen auf.«

»Also, was werden wir tun, Will? Wie werden wir zurückschlagen?«, wollte Ajay wissen, als er endlich von ihm abließ. »Denkst du an einen Frontalangriff oder eher an etwas, das hinterhältiger und nicht ganz so selbstmörderisch ist?«

»Hey, warum ist Brooke nicht hier?«, wunderte sich Nick.

Will schaute zu Elise. »Ich habe ihr nicht gesagt, dass sie kommen soll.«

»Also hast du es ihr schon erzählt?«, fragte Ajay.

»Nein.« Will war sich sicher, dass sie ihm anmerkten, wie unbehaglich er sich fühlte. »Und im Augenblick darf ihr auch keiner von uns ein Wort davon erzählen. Sie weiß nichts und sie braucht auch nichts zu wissen und dabei muss es bleiben.«

»Ganz schön viel verlangt, das einfach so zu akzeptieren, Will«, meinte Ajay verwundert. »Warum?«

»Weil man ihr nicht vertrauen kann.« Coach Jerichos Stimme meldete sich von hinten und ließ sie alle zusammenfahren.

»Aber *warum?«*, wiederholte Nick.

»Weil Brooke schon für sie gearbeitet hat, bevor ihr alle an die Schule gekommen seid«, antwortete Jericho unverblümt. »Sie hat euch vom ersten Tag an verraten und verkauft. Ihr Vater ist ein Ritter, gehört zum inneren Kreis, schon immer. Wie der Vater, so die Tochter. Sie spielt ein falsches Spiel.«

Nick war geschockt, Ajay sah völlig niedergeschlagen aus und Elise schlug mit der Faust gegen einen Baum, das Gesicht vor Wut verzerrt. Will hasste es, sie alle so leiden zu sehen.

Ira Jericho trat näher heran; seine scharf geschnittenen Gesichtszüge wirkten angespannt und gebieterisch. »Setz nicht dieses verletzte Gesicht auf, West. Sie müssen es erfahren. Was sie nicht wissen, kann sie umbringen.«

»Wahrscheinlich haben Sie recht«, murmelte Will.

»Warum weiß er davon?«, fragte Elise und deutete dabei mit dem Kinn auf Jericho.

»Ich habe es ihm zuerst erzählt«, gestand Will kleinlaut.

»Vor mir?« Elise wirkte verletzt.

»Du wirst es verschmerzen, Schwester«, meinte Jericho und schenkte ihr einen seiner typischen, unerbittlichen Blicke.

»Wie bitte?«, brauste Nick zu ihrer Verteidigung auf. »So können Sie nicht mit ihr reden.«

»Von jetzt an hält sich niemand mehr für wichtiger als die anderen. Mit anderen Worten: Ihr könnt keine Teenager mehr sein. Dieser Luxus ist vorbei, wahrscheinlich für immer. Will hat das alles die ganze Zeit für sich behalten und euch damit das Leben gerettet.«

Seine drei Mitbewohner schauten ihn leicht verschämt an.

»Wie ist ihm das eurer Meinung nach gelungen? Vergesst eure Empfindlichkeiten und gebt eure Egos an der Garderobe ab. Wenn von jetzt an einer von euch dieses Vertrauen zwischen euch missbraucht, wird der Rest sterben. Ist das deutlich genug für alle?«

Elise nickte, die Augen gesenkt.

Nach einem Moment des Schweigens ergriff Nick als Erster das Wort. »Wow, Coach, ich ... Ich wusste gar nicht, dass Sie so lange reden können.«

»Mir ist klar, dass Sie der Lauftrainer sind und all das, aber ich würde gerne wissen: Wer sind Sie wirklich, Sir?«, fragte Ajay.

»Gute Frage. Ich meine, sind Sie von der CIA oder so was?«, stimmte Nick ihm zu.

Jericho schloss die Augen und schüttelte kaum merklich den Kopf. »Mit Worten, die vielleicht sogar du verstehst, McLeish: Ich bin die beste Chance, die du hast, deinen nächsten Geburtstag zu erleben.«

»Okay, alles klar«, entgegnete Nick nachdenklich. »Damit kann ich arbeiten.«

»Leute«, sagte Will und holte etwas aus seiner Tasche. »Ich habe euch doch von einem Freund erzählt, der mir hilft. Von ihm weiß ich von den Portalen und den Rittern und er hat mir auch diese Brille hier gegeben.«

»Ich nehme an, du meinst diesen angeblich toten Hubschrauberpiloten?«, vergewisserte sich Ajay und wandte seinen Blick nach oben links, um seinen Erinnerungsspeicher anzuzapfen.

»Richtig«, bestätigte Will. »Bis auf die Tatsache, dass an ihm nichts Angebliches ist. Elise hat ihn kennengelernt, sozusagen.«

»Dave«, sagte Elise nur.

»Und war das, bevor oder nachdem der Wendigo ihn in das Niegewesen gezerrt hat?«, hakte Ajay nach.

»Danach.« Elise nickte. »Brooke hat ihn auch gesehen.«

»Stimmt«, bekräftigte Will. »Kurz zuvor hatte Dave mir gesagt, ich würde an der Schule jemanden treffen, der mir helfen könnte, das alles durchzustehen. Also ...«

Will drehte sich zu Coach Jericho und breitete die Arme aus, als präsentiere er ihn den anderen. Jericho spielte mit und salutierte kurz in seine Richtung.

»Okay, ich verstehe«, sagte Ajay. »Aber wenn Sie so freundlich wären, Sir: Was genau haben Sie mit Wills derzeitiger ... Situation zu tun?«

Jericho seufzte und schüttelte den Kopf.

»Entschuldigen Sie, wenn ich so hartnäckig insistiere, Sir«, begann Ajay und fuchtelte mit den Händen. »Aber als der inoffizielle Hüter des Durchblicks unserer bescheidenen kleinen Gruppe wäre es mir wirklich eine sehr große Hilfe, wenn ich wenigstens eine ungefähre Vorstellung davon hätte, wie Sie ins Bild passen.«

Jericho schaute wieder zu Will, der entschuldigend die Schultern zuckte. »Ich glaube, Sie sollten es ihnen sagen.«

»Zunächst einmal: Ich kenne alle Geschichten, die sich die Schüler über mich erzählen«, verkündete Jericho genervt. »Und zweitens: Ich bin nicht der Ururenkel von Crazy Horse.«

»Och«, machte Nick enttäuscht.

»Ich bin sein Urururenkel«, stellte Jericho klar und hielt drei Finger in die Luft. »Warum könnt ihr Armleuchter euch das nicht merken?«

»Ich wusste es«, rief Nick, drehte sich zu Ajay und klatschte ihn ab. »Ich hab's dir doch gesagt!«

»Und welche Bedeutung hat dieser, zugegeben bemerkenswerte, Familienstammbaum für uns?«, wollte Ajay wissen.

Jericho ging tiefer in den Waldrand hinein. Er sprach ganz leise, flüsterte fast, den Blick fest auf die Bäume gerichtet.

»Das hier war einst unsere Heimat, für lange Zeit, für über zehntausend Jahre. Glaubt man den Legenden, erfuhr mein Volk schon sehr früh von dem, was ihr dort unten gesehen habt.«

»Was haben sie dagegen unternommen?«, erkundigte sich Elise.

»Sie konnten nicht viel tun. Es gab dort unten eine finstere Macht, aber sie schien nur latent vorhanden zu sein und zu schlafen. Daher wurden die Angehörigen meiner Linie damit betraut ... Wache zu halten, sollte sich je ein Teil dieser Macht regen. Aber diese Tradition ging vor einigen Generationen unter, als mein Volk von diesem Land vertrieben wurde.«

»Und in dieser Zeit, so vermute ich, erschienen der alte Ian Cornish und seine Familie auf der Bildfläche«, sagte Ajay.

»Richtig«, bestätigte Jericho.

»Und alle waren froh und munter«, kommentierte Elise trocken.

»Moment mal, wollen Sie damit sagen, dass Sie der letzte einer Linie von Schamanenheinis sind?«, fragte Nick mit gerunzelter Stirn.

Jericho wandte sich der Gruppe zu, aber seine Stimme klang, als käme sie aus weiter Entfernung. »In den Reservaten mussten sie es verbergen, um zu überleben. Die Zeiten änderten sich. Doch wenn man seine Talente lange genug unterdrückt, verschwinden sie allmählich. Dann zogen wir in die Städte.

Mein Großvater war Mechaniker in einer Autowerkstatt in St. Paul. Mein Vater war Mittelstreckenläufer am College und unterrichtete dann Gemeinschaftskunde an einer staatlichen Schule. Aber beide kannten unsere Familiengeschichte, und sobald ich alt genug war, erzählten sie mir alles darüber. Dass sie diese Tradition fast ein Jahrhundert lang verbergen mussten, um zu überleben.

Aber wieder änderten sich die Zeiten. Meine Generation blickte auf die Vergangenheit zurück und erkannte, wie viel wir verloren hatten. Ich war etwa in eurem Alter, als ich beschloss, mich in den alten Lehren unterweisen zu lassen.«

»Wie denn?«, wollte Ajay wissen.

»Ich musste diesen verrückten alten Kauz aufspüren. Er lebte alleine in einer Jurte, völlig abgelegen in den Black Hills. Medizinmann, ungefähr fünfundneunzig. Aber nicht mehr der Fitteste; er war halb taub, halb blind, hatte eine Haut wie ein Alligator und war hinterhältig wie eine Schlange. Ein paar aus meinem Stamm sagten mir, er sei der Letzte, der mir noch beibringen könne, den Weg zu gehen. Hatte kein Klo und keinen Cent auf der Tasche, aber ich sah sofort, dass er mehr Würde besaß als jeder Mensch, dem ich bis dahin begegnet war. Zuerst wollte er überhaupt nicht mit mir reden. Tat so, als könne er nichts hören, und gab mir zu verstehen, ich solle verschwinden. Also schlief ich einfach auf dem Boden draußen vor seiner Jurte. Es dauerte sechs Monate, bis er davon überzeugt war, dass ich es ernst meinte, und er ein Wort sagte.«

»Er war also Ihr Lehrer«, folgerte Elise leise.

»Und ich nehme an, er lehrte Sie ... eine Menge mythischer – ich meine traditioneller – Fertigkeiten«, ergänzte Ajay und schaute auf den kleinen Lederbeutel, den Jericho um den Hals trug. »Schamanistisch gesprochen.«

»Ganz genau.« Jericho schaute die Freunde wieder an.

»Fertigkeiten wie ...«

»Nach ein paar Jahren erzählte er mir, was sich tief hier unter der Erde befand«, fuhr Jericho fort, ohne auf Ajays Aufforderung einzugehen. »Und er sagte, jemand von unserem Volk müsse diesen Posten besetzen. Da ich zu diesem Zeitpunkt gekommen sei, könne das nur bedeuten, dass ich derjenige sei. Seitdem bin ich hier, seit über zwanzig Jahren.«

»Coach«, sagte Nick ernsthaft, »was Sie uns da gerade erzählt haben, ist wirklich wahnsinnig gewaltig und ich weiß eigentlich gar nicht, was das alles bedeutet. Aber ganz ehrlich? Ich habe Sie die ganze Zeit für einen stinknormalen Trainer gehalten und es tut mir super-, superleid, falls ich mich Ihnen gegenüber jemals wie ein Idiot benommen haben sollte.«

»Was meinst du mit ›falls‹?«, fragte Jericho.

»Gut gesagt, Nick«, fand Ajay. »Von Herzen und vollkommen unverständlich.«

»Glaubt ihr, mir macht dieser Job Spaß?«, protestierte Jericho aufgebracht. »Meine Aussicht auf ein normales Leben aufgeben und auf die verwöhnten Gören der Reichen aufpassen zu müssen, damit ich einen Haufen alter Knochen bewachen kann?«

»Aber Sie sind doch nicht verbittert oder so, stimmt's?«, fragte Nick.

Jericho seufzte schwer und lehnte sich gegen einen Baum. »Ich erzähle euch das nur, weil ich sichergehen möchte, dass jemand Lebendiges meine Geschichte kennt, sollte ich das, was vor uns liegt, nicht überleben.«

»Das setzt voraus, dass *wir* es überleben«, folgerte Ajay.

»Wie können wir sie aufhalten, Will?«, erkundigte sich Elise.

»Ja, Alter, wie ist der Plan?«

»Sobald ich sicher bin, dass mein Großvater mir vollkommen vertraut, werde ich ihn dazu bringen, mich zu dem Schnitzer zu führen«, antwortete Will. »Ich werde ihn stehlen und dann gehen wir alle zusammen rüber und holen Dave zurück.«

»Wir gehen ins Niegewesen?« Elise starrte ihn verblüfft an.

»Ja.«

»Moment mal: Was?«, rief Nick aus.

»Wir alle?«, fragte Ajay verängstigt.

»Hör bloß auf«, empörte sich Nick und hob abwehrend die Hand.

»Hast du überhaupt eine Ahnung, wie es dort ist, Will, oder wo wir Dave finden, wenn wir dort sind?«, wollte Elise wissen.

»Ja, was die erste Frage betrifft, und soweit ich weiß, ist es noch viel gefährlicher, als ich es jemals beschreiben kann. Und nein, ich habe keine Ahnung, wo Dave steckt.«

»Woher wissen wir, dass er überhaupt noch am Leben ist?«, fragte Nick.

»Er war nicht am Leben, als ich ihn kennenlernte«, stellte Will klar.

»Wie bitte?«

»Er meint: Sie können ihn nicht umbringen, weil er bereits tot ist«, erläuterte Jericho.

»So ist es«, bestätigte Will.

»Aber wieso?«, fragte Elise mit durchdringendem Blick. »Wieso müssen wir Dave finden?«

»Weil ich glaube, dass die Ritter und das Andere Team – diese Gestalten, die wir dort unten gesehen haben – bald losschlagen werden. Sie werden mit diesen Monstern einen Frontalangriff gegen uns starten. Und mit uns meine ich die ganze Welt. Glaubt man der Hierarchie, haben diese Wesen vor, die Menschen von der Landkarte zu tilgen und wieder die Herrschaft zu übernehmen. Und wenn sie damit recht haben ... ist Dave unsere beste und einzige Chance, sie aufzuhalten.«

»Was kann denn dieser Mr Dave, das ihn so superbesonders macht?«, wollte Nick wissen.

»Er kann die ganze Macht der Hierarchie gegen sie aufbieten und schwere Geschütze auffahren, sozusagen die Kavallerie herbeirufen.« Sofort schaute Will hinüber zu Jericho. »Entschuldigen Sie den Ausdruck.«

»Wäre nicht meine Wortwahl gewesen«, antwortete der.

»Dann lassen Sie es uns *Wak'an Tanka* nennen«, schlug Will vor.

»Das gefällt mir schon besser.«

»Warum kannst du die Hierarchie nicht selbst warnen?«, bohrte Elise. »Wozu brauchen wir Dave?«

»Ich wüsste nicht, wie ich das anstellen soll«, gestand Will. »Ich weiß nicht einmal, wo sie sind. Dave hat es mir nie gesagt.«

»Wie wär's mit Rausrennen und Rufen, Alter?«

»Nur der Vollständigkeit halber, Will: Was passiert, wenn wir deinen alten Kumpel Dave nicht retten?«, erkundigte sich Ajay.

»Es besteht die überaus große Wahrscheinlichkeit, dass wir dann das Ende unserer gesamten Art erleben«, gab Will zu.

Was er ihnen jedoch nicht sagte und was ihn mehr als alles andere beunruhigte, war die Tatsache, dass er schon seit Monaten keinen Pieps mehr von Dave gehört hatte; trotz aller Versuche war es ihm nicht gelungen, ihn über die mentale Verbindung, die sie aufgebaut hatten, zu erreichen. Er glaubte nur deshalb, dass Dave noch gerettet werden konnte, weil er felsenfest von der Überlebensfähigkeit des Mannes überzeugt war. Trotzdem wurde er die Befürchtung nicht los, dass er sie vielleicht alle damit ins Verderben riss.

»Okay, also angenommen, es gelingt uns irgendwie, deinen lieben Freund Dave ausfindig zu machen«, begann Ajay und ging mit auf dem Rücken verschränkten Händen auf und ab, »und ihn aus seiner, wie auch immer gearteten misslichen Lage in dieser entsetzlichen anderen Dimension zu befreien, hast du irgendwelche Überlegungen angestellt, wie wir selbst ... da wieder rauskommen?«

»Ja«, antwortete Will. »Mit dem Schnitzer. Er funktioniert in beide Richtungen, rein und raus. Glaube ich.«

»Da bin ich aber erleichtert«, meinte Nick.

»Also nur wir fünf«, fasste Elise zusammen und stand auf. »An irgendeinem tödlichen Ort in einer anderen Dimension, auf der Suche nach einem toten Typen, im Kampf gegen eine Legion stinksaurer Dämonenwesen und ihrer Armee von Monstern.«

»Hört sich nach einem fairen Kampf an«, fand Nick.

»Wenn ihr noch jemand anderes mitbringen möchtet«, sagte Will, »ich bin offen für Vorschläge.«

»Wir sollten niemand anderes mit hineinnehmen«, warf Jericho ein. »Je kleiner der Trupp, desto besser. Überraschungsmoment, weniger Leute, die man im Auge behalten muss.«

»Wir haben noch eine Menge zu tun, bevor es so weit ist«, sagte Will. »Die Vorbereitungen dauern ein paar Wochen und keiner darf etwas bemerken. Wir müssen bereit sein, von einem Moment auf den anderen alles stehen und liegen zu lassen, und wenn wir ihnen auch nur den geringsten Hinweis geben, was wir vorhaben, werden wir vermutlich alle sterben.«

Das brachte alle zum Schweigen.

»Also, wer ist dabei?«, wollte Will schließlich wissen.

Nick und Elise hoben die Hand. Dann meldete sich auch Jericho, was Will überraschte. Jericho bemerkte seinen Blick.

»Bei jedem größeren Ausflug muss eine erwachsene Aufsichtsperson dabei sein«, erklärte Jericho trocken. »Schulvorschrift.«

»Sie müssen nicht ...«

»Warte mal, Will«, unterbrach ihn Ajay und wandte sich dann an Jericho. »Dabei werden Sie höchstwahrscheinlich Ihre Superkräfte einsetzen und sich vermutlich in einen Bären verwandeln, nicht wahr?«

Jericho schaute genervt. »Wenn ich es mir recht überlege ...«

Rasch hob Ajay die Hand. »Wenn er dabei ist, bin ich auch dabei.«

»Noch etwas: Selbst wenn wir es auf die andere Seite schaffen, werden die Ritter uns vermutlich schon erwarten, wenn wir wieder rauskommen«, gab Will zu bedenken. »Dave sagte, dass es im Niegewesen ›keine Zeit‹ gibt.«

»Das bedeutet also, dass wir im Bruchteil einer Sekunde nach unserem Wechsel in die andere Dimension wieder in unsere Welt zurückkehren«, überlegte Ajay.

»Möglicherweise.«

»Okay, das ist jetzt echt abgefahren«, fand Nick und hielt sich den Kopf.

»Ach ja?«, meinte Ajay sarkastisch. »Aber der Rest ist für dich in Ordnung?«

»Ich weiß auch nicht, aber bei diesem Zeitreise-Zeugs kriege ich Knoten im Hirn.«

»Du hast recht, Will«, sagte Jericho. »Wenn wir zurückkommen, brauchen wir alle Hilfe, die wir bekommen können.«

Alle dachten einen Augenblick nach, aber keinem von ihnen fiel jemand ein, der dafür infrage kam.

»Wem können wir im Augenblick überhaupt noch vertrauen?«, wunderte sich Elise.

»Na ja, ich hätte da jemanden im Auge«, sagte Nick. »Und vielleicht sogar mehr als nur einen Jemand. Die Typen kommen zwar nicht von unserer Schule, aber ihre Kräfte sind echt abgefahren. Und einer von ihnen könnte uns wahrscheinlich dabei helfen, jemand anderen für diese Sache zu begeistern, der noch abgefahrener ist als der Rest.«

»Und wer wäre das?«, fragte Elise.

»Unser alter Kumpel Nepsted«, verkündete Nick. »Der Wicht aus der Wanne, das Ungeheuer aus dem Untergeschoss. Wer außer mir ist noch der Meinung, dass es eine richtig gute Idee ist, Moby Tintenfisch auf unsere Seite zu bringen?«

»Wer in aller Welt sollte dir dabei helfen?«, wunderte sich Will.

Nick zog ein abgegriffenes und irgendwie vertraut wirkendes Stück Papier aus der Tasche, das aussah, als habe er es monatelang mit sich herumgetragen. Als er es auseinanderfaltete und ihnen zeigte, erkannte Will es sofort: Es war der Flyer, auf dem in großen grellen Buchstaben eine professionelle Wrestling-Veranstaltung irgendwo in der Stadt angekündigt wurde, mit den Bildern der fünf Hauptakteure.

»Das schon wieder«, protestierte Ajay.

»Genau«, bestätigte Nick und zeigte dann auf eines der abgebildeten Gesichter. »Und wenn dieser Typ hier uns nicht dabei helfen kann, Nepsted wieder an Bord zu holen, dann fress ich einen Besen.«

Nick führte sie zu einem großen, langsam verfallenden Parkplatz vor einer verlassenen Fabrik am Stadtrand. Vier große Wohnmobile waren hier zu einem Quadrat aufgestellt, aus dessen Mitte man Stimmen hörte. Die Campingbusse sahen verwittert und heruntergekommen aus; ihr Anstrich war verblasst und stellenweise abgeblättert. Die fünf gingen zu dem vorderen Wagen und Nick klopfte nachdrücklich an die Seitentür. Sofort verstummten die Stimmen im Innenraum.

Kurz darauf hörten sie, wie sich Schritte näherten, die das ganze Wohnmobil zum Erzittern brachten. Die Tür öffnete sich einen Spalt und ein breites, kantiges Gesicht, umrahmt von einer wilden Mähne krauser schwarzer Haare, schaute heraus.

»Was willst du Würstchen?« Die Stimme des Mannes war eine Mischung aus Krächzen und Fauchen.

Ajay wich hinter Nick und Will zurück. »Warum sollten wir ein Würstchen wollen?«, flüsterte er.

»Er hat uns nicht gefragt, ob wir eins wollen«, klärte Will ihn ebenso leise auf. »So hat er dich genannt.«

»Verstehe.«

»Wir müssen mit dem Perfessor sprechen«, sagte Nick.

»Heute keine Autogramme«, stellte der kräftige Mann klar. Er wollte die Tür gerade wieder schließen, als Will seinen Fuß in den Spalt schob.

»Wir wollen kein Autogramm«, erklärte er. »Es ist wichtig.«

Der Mann musterte sie noch einmal neugierig und fragte dann mit ironischer Förmlichkeit: »Und wen darf ich melden?« Will bemerkte einen leichten Brooklyn-Akzent in seiner dröhnenden Stimme.

»Sagen Sie Henry, es geht um seinen alten Freund aus Flagstaff, Arizona«, meinte Nick.

Der Mann kniff die tief in seinem massiven Schädel liegenden Knopfaugen zusammen und ließ den Blick zwischen Will, Nick und Ajay hin und her schnellen.

»Wartet hier«, wies er sie an. Dann schloss er die Tür und walzte davon.

»Wisst ihr, wer das ist?«, flüsterte Nick.

Will und Ajay schüttelten den Kopf.

»Leute, das ist der Barbar!« Nick konnte seine Aufregung kaum zügeln.

Will und Ajay schauten einander an und zuckten mit den Schultern: *Keine Ahnung, wer das sein soll.*

Will bedeutete den anderen, still zu sein, und alle drei beugten sich vor, um zu lauschen. Sie hörten, wie sich die Tür am anderen Ende des Wagens öffnete, dann Stimmen im Hintergrund, von denen eine lauter wurde. Als sich kurz darauf die massiven Schritte wieder näherten, schwankte der gesamte Wagen hin und her.

Die drei traten einen Schritt zurück, denn nun wurde die Tür ganz geöffnet. Dieses Mal winkte sie der gewaltige Mann – Will schätzte ihn auf zwei Meter und mindestens hundertfünfzig Kilo – hinein. Seine krausen schwarzen Locken wippten bei jedem Schritt auf und ab. Er trug kein Hemd, nur eine Badeshorts mit einem Muster aus tropischen Fischen und dazu Flip-Flops. Sein muskelbepackter Oberkörper war vollkommen haarlos und hatte in etwa die Farbe und Textur eines glänzenden hellbraunen Ledersofas.

Die drei Freunde folgten dem Mann durch das Wohnmobil zu der Tür auf der hinteren Seite. Er hatte die seltsame Angewohnheit, sich immer wieder sanft die Haare aus dem Gesicht zu streichen, während er voranstapfte. Dann hielt er die Hintertür auf und winkte sie durch.

»Nach euch«, sagte der Barbar.

Sie traten in den kleinen Innenhof zwischen den vier Wohnmobilen – ein tristes Stück rissiger Beton, aus dem dürres Unkraut wuchs. In der Mitte stand ein blassrotes, großes und erstaunlich geräumiges Zelt. Von irgendwoher ertönte leise Zigeunermusik und der Geruch von Knoblauch und gegrilltem Fleisch hing in der Luft. Die geöffneten Zeltklappen gaben den Blick ins Innere frei.

Dicke Teppiche, Plüschkissen, Hängelampen und Läufer sorgten für eine orientalische Atmosphäre. Rauch und exotische Düfte von Räucherstäbchen und Gewürzen erfüllten die Luft. Eine große, muskulöse Frau in einem Badeanzug – das lange blonde Haar zu einem losen Dutt hochgesteckt – lag ausgestreckt auf einem Diwan mit Tigermuster und las in einem Taschenbuch. Vor dem Diwan stand ein Tisch mit einem großen Schachspiel, die Steinfiguren bereits zu einer Partie aufgestellt.

Auf einem erhöhten Stuhl, der ein wenig wie ein Thron aussah, saß ein Mann und betrachtete das Schachbrett, das Kinn aufgestützt, die Beine übereinandergeschlagen. Er trug ein Retro-Trikot der Chicago Bulls, rote Trainingshosen und klassische Air Jordans. Ein schickes Spitzbärtchen zierte sein Kinn. Der Mann war um die vierzig und wohlproportioniert, konnte aber nicht größer als 1,40 Meter sein. Als die Jungen eintraten, schaute er zu ihnen hinüber und bedeutete ihnen, näher zu kommen. Ein müdes Lächeln umspielte seinen Mund und er wirkte gelangweilt und entspannt, aber Will bemerkte eine Härte und Kälte in seinen Augen, die diese lässige Pose Lügen straften.

»Seid gegrüßt, Sportsfreunde«, sagte der Mann in ironischem Ton und mit einer Stimme, die von einer mühelosen Autorität erfüllt und dazu eine Oktave tiefer war, als sie erwartet hatten.

»Hallo Sir«, entgegnete Nick.

»Danke, dass Sie uns empfangen«, fügte Will hinzu.

Beide stupsten Ajay an, der zwischen ihnen stand. »Ja, es ist mir ein Vergnügen, Mr Perfessor, Sir.«

»Seid ihr von den Munchkins oder eine Abordnung der hiesigen Ortsgruppe meines Fanclubs?«, erkundigte sich der Perfessor.

»Weder – noch, Sir«, teilte Nick ihm mit und senkte dann seine Stimme. »Aber, wenn Sie erlauben, möchte ich einschießen, dass ich Ihr größter Fan bin.«

»Einwerfen«, berichtigte Ajay.

»Was verschafft mir denn nun das Vergnügen eurer Anwesenheit?«

»Um ehrlich zu sein, Henry, haben wir eine etwas ungewöhnliche Nachricht für Sie«, sagte Will.

Bei der Erwähnung seines Namens huschten die Augen des Perfessors hinüber zu der lasziven Blondine, die sie über ihren Roman hinweg interessiert anschaute und eine perfekt geformte Augenbraue hob. Obwohl sie kaum einen Muskel zu bewegen schien, sah Will, wie sich ihr Körper anspannte. Eine unterschwellige Bedrohung, über die er lieber nichts weiter herausfinden wollte, ging von der Frau aus.

»Aus Flagstaff«, sagte der Perfessor.

»Richtig.« Will holte ein Foto aus der Tasche, ein verblasster und vergilbter Schnappschuss. »Um genau zu sein, Mr Nepsted, es geht um Ihren Vater.«

Er hielt ihm das Foto hin – die Aufnahme eines lächelnden jungen Paares mit einem kleinen Kind, das vor einem Eisenwarengeschäft in einer heißen Wüstenstadt stand – und die Augen des Perfessors weiteten sich, als er es entgegennahm. Die Blondine bemerkte die Besorgnis in seinem Gesicht, legte ihr Buch weg und setzte sich auf. Der Barbar, der die ganze Zeit an der Tür gestanden hatte, kam ein paar Schritte näher.

»Wir glauben, das sind Sie da auf dem Bild«, sagte Will. »Mit ihrer Mutter und ihrem Vater.«

»Mein Vater kam bei einem Autounfall ums Leben«, entgegnete Henry verhalten. »Vor vierzig Jahren.«

»Das hat man Ihnen erzählt, ich weiß. Aber er lebt. Und wir wissen, wo er ist.«

Der Blick des Mannes glitt hart und prüfend über die Gesichter der drei und blieb schließlich an Wills hängen.

»Über solche Dummejungenscherze kann ich nicht mal ansatzweise lachen.«

»Ich verstehe, warum Sie das sagen«, erwiderte Will, so aufrichtig und eindringlich er konnte. »Aber mit so etwas Persönlichem würden wir niemals scherzen. Was wir Ihnen zu sagen haben, ist so ernst wie ein Herzinfarkt.«

»Woher habt ihr das Foto?«, wollte er wissen.

»Ihr Vater hat es uns gegeben«, antwortete Will. »Und wir können Sie zu ihm bringen.«

Der Perfessor wechselte einen schnellen Blick mit dem Barbaren und der Blondine. Will sah, wie er ihnen fast unmerklich bedeutete, sich zu entspannen; er wollte die Unterhaltung fortzusetzen.

»Oscar«, sagte er zu dem Barbaren, »wir wollen doch unsere guten Manieren nicht vergessen. Warum bringst du unseren Gästen nicht etwas zu trinken?«

»Bier?«, fragte Oscar.

»Denk mal nach«, sagte der Perfessor geduldig. »Das würde doch gegen das Jugendschutzgesetz verstoßen, nicht wahr?«

Oscar überlegte, was ihn sichtlich Mühe kostete. Dann schnippte er mit den Fingern und rief den Jungs zu: »Malzbier.«

Nachdem der Barbar den Raum verlassen und die Blondine sich

scheinbar wieder ihrem Roman gewidmet hatte, bedeutete der Perfessor den Jungs, sich auf die Kissen vor seinem Stuhl zu setzen. Die Hände auf die Knie gestützt, beugte er sich zu ihnen herunter.

»Ich bin ganz Ohr.«

VIER

WILLS LEBENSREGEL Nr. 4:
WENN IRGENDEINE AUFGABE VON DIR VERLANGT, ES SO LANGE ZU VERSUCHEN, BIS DU STIRBST, SOLLTEST DU DEINEN PLAN BESSER NOCH EINMAL ÜBERDENKEN.

Will ging davon aus, dass ihm ungefähr eine halbe Minute blieb, bis der Aufzug auf der Ebene ankam, wo Elise und die anderen warteten. Vielleicht weitere zwei Minuten, bis die Kabine wieder unten beim Krankenhaus war. Er hatte nie befürchtet, Franklin könne eine körperliche Bedrohung darstellen, aber er wusste, dass es nicht leicht werden würde, ganz allein mit Hobbes, Clegg und den Geschwistern Hodak fertigzuwerden.

»Vielleicht möchte Dr. Abelson sich uns anschließen«, mutmaßte Franklin und blickte auf. »Lemuel, würdest du bitte nachsehen, ob das Dr. Joe da im Aufzug ist, und ihm dann behilflich sein?«

Clegg verließ den Raum. Will aktivierte sein Raster und sah die Wärmesignatur des Mannes durch die Wand, als er sich dem Aufzug näherte. Er nahm auch wahr, dass Hobbes und die Hodaks dort draußen standen und ihn nicht aus den Augen ließen. Als er sich umdrehte und wieder auf den Schnitzer in der Schublade schaute, schaltete er das Raster aus und drehte langsam den Kopf, um seine Absichten nicht zu verraten.

Will hörte ein tiefes, turbulentes Rumpeln aus dem anderen Raum und fragte sich, ob er dabei war, sich auf ihre Gedanken einzupegeln. Franklin hatte erwähnt, dass seine »Gaben« sich mit der Zeit weiterentwickeln würden. Vielleicht verbesserte sich gerade seine Fähigkeit, Dinge aufzufangen, die in den Köpfen anderer Menschen vorgingen.

»Kannst du mir erklären, wozu diese Dinger gut sind und wie man sie benutzt, Großvater?«, bat Will.

»Mit Freuden, Will«, antwortete Franklin, beugte sich zu ihm und zerzauste ihm übermütig die Haare.

Will musste sämtliche Selbstbeherrschung aufbringen, um das ohne Regung über sich ergehen zu lassen.

Aber wenn er mich noch einmal so anfasst, breche ich ihm den Arm.

»Diesen Metallwürfel hier rechts«, sagte Franklin, »könnte man am besten als eine Art Kraftquelle bezeichnen, die unsere Freunde uns geschenkt haben. Er lässt sich dazu verwenden, einige der Schöpfungen zu erwecken, die sie zurückgelassen haben.«

»Welche Schöpfungen?«

»Oh, ich glaube, du bist einigen von ihnen bereits begegnet«, meinte Franklin und lächelte vielsagend. »Bei deinem leichtsinnigen Ausflug unter die Erde.«

Will schauderte bei der Erinnerung an die scheußlichen baumartigen Kreaturen, die sie verfolgt hatten, als sie aus Cahokia geflüchtet waren. Sie hatten sich selbst aus der Erde gezogen und waren plötzlich zum Leben erwacht, nachdem Hobbes genau diesen Würfel benutzt hatte.

»Aber was sind sie?«, hakte Will nach.

»Am ehesten könnte man sie wohl als ... künstliche Lebensformen bezeichnen, geschaffen für bestimmte Zwecke und verborgen an wichtigen Orten. So lange versteckt, bis sie herbeigerufen werden – eine Art Geheimwaffe, wenn du so willst. Unsere Freunde nennen sie ›Schläfer‹.«

»Willst du damit sagen, dass sie noch mehr von diesen Killer-Bäumen hier oben deponiert haben?«, fragte Will betont bestürzt.

»Nein, nein, nicht genau die gleichen, die du gesehen hast«, beruhigte ihn Franklin amüsiert. »Bis zu einem gewissen Grad ähnlich, aber nur insofern, als dass es sich immer um Hybriden handelt – also genetische Verschmelzungen unserer Lebensformen mit ihren.«

»Wo sind diese Wesen?«

»Sie haben uns bis jetzt nicht verraten, wo sich die meisten dieser Schläfer aufhalten, aber ich bin überzeugt, dass sie eine stattliche Anzahl von ihnen zurückgelassen haben. Strategisch günstig in der Nähe von Orten platziert, wo sie möglicherweise irgendwann gebraucht werden, um sie jederzeit aktivieren zu können, wenn der Moment gekommen ist. Der Moment der Wahrheit. Und ich kann dir versichern, dass er naht.«

Will hörte aufmerksam zu. Das schwache Brummen des Aufzugs am oberen Ende des Schachts war schon länger verstummt. Will stellte sich vor, wie die Türen aufglitten und seine Freunde einstiegen. Rasch stellte er eine Verbindung her und versuchte, Elise zu erreichen.

Hobbes, die Hodaks und Lemuel Clegg sind hier unten. Ich melde mich, wenn es was Neues gibt. Halte dich bereit.

Es schien eine Ewigkeit zu dauern – obwohl es in Wirklichkeit kaum mehr als zwei Sekunden gewesen sein konnten –, bis er ihre Antwort hörte:

Verstanden.

»Was ist mit dem Ding da links?«, erkundigte sich Will und zeigte auf eine flache silberne Scheibe von etwa fünfzehn Zentimetern Durchmesser, die aus einem glatten, hoch entwickelten Polymer zu bestehen schien.

»Ah, das ist ein medizinisches Gerät«, plapperte Franklin voller Stolz weiter. »Erstaunlich effektiv bei der Wiederherstellung von menschlichem Gewebe auf Zellebene. Man kann es nur einmal verwenden, aber glücklicherweise ist es nicht schwer herzustellen. Ich habe es selbst schon oft benutzt, sei es bei einem verstauchten Fuß oder einer gewöhnlichen Erkältung.«

»Wie funktioniert es?«

»Um ehrlich zu sein, versuchen wir, das selbst noch immer herauszufinden. Es hat etwas damit zu tun, wie das Signal, das das Gerät aussendet, auf elektromagnetischer Ebene mit dem bakteriellen Biom der Verletzung interagiert. Ich würde sagen, damit ließe sich eine Menge Geld machen, meinst du nicht auch?«

Will nickte, ging um Franklin herum und trat so hinter den Stahlbehälter, dass dieser sich zwischen ihm und der Tür befand. Für einen Augenblick richtete er seine Sinne weit nach oben und spürte ein ganz leichtes Zittern, als der Aufzug wieder abwärtsfuhr. Dann startete er im Geiste einen Countdown für die Zeit, die er bis nach unten brauchen würde. Er musste noch viel mehr von Franklin in Erfahrung bringen und ihm blieben nur noch ein paar Minuten. Wills Puls ging schneller und Adrenalin pumpte durch seinen Körper.

Franklin schaute verwirrt zurück in Richtung Aufzug, als ihm auffiel, dass dieser sich nach unten bewegte. Will wollte ihn ablenken, damit er sich deswegen keine Gedanken machte.

»Das hier habe ich schon einmal gesehen«, verriet er und zeigte auf das Objekt in der Mitte des Behälters.

»Ja, ich weiß«, bestätigte Franklin und tippte mit einem Fingernagel darauf. »Wir nennen es den Schnitzer, aber das weißt du ja schon.«

»Lyle Ogilvy hat ihn gehabt.«

»Ja. Wie gesagt, wir hätten diesem Jungen niemals vertrauen dürfen, aus vielen Gründen.«

»Ich habe gesehen, wie er ihn benutzte, aber ich verstehe noch immer nicht, wie er funktioniert.«

Franklin fuhr mit dem Finger über den kunstvoll gearbeiteten Griff des Schnitzers. »Damit können wir eine vorübergehende Passage zwischen unserer Welt und dem Reich öffnen, in dem sich unsere Freunde aufhalten. Wir wissen inzwischen auch, dass wir mithilfe der Symbole auf dem Griff einige ihrer Kreaturen zu uns herüberrufen können. Ganz nach Bedarf.«

Wie die, die du nach Ojai geschickt hast, um mich zu töten – bevor du wusstest, wer ich bin, dachte Will.

»Wie denn?«

»Man schaltet ihn einfach hier ein und zeigt auf die Stelle, an der man das Portal öffnen möchte«, erläuterte Franklin und demonstrierte die Bewegung, ohne den Schnitzer jedoch zu aktivieren. »So, siehst du.«

»Das ist ja toll«, staunte Will. Am liebsten hätte er das Gerät berührt oder direkt danach gegriffen.

»Und dann muss man es mit beiden Händen festhalten. Man sagte mir, dass es einen gewaltigen Rückstoß hat.«

»Ich bin ein wenig verwirrt, Sir. Ich meine, wenn die Anderen unbedingt den Weg zurück in diese Welt finden wollen, warum bauen sie sich dann nicht selbst so ein Ding und öffnen damit von ihrer Seite aus einen Durchgang?«

»Eine weitere sehr kluge Frage, Will«, lobte Franklin und hielt ihm den Schnitzer hin, damit er ihn sich näher ansehen konnte. »Unsere Freunde schickten Dr. Abelson die Konstruktionspläne für dieses Exemplar, wie du es hier siehst. Sie waren vollkommen auf die Fähigkeiten unserer Ingenieure angewiesen, um es zu bauen – wie bei allen anderen Vorrichtungen, die sie mit uns geteilt haben. Offenbar verfügen sie bei sich dort drüben nicht über die Technologie oder die natürlichen Ressourcen, um so etwas Ausgeklügeltes herzustellen.«

»Wirklich? In was für einer Welt leben sie denn?«

»In einer, die sich meines Wissens nach völlig von der unseren unterscheidet. Primitiv, brutal und, wie soll ich sagen ... nach ihren Vorstellungen neu geschaffen. Man sagte mir, sie hätten sie total verändert, und ich habe keine Eile, mir davon persönlich ein Bild zu machen, da kannst du sicher sein.«

»Ist jemand von unserer Seite jemals dort gewesen?«

»Du meinst, ob jemand durch eines der Portale gegangen ist, die wir geöffnet haben?«, fragte Franklin nach. »Um Himmels willen, nein, mein Junge. Das wäre eine furchtbar schlechte Idee.«

»Warum?«

»Zunächst einmal haben wir nicht die geringste Ahnung, wie wir dort empfangen werden.«

»Aber du sagtest doch, sie seien unsere Freunde.«

»Das ist unser Wort dafür, nicht ihres. Und wir sind uns nicht sicher, ob sie uns nicht mit der gleichen Brutalität behandeln, die sie üblicherweise untereinander an den Tag legen.«

»Mit anderen Worten: Du vertraust ihnen nicht.«

»Sagen wir einfach, es könnte sich als sehr unerfreulich erweisen, sollten sie das hier jemals in die Hände bekommen«, erklärte Franklin, hielt den Schnitzer ins Licht und betrachtete ihn nachdenklich von allen Seiten.

Will versuchte, seinen Schock zu verbergen. Das war eine der schlechtesten Nachrichten, die er bisher gehört hatte. »Das wusste ich nicht. Ich dachte, sie wären unsere Verbündeten.«

»Umso mehr Grund, sie dort zu lassen, wo sie sind, meinst du nicht? Ich habe dir ja bereits gesagt, dass wir nicht die Absicht haben, unseren Freunden jemals freien und offenen Zugang zu unserer Welt zu gewähren.«

»Aber du sagtest doch, ihr hättet eine Vereinbarung getroffen, genau das zu tun ...«

»Nein, ganz und gar nicht ...«

»... und ihnen bei ihrer Rückkehr hierher zu helfen, als Entschädigung für all das, was sie euch gegeben haben.«

»Nicht mit diesen Worten«, widersprach Franklin. »Ich sage nicht, dass sie unserer Interpretation der Regelung unbedingt zustimmen würden, aber das interessiert uns nicht wirklich. Es gibt keinen Vertrag. Wenn es um Diplomatie geht, ist Selbstinteresse das einzig wirkliche Interesse. Das nennt man in unserer Welt Realpolitik, Will. Ich glaube, das gehört auch zu den Themen, die ihr bei Professor Sangren besprochen habt.«

Will hatte den Countdown für die Ankunft des Lifts fortgesetzt – noch knapp dreißig Sekunden – und wagte sich jetzt mit seinen Fragen noch ein wenig weiter vor. Schließlich würde er keine weitere Chance bekommen.

»Wenn man ein Portal öffnet – was hält sie dann davon ab hindurchzugehen, ob ihr es wollt oder nicht?«

Franklin lachte leise. »Zum Glück bleibt ein Durchgang immer nur für kurze Zeit geöffnet und ich sagte ja bereits, dass mit dem Schnitzer nur bestimmte Varianten ihrer Spezies gerufen werden können. Wir haben nie andere Lebensformen herübergeholt als die, die wir gerufen haben, und da die Passage nur für einen kurzen Zeitraum offen ist, kann nicht mehr als eine Handvoll hierhergelangen.«

»Okay, und was ist, wenn jemand von uns hinübergeht?«, bohrte Will weiter. »Um zurückzukommen, muss man doch nur ein weiteres Loch auf ihrer Seite öffnen und hindurchgehen, oder?«

»Theoretisch ja«, bestätigte Franklin.

Zum ersten Mal schaute ihn Franklin wegen der Art seiner Fragen misstrauisch an. Aber Will war es egal, was der alte Mann dachte.

Fünfzehn Sekunden.

»Und wo würde man auf unserer Seite wieder herauskommen? Irgendwo in der Nähe der Stelle, an der man hineingegangen ist?«

»Das wissen wir nicht, wir haben es nie versucht«, antwortete Franklin. »Gibt es einen bestimmten Grund, warum du dich so dafür interessierst, Will?«

Will aktivierte sein Raster, warf einen letzten Blick in den Vorraum und meldete Elise:

Hobbes ist direkt links vor der Tür, Clegg auf der rechten Seite. Die Hodaks stehen zusammen im Eingang zum Lagerraum. Keiner von ihnen weiß, dass ihr kommt.

Dann richtete Will seine gesamte Aufmerksamkeit auf seinen Großvater. »Ja, den gibt es.«

Blitzschnell riss er Franklin den Schnitzer aus der Hand. Der alte Mann war völlig überrumpelt und starrte ihn verblüfft an.

Gut. Damit hat er überhaupt nicht gerechnet.

Im nächsten Raum öffneten sich die Aufzugtüren. Will hielt sich schnell die Ohren zu, denn aus der Kabine drang eine plötzliche Schallwelle, die sich anhörte wie ein Düsentriebwerk. Mithilfe seines Rasters sah er, wie die Druckwelle Hobbes den Boden unter den Füßen wegzog und ihn gegen die hintere Wand schleuderte. Dann stürmten vier weitere Wärmesignaturen aus dem Aufzug.

Die Hodaks warfen sich einen kurzen, überraschten Blick zu und rannten los, um nachzusehen.

Will drückte den Knopf auf dem Schnitzer, den Franklin ihm gezeigt hatte, und spürte, wie das Gerät in seiner Hand zum Leben erwachte. Er musste es mit beiden Händen festhalten, damit es nicht durch die Gegend flog.

»Was in Gottes Namen tust du da, mein Junge?«, rief Franklin entsetzt.

»Ich bin nicht dein Junge«, stellte Will klar.

Franklin war fassungslos und offenbar außerstande zu begreifen, welch enormen Schlag das für seine großartige Vision bedeutete.

Will schickte Elise eine Nachricht: *Hier drin.*

Die Energie des Schnitzers erreichte die nächste Stufe und Will musste seine ganze Kraft aufwenden, um ihn zu bändigen. Er richtete das Gerät von dem alten Mann fort, ein weiß glühender Strahl schoss aus dem Lauf – so wie er es damals bei Lyle in der Höhle gesehen hatte – und begann, wie ein Skalpell ein Loch zu schneiden. Zunächst entstand aus dem Nichts eine dünne Naht. Will konzentrierte sich darauf, den Strahl gegen den Uhrzeigersinn zu führen, wie es auch Lyle getan hatte, und die Form eines großen Kreises zu beschreiben.

Draußen flog Nick an der offenen Tür vorbei, mit Todd Hodak zu einer kompakten Muskelmasse verkeilt, aus der die Fäuste flogen und die schließlich mit einem dumpfen Aufprall an der hinteren Wand landete. Als Will aus dem angrenzenden Raum das Brüllen eines Tieres hörte, drehte er sich um, schaute an Franklin vorbei und aktivierte sein Raster: Eine große, schmale Silhouette zuckte und wand sich, bis sie nach wenigen Sekunden die Gestalt eines gewaltigen Bären angenommen hatte. Als das Tier sich auf die Hinterbeine stellte, ragte es gut drei Meter groß direkt vor Hobbes auf und ging dann mit seinen gewaltigen Vorderpranken auf ihn los.

Hinter ihm warf Ajay eine Art Ball Richtung Tür, der wie eine Wasserbombe zerplatzte und Courtneys unsichtbare Gestalt mit irgendeiner leuchtend grünen Farbe bespritzte …

Okay, ein Punkt für Ajays Idee, wie man Courtney in den Griff bekommt.

Ajay wartete nicht lange, zielte und schoss mit einem weiteren

Gerät auf Courtney: Zwei Schnüre, an deren Enden Stahlkugeln befestigt waren, schlangen sich wie eine Überschall-Bola um ihren bespritzten Körper und fesselten ihr die Arme an die Seiten. Sie taumelte um die Ecke, stürzte und war nicht mehr zu sehen.

Berichtigung: zweiter *Punkt für Ajay,* dachte Will.

»Will, in Gottes Namen, was tust du da?«, rief Franklin verzweifelt und wich in die hinterste Ecke des Raumes zurück. »Was in aller Welt hast du vor?«

»Lass uns einfach in Ruhe«, antwortete Will. »Ich will dir nicht wehtun, aber es würde mir auch nicht sonderlich viel ausmachen.«

Der Kreis war halb fertig, gut einen halben Meter über dem Boden schwebte er in der Luft. Schweiß tropfte von Wills Gesicht, denn er hatte alle Mühe, den Schnitzer mit beiden Händen am Umriss des Portals entlangzuführen und so den Kreis zu vollenden.

Zehn Sekunden, ließ er Elise wissen.

Kurz darauf erschien sie in der Tür und zog eine um sich tretende und schreiende Courtney an den Haaren hinter sich her.

»Gib endlich Ruhe, Miststück«, herrschte Elise sie an.

Dann beugte sie sich nach unten und ließ eine konzentrierte Tonfolge los, die wie ein Schwinger an Courtneys Kinn landete. Courtneys Kopf flog nach hinten, krachte auf den Boden und sie blieb reglos liegen.

Ajay machte einen vorsichtigen Schritt über Courtneys grün gesprenkelten Körper hinweg, hob das kleine Ding auf, mit dem er die Bola auf sie abgeschossen hatte, und blies wie ein Revolverheld über die Öffnung des Laufs, bevor er es wieder in eine seiner Westentaschen steckte.

»Erwischt«, kommentierte er.

Der kreisrunde Durchgang war nun zu zwei Dritteln vollendet und sein Umriss schwelte glühend heiß.

Hilf den anderen, wandte Will sich an Elise.

Sie drehte sich um, als Nick wieder an der Tür vorbeirollte, noch immer in enger Umklammerung mit Todd. Die beiden prügelten heftig aufeinander ein.

»Das kann nicht dein Ernst sein«, protestierte Franklin, ängstlich mit dem Rücken an die Wand gepresst. »Du kannst doch nicht etwas so Unbesonnenes tun, Will. Du darfst nicht ...«

»Halt endlich den Mund!«, erwiderte Will.

»Lemuel!«, rief Franklin.

Lemuel Clegg kam mit blutiger Stirn und zerrissener Kleidung in den Raum gerannt. Pfeilschnell stürzte er sich auf Will.

Will sah ihn aus dem Augenwinkel und nahm eine Hand vom Schnitzer, gerade lange genug, um die Gedankenform eines dicken Schutzschildes vor sich entstehen zu lassen. Da er für Clegg unsichtbar war, rannte der frontal gegen den Schild, prallte daran ab und sank zu Boden. Sofort war Elise bei ihm und verpasste ihm einen Schlag, der ihn vorläufig außer Gefecht setzte. Will spürte, wie der Schnitzer sich aufbäumte, und umklammerte ihn wieder mit beiden Händen, bevor das Gerät sich selbstständig machte.

»Aber ihr könnt da nicht hinein«, beschwor ihn Franklin. »Ich flehe dich an. Bitte, du hast keine Ahnung, was du da tust ...«

»Halt den Mund oder ich richt das Ding hier auf dich«, drohte Will. »Was meinst du, was dabei wohl herauskommt?«

»Du verstehst nicht – es ist nicht sicher!«

»Ach, wirklich? Das hättest du dir schon vor langer Zeit überlegen sollen, alter Mann«, sagte Will.

Eine Stichflamme loderte auf, als Will den Kreis schloss. Die dünne Naht fing Feuer, die Luft in ihrem Inneren verflüchtigte sich und die milchige Membran erschien, die er zuvor schon einmal gesehen hatte. Als Will die Hand von der Steuerung des Schnitzers nahm, schaltete der Apparat sich langsam ab. Will schüttelte die Arme aus, die noch immer von der unglaublichen Energie kribbelten.

Ajay trat neben ihn und zog ein Skalpell aus einer Schutzhülle in seiner Tasche. Will nickte ihm zu und rasch fuhr Ajay damit den Umriss des Portals entlang, schnitt mühelos durch die transparente Barriere. Die Membran fiel als dünne, feuchte Scheibe zu Boden und öffnete ein Fenster in die felsige, unwirtliche Ebene des Niegewesen mit ihrem giftgrünen und lavendelfarbenen Himmel, den er bisher erst ein einziges Mal gesehen hatte.

Will schaute hinüber zu dem anderen Raum: »JETZT!«

Er schob den Schnitzer behutsam in seine Tasche und wandte sich an Ajay. »Bist du bereit?«

»Warum muss ich immer als Erster gehen?«, beschwerte sich Ajay und starrte ängstlich durch das Portal.

»Das machen Kundschafter nun mal«, entgegnete Will.

»Ich und meine große Klappe«, murmelte Ajay.

Er atmete tief ein, senkte den Kopf und trat durch das Portal.

»Bitte, Will!«, rief Franklin flehend.

Er wollte noch mehr sagen, aber seine Stimme wurde von einer weiteren Schallexplosion aus dem nächsten Raum erstickt: Todd Hodak flog an der geöffneten Tür vorbei, als sei er aus einer Kanone abgeschossen worden. Ein lautes Krachen folgte, als er gegen eine Wand prallte, und kurz darauf taumelte Nick in den Raum. Zerschrammt, aber ansonsten unversehrt kam er vor dem glühenden Portal zum Stehen.

»Mann, das ist ja total krank«, fand Nick.

»Um Himmels willen, lasst mich hier nicht alleine!«, rief Ajay von der anderen Seite. Seine Stimme war aufgrund irgendwelcher Schwingungen seltsam verzerrt.

»Bin gleich bei dir, Alter«, verkündete Nick.

Als Nick durch die Öffnung sprang, bemerkte Will, dass ihre

Ränder zu flackern begannen. Unmöglich zu sagen, wie lange das Portal noch geöffnet bleiben würde, bevor es unwiederbringlich verschwand. Auf der anderen Seite saß sein Großvater zusammengesunken auf dem Boden, die Augen weit aufgerissen. Er hielt sich die Brust und rang um Atem.

Elise, die bei der Tür Wache stand, schob Wills Rucksack über den Boden auf ihn zu.

Nach dir. Er entdeckte einen leicht ironischen Unterton in ihrem Gedanken.

Wills Blick wanderte von dem brennenden Kreis zu dem Stahlschrank, in dem sich die anderen aphotischen Geräte befanden. Instinktiv schnappte er sich die flache Scheibe und steckte sie in seine Tasche.

Wozu ist das?, fragte Elise.

Erzähle ich dir später.

»Coach!«, rief Will. »Es wird Zeit!«

Eine undeutliche, in Nebel gehüllte Gestalt, die sich rasch veränderte, rauschte in den Raum – es war kein Bär mehr, so viel war klar. Stattdessen zeichnete sich der Umriss eines unglaublich großen Panthers oder Pumas ab. Als die Gestalt ihn erreichte und durch den Kreis schlüpfte, erkannte Will, dass es Coach Jericho war.

Nur wenige Sekunden später kam ein wutentbrannter, wie ein Berserker schreiender Hobbes in den Raum gerannt. Sein kahler Schädel war blutverschmiert, sein Hemd zerrissen und er war übersät von zahllosen Wunden und Schnitten. Elise trat hinter ihn und stieß einen Schrei aus, der ihn umwarf und Richtung Portal über den Boden rutschen ließ. Sie trat auf seinen Rücken, um durch den schwächer werdenden, brennenden Kreis zu springen, und streckte dabei ihre Hand nach Will aus. Er ergriff sie und gemeinsam hechteten sie auf die andere Seite.

Grelle Lichter und donnernder Lärm brachen über ihre Sinne

herein. Da Will sich an nichts orientieren konnte, hielt er Elises Hand fest umklammert. Er hatte das Gefühl, als stürzten sie zusammen ins Leere. Sie bemerkten nicht, wie Hobbes sich hinter ihnen aufrappelte und im letzten Moment durch das Portal sprang, bevor es mit einem rasselnden Zischen verschwand.

Und Hobbes war nicht allein.

FÜNF

WILLS LEBENSREGEL Nr. 5:
HEILUNG DAUERT VIEL LÄNGER, ALS MAN DENKT.
DIE GRÖSSTEN NARBEN SIND NICHT DIE,
DIE MAN SIEHT.

Will spürte ihre Landung kaum – es fühlte sich eher so an, als würde man plötzlich aus einem Traum erwachen. Er umklammerte noch immer Elises Hand und ihr Gesicht war das Erste, was er bewusst wahrnahm. Sie bewegte die Lippen, aber er hörte nur ein tiefes, dumpfes Brummen, das alles andere übertönte.

Kannst du mich verstehen?, fragte er sie und versuchte, die geistige Verbindung zu ihr wiederherzustellen.

Sie gab den Versuch zu reden auf und drückte fest seine Hand. Keiner von beiden ließ los.

Zumindest funktioniert das noch, antwortete sie.

Er konnte zwar atmen, aber es kostete ihn einige Anstrengung, denn die Luft war drückend heiß und von einer feuchten Schwere, die auf seine Lungen drückte. Unmittelbar um sie herum wurde das grelle weiße Licht langsam schwächer und vage Konturen zeichneten sich ab – wie bei einem Kameraobjektiv, das sich dem grellen Sonnenlicht anpasst, wenn die Blende geschlossen wird.

Dann sah er scharfe, raue Felsformationen, die überall um sie herum aufragten und von phosphoreszierenden Adern durchzogen waren.

Und über den zerklüfteten Felslinien erschien ein beunruhigend violetter und lindgrüner Himmel, einem giftigen Malkasten gleich.

Will blickte nach unten. Der Boden sah hart, schwarz und glänzend aus, als habe eine enorme Explosion das Gestein in dunkles Glas verwandelt.

Als er an den Felswänden zu beiden Seiten hinaufschaute, stellte er fest, dass sie sich in einer Schlucht befanden. Die heiße, trockene Luft regte sich nicht ein bisschen und die Temperatur musste bei etwa achtundzwanzig Grad Celsius liegen. Über den Felswänden zeichnete sich der Himmel, den Will schon zuvor durch das Portal gesehen hatte, langsam deutlicher ab. Aber alles wirkte jetzt viel plastischer – dichte, mit violetten, gelben und giftgrünen Streifen durchzogene Luftschichten wirbelten durcheinander. Es sah nicht so aus, als sei an diesem Ort irgendeine Form von Leben möglich. Dennoch konnten sie beide atmen.

Und sie waren allein. Keine Spur von Ajay, Nick und Jericho. Nichts bewegte sich.

Will schaute zu Elise, die sich auf den Boden gehockt hatte und mit hoch konzentriertem Blick ihre Umgebung abhorchte. Sie wirkte angespannt, aber nicht ängstlich – eine knallharte Kriegerin, hellwach und jederzeit bereit zuzuschlagen. Ihre Gegenwart machte ihm Mut und er war froh, dass sie an seiner Seite war.

Elise spürte, dass er sie ansah, und wandte sich ihm zu, eine Augenbraue hochgezogen.

Wo fangen wir an, Superman?

Wir müssen die anderen suchen.

Er griff nach dem kleinen Walkie-Talkie an seinem Gürtel, steckte sich einen Stöpsel ins Ohr, schaltete das Gerät ein und suchte die Frequenz, auf die sich alle geeinigt hatten. Aber er hörte nichts als ein leises Rauschen und Knacken.

»Ajay, Nick, hier Will. Könnt ihr mich hören?«, flüsterte er in das Mikrofon an seinem Handgelenk und probierte dann hastig eine Reihe weiterer Frequenzen aus, empfing aber wieder nur Rauschen.

Auch Elise versuchte es mit ihrem Funkgerät. Ebenfalls Fehlanzeige – sie schaute Will an und schüttelte den Kopf.

Na, jetzt bin ich aber platt, stellte sie fest. *Unsere gute alte amerikanische Technik aus dem 20. Jahrhundert funktioniert in einer fremden, dämonischen Dimension nicht.*

War einen Versuch wert, erwiderte Will.

Er steckte das Walkie-Talkie in die Tasche, behielt aber den Stöpsel im Ohr, für den Fall, dass die hohen Felswände der Schlucht das Signal blockierten und es später doch noch funktionieren würde.

Ajay sollte nicht allzu lange allein hier draußen bleiben. Er wird sich in die Hose machen vor Angst.

Ja. Aber sie sind fast gleichzeitig herübergekommen. Also können wir hoffen, dass Nick oder der Coach ihn schon gefunden haben.

Will zeigte auf die breiter werdende Öffnung des Canyons. *Lass uns dort anfangen. Ich kann vorgehen und die Lage peilen. Vielleicht sehe ich sie.*

Sich beim ersten Anzeichen von Problemen an einem unbekannten Ort trennen – das ist ein Klassiker, West.

Okay, okay, wir bleiben zusammen.

Wie Tesafilm auf Sekundenkleber.

Sie näherten sich dem Ende der Schlucht. Der glasartige Boden unter ihren Füßen erwies sich als rutschig, fast wie Eis, und alle paar Meter ragten scharfe Felssplitter heraus.

Pass auf, wo du hintrittst, mahnte Will.

Vorsichtig berührte Elise im Vorbeigehen einen der gezackten Splitter.

Diese Dinger sind scharf wie Rasierklingen. Vielleicht sollte ich die ganze Gegend hier einebnen, bevor einer von uns ausrutscht und aufgespießt wird.

Und allen potenziellen Feinden, die sich hier versteckt hal-

ten, verraten, dass wir da sind? Das kommt in der Rangliste der schlechten Ideen gleich hinter dem Vorschlag, sich zu trennen ...

Okay, okay. Dann sind wir ja jetzt quitt. Wir halten uns bedeckt. Alles klar.

Aber als sie weiter durch die steile Schlucht gingen, fühlte Will sich noch immer unglaublich exponiert. Alles und jeder konnte sie von diesen zerklüfteten Felswänden aus beobachten, in denen sich Tausende von Verstecken verbargen.

Sein Gehör hatte sich endlich normalisiert und er registrierte jetzt ein dumpfes, tiefes Brummen in der windstillen Luft, das direkt durch ihn hindurchfuhr, seine Nerven aufwühlte und das erdrückende Gewicht der Atmosphäre noch verstärkte.

Während sie weiter die Schlucht entlanggingen, versuchte Will, Dave eine Gedankenbotschaft zu senden, wie er es in den vergangenen Monaten schon so oft getan hatte. Er hoffte, dass es jetzt leichter sein würde, ihn zu erreichen – schließlich hielten sie sich in derselben Zone auf. Er wartete, versuchte es noch einmal, erhielt aber wieder keine Antwort. Will nahm sich vor, Dave ab jetzt regelmäßig alle paar Minuten eine Botschaft zu übermitteln, um festzustellen, ob die Verbindung wieder funktionierte.

Wie groß mag dieser Ort wohl sein?, fragte ihn Elise.

Er könnte grenzenlos sein. Schließlich ist es kein »Ort«, wie wir ihn kennen, nicht in unserem Sinne des Wortes.

Elise sah ihn mit zusammengekniffenen Augen an. *Das übersteigt irgendwie mein Vorstellungsvermögen.*

Als sie das Ende der Schlucht erreicht hatten, tat sich vor ihnen eine flache Ebene auf, die an ein großes, ausgetrocknetes Flussbett erinnerte. Die scharfen gläsernen Felsnadeln verschwanden allmählich und der Boden glänzte auch weniger. Will blieb stehen und aktivierte sein Raster, weil er wissen wollte, ob er wenigstens damit hier etwas anfangen konnte. Die vertrauten Linien und Farbtöne seiner gesteigerten Sinneswahrnehmung erschienen, aber es waren keine Wärmesignaturen und keine Anzeichen von Leben auszumachen. Keine Tiere, keine Vegetation, nichts.

Will kam ein seltsamer Gedanke, den er sofort Elise mitteilte:

Es fühlt sich kein bisschen real an. Als hätten sie alles künstlich angelegt, aber es nicht fertig bekommen.

Ja, ich empfinde es auch so, bestätigte sie. *Künstlich. Total gruselig. Ich bin wirklich froh, dass du da bist. Ich weiß nicht, ob ich das alleine schaffen würde.*

Du würdest alles schaffen.

Sie schaute fort. Diese Reaktion hatte er bisher nur einmal bei ihr gesehen: Sie errötete, hatte die Augen niedergeschlagen ... Sollte er sie tatsächlich in Verlegenheit gebracht haben?

»Komm weiter«, sagte sie laut. »Sie müssen hier irgendwo sein.«

Elise übernahm die Führung und ging etwa fünf Schritte voraus. Dabei zog sie einen langen, gezackten Dolch aus einer Scheide, die an ihrem Bein festgebunden war, und hielt ihn kampfbereit an der Seite. Will deaktivierte das Raster und folgte ihr.

»Ich arbeite an einer neuen Technik«, teilte sie ihm mit, ohne ihn anzusehen. »Ich glaube, es ist so ähnlich wie das, was du kannst.«

»Wie funktioniert es?«

»Ich sende kurze Geräuschexplosionen aus, Hunderte in schneller Abfolge, und wenn der Schall wieder zu mir zurückgeworfen wird, verwandle ich sie in ...«

»Das nennt man Echolot«, unterbrach Will sie. »Wie bei einer Fledermaus.«

Sie schaute ihn spöttisch an: »Wie bei einem Delfin.«

»Okay, wie bei einem Delfin«, lenkte er ein. »Ich habe ja auch nicht gemeint, dass du eine Fledermaus bist.«

»Es funktioniert folgendermaßen«, sagte sie und wandte sich dem offenen Flussbett zu.

Er konnte zwar keines der Geräusche hören, die sie ausstieß, aber er sah, dass sie sich stark konzentrierte und die Lippen bewegte.

»Und?«, fragte er. »Irgendwelche Fische gefunden?«

»Da bewegt sich etwas«, antwortete sie und zeigte nach rechts. »Dort drüben.«

Beim Blick durch das Raster sah Will, dass der Boden dort flacher wurde, aber am Horizont war nichts zu erkennen. Allerdings fing er eine schwache Wärmesignatur auf, deren Größe auf einen Menschen hindeutete, welcher sich schnell durch das Gebiet vor ihnen bewegte.

»Soll ich nachsehen?«, bot er an.

»Ich kann auch rennen.«

Zusammen liefen sie in diese Richtung – Will zwar einen Gang langsamer als sonst, aber dennoch erstaunt, dass sie so mühelos mithielt.

Eine kleine Bodenerhebung verhinderte, dass Will erkennen konnte, was vor ihnen lag, aber nach wenigen Augenblicken hatten sie den höchsten Punkt der Steigung erreicht. Von hier schauten sie etwa sieben Meter hinab auf eine kleine Lichtung, umgeben von einem Wald voll seltsam geformter Bäume.

Wie sich herausstellte, gehörte die Wärmesignatur zu Ajay, der im Zickzack über die Lichtung rannte und sich immer wieder vor etwas wegduckte – eine Art kleiner Staubwolke, die ihn zu verfolgen schien.

»Ajay!«, rief Elise.

Völlig außer sich vor Angst schaute er zu ihnen hinüber. Will bemerkte, dass er seine dunkle Brille trug.

»Sie sind hinter mir her, aber ich kann sie nicht sehen!«, rief er verzweifelt. »Helft mir!«

Als Will und Elise den Abhang hinuntersprinteten, sahen sie, um was für eine Art von Wolke es sich handelte.

Es war ein dichter Schwarm leuchtend bunter Insekten, so groß wie Murmeln, die mit bösartig aussehenden stachligen Scheren nach Ajay schnappten. Als Will sich ihnen näherte, hörte er ein wütendes, schrilles Summen, das wie tausend überdrehte Modellflugzeuge klang.

»Nimm die Brille ab!«, wies Will ihn im Laufen an.

Ajay riss sich die Brille herunter. Offenbar sah er den Schwarm dadurch zum ersten Mal, denn jetzt schlug er doppelt so schnelle Haken auf der Lichtung. »Das war der grausamste Ratschlag, den du mir geben konntest!«

Ein Teil der Insekten trennte sich vom Schwarm und raste direkt auf Wills Gesicht zu. Er konnte gerade noch die vorderen Exemplare erkennen und sah, dass sie fratzenhafte menschliche Gesichter hatten. Instinktiv beschwor er die Gedankenform einer großen Tasche herauf, ließ die Insekten hineinfliegen, machte die Tasche wieder zu und schleuderte sie auf den Boden. Dann trampelte er so heftig darauf herum, dass grüne und violette Flüssigkeit in alle Richtungen spritzte.

Ajay flitzte noch immer über die Lichtung und versuchte, dem Hauptschwarm zu entkommen. Will sah, wie Elise tief einatmete.

»Ajay, wirf dich auf den Boden!«, schrie Will.

Sofort ließ Ajay sich fallen – genau in dem Moment, als Elise ein hartes, knackendes Geräusch aussandte, das wie eine Kanonenkugel durch die Luft schwirrte und frontal in den Schwarm krachte. Der Aufprall war so gewaltig, dass die Viecher direkt über dem flach auf den Boden gepressten Ajay zerplatzten.

Er schützte seinen Kopf mit beiden Händen, grunzte und quiekte vor Angst und versuchte, sich noch flacher zu machen, während die toten Insekten auf ihm und überall um ihn herum zu Boden gingen. Dann schlug er wild um sich, bis sich Will neben ihn kniete und ihm sanft auf den Rücken klopfte.

»Ganz ruhig, Ajay ... Ajay!«

Er schaute mit Panik in den Augen zu Will hoch. »Sind sie weg? Was ist das für ein Wahnsinn? In welche gottverlassene Hölle hast du uns bloß gebracht?«

»Reiß dich zusammen«, sagte Elise, hockte sich auf seine andere Seite und packte ihn am Arm. »Wir haben im Moment keine Zeit für deine Ausraster.«

Er drehte leicht den Kopf, sah die überall verteilten toten Insekten und schaute dann zu Elise. »Unsichtbare Bienen so groß wie überdimensionale Marshmallows und ich soll nicht ausrasten?«

»Du konntest sie nicht sehen, weil du die Brille aufhattest«, warf Will ein. »Wir brauchen sie hier nicht.«

»Wo sind Nick und Jericho?«, wunderte sich Elise, als sie Ajay auf die Füße halfen.

»Ich habe keinen blassen Schimmer. Nick ist direkt nach mir durch die Öffnung gesprungen, dachte ich jedenfalls, aber ich habe ihn nicht gesehen. Ich bin direkt dort drüben neben dem großen Felsen gelandet.«

»Wo kamen die Bienen her?«

»Sie schossen plötzlich aus einer Art Nest neben dem Felsen heraus, so groß, dass eine Rottweiler-Familie darin Platz gehabt hätte. Wie habt ihr beiden euch gefunden?«

»Wir haben uns an den Händen gehalten, als wir durch das Portal gesprungen sind«, erklärte Elise.

»Wie rührend. Ich wünsche euch einen romantischen Valentinstag ...«

»Hör auf damit«, unterbrach ihn Will. »Wir sind ungefähr eine halbe Meile von hier gelandet, irgendwo dort oben in einer Schlucht. Wenn unsere Entfernung zu deinem Eintrittsort ein Anhaltspunkt ist, können die anderen vermutlich nicht weit entfernt sein. Unsere Walkie-Talkies funktionieren hier nicht. Was ist mit deinem?«

Ajay zog sein Funkgerät aus der Halterung an seinem Gürtel. »Ich bin noch gar nicht dazu gekommen, es auszuprobieren, weil ich die ganze Zeit den Hornissen-Tango tanzen musste.«

Dann schaltete er das Gerät ein und suchte eine Frequenz. Das Rauschen und Knacken hörte sich ein wenig abwechslungsreicher an als in der Schlucht und wurde von ein paar kurzen Augenblicken der Stille unterbrochen, war aber genauso unbrauchbar.

»Ich probiere mal ein bisschen herum; vielleicht habe ich Erfolg. Aber ich glaube nicht, dass wir hier von elektronischen Geräten eine normale Funktionsweise erwarten können«, befand Ajay. »An diesem Ort scheint alles möglich zu sein.«

Will beugte sich nach unten, fasste vorsichtig eine der toten Hornissen am Flügel und schaute sie sich genauer an. Ein etwa ein Zoll großer Stachel ragte hinten aus ihrem fetten Körper hervor – dick, rot und mit tödlich aussehenden Zacken versehen. Das Gesicht der Kreatur hatte die gleichen, beunruhigend menschenähnlichen Züge wie all die anderen, die sie schon gesehen hatten. Die Stielaugen dieses Exemplars schienen sogar eine Netzhaut und Pupillen zu besitzen.

»Ist das auch eines ihrer Reagenzglas-Experimente?«, fragte Elise und besah sich das Wesen neugierig.

»Wir bauen uns einen gruseligen Bienenstock«, kommentierte Ajay. »Was für ein faszinierendes Hobby. Warum konnten sie nicht einfach eine Bestellung für eine Ameisenfarm hinten auf einem Comicheft ausfüllen, wie andere Leute auch?«

»Anscheinend hat das Andere Team Spaß daran, genetisch manipulierte Freaks zu erschaffen«, mutmaßte Will.

»Oh, du meinst solche wie uns«, sagte Ajay.

»Ja, aber nicht annähernd so attraktiv«, fand Elise.

»Das musst du die anderen Hornissen fragen«, entgegnete Ajay und zeigte auf das stieläugige Insekt. »So wenig wie wir darüber wissen, könnte die hier auch Badeanzug-Modell gewesen sein.«

Will warf die tote Kreatur auf den Boden und ließ den Blick über den Horizont des giftig aussehenden Himmels streifen.

»Wonach suchst du?«, wollte Ajay wissen.

»Anscheinend gibt's hier keine Sonne«, stellte Will fest. »Trotz der sich verändernden Wolken ist das Licht ganz gleichmäßig verteilt. Es sieht so aus, als würde es nicht aus einer einzelnen Quelle stammen.«

Ajay suchte ebenfalls den Himmel ab. »Du hast recht, Will. Ich sehe weder Sonnen, Sterne, Monde noch irgendwelche anderen Himmelskörper.«

»Woher soll man dann überhaupt wissen, ob es gerade Tag oder Nacht ist?«, überlegte Elise.

»So etwas gibt es hier nicht«, entgegnete Will. »Es sei denn, irgendwo sitzt jemand und dreht an einem gigantischen Dimmer.«

»Das mag sein, aber ich weiß bis auf die Millisekunde genau, wie spät es ist, falls das irgendwie hilft«, sagte Ajay und zog ein digitales Gerät aus der Tasche. »Oder auch nicht. Es ist mausetot – was auch immer dieser Ausdruck zu bedeuten hat. Ich muss daran denken, seine Herkunft zu recherchieren.«

Er zeigte ihnen die Anzeige des Instruments: lauter Nullen.

»Was ist das?«, fragte Elise.

»Eine peinlich genau auf Greenwich Mean Time eingestellte Atomuhr – ein unfehlbar präzises wissenschaftliches Messinstrument, aber hier könnte es genauso gut eine nachgemachte Swatch sein, bei einem Einwanderer aus der Karibik an einer Bushaltestelle in Manhattan gekauft. Ich vermute, in dieser Atmosphäre hier muss es irgendeine alles durchdringende elektrische Störung geben.«

»Nein, es ist irgendetwas anderes«, widersprach Will. »Merkwürdiger als das. Ich glaube, wir befinden uns nicht einmal in der Zeit. Der alte Mann hat es auch gesagt: Zeit existiert hier nicht.«

Ajay blickte auf, kniff die Augen zusammen und dachte eine Sekunde nach. »Mein Gehirn wächst zwar schnell, aber nicht schnell genug, um diese Vorstellung wirklich zu erfassen.«

»Lasst uns weitergehen, dort entlang«, forderte Will die anderen auf und zeigte geradeaus, weg von der Schlucht. Er legte ein schnelles Tempo vor und Elise und Ajay hatten Mühe, ihm zu folgen. »Ich glaube, es wird noch seltsamer.«

»Wie kann etwas noch seltsamer sein, als sich ›außerhalb der Zeit‹ zu bewegen?«, hielt Elise ihm entgegen.

»Hast du einen Kompass, Ajay?«, fragte Will. »Keinen digitalen, sondern einen Magnetkompass.«

»Wieso fragst du überhaupt?« Ajay zog einen kleinen runden Messingkompass aus einer der vielen Taschen an seiner Weste »Ach du liebe Zeit!«

Sie blieben einen Augenblick stehen und er hielt ihnen den Kompass hin. Die Nadel drehte sich wie verrückt, zeigte erst in die eine und dann in die andere Richtung.

»Krass«, fand Elise. »Die Luft hat übrigens einen seltsamen Geschmack. Merkt ihr das auch?«

»Ja. Leicht metallisch«, bestätigte Will.

Ajay leckte sich über die Lippen: »Ich denke, das ist das Ozon in der Atmosphäre. Es könnte etwas mit der elektrischen Störung zu tun haben. Möglicherweise beeinträchtigt sie sämtliche magnetischen Pole, die es hier gibt – wenn es hier überhaupt Pole gibt.«

»Ich hatte eigentlich an etwas noch viel Abgefahreneres gedacht«, gestand Will, als sie sich wieder in Bewegung setzten.

»Und das wäre?«, fragte Elise.

»Möglicherweise ist das hier noch nicht einmal ein realer Ort.«

Elise und Ajay warfen einander hinter Wills Rücken einen verwunderten Blick zu: *Was?*

»Ich meine, diese ganze Umgebung könnte nur ein Konstrukt sein, wie ein Hologramm oder eine künstliche Gedankenform.«

»Aber das wird doch sicherlich durch die Tatsache widerlegt, dass wir hier sind ... Wir können es mit all unseren Sinnen sehen und fühlen«, wandte Ajay aufgeregt ein. »Oder etwa nicht? Nein?«

»Du meinst, wir denken nur, dass wir hier sind?«, hakte Elise nach.

»Da könnte was dran sein«, antwortete Will. »Dave sagte mir, diese Zone sei ein Gefängnis für das Andere Team, für die Verbrechen, die sie wider die Natur verübt haben. Ich habe den Eindruck, dass das alles hier einzig und allein zu diesem Zweck entworfen und ›gebaut‹ wurde.«

»Aber was für ein Geist, zu welcher Art von Lebewesen er auch gehört, könnte etwas so Detailliertes, so Vollständiges, so ... so unglaublich Überzeugendes erschaffen?«, fragte Ajay aufgebracht, fuhr mit dem Fuß über den Boden und wirbelte dabei Staub auf.

»Ich weiß nicht, ob unsere Vorstellungskraft überhaupt dafür ausreicht«, entgegnete Will. »Aber das heißt nicht, dass ein solches Wesen nicht existieren kann.«

Sie blickten über in die trostlose Ebene, die sich vor ihnen ausbreitete.

»Es gibt bereits ein Wort für einen solchen Geist«, bemerkte Elise.

Die beiden anderen schauten sie fragend an.

»Hallo? Gott!«, antwortete sie.

Ajay musterte Will ernst. »Bitte, Will, sag mir noch einmal, wer deiner Meinung nach für die Erschaffung dieses Ortes verantwortlich ist.«

»Dazu habe ich noch nie etwas gesagt«, behauptete Will.

»Etwas oder jemand, der mit deinem Freund Dave zu tun hat«, half Elise ihm auf die Sprünge. »Stimmt's?«

»Dave nannte sie die ›Hierarchie‹. Die Organisation, für die er angeblich arbeitet.«

»Und wer könnte das sein?«

»Er sagte, es sei so etwas wie eine gigantische überirdische Bürokratie, die all die verschiedenen Aspekte der Schöpfung auf der Erde überwacht. Verantwortlich für den Erhalt aller Lebensformen - Menschen, Tiere, Pflanzen ...«

Ajays Blick wanderte nach oben links, als er seinen Erinnerungsspeicher anzapfte. »Ja. Eine Vorstellung, die in einer Reihe alter esoterischer Philosophien und Lehren auftaucht. In heiligen Schriften, wie den hinduistischen Veden, und in verschiedenen Lehren, wie dem Gnostizismus, der Kabbala oder, in jüngerer Zeit, der Theosophie - was so viel wie ›Weisheit der Götter‹ bedeutet. Dort wird diese Vorstellung häufig als Teil des ›alten Wissens‹ bezeichnet. Soll ich weitermachen?«

»Ja, vielleicht solltest du uns alles erzählen«, meinte Elise.

»Mich interessiert viel mehr, was dieser Dave dazu gesagt hat«, meinte Ajay. »Als was hat er diese Kreaturen im Einzelnen bezeichnet, Will?«

»Er hat über sie nicht als Persönlichkeiten oder als Menschen geredet, sondern sie entsprechend ihrer Funktion beschrieben, als seien sie die Wächter und Beschützer der Erde ...«

»Also hoch entwickelte spirituelle Wesen, die eine persönliche Identität nach unserer Vorstellung überwunden haben und folglich keinen physischen Körper mehr brauchen, sondern die Fähigkeit besitzen, in einem Körper oder als ein solcher zu erscheinen, falls erforderlich«, dozierte Ajay. »Bezeichnenderweise immer dann, wenn sie es mit uns kleinen Erdlingen zu tun haben.«

»Mehr oder weniger genau so«, stimmte Will zu.

»Okay, gut«, entgegnete Ajay und schaute sich um.

»Wieso ist das gut?«, wunderte sich Elise.

»Das bedeutet, dass wir eine mögliche Erklärung dafür haben, was gerade mit uns passiert – so lächerlich und unwahrscheinlich diese Erklärung auch erscheinen mag. Ich fühle mich schon viel besser.«

»Du bist echt seltsam«, fand Elise.

»Und hast du jetzt irgendeine Idee, was wir als Nächstes tun sollen?«, fragte Will.

»Nun, das ›alte Wissen‹, ganz zu schweigen von unseren eigenen wissenschaftlichen Methoden, würde empfehlen, sich einfach weiterhin auf die subjektive Wahrnehmung all dieser unheimlichen Phänomene zu verlassen. Sie genau und nüchtern beobachten, Aufzeichnungen vergleichen, versuchen, einen objektiven Konsens zu erreichen, und entsprechend handeln.«

Ein abwesender Ausdruck trat in Ajays Augen; seine Finger bewegten sich, als würde er eine unsichtbare Spielkonsole bedienen, und er blinzelte nervös, als hätte er einen kleinen geistigen Kurzschluss.

»Alles in Ordnung, Ajay?«, erkundigte sich Elise besorgt.

»Ich bin nicht ganz sicher. Wie ihr wisst, habe ich in den vergangenen Wochen im Turm auf der Insel wahnsinnig viel gelesen, und auch wenn es tatsächlich leichter wird, all diese neuen Informationen aufzunehmen, habe ich das Gefühl, als würde sich die physische Struktur meines Gehirns noch schneller verändern ... sich ausdehnen, wenn man so will ... was auch immer das für meinen geistigen Zustand zu bedeuten hat.«

»Das hört sich nicht gut an«, fand Will.

»Wohlgemerkt, es ist keineswegs ein unangenehmes Gefühl, aber zu behaupten, diese Vorstellung sei nicht total erschütternd und beunruhigend, wäre eine massive Untertreibung.«

Elise blieb stehen, packte Ajay an den Schultern, schaute ihm direkt in die Augen und fragte ihn: »Warum passiert das?«

Erneut blinzelte Ajay, schien wieder zu sich zu kommen und schaute die beiden dann mit klarem Blick an.

»Wir verändern uns, versteht ihr«, erklärte er. »Jeder auf seine Weise und offensichtlich können wir nichts dagegen tun ...«

»Warum nicht?«

»Weil wir eben so ›angelegt‹ worden sind, meine Liebe.«

Elise schaute zu Will, der zustimmend nickte.

»Während das alles im besten Fall Anlass zu Besorgnis und Vorsicht sein sollte«, fuhr Ajay fort, »haben wir zumindest den Vorteil zu wissen, warum es passiert.«

»Das ergibt einen Sinn«, meinte Will.

»Außerdem haben wir ja uns«, fügte Elise hinzu.

»Ja. Gemeinsame Erfahrungen sind für uns überaus wichtig«, erläuterte Ajay.

»Das ist das Einzige, was uns hilft, das hier durchzustehen«, sagte Elise und schaute die beiden eindringlich an.

»Übrigens, Will, ich bin da heute im Turm auf eine seltsame Information gestoßen, die dich interessieren könnte.«

»Was denn?«

»Eine ziemlich delikate Familienangelegenheit – deine Familie betreffend. Ich habe eine Geburtsurkunde aus den frühen 1960er-Jahren gefunden. Vom Butler deines Großvaters, dem charmanten und temperamentvollen Lemuel Clegg.«

»Was ist mit ihm?«

»Sieht so aus, als wäre er für Franklin etwas mehr als nur ein Butler«, sagte Ajay. »Er ist sein Sohn – wenn auch außerehelich geboren. Seine Mutter gehörte offenbar zum Hauspersonal.«

Will dachte kurz darüber nach und kam zu dem Schluss, dass

damit die meisten Fragen, die er zu diesem Mann hatte, beantwortet waren.

»Das bedeutet, er ist nicht nur Franklins Sohn«, erklärte Ajay, »sondern auch dein Onkel. Offenbar nach dem Mann benannt, von dem deine Familie das Anwesen gekauft hat – Lemuel Cornish. Lemuel ist nicht unbedingt ein Allerweltsname.«

»Ich habe immer gewusst, dass er ein seltsamer Vogel ist«, sagte Will.

»Das muss dann wohl in der Familie liegen«, fand Elise.

Will und Ajay lachten.

»Und zu deiner ursprünglichen Frage, Will, was wir als Nächstes tun sollen: In Anbetracht der Tatsache, dass du uns, seit wir dich kennen, in etlichen, ähnlich haarsträubenden Situationen nicht in die Irre geführt hast, werde ich mich auch weiterhin deinen intuitiven Führungsqualitäten beugen und sage: ›Deine Entscheidung, Chef.‹«

Will legte Ajay eine Hand auf die Schulter. Er wusste, das Vertrauen seines Freundes zu schätzen, aber vor allem bestätigte dessen Beobachtung etwas, das er bereits ganz subtil in sich selbst gespürt hatte und das sich allmählich veränderte. Keine offensichtliche körperliche Fähigkeit, wie seine unglaubliche Schnelligkeit, seine Ausdauer oder seine erstaunlichen Selbstheilungskräfte, sondern eher eine innere Kraft, die offenbar jetzt stärker wurde. Es hatte etwas damit zu tun, Entscheidungen zu treffen, besonders unter Druck: Wenn er vor eine schwierige Aufgabe gestellt wurde, schien er einfach zu wissen, was zu tun war und wofür er sich entscheiden musste.

Aber was hatte es damit auf sich? Konnte man so etwas auch auf rein genetische Veränderungen zurückführen? Oder war es etwas, das man sich erarbeitete – weniger eine Gabe als vielmehr eine Fertigkeit, die er durch Übung und Erfahrung eigenständig entwickelt hatte? War es etwas Erworbenes oder eher ein Teil seines Charakters?

Und wie nannte man eine solche Fähigkeit überhaupt? Entschlusskraft? Führungsvermögen?

Nein, ein anderes Wort kam ihm in den Sinn und die Fähigkeit selbst informierte ihn, dass es die richtige Bezeichnung für sie war.

Intuition. Er war dabei, eine andere Art des Denkens zu erlernen, die nichts mit Mühe, Arbeit oder Berechnung zu tun hatte. Es ging vielmehr darum, seinen bewussten Verstand beiseitezuschieben und zu erkennen, dass er in vieler Hinsicht bereits wusste, was er wie zu tun hatte, bevor er überhaupt darüber nachdenken musste.

Will schaute den Pfad zurück, über den sie gekommen waren, und sah, dass er ganz leicht abfiel. Der trockene, staubige Boden unter ihren Füßen hatte sich allmählich in harte, kompakte Erde verwandelt, die eher aussah wie gebrannter Ton. Will schloss die Augen und seine Sinne schärften sich. Er konnte jetzt auch Feuchtigkeit in der Luft spüren, ja sogar riechen.

»Ganz in der Nähe gibt es Wasser«, verkündete er.

Das Gefälle wurde nun stärker und der Pfad immer schmaler; er beschrieb schließlich eine Linkskurve und verschwand dann außer Sichtweite in einem Tal. Der rechte Rand fiel jäh zu einer steilen Schlucht ab. Aus irgendeinem Grund hatte Will Mühe, etwas zu erkennen: Was auch immer am Boden der Schlucht war, schien in einem diffusen weißen Dunst zu verschwinden.

»Was seht ihr da unten?«, fragte er die anderen.

Ajay machte einen Schritt vorwärts und riss die Augen weit auf. »Da ist eine Schicht aus Nebel oder Wolken ... ziemlich dicht ... und ich meine, direkt darunter die Kronen von Bäumen zu erkennen ... hoch, viele verschiedene Arten, die ich normalerweise mit einem Regenwald in Verbindung bringen würde.«

»Und dabei sieht das hier oben eher aus wie eine Wüste«, bemerkte Elise.

»Ja, wirklich ein sehr abrupter Übergang«, pflichtete Ajay ihr bei.

»Das ist auch nicht ungewöhnlicher als alles andere hier«, meinte Will.

»Stimmt«, meinte Ajay, der immer noch wie gebannt auf die Wolken starrte. »Aber ungewöhnlich ist, dass da unten absolute Windstille herrscht und sich einige dieser Bäume scheinbar trotzdem bewegen.«

SECHS

WILLS LEBENSREGEL Nr. 6: WER ETWAS NICHT KANN, SOLLTE ES LASSEN.

Will wäre am liebsten vorgelaufen und hätte sich umgesehen, hielt es dann aber für besser, bei den anderen zu bleiben. Er wollte Ajay nicht zu sehr körperlich oder emotional belasten, denn er wirkte noch immer äußerst mitgenommen. Außerdem spürte Will, dass Elise sogar noch mehr um Ajay besorgt war als er.

Je weiter sie dem Pfad hinunterfolgten, desto kühler wurde es. Als sie an den Rand der Nebeldecke gelangten, fühlte sich die Luft richtiggehend frostig an. Will blieb stehen. Der Nebel vor ihnen glich einem Vorhang: reglos, strahlend weiß und so dick wie Baumwolle.

Misstrauisch starrten die drei darauf. »Bist du sicher, dass das der richtige Weg ist?«, wollte Ajay wissen.

»Irgendwas stimmt hier ganz und gar nicht«, stellte Elise fest. »Es sieht aus wie Nebel, aber es wirkt nicht wie Nebel.«

»Es ist eher wie ... eine Vorstellung von Nebel«, sagte Will. »Fast zu perfekt.«

»Genau. Er sieht nicht im Geringsten zufällig oder unregelmäßig aus«, bestätigte Ajay. »Und das sind die auffälligsten Merkmale von Wasser in Form von Dampf.«

»Das meinte Will.«

Will berührte den Nebelvorhang und seine Hand fuhr mühelos hinein. Kühl und feucht. Kleine Wassertropfen bildeten sich auf seiner Haut.

»Fühlt sich okay an«, befand er und zog die Hand wieder zurück.

»Ich weiß, dass du mich bitten wirst vorauszugehen, also erspare ich dir die Mühe«, sagte Ajay und richtete sich zu seiner vollen Körpergröße auf.

Dann ging er in den Nebelvorhang hinein, der ihn nach ein paar Schritten komplett verschluckte.

»Geh nicht zu weit!«, warnte Elise.

»Es waren nur fünf Schritte«, beruhigte er sie. »Und ich bin schon stehen geblieben, keine Panik.«

»Kannst du irgendwas erkennen?«, fragte Will.

»Den Boden unter meinen Füßen ... meine Hand vor den Augen ... und das war's auch schon.«

Will und Elise fassten sich an den Händen und folgten Ajay. Sofort wurden sie von dem kühlen Nebel umfangen, vorsichtig setzten sie einen Fuß vor den anderen. Will konnte weder seine Füße noch ihrer beider Hände sehen.

Zwei Schritte weiter prallten sie mit Ajay zusammen.

»Ah, halten wir wieder Händchen? Euch reicht wohl jede Ausrede. Aber mal ehrlich, die Leute werden anfangen zu reden ...«

»Halt die Klappe«, wies Elise ihn zurecht.

»Lasst mich mal kurz etwas ausprobieren«, bat Will.

Als er sein Raster aktivierte, sah alles genauso verschwommen und milchig aus, als würde er es mit bloßem Auge betrachten. Keine Wärmesignaturen oder sonstige Hinweise auf Leben. Nutzlos. Er schaltete es wieder aus.

»Ich kann nicht das Geringste erkennen.«

»Was jetzt?«, wollte Ajay wissen.

»Da ist eine Felswand, die steil nach rechts abfällt«, verkündete Will. »Lasst uns die Wand auf der linken Seite suchen und uns daran entlangtasten. Elise, halte dich an meinem Rucksack fest. Wir gehen im Gänsemarsch.«

Elise trat hinter ihn und griff nach seinem Rucksack. Will legte beide Hände auf Ajays Schulter, der mit kleinen Schritten und ausgestreckten Händen voranging.

»Ich fühle die Wand noch nicht«, berichtete Ajay.

»Warte, ich glaube, ich kann dir sagen, wo sie ist«, meinte Elise.

Sie blieben stehen. Elise trat hinter Will hervor und stieß in schneller Abfolge kurze Klicklaute und eine Art Sirren aus. Dann nahm sie Wills Hand, ging ein paar Schritte vorwärts und blieb dann abrupt stehen.

»Wenn ich mich nicht irre, ist die Wand ungefähr fünfzehn Zentimeter vor uns.«

Will stellte sich neben sie, hob die Hände, streckte sie dann langsam nach vorne aus ... und berührte nach etwa fünfzehn Zentimetern die Wand.

»Ah, Echolot«, folgerte Ajay bewundernd.

»Ein nützliches neues Instrument«, erläuterte Elise.

»Und das einzige Mal, wenn wir sie wirklich brauchen, ist meine einzige mickrige Kraft vollkommen nutzlos«, jammerte Ajay.

»Sie ist überhaupt nicht nutzlos«, widersprach Will. »Und es ist auch nicht das einzige Mal, dass wir sie brauchen.«

»Und sie ist nicht mickrig«, ergänzte Elise. »Und es ist auch nicht die einzige Kraft, die du besitzt, Superhirn.«

»Okay, vielleicht wollte ich ja auch nur ein Kompliment hören«, gestand Ajay. »Warum gehst du nicht voran, meine Liebe?«

»Nein, ihr beiden solltet gemeinsam vorangehen«, ordnete Will an. »Elise links, mit der linken Hand an der Wand. Ich bilde die Nachhut.«

Will packte die beiden bei ihren Rucksäcken und brachte sie in die richtige Position.

»Ich hoffe, du hast nichts dagegen, wenn *wir* jetzt Händchen halten«, sagte Ajay zu Elise.

»Nicht, wenn du auch nichts dagegen hast«, erwiderte Elise und ergriff seine linke Hand mit ihrer Rechten.

»Zumindest kann sie nicht sehen, wie du rot wirst«, bemerkte Will. »Gehen wir.«

Vorsichtig setzten sie einen Fuß vor den anderen. Will hielt sich an ihren Rucksäcken fest und es fiel ihm ein wenig leichter, in der Mitte zwischen ihnen zu bleiben, wenn er die Augen zumachte.

»Das ist echt seltsam«, fand Elise. »Wir tappen herum wie im Dunkeln und dabei ist überall so viel Licht.«

»Das liegt daran, dass jegliche Abwechslung und Textur fehlt«, erklärte Ajay. »Unsere Augen können nur dann richtig mit dem Gehirn korrespondieren, wenn sie einen Kontrast wahrnehmen ... Moment mal, nur ein Vorschlag: Glaubst du, du könntest den Nebel mit Klängen bewegen? Gerade so viel, um ihn ein wenig zu verändern?«

Will hörte, wie Elise eine Reihe von Tönen ausstieß, während sie sich langsam vorwärtstasteten. An der Wolke schien sich nichts zu verändern, bis sie einen Klang erzeugte, der sich anhörte wie ein leise auf- und abschwellender Kampfschrei.

»Das war der richtige«, stelle Ajay fest. »Er erzeugt kleine Wellen und ich kann eindeutig ein Muster erkennen.«

Will öffnete die Augen und blickte auf. Er konnte noch immer nichts sehen. Als er wieder durch sein Raster schaute, zeichneten sich schwache vibrierende Linien in der Nebelwand vor ihnen ab, die fast einen Pfad bildeten.

»Gute Arbeit, ihr beiden«, lobte er.

Schweigend und konzentriert gingen sie eine Weile weiter. Alle hundert Schritte hob Will den Kopf, blickte nach oben und aktivierte sein Raster.

»Was meinst du, wie weit ist es bis hinunter zur Talsohle?«, fragte Ajay.

»Von dort, wo der Nebel anfing? Etwa achthundert Meter, würde ich schätzen«, antwortete Will.

»Gut«, meinte Ajay und hielt sich etwas vors Gesicht, das schwach rötlich schimmerte. »Ich habe am Rand der Wolke einen Schrittzähler eingestellt und es sieht so aus, als hätten wir die Hälfte der Strecke schon zurückgelegt.«

»Bilde ich mir das ein oder ist der Nebel hier wirklich ein bisschen dünner?«, wunderte sich Elise.

»Du hast recht«, bestätigte Ajay. »Möglicherweise nähern wir uns dem Fuß der Nebelbank.«

»Aber sollte sie nicht unten dichter sein?«, hakte Elise nach.

»Ja, der dichtere Dampf müsste eigentlich nach unten absinken«, entgegnete Ajay. »Aber hier scheinen sich nicht einmal die Moleküle normal zu verhalten.«

Will brauchte ein wenig länger, um einen Unterschied festzustellen, aber dann konnte er seine Füße erkennen und schließlich den Pfad ein paar Schritte vor ihnen. Etwas am Aussehen des Bodens störte ihn, doch bevor er es in Worte fassen konnte, riss es Ajay und Elise die Füße weg. Sie rutschten aus, landeten auf ihren Rucksäcken, und weil Will sich noch immer an ihnen festhielt, stürzte er ebenfalls. Der Pfad war mit einem Mal so glatt wie der glasartige Boden in der Schlucht – und ehe sie sich's versahen, schlitterten sie wie auf einer gut geölten, kurvigen Rutschbahn nach unten.

»Lasst euch nicht los!«, schrie Will. »Bleibt vom Rand weg und versucht, euch an der Felswand festzuhalten!«

Aber da war nichts, woran sie sich festhalten konnten. Als der Nebel um sie herum sich endgültig lichtete, sahen sie, dass der gesamte Pfad spiegelglatt war. Er beschrieb eine Linkskurve, aber ihr Schwung würde sie geradeaus auf die Felskante zutragen. Will griff nach dem Messer, das er an seiner Wade festgebunden hatte, und zog dann die Klinge wie ein Steuerruder hinter sich her, damit sie wieder nach links gelangten. Doch der Boden war so hart, dass das Metall nicht einmal einen Kratzer hinterließ.

Rasch drehte Elise sich nach rechts und stieß einen konzentrierten Klangstrahl aus, den die beiden anderen nicht hören konnten. Der Strahl brannte sich in den Boden und Funken stoben auf. Elise wollte ihn wie eine Reibungsbremse benutzen und für einen Augenblick wurden sie tatsächlich ein wenig langsamer, aber dann nahm das Gefälle zu und sie rasten immer schneller auf den Rand der Schlucht zu.

Will sah Äste und Blätter, eine dichte grüne Wand direkt hinter der Felskante – doch soweit er wusste, mussten das die Baum*kronen* sein, was in diesem Fall nicht besonders günstig war …

Ajay flog als Erster über die Kante. Mit seiner linken Hand umklammerte Will Ajays Rucksack, drehte sich dann schon im Fall blitzschnell um und rammte sein Messer mit der Rechten direkt unter dem Rand des Felsvorsprungs in einen Spalt. Die Klinge drang ein und blieb stecken. Will hielt sich mit aller Kraft fest, denn im nächsten Augenblick zerrte Ajays gesamtes Körpergewicht ruckartig an seinem Arm. Er spürte die Belastung in jedem Muskel, hatte seinen Freund aber sicher im Griff.

»Ich hab dich!«

»Ich glaube nicht, dass du …«

»Nein, ich hab dich!«

Dann rutschte plötzlich Elise direkt neben ihm über die Felskante, aber es gelang ihr, sich mit beiden Händen am Vorsprung festzuhalten. Sie baumelte neben ihm in der Luft, die Augen geschlossen.

»Halt dich fest!«, rief er ihr zu.

»Will, du brauchst nicht …«

»Doch, Ajay. Ich lasse dich nicht fallen!«

»Sieh nach unten«, wies Ajay ihn an.

Will riskierte zum ersten Mal einen Blick: Direkt unter ihm hing Ajay und durch den dünner werdenden Nebel erkannte er, was dann kam.

Ajays Füße schwebten nur etwa einen Meter über dem Boden.

»Du zerquetschst mir gleich die Finger.«

»Oh«, sagte Will nur, ließ ihn los und Ajay fiel auf den Waldboden.

»Oh mein Gott, du hast ihn losgelassen?« Elise riss entsetzt die Augen auf und schaute nach unten, wo Ajay ihr fröhlich winkend zulächelte.

Will streckte seine rechte Hand aus. Elise ergriff sie, schwang sich nach unten und landete neben Ajay auf dem Boden. Will fand mit dem Fuß Halt an der Felswand, zog sein Messer heraus und war kurz darauf ebenfalls unten.

Der Nebel glich hier nur noch einem gespenstischen Dunst, der gleichförmig in den Bäumen hing, sodass sie in jede Richtung ungefähr fünfzehn Meter weit sehen konnten. Ajay suchte den Wald um sie herum mit seinen Adleraugen ab.

»Ja. Fast wie ein Regenwald. Hohes Kronendach. Wenig Vegetation am Boden, der mit einer Schicht Mulch bedeckt ist, obwohl die Luft nicht so penetrant nach verrottendem Kompost riecht, wie man erwarten würde. Ansonsten wie aus dem Bilderbuch.«

Will zwinkerte und aktivierte sein Raster. Nirgends eine Wärmesignatur.

»Bis auf die Tatsache, dass es keine Lebewesen gibt«, merkte er an.

»Was ist mit den Bäumen, die sich bewegt haben?«, fragte Elise.

»Im Moment sehe ich nichts, das sich bewegt«, antwortete Ajay. »Vielleicht haben sie sich einfach nur in der Brise gewiegt.«

»Es wäre nicht das erste Mal, dass wir es mit ›sich wiegenden

Bäumen‹ zu tun haben«, sagte Will und dachte an die baumartigen monströsen Wächter, die sie in den unterirdischen Ruinen verfolgt hatten.

»Wohin jetzt?«, wollte Elise wissen.

Sie und Ajay schauten Will an. Er zeigte entschlossen geradeaus – aber nur deshalb, weil sie offenbar eine Entscheidung von ihm erwarteten – und setzte sich in Bewegung, schob Kletterpflanzen und Gestrüpp zur Seite und bahnte sich einen Weg zwischen den massiven Baumstämmen hindurch.

»Kann sein, dass ich mein Beil herausholen muss«, drohte Ajay, während er erneut sein Walkie-Talkie ausprobierte. Noch immer kein Signal.

»Solange du nicht andauernd darüber redest«, meinte Elise, leicht genervt.

Will schaute wieder durch sein Raster. Diesmal empfing er einige schwache, weit entfernte Wärmesignaturen. Vielleicht hatte er tatsächlich die richtige Richtung eingeschlagen und sollte endlich anfangen, dieser »Intuition« zu vertrauen.

Aber plötzlich erschienen die Wärmesignaturen näher, nicht nur direkt vor ihnen, sondern auch zu beiden Seiten, und bildeten regelrechte Trauben. Einige waren oben in den Bäumen zu erkennen und etwa genauso viele am Boden. Sie waren klein und mobil, kletterten oder krochen, doch als Will das Raster deaktivierte und sich umschaute, sah er keine Tiere, die diese Eigenschaften aufwiesen.

»Siehst du irgendwas?«, fragte er Ajay.

»Nichts Außergewöhnliches. Nur Blumen. Jede Menge sehr schöne Blumen. Und sie riechen sehr angenehm. Riecht ihr das auch?«

»Wie Gardenien«, meinte Elise.

»Meine Mutter benutzt oft ein Parfüm, das so riecht«, sagte Ajay und schnupperte wieder. »Wisst ihr, dass vertraute Düfte eine äußerst leistungsstarke Gehirnregion aktivieren, die direkt mit dem Erinnerungsvermögen in Verbindung steht …«

»Bleibt mal kurz stehen«, unterbrach ihn Will.

Er betrachtete die Umgebung wieder durch sein Raster und versuchte, seine Freunde nicht zu beunruhigen. Inzwischen gab es etliche weitere Wärmesignaturen und die kleinen Gestalten bewegten sich immer dann, wenn er sie aus dem Augenwinkel anschaute, hielten aber inne, wenn er sie direkt ansah. Er visierte einen Ast oben in einem der Bäume an, auf dem sich ein Dutzend dieser Umrisse abzeichneten, wartete, bis sie aufhörten, sich zu bewegen, und deaktivierte dann sein Raster.

Blumen. Kleine, zarte rote und weiße Knospen auf einem kurzen grünen, symmetrischen Stängel. Gewöhnliche Exemplare, wie man sie in Millionen von Gärten in amerikanischen Vororten fand, harmlos und freundlich.

»Ajay.«

»Ja, Will?«

»Vor einiger Zeit hast du mir erzählt, du würdest an einer Art Gefrier-Strahl arbeiten.«

»Ja, richtig. Ein Spender für flüssigen Stickstoff. Sehr effektiv, wenn ich das so sagen darf.«

»Den hast du nicht zufällig dabei?«

»Natürlich habe ich ihn dabei, Will.«

Halte dich bereit. Gleich musst du rennen, teilte er Elise mit.

Sie schaute gelassen zu ihm herüber und nickte, bevor sie mit dem Kinn auf Ajay deutete.

Was ist mit ihm?

Nimm ihn mit. Ich komme nach.

Sag mir, wann.

»Könnte ich den Spender bitte haben?«, fragte Will. Dann drehte er sich langsam um. Durch das Raster sah er, dass sich die Formen wieder bewegten. Hunderte von ihnen strömten aus allen Richtungen in sein Sichtfeld.

Aber geradeaus war noch immer ein Pfad zu erkennen, der durch eine Lücke zwischen zwei gewaltigen Bäumen führte.

Ajay wühlte in seiner Tasche und holte dann einen kleinen dicken Edelstahlbehälter hervor, der aussah wie ein Feuerlöscher.

»Hier bitte«, sagte er und reichte ihn Will. »Du musst nur den Sicherheitsverschluss lösen – hier –, die Düse ausrichten und dann draufdrücken. Müsste funktionieren. Ich bin ganz zufrieden damit. Wo willst du ihn einsetzen?«

Los.

Elise packte Ajays Hand und riss ihn mit sich in Richtung der Bäume.

»Hey! Was soll das?!«

Will entsicherte den Behälter und aktivierte wieder sein Raster. Die geballte Masse der Blumen reagierte wie ein einzelner Organismus auf die Bewegungen der drei und steuerte dann auf Will zu. Eine kompakte, zappelnde Welle der Dinger näherte sich ihm rasch auf stängelartigen Wurzeln über den Boden, während andere wie eine Art Vorhang aus den Ästen über ihm herabstürzten. Sie hatten sich mit kleinen Dornen, die aus ihren Stängeln ragten, ineinander verhakt.

Als sie auf Will zuflogen, sah er, dass ihre Blütenblätter gleichförmig nach hinten geklappt waren und kreisförmige, gezackte Mäuler in der Mitte freilegten, die mit scharfen weißen Fangzähnen versehen waren.

Er wirbelte herum, zielte und feuerte einen eiskalten Strahl direkt in das Zentrum des Schwarms. Als das Spray die Blüten berührte, stieg eine Dampfwolke auf und sie erstarrten auf der Stelle zu Eis. Einen Augenblick später stürzte die erhärtete Masse zu

Boden, traf Will an der Schulter und zerbarst in Tausende eisiger Scherben.

Sofort hielt Will die Düse nach unten, drehte sich schnell um die eigene Achse und versprühte den Stickstoff überall um sich herum. Auch die Blüten, die sich ihm am Boden mit geöffneten Mäulern näherten, gefroren zu einem Ring aus winzigen Statuen, kurz bevor sie ein Stück aus ihm herausbeißen konnten.

Er spürte, wie mehrere der Kreaturen über seine Arme und Schultern krabbelten, Überlebende aus dem Vorhang, die nichts von dem Spray abbekommen hatten. Er schüttelte sich wie ein nasser Hund – nur hundert Mal schneller –, sodass sie in alle Richtungen flogen.

Doch es kamen immer mehr. Sie ergossen sich förmlich aus den Bäumen, stürzten sich von den Ästen und bedeckten den Waldboden, näherten sich ihm blindwütig und hungrig. Scharfe Zähne knabberten an den Aufschlägen seiner Hose und an seinen Schuhen. Wieder drückte er auf die Düse und verteilte das eiskalte Spray hinter sich, während er sich beeilte, den anderen beiden zu folgen.

Als er durch sein Raster schaute, sah er Elise und Ajay etwa fünfzig Meter vor sich im Nebel, wo es keine Anzeichen weiterer Blumen gab. Die schienen sich alle wieder dort versammelt zu haben, wo sie ihren Angriff gestartet hatten. Doch als er sich umwandte, sah er, dass er noch immer von einem großen, formlosen roten Klumpen der seltsamen Wesen verfolgt wurde, der jedoch durch die eisige Spur, die Will hinter sich hergezogen hatte, gebremst wurde.

Will nahm den Finger von der Düse und hielt den Behälter hoch, der jetzt wesentlich leichter war. Er hatte über die Hälfte des Inhalts verbraucht und beschloss, den Rest in Reserve zu halten. Hastig stürmte er durch das Unterholz und näherte sich den anderen mit großen Schritten.

Ich bin hinter euch, teilte er Elise mit.

Was ist sonst noch hinter uns?

Das willst du nicht wissen. Lauf weiter.

Kurz darauf war er neben ihnen.

»Oh, Will, da bist du ja«, freute sich Ajay, der leicht außer Atem war. »Welche Probleme gibt es denn dahinten?«

»Fleischfressende Stiefmütterchen.«

»WAS?! Du liebe Güte, Mann – da ist eins auf deiner Schulter!«

Will schaute nach rechts. Eine der überlebenden Blumen hatte sich mit ihren Dornen an ihm festgekrallt und war bis zu seinem Hals hinaufgekrochen – die Zähne gebleckt und bereit zuzubeißen. Bevor Will reagieren konnte, zog Elise blitzschnell ihr Messer und hackte der Kreatur den Kopf ab. Sofort fegte Will den Rest des Körpers auf den Boden.

»Sieht eher aus wie ein Löwenmäulchen«, meinte sie. »Mit einem Krokodil gekreuzt.«

»Uns kann nichts passieren. Wir sind schneller als sie – aber schaut euch nicht um und geht einfach weiter.«

»Als ich heute Morgen aufwachte, habe ich nicht damit gerechnet, von tollwütigem Rittersporn gejagt zu werden«, beschwerte sich Ajay.

»Was siehst du da vor uns?«, fragte ihn Will.

Ajay wandte seinen Blick nach vorn und versuchte, die Augen möglichst wenig zu bewegen, während sie weiterliefen.

»Ich glaube, wir nähern uns einem Fluss oder zumindest einer Art fließendem Gewässer.«

»Ich höre es«, bestätigte Elise.

»Übrigens, dein Gefrier-Spray? Spitze.«

Ajay konnte sich ein zufriedenes Lächeln nicht verkneifen. »Oh. Vielen Dank.«

Dreißig Sekunden später traten sie aus dem Wald und an das

sandige Ufer eines etwa zwölf Meter breiten Flusses, auf dessen anderer Seite der Rand eines noch dichteren Waldes zu sehen war. Will schaute nach links und rechts. Offenbar gab es keine geeignetere Stelle für eine Überquerung, bevor der Fluss in beiden Richtungen eine sanfte Biegung beschrieb. Das Raster aktiviert, drehte Will sich zum Waldrand. Der große rote Klumpen war noch mindestens hundert Meter entfernt, kam aber stetig näher.

»Was haltet ihr davon, ein bisschen zu schwimmen?«, fragte Elise.

»Ganz ehrlich? Ich habe sehr viele Instrumente im Gepäck, die für unsere Mission unerlässlich sind und nicht unbedingt davon profitieren würden, wenn man sie vollständig in irgendein ...«

»Dann formuliere ich es anders«, unterbrach ihn Will. »Kannst du überhaupt schwimmen?«

Ajay trat verlegen von einem Fuß auf den anderen. »Kurze Strecken. In ruhigem Wasser. Am liebsten in einem Schwimmbad. Mit Unterstützung einer angemessen großen Schwimmhilfe, falls erforderlich. Zum Glück habe ich eine dabei ...« Er griff nach hinten in seinen Rucksack.

»Die brauchst du nicht«, informierte ihn Elise und zerrte ihn zum Wasser. »Wir halten dich fest.«

»Einen Augenblick«, sagte Will.

Er schaute hinaus auf den Fluss. Die Strömung war deutlich zu erkennen, schien aber nicht gefährlich zu sein. Trotzdem beunruhigte ihn etwas – Intuition – und veranlasste ihn, genauer hinzusehen. Er nahm sein Raster zu Hilfe.

Im Wasser war jede Menge Bewegung, obwohl es nicht viele Wärmesignaturen enthielt – sehr wahrscheinlich gab es dort unten Kaltblüter, Schwärme kleiner Fische oder was auch immer hier als Fisch durchging. Aber schon bald machte er drei größere, reglose Wärmebilder aus, die in der Nähe des Grundes lauerten.

Keine Kaltblüter und etwa so groß wie ein Auto.

»Bitte schaut mal da runter und sagt mir, was ihr seht«, forderte Will die anderen beiden auf.

Ajay riss die Augen weit auf, kniff sie dann zusammen und öffnete sie wieder, bevor er nach oben in den dunstigen Himmel blickte. »Wegen der Lichtreflexe auf der Wasseroberfläche kann ich leider nicht sehen, was darunter ist.«

Elise ließ sich sofort auf alle viere fallen, hielt sich das Haar zurück und steckte ihr Gesicht ins Wasser. Sie hörten, wie sie pulsierende Echolotklänge produzierte. Einen Augenblick später riss sie den Kopf aus dem Wasser, stand auf, wich erschrocken zurück und wandte sich mit blassem Gesicht zu ihnen um.

»Wir gehen nicht schwimmen.«

Will aktivierte sein Raster und erkannte sofort die Wärmesignatur einer der großen Gestalten, die aus der Tiefe nach oben sauste und nur eine Sekunde später, direkt hinter Elise, in der Nähe des Ufers aus dem Wasser schoss.

Will sah nur Augenreihen, eine stumpfe, schweinsartige Schnauze am Ende eines unvorstellbar hässlichen grauen Torsos und ein aufgerissenes Maul mit gummiartigen Lefzen. Mit einer schnellen Bewegung – er konnte sich nicht erinnern, sich je schneller bewegt zu haben – baute er sich zwischen dem Monster und Elise auf und sprühte ihm eine Ladung flüssigen Stickstoff direkt ins Maul. Dieser Teil der Kreatur gefror auf der Stelle und erstarrte, und als sie auf dem höchsten Punkt ihres Sprungs war, stieß Elise eine überwältigende Klangkaskade aus.

Das steif gefrorene Gesicht und der Kopf des Monsters explodierten, und was noch von seinem zerfetzten, unförmigen Körper übrig war, landete mit einem gewaltigen Platschen wieder im Fluss, wo es schon bald unterging.

Will schaute zu den anderen und registrierte, dass er genauso von den verspritzten flüssigen Überresten dieser elenden Bestie durchnässt war wie sie.

Ajay, der am meisten von der Brühe abbekommen hatte, sah schockiert und angewidert an sich herunter. »Noch nie in meinem Leben habe ich so dringend eine Dusche gebraucht wie jetzt.«

Will schaute zurück zum Wald und blinzelte: Der große rote Blumenklumpen war keine fünfzig Meter mehr entfernt und schien auf die doppelte Größe angewachsen zu sein. Er konnte das unheimliche Wispern der vielen Wurzeln, die durch den Mulch flitzten, schon hören.

»Was nichts an der Tatsache ändert, dass wir noch immer nach drüben müssen«, erinnerte Will die anderen. »Und zwar schnell.«

Elise hatte die Hände auf die Knie gestützt, denn die Anstrengung der letzten Klangexplosion hatte ihr alles abverlangt. Sie sah nicht so aus, als könne sie sich schnell genug erholen, um mit den Blumen genauso zu verfahren. Und Will wurde klar, dass sie vermutlich auch nicht genug Kraft zum Weglaufen besaß.

Während Will sich noch das Hirn nach einer Lösung zermarterte, watschelte plötzlich der noch immer triefende Ajay auf ihn zu und streckte ihm eine Hand entgegen.

»Gib mir den Behälter«, verlangte er entschlossen.

Will tat, was er sagte. »Was hast du vor?«

Ajay schaute hinaus auf den Fluss. »Ich kann nicht versprechen, dass diese Maßnahme funktioniert, aber ich habe fundierte Gründe zu der Annahme, dass sie die wahrscheinlichsten Erfolgsaussichten bietet. Sie erfordert auch, dass ihr beide mir sehr dicht hintereinander folgt ...«

»Ajay ...«

»Bitte, Will, tu nur dieses eine Mal, was ich sage.«

Will schaute ihn prüfend an. Er hatte seinen Freund noch nie so entschlossen gesehen, und wenn man außerdem berücksichtigte, dass er fast vollständig mit einer widerlichen Schleimschicht bedeckt war – ein Zustand, der ihn normalerweise emotional völlig außer Gefecht gesetzt hätte –, war dies wohl nicht der richtige Zeitpunkt, mit ihm zu diskutieren.

Ajay ging hinunter zum Fluss, gefolgt von Will, der Elise am Arm gefasst hatte und sie führte.

»Ihr müsst ganz dicht hinter mir bleiben«, wiederholte Ajay eindringlich. »Und extrem schnell sein. Das kann ich gar nicht genug betonen. Und haltet bitte so oft wie möglich den Atem an, um dem Dunst auszuweichen.«

»Moment mal – warum das denn?«

Ajay hantierte an dem Gerät herum und ignorierte die Frage. »Wollen wir hoffen, dass unser Wunderkind hier uns genügend Treibmittel übrig gelassen hat.«

Ajay richtete die Düse auf die Wasserkante und drückte kurz auf den Sprühkopf. Eine gewaltige Dampfwolke schoss heraus und löste sich sofort in der leichten Brise auf. Als der Nebel sich gelegt hatte, sah Will, dass das Spray einen etwa dreißig Zentimeter breiten Streifen des Flusses eingefroren hatte. Vorsichtig trat Ajay zuerst mit dem einen und dann mit dem anderen Fuß darauf. Das Eis knackte zwar ein wenig, aber es trug ihn.

»Ich kann nicht sagen, wie lange es halten wird. Deshalb dürfen wir nicht einen Moment zögern«, sagte er. »Los geht's.«

Ajay hielt die Düse direkt vor sich auf das Wasser, bewegte sich langsam vornübergebeugt weiter und versprühte den flüssigen Stickstoff. Augenblicklich gefror die Wasseroberfläche und er machte wieder ein paar vorsichtige Schritte vorwärts. Will stützte Elise, als sie hinter Ajay auf die Eisbrücke trat und ihm dicht auf den Fersen über den Fluss folgte.

Die beiden drehten den Kopf nach rechts, fort von der ununterbrochenen Dampfwolke, die schnell mit dem Wind nach links trieb. Das Eis knackte und riss bei jedem ihrer Schritte, ließ kleine kristallene Splitter aufspritzen und machte seltsame klirrende Geräusche, während der Fluss darunter hindurchfloss.

Will war am Ufer geblieben.

Nach etwa einem Drittel des Weges drehte Elise sich um und verlor fast das Gleichgewicht, als sie ihn dort sah.

Worauf zum Teufel wartest du?

Will winkte ihr zu. *Alles in Ordnung. Geh weiter.*

Als er jedoch auf den Anfang der Eisbrücke am Ufer schaute, sah er, dass sie bereits begann, in einzelne Fragmente zu zersplittern. Er wirbelte herum. Die geballte Masse der Blumen brach gerade hinter ihm aus dem Wald hervor – eine gewaltige, leuchtend bunte, chaotische Welle, die sich im Zeitlupentempo auf den Sand ergoss.

Wills Blick flog zu seinen Freunden in der Mitte des Flusses und gleich wieder zurück zu den Blumen. Kurz entschlossen stürmte er direkt auf die Farbwelle zu, bog dann kurz davor ab und sprintete den Strand entlang. Wenn sein Plan aufgehen sollte, musste er seine Höchstgeschwindigkeit erreicht haben, sobald er wieder ans Ufer gelangte.

Hoch konzentriert und noch immer ahnungslos, dass Will am Ufer geblieben war, tastete Ajay sich weiter vorwärts über die Eisbrücke. Nachdem sie mehr als zwei Drittel des Flusses überquert hatten, hielt er kurz inne, um den Behälter zu schütteln, und sagte dann über die Schulter hinweg zu Elise: »Uns geht allmählich das Kühlmittel aus. Wir müssen uns beeilen!«

»Dann los! Geh! Geh!«

Erneut drückte Ajay auf die Düse und sprühte eine dünnere Schicht vor sich auf das Wasser, während er rascher, aber wie auf rohen Eiern über das sich bildende Eis ging. Elise folgte dicht hinter ihm. Bei diesem erhöhten Tempo konnte das Wasser gar nicht so schnell gefrieren, wie sie es betraten, und es schwappte ihnen bei jedem Schritt fast bis hinauf an die Fußgelenke.

»Kann sein, dass wir doch noch schwimmen müssen!«, rief Ajay.

Das Ufer war nur noch drei Meter entfernt, als der letzte Rest des flüssigen Stickstoffs zischend und stotternd aus der Düse entwich. Ajay wurde langsamer und Elise prallte gegen ihn, hätte ihn fast zur Seite und in den Fluss gestoßen.

»Bleib jetzt nicht stehen – geh weiter!«, kreischte sie.

Ajay sprang von der letzten festen Eisscholle ab, landete etwa einen Meter vom Ufer entfernt im knietiefen Wasser und preschte vorwärts, so schnell er seine kurzen Beine heben konnte. Elise eilte an seine Seite, packte ihn am Arm und zog ihn mit sich.

Zwei Schritte vom sandigen Ufer entfernt erhob sich plötzlich direkt hinter ihnen ein Schatten aus der Tiefe. Elise sah ihn und schubste Ajay an Land und schon im nächsten Augenblick tauchte ein weiteres Flussungeheuer mit aufgerissenem Maul aus dem Wasser auf.

Elise packte Ajay, schob ihn vorwärts, warf sich dann auf ihn und umklammerte ihn so, dass sie zusammen von der Wasserkante fortrollten. Das Monster landete mit einem Platschen unmittelbar hinter ihnen am Ufer und bewegte malmend den tropfnassen Kiefer, nur Zentimeter von ihren Beinen entfernt. Elise umklammerte Ajay fester und rollte noch ein Stück weiter mit ihm über den Sand.

Das Ungeheuer richtete sich auf zwei dicken Bauchflossen auf und kämpfte sich damit mühsam in ihre Richtung.

»Gütiger Gott, es ist amphibisch!«

»Wie kannst du in so einer Situation bloß an ein solches Wort denken?«

Elise rappelte sich auf und zog Ajay hinter sich her, fort von dem näher kriechenden Giganten. Während sie nach hinten taumelten, schleuderte Ajay den leeren Edelstahlbehälter in den klaffenden Schlund des Ungeheuers, und als es zubiss, hörten sie, wie das Metall zerbarst. Der Rest an Stickstoff, der noch übrig geblieben war, knallte und zischte in seinem abscheulichen Maul. Dadurch noch mehr aufgebracht, schleppte sich der Monsterfisch entschlossen weiter und näherte sich ihnen bis auf ein paar Schritte.

Hinter ihm, auf der anderen Seite des Flusses, sah Elise kurz einen riesigen verschwommenen Fleck, der auf das zusteuerte, was von der schnell zerfallenden Eisbrücke noch übrig war.

Will hatte abgewartet, bis die geballte Masse der Blumen die Richtung änderte, um ihm flussaufwärts zu folgen, bevor er sich umdrehte und ernsthaft beschleunigte. Die Blumen hatten sich fast über die gesamte Breite des Ufers verteilt, sodass er direkt durch ihre Mitte preschen musste und dabei Hunderte von ihnen zertrat. Als er auf Höhe der Stickstoffdampfwolke im Fluss angelangt war, bremste er ab und steuerte scharf nach links auf das Wasser zu.

Die Brücke, die bereits an vielen Stellen versank, blieb wegen des aufsteigenden, durch das schmelzende Eis dichter werdenden Dampfs deutlich erkennbar. Will holte noch einmal tief Luft. Dann sprang er vom Ufer ab und flog förmlich in die Wolke hinein. Mit jedem Schritt landete er platschend mindestens drei Zentimeter tief im Wasser, bevor sein Fuß die Brücke aus Eis berührte, die jedes Mal beängstigend ins Wanken geriet. Er konnte sich noch immer leicht abdrücken und weiterlaufen, wurde jedoch nach der Hälfte der Strecke zusehends langsamer.

Er würde es nicht schaffen.

Während er noch im Kopf überschlug, wie weit er springen musste, um ans Ufer zu gelangen, ragte direkt vor ihm ein Schatten auf – das letzte der drei Flussungeheuer, das an die Oberfläche drang und dabei die Überreste der Eisbrücke zerschmetterte.

Da es für eine Richtungsänderung zu spät war, rannte Will einfach weiter, während er im Kopf hundert Abstimmungen auf einmal vornahm. Drei Schritte trugen ihn über den Rücken des Ungeheuers nach oben und genau in dem Moment, als es den höchsten Punkt seines Sprungs erreicht hatte, stieß Will sich mit dem letzten Schritt von seinem Kopf ab und flog durch die Luft, wild mit den Armen rudernd, um nicht aus dem Gleichgewicht zu geraten.

Noch in der Luft warf er einen Blick nach unten und sah, dass er direkt auf das zweite Monster zusteuerte, das in der Nähe des Waldrandes hinter Ajay und Elise herrobbte. Blitzschnell zog er das Messer aus der Scheide an seinem Bein.

Elise und Ajay drehten sich um, als Will sich auf das Monster stürzte. Mit beiden Händen rammte er ihm das Messer zwischen die beiden Augenreihen. Das Monster warf den Kopf in den Nacken und brüllte vor Schmerz, schüttelte sich wie wild und katapultierte Will so auf die Bäume zu.

Dann schlingerte das Ungeheuer noch zwei Schritte vorwärts und brach schließlich, keine zwei Meter von Elise und Ajay entfernt, zu einem schlaffen, widerlichen Haufen zusammen.

Mausetot. Seine Augen wurden glasig und dicke Bäche Geifer und verschiedene andere ekelhafte Flüssigkeiten strömten aus seinem eingefallenen Maul.

Ajay starrte das Ding mit großen Augen entgeistert an. »Manchmal wünschte ich wirklich, ich hätte kein fotografisches Gedächtnis.«

Elise zog ihn rasch fort in den Wald. »Komm, wir müssen Will finden.«

»Mir geht's gut! Alles okay!«

Sie schauten nach oben. Ein wenig benommen hockte Will knapp fünf Meter über ihnen rittlings auf einem dicken Ast und klammerte sich an den Stamm eines Baumes, der aussah wie ein gewaltiger Eukalyptus. Er entwirrte die Gurte seines Rucksacks, die sich in den Zweigen verheddert hatten, kletterte bis zur Hälfte des Stammes nach unten und sprang dann neben die beiden auf den Pfad. Sofort holten alle ihre Feldflaschen heraus und tranken gierig.

»Glaubst du noch immer, dass dieser Ort hier nicht real ist?«, fragte Elise.

»Wir waren praktisch Guppy-Futter«, stellte Ajay fest und schaute noch immer entsetzt.

»Ich habe nie gesagt, dass *wir* nicht real sind«, erklärte Will zwischen zwei Schlucken.

»Wenn man also von einer gigantischen Kreuzung zwischen Flusspferd und Zackenbarsch im Wald gefressen wird, ist keiner da, der es mitkriegt …«

»Aber man würde trotzdem verdaut«, ergänzte Will.

»Erfrischungstuch?« Ajay hielt ihnen eine Handvoll der luftdicht verschlossenen Päckchen hin.

»Die hast du tatsächlich mitgenommen?«, fragte Elise verwundert.

»Ich sammle sie schon seit Jahren, immer wenn ich in einem *Red Lobster* esse«, gestand Ajay und wischte sich mit einem der duftenden quadratischen Tüchlein übers Gesicht. »Ich mag diese Fischrestaurants, und wie ihr wisst, bin ich ein überzeugter Verfechter der Pfadfinderdevise ›Allzeit bereit‹.« Wieder hielt er ihnen die Päckchen hin. »Es sei denn, ihr möchtet euch lieber im Fluss waschen.«

Sie nahmen jeder ein paar Päckchen, rissen sie auf und reinigten sich, so gut es ging.

»Ich glaube aber, ich weiß, was du meinst, Will«, fuhr Ajay fort. »Dieser unheimliche Ort hier hat etwas seltsam … wie soll ich sagen … Rudimentäres.«

»Das musst du genauer erklären«, verlangte Elise.

Ajay rieb sich mit einem weiteren Tüchlein penibel die Arme ab. »Nun, ich hatte beispielsweise keinen Grund zu der Annahme, dass der flüssige Stickstoff auf diese Art mit dem Flusswasser interagieren würde. In unserer Welt wäre es nicht so ... vorteilhaft verlaufen.«

»Wieso?«, wollte Will wissen.

»Der Dampf hätte die Luft so schnell abgekühlt, dass er sämtlichen Sauerstoff aus der Atmosphäre verdrängt hätte, und wenn wir etwas davon eingeatmet hätten, wäre unser Lungengewebe gefroren. Wir wären quasi auf der Stelle erstickt.«

Elise riss entsetzt die Augen auf. »Und du hast es trotzdem getan?«

»Ich gebe zu, es war ein kalkuliertes Risiko ...«

»Tickst du noch ganz sauber?«

»Also, wenn du dich erinnerst, in welcher Situation wir uns befanden, meine Liebe, dann mussten wir eine Möglichkeit finden, über das Wasser zu gehen – ansonsten wären wir von Narzissen zu Tode geknabbert worden ...«

Elise schaute ihn mit einer Mischung aus Erstaunen und, so dachte Will, fast so etwas wie Bewunderung an. »Du musst echt der blödeste schlauste Typ auf dem ganzen verdammten Planeten sein.«

»Wir sind auf die andere Seite gekommen, oder etwa nicht?«

»Lass ihn zu Ende reden«, bat Will, der sehr an der Schlussfolgerung seines Freundes interessiert war.

»Ich will damit sagen«, erklärte Ajay und deutete auf den Wald um sie herum, »dass hier alles eher so aussieht, wie sich jemand die Realität vorstellt, aber im Grunde mit der Realität, wie wir sie kennen, nichts zu tun hat. Irgendwie ist es simpler, nicht ganz durchdacht ... Eben rudimentär.«

»O-kay«, sagte Elise gedehnt und dachte über das nach, was er gesagt hatte.

»Es ist wirklich sehr verwirrend und bitte entschuldigt, wenn ich nicht ganz präzise bin, aber ich tüftle noch an der Theorie ...«

Etwas bewegte sich hinter ihnen, nur wenige Meter entfernt. Es klang, als würden viele große Gestalten näher kommen. Und dann hörten sie eine Stimme, die sich über die Geräusche erhob, lachte und rief:

»Yee-hah! Na los, meine Hündchen! Lauft! Yippie-ya-yeah!«

Sie schauten sich an.

»Das ist Nick«, sagte Will.

SIEBEN

WILLS LEBENSREGEL Nr. 7:
UM GEISTIG GANZ GESUND ZU WERDEN, MUSS MAN MANCHMAL EIN BISSCHEN VERRÜCKTSPIELEN.

Während sie weitermarschierten, versuchte Will erneut, mit Dave Kontakt aufzunehmen, erhielt aber auch dieses Mal keine Antwort. Sie hatten sich schnell rund fünfzig Meter weit vom Fluss entfernt und waren danach tiefer in den Wald vorgedrungen, bis sie zum Rand einer großen Lichtung kamen, die mit hohen hellen Gräsern bewachsen war. Hier bot sich ihnen ein überaus seltsamer Anblick.

Dicht zusammengedrängt schlurfte ein halbes Dutzend fast zwei Meter großer Blumen – auf den ersten Blick riesige Verwandte der Winzlinge von der anderen Seite des Flusses – in einem weiten Kreis über die Lichtung und wirbelten dabei eine Staubwolke auf. Sie wiesen die gleiche kreisförmige Anordnung lebhaft bunter Blütenblätter auf. Kräftige blutrote Stängel, mit Zweigen so dick wie Arme, ragten aus einem dichten Wurzelballen heraus, der eine standfeste Basis bildete. Bei näherer Betrachtung sah man, dass ein Seil um das Blumenbündel gewickelt war und es straff zusammenhielt; dadurch bewegten sich die Stängel als Gruppe.

Fünf Meter hinter ihnen, am anderen Ende des Seils, stand Nick. Immer wenn das Bündel vom Kurs abwich und nicht exakt im Kreis lief, ließ er eine Peitsche knallen und riss dabei jedes Mal ein paar Blätter von den Zweigen der zusammenzuckenden Kreaturen ab.

»So ist es richtig, immer schön in Bewegung bleiben. Es dauert nicht mehr lange und ihr könnt beim Rodeo antreten ...«

»Nick!«, riefen alle drei gleichzeitig.

Sofort hielt er inne, schaute auf und winkte fröhlich, als er sie sah. »Hallo Leute. Wurde auch langsam Zeit, dass ihr euch blicken lasst!«

Gemeinsam überquerten sie die Lichtung und gingen auf ihn zu. Als sie näher kamen, drehten sich die Blumen geschlossen zu ihnen um, öffneten hungrig ihre Blütenblätter und bleckten die Fangzähne, genauso wie es ihre kleineren Verwandten getan hatten.

Nick riss kräftig an dem Seil und ließ die Peitsche knallen. Sofort wichen die Pflanzenwesen zurück.

»LASST DAS!« Dann wandte er sich zu seinen Freunden und warnte: »Geht nicht zu nah ran, *mis amigos*. Und zwar aus zwei Gründen: Ich habe sie noch nicht ganz gezähmt. Und sie stinken schlimmer als ein Kamel von hinten.«

Will führte die anderen weiter über die Lichtung zu Nick und machte dabei einen großen Bogen um die Blumen.

»Wo bist du reingekommen?«, fragte Will.

»Ich bin in einem Baum gelandet, etwa einen Kilometer in diese Richtung«, antwortete er und zeigte hinter sich. »Hat richtig Spaß gemacht.«

Sie umarmten einander, klopften sich gegenseitig auf die Schultern und wurden dabei nur einmal unterbrochen, als Nick wieder die Peitsche gegen seine Gefangenen schwingen musste.

»Gute Güte, das ist wirklich beunruhigend«, meinte Ajay.

»Stell dir vor, wie ich mich gefühlt habe«, entgegnete Nick. »Diese Schmarotzer kamen aus dem Wald und schnüffelten an dem Baum herum, bevor ich noch die Splitter aus meinem Hinterteil gezogen hatte.«

»Wir haben Bekanntschaft mit ihren Verwandten auf der anderen Seite des Flusses gemacht«, ließ Elise ihn wissen.

»Kleine Verwandte«, sagte Will und zeigte mit der Hand die Größe an. »Ungefähr so groß.«

»Echt?«, staunte Nick. »Muss wohl mehr geiles Pflanzenfutter auf dieser Seite hier geben oder so was.«

»Offenbar sind sie Fleischfresser«, warf Ajay ein.

»Ach, tatsächlich ... Hast du die Zähne der Süßen gesehen?« Nick zog eine Machete aus der Scheide an seiner Hüfte und wirbelte sie durch die Luft. »Ich musste echt tonnenweise Veggie-Mampf klarmachen, bis sie mich in Ruhe ließen. Wo ist der Coach?«

»Wir haben ihn noch nicht gefunden«, sagte Will.

»Wir hatten auch ein paar sehr aufregende Begegnungen mit der hiesigen Fauna«, teilte Ajay ihm mit. »Oder sollte ich besser Flora sagen? Wenn ich es recht bedenke, sind sie beides, nicht wahr?«

»Tja, ich weiß echt nicht, wie sie heißen. Das ist deine Abteilung. Aber hatte ich erwähnt, dass da apokalyptische Unmengen von den Dingern waren, so an die hundert?«

»Wieso hast du gedacht, es sei eine gute Idee, sie einzufangen?« wollte Elise von ihm wissen.

»Okay, also ich springe runter, greife an und will gerade meine große Dose Unkraut-Ex aufmachen, als ich überlege, ob es nicht eine Möglichkeit gibt, aus der Situation das Optionale rauszuholen ...«

Die zusammengedrängten Blumen schlichen sich wieder an sie heran. Nick ließ heftig die Peitsche knallen und fuchtelte mit der Machete vor ihnen herum. »Ich sagte KUSCH, IHR PENNER!«

Sofort wichen die Blumen geduckt und zitternd zurück.

»Das Optionale?«, fragte Ajay und schaute hilflos zu Will und Elise.

»Du weißt schon, eine Analogie oder wie das heißt. Also, irgendwann gammelten nur noch ein paar dieser Fuzzis herum«, berichtete Nick weiter und verfiel dann in einen nachgemachten Western-Dialekt. »Ich holte also mein treues altes Lasso raus und dann ging es ihren nutzlosen Stängeln an den Kragen. Hab die Blüten-Broncos zusammengetrieben und eingefangen!«

»Ernsthaft, Nick, was war dein Plan?«, hakte Elise nach und schaute zu den sich windenden Blumen hinüber.

»Plan?«, fragte Nick verdutzt. »Ich hab mir einfach nur die Zeit vertrieben und auf euch gewartet. Ich hatte keinen Plan.«

»Natürlich hattest du keinen Plan«, seufzte Ajay.

»Aber ich dachte mir, sie würden sich vielleicht gut als Schlittenhunde machen.«

»Hier gibt es keinen Schnee und sie machen ungefähr fünf Stundenkilometer Spitze«, bemerkte Will.

»Stimmt.« Nick dachte kurz darüber nach und nickte dann einsichtig. »Kommt wohl drauf an, wie eilig wir es haben. Und wir könnten ja immer noch irgendwo auf Schnee treffen, vielleicht. Wo sind wir hier überhaupt, am Oberlauf des Amazonas?«

»Du bist geistig schon seit Jahren am Oberlauf des Amazonas«, meinte Ajay.

»Wir sind im Niegewesen«, klärte Elise Nick auf.

»Oh, also hat das mit dem Portal geklappt? Das ist ja supercool. Und was machen wir jetzt? Ich habe einen Mordshunger. Zum Glück haben wir was zu futtern dabei, aber ich dachte mir, wir sollten es rationalisieren, also hab ich mich zurückgehalten. Und ich hab mich umgesehen, aber nichts Essbares gefunden. Ihr vielleicht?«

»Was hast du erwartet, eine Imbissbude?«, fragte Ajay.

»Ja klar, als würde es die hier geben, Professor Oberschlau. Ich dachte eher an Nüsse und Beeren. Urwaldnahrung eben.«

»Gegen Ironie ist er völlig immun«, sagte Ajay kopfschüttelnd zu Elise.

»Ja, mach dich nur über mich lustig, aber wenn die Nüsse hier so groß sind wie diese Petunien, könnte ich mich eine Woche lang von einer einzigen Pistazie ernähren.«

»Es sei denn, sie frisst dich zuerst«, gab Will zu bedenken.

»Interessant«, fand Nick und dachte darüber nach.

Elise ging ein paar Schritte näher an die gefangenen Blumen heran, um sie sich genauer anzusehen. Sie scheuten leicht zurück, und als sie die Hand nach ihnen ausstreckte, öffneten zwei von ihnen ihre Blütenblätter und zischten sie an.

»Lass sie lieber in Ruhe, Süße!«, rief Nick und zerrte wieder am Seil. »Also, Will-Bär, apropos Plan, wie sieht der aus?«

Bevor Will antworten konnte, ergriff Elise das Wort. »Sie fühlen etwas.«

»Natürlich fühlen sie etwas«, entgegnete Ajay und ging zu ihr hinüber, wahrte aber großen Abstand zu den Kreaturen. »Galvanische Oberflächenreaktionen auf Stimuli im Pflanzenreich sind schon lange nachgewiesen ...«

»Ich meine keine autonomen Reaktionen«, unterbrach ihn Elise. »Ich glaube, diese Wesen könnten empfindungsfähig sein.«

Nick öffnete eine Packung Erdnüsse, die er aus seinem Rucksack geholt hatte. »Klar sind sie das, Süße. Schließlich laufen sie weg, wenn man sie peitscht, oder?«

»Elise sagte empfindungsfähig, nicht gehfähig«, meinte Ajay. »Im Gegensatz zu dir können sie laufen und dabei gleichzeitig denken.«

»Haha. Will jemand Erdnüsse? In Honig geröstet«, bot Nick an.

Ajay griff in die Tüte und nahm eine Handvoll.

»Worauf willst du hinaus, Elise?«, erkundigte sich Will und bemerkte, dass die Blumen wieder reagierten, als er neben sie trat.

»Wenn sie denken können, dann besitzen sie vielleicht auch

ein Gedächtnis, womöglich sogar die Fähigkeit zur Kommunikation ...«

»Möglicherweise auch eine Art Sprachvermögen«, fügte Ajay hinzu und erläuterte dann, als die anderen ihn fragend anschauten: »Es handelt sich eindeutig um artübergreifende Hybriden, wobei sich allerdings nicht sagen lässt, mit welchen anderen Wesen sie gekreuzt wurden. Daher würde ich sagen, es bleiben weiterhin alle Möglichkeiten offen, meint ihr nicht auch?«

»Du willst mit ihnen reden?«, fragte Nick kauend und grinste. »Was werden sie uns wohl erzählen? ›Mann, meine Wurzeln bringen mich heute um ... Das war mal ein leckerer Käfer – oh, sieh mal, ein Schmetterling!‹«

»Nick, hast du eine Landkarte dabei?«, fragte Will. »Auf der die Koordinaten von Dave oder Coach Jericho eingezeichnet sind?«

»Du machst wohl Witze«, meinte Nick.

»Dann sei bitte still, während wir versuchen festzustellen, ob deine neuen Lieblinge uns helfen können, es herauszufinden – so merkwürdig sich das auch anhören mag. Und halte deine Peitsche und die Machete bereit, okay?«

»Kein Problem.«

»Danke.«

Ajay warf sich noch ein paar Erdnüsse in den Mund, während sie die Blumen betrachteten. »Was wäre wohl der effektivste Weg in ihr Bewusstsein? Vorausgesetzt, sie haben einen Geist oder zumindest eine Art primitives Gehirn.«

Will und Elise schauten einander an und hatten den gleichen Gedanken.

Willst du es versuchen?, fragte er.

Bitte nach dir, antwortete sie. *Ich lade noch auf.*

»Behalt sie im Auge, Nick«, wies Will ihn an. »Ich möchte etwas ausprobieren.«

Er ging ein paar Schritte näher an die Blumenwesen heran und aktivierte sein Raster. Von ihrer äußeren sichtbaren Haut befreit, nahm er sie als lebhafte Anordnungen biologischer Systeme wahr, deren Lebenskräfte durch das komplexe Zusammenspiel ihrer Zellen zirkulierten. Das Ganze erinnerte ihn an eine Animation aus dem Biologieunterricht und es kam ihm so vor, als würden sie Kohlendioxid verstoffwechseln und Sauerstoff ausstoßen. Genauso wie normale Pflanzen.

Bis auf ...

Will konzentrierte sich auf nur eine der Kreaturen. Hinter ihren Blütenblättern und diesen gefährlichen, verborgenen dornigen Unterkiefern erfasste er eine kompakte Masse von der Größe eines Golfballs. Ein sattes, vor dynamischer Energie pulsierendes Dunkelgrün, das aber auch kontinuierlich andere Wellenlängenbereiche durchlief – Blau, Gelb, Andeutungen von Orange und Magenta.

»Nick, fuchtle noch mal mit der Machete vor ihnen herum«, bat Will.

Nick tat, was er sagte, und die Blumen wichen ängstlich zurück, genauso wie zuvor. Währenddessen verfolgte Will, wie das »Gehirn« oder der Hauptprozessor seines Studienobjekts mit wechselnden Schattierungen von Rot und Violett auf die Bedrohung reagierte.

»Sieht so aus, als hätten sie definitiv eine Art Gehirn«, verkündete Will.

»Ich denke über eine andere faszinierende, wenn auch noch unbewiesene und entschieden esoterische Theorie bezüglich der Pflanzenwelt nach«, teilte Ajay den anderen mit und wandte den Blick nach links oben, um auf seinen Speicher zuzugreifen.

»Und die wäre?«, fragte Elise.

»Dieser Glaube war in der Antike weitverbreitet. Natürlich wird er mit eher neolithischen Kulturen assoziiert, fand aber vermutlich nicht zufällig Eingang in die moderne wissenschaftliche Diskussion, als man begann, ursprüngliche schamanistische Praktiken durch eine modernere Brille zu betrachten.«

»Was ist das für ein Glaube?«, wollte Will wissen.

»Er besagt, dass die gesamte Pflanzenwelt die Fähigkeit zur nonverbalen Kommunikation besitzt, und zwar mithilfe von etwas, das man in Ermangelung eines besseren Ausdrucks als ›spirituelle Frequenz‹ bezeichnen könnte.«

»Wie funktioniert das?«, fragte Elise interessiert.

»Das weiß niemand. Es ist eben nur eine Theorie. Aber wenn es stimmt, dann könnte das bedeuten ...«

»Es könnte bedeuten: Wenn man in den Geist eines dieser Wesen eindringen kann, dann ...«, sagte Elise.

Ajay nahm ihren Gedanken auf wie ein Läufer einen Staffelstab. »... dann könnte man mit allen Exemplaren dieser bestimmten Spezies kommunizieren, denn möglicherweise haben sie eine Art ...«

»... kollektiven Geist«, folgerte Elise.

»Exakt! Und treibt man diese Logik noch ein Stück weiter«, fuhr Ajay fort, »könnte man folglich mit allen Pflanzen kommunizieren. Auf einer höheren mythischen Ebene.«

»Hört sich an wie dummes Gelaber«, fand Nick.

»Ich kann mich nicht erinnern, dich nach deiner Meinung gefragt zu haben«, erwiderte Ajay.

»Ich würde sagen, es ist einen Versuch wert«, meinte Will.

»Was wollen wir sie fragen?«, überlegte Elise.

»Ob sie irgendwelche großen amerikanischen Ureinwohner oder toten Hubschrauberpiloten gesehen haben«, schlug Nick vor. »Und wo wir was zu essen bekommen können.«

»Nicht besonders hilfreich«, meinte Ajay.

»Eigentlich doch«, widersprach Will. »Gebt mir eine Sekunde.«

Er blinzelte, um sein Raster einzuschalten, schloss die Augen und bündelte seine geistige Energie zu einer Bedeutungswolke, die er dann auf die ausgewählte Blume projizierte. Da er die Kreatur nicht überwältigen oder erschrecken wollte, versuchte er zuerst, ihren »Geist« vorsichtig in die Wolke einzuhüllen, und sandte beruhigende Vibrationen aus.

Will spürte, wie sich die Kreatur entspannte und die Farbe ihres »Gehirns« wieder zu Dunkelgrün wechselte. Als Will daraufhin die Verbindung zwischen ihnen intensivierte, registrierte er verschiedene Emotionen: Aufregung, Andeutungen von Hass und wütendem Zorn, in Schach gehalten von Furcht.

Er legte eine Pause ein, gab dem Wesen Zeit, sich zu beruhigen, drang dann behutsam weiter vor – und begriff, dass dieser Vorgang mehr als nur eine gewisse Ähnlichkeit mit dem hatte, was er und Elise gemeinsam tun konnten und was Lyle ein paar Mal mit ihm versucht hatte. Dabei ging es darum, seinen Geist in den eines anderen Wesens zu projizieren, aber ohne sich ihm aufzudrängen und ohne die Absicht, das Wesen zu verletzen oder zu bestrafen; Will versuchte vielmehr, es auf sanfte Art zu überreden, den Zugang zu seinen innersten Gedanken zu öffnen.

Dann spürte er, wie der letzte Widerstand der Kreatur wich, und plötzlich wusste er, dass er es geschafft hatte. Der Effekt war unangenehm, verwirrend, beunruhigend und verstörend, wie ein Angriff auf seine Sinne. Plötzlich fand er sich in einem fremden Bewusstsein wieder, von dem ihm nicht das Geringste vertraut war. Es gab nichts, woran er sich orientieren konnte, um zu verstehen, wie es aufgebaut war und wie es arbeitete. Überall um ihn herum sah er Farbwirbel und undeutliche Formen und beschloss, sich nicht länger gegen diese Erfahrung zu wehren, sondern sich ihr zu überlassen, wohin sie ihn auch führen mochte.

Er hatte das Gefühl, in tiefer Dunkelheit von einem schnell fließenden unterirdischen Strom fortgerissen zu werden, und die vielen Formen zu beiden Seiten verwischten zu flackernden Lichtern, während er kopfüber in die Tiefe rauschte. Alle Instinkte in ihm schrien Gefahr, Flucht und Rückzug. Panik machte sich in seinem Magen breit, die er jedoch mit einem einzigen gebieterischen Gedanken bekämpfte:

Sie bringen mich an den Ort, an den ich gehen muss.

Das half ihm, seine Angst zu überwinden. Im Verlauf seines Sturzes nahmen die Formen immer konkretere Abmessungen und Konturen an und er spürte, wie das Gefühl, mit rasender Geschwindigkeit zu fallen, allmählich nachließ. Die Umrisse und Lichter beruhigten sich langsam, zeichneten sich klarer ab und er begriff, dass er Bilder sah, die er vielleicht schon bald wiedererkennen würde.

Das ist ihre Art zu denken. Nicht in Worten, sondern in Bildern.

Dann stoppte die Bewegung und alles wurde vollkommen still. Es war kalt und er wusste instinktiv, dass er sich in einem Raum sehr weit unter der Erde befand. Als er sich auf die Dunkelheit einstellte, stieg ein funkelndes Schimmern aus überall verteilten Moosklumpen auf, aber noch immer spürte er es stärker, als dass er es tatsächlich sah: Er befand sich inmitten eines enormen Wurzelsystems – gewaltige, knorrige und gewundene Schläuche aus organischem Material, die sich nach oben, nach unten und in alle Richtungen erstreckten.

Es kam ihm in den Sinn, dass er vermutlich gerade durch oder über eine dieser Wurzelröhren an diesen Ort hier »gereist« war. Und dass er, wenn er wollte, in der Lage wäre, sich auf ähnliche Art und Weise entlang jeder anderen der zahllosen Röhren zu bewegen, die ihn inzwischen umgaben.

Als könne er ihnen überallhin folgen, an jeden Ort im Niegewesen. Er wusste, dass es ein Wort dafür gab, und es dauerte nicht lange, bis es ihm einfiel …

Allgegenwart.

Dann drangen andere Bilder aus einer langsam hervortretenden äußeren Quelle in den Strom seines Bewusstseins, und als er sie zu filtern und einzuordnen begann, stellte er fest, dass sie sich zu Gedanken summierten:

Das hier ist »Zuhause«. Das ist, »wer wir sind«. Sie sind »alle eins«. Diese Lebensformen teilen einen kollektiven »Geist«.

Ajay hatte also recht: Auf dieser elementaren Ebene waren sie alle miteinander verbunden. Und Will war offenbar mit ihrer Quelle oder ihrem Zentrum in Kontakt getreten – etwas, das Jericho wahrscheinlich ihren »großen Geist« nennen würde. Er holte tief Luft und beschloss, noch ein wenig nachdrücklicher zu sein und weiter bis zu dem Punkt vorzudringen, an dem es kein »sie« mehr gab, sondern …

Wir. Wir sind eins.

All das nahm er nicht durch Worte, sondern durch kristallklare Bilder wahr, die diese Vorstellungen übermittelten. Fast wie Hieroglyphen. Viele kannte er nicht und zuerst durchdrang er ihre Bedeutung nicht. Aber die wenigen Bilder, die er übersetzen konnte, erreichten ihn mühelos und langsam folgten weitere, bis komplettere Gedanken Gestalt annahmen.

Wir fürchten uns vor ihnen. Vor jenen dort oben. Sie sind die Schöpfer. Die, die danach kamen. Nach dem Anfang.

Sie haben uns verändert.

Will beschloss, seinerseits eine Frage zu stellen und sie mit den gleichen Symbolen zu formulieren: *Wer sind sie?*

Die Bilder, die er empfing, zeigten die Wesen, die sie die »Schöpfer« nannten – große, Furcht einflößende Gestalten, monolithisch und in dunkle Schleier gehüllt, die Gesichter tief im Schatten verborgen. Ganze Gruppen von ihnen, die düster und bedrohlich über ihnen aufragten. Angst stieg in Will hoch.

Eine Fülle von Emotionen durchströmte ihn – die Gefühle der Pflanzen waren ihm weniger fremd als alles andere an ihnen – und Will wurde klar, dass sie ihm nun die gesamte Geschichte ihrer Existenz übermittelten.

Er wurde Zeuge ihres Schöpfungsprozesses und sah, wie sich diese Wesen von einer Vorstellung von Leben, von einem Entwurf, mithilfe mystischer Baustoffe zu primitiven physischen Formen entwickelten, wie sie ganz allmählich heranreiften, aus dem Boden ans Licht strebten, und wie ihre Sinne erwachten. Es folgte eine lange Periode, in der sie die endlosen Zyklen von Leben und Tod durchliefen – körperlich starben, aber nie ausgelöscht wurden und durch die Kraft eines fortdauernden spirituellen Konzepts lange und friedlich weiterexistierten.

Dann folgte wie aus dem Nichts ein erschütternder, brutaler Bruch – als die Wesen von ihren Wurzeln abgerissen und in eine sterile, vollkommen fremde und überwiegend metallene Umgebung verfrachtet wurden. Ohne Nährstoffe, Wasser und natürliches Licht, seziert, auseinandergerissen und wieder zusammengenäht in einem grausamen, herzlosen Experiment.

Will hatte das Gefühl, als würde eine Feuerwelle über ihm zusammenschlagen – eine Explosion aus sengenden Schmerzen, so stark, dass er fast in Ohnmacht gefallen wäre. Es gab keine Grenzen mehr zwischen ihm und diesen Wesen. Er fühlte, was sie fühlten, wusste, was sie wussten:

Sie haben uns verändert.

Noch etwas anderes gehörte jetzt zu ihrer Natur, war fremd und ungewollt, ein Schmerz, in dem Will sich diesen Wesen mit einem Mal seltsam verwandt fühlte.

Ich weiß, was du fühlst, Bruder.

Und irgendwann im Verlauf dieses Austauschs spürte er schließlich die Gewissheit, in einen tieferen Dialog mit ihnen treten zu können.

So fragte er sie, dieses Mal mit seinen eigenen Bildern, wie ein einjähriges Kind, das mit den elementaren Bausteinen der Sprache kämpft:

Wo sind Schöpfer?

Auf der Stelle erhielt er die Antwort in Form einer Flut von Bildern aus dem Niegewesen. Sie strömten so schnell auf ihn ein, dass er Mühe hatte, sie zusammenhängend zu verarbeiten.

Er sah eine Art riesige Festung oder Stadt – das Wort Zitadelle fiel ihm ein –, die sich aus einer hügeligen Landschaft erhob, im Hintergrund die schneebedeckten Gipfel einer zerklüfteten Bergkette. Nicht annähernd mit irgendetwas zu vergleichen, was sie in dieser Zone bisher gesehen hatten.

So weit, so gut. Er stellte eine weitere Frage.

Wo ist ... und dann dachte er an Coach Jericho, beschwor ein Bild für ihn herauf.

... der Bärenmann?

Er konnte fast spüren, wie der kollektive »Geist« arbeitete – wie er diese Frage wie eine Ranke aus Gedanken durch sein unterirdisch schlängelndes Wurzelgeflecht schickte, schneller als Elektrizität – und fast genauso schnell erhielt er eine Antwort in Form eines Bildes.

Der Bärenmann, an einem ganz besonderen Ort. Und gleichzeitig die beruhigende Information, dass er nicht weit von dort entfernt war, wo sie sich jetzt befanden.

Aber nicht unbedingt in Sicherheit. Ganz und gar nicht.

Dann noch eine letzte Frage:

Wo ist ... und er zeigte ihnen das beste Bild, das ihm zu Dave einfiel.

Der Mann mit Flügeln.

Wieder eine Pause, als die Frage sich ihren Weg bahnte. Das Bild, das zurückkam, war jedoch weitaus weniger ermutigend als das letzte.

Die Zitadelle.

Der Mann mit Flügeln war im Inneren dieser Zitadelle.

Als Will dann seine Verbindung zum »Geist« der Pflanzen löste, schien es, als würde er ganz plötzlich das Ende eines langen, gespannten Seils loslassen. Er spürte, wie er immer tiefer und tiefer rückwärts ins Nichts fiel, und dann verlor er das Bewusstsein.

ACHT

WILLS LEBENSREGEL Nr. 8: TUE STETS DAS RICHTIGE UND RISKIERE DIE KONSEQUENZEN.

Er konnte nur für einen kurzen Moment ohnmächtig gewesen sein. Das Erste, was er sah, war das besorgte Gesicht von Elise. Sie erkannte in seinen Augen, was er erlebt hatte, spürte es in seinem Geist und erfasste eine flüchtige Aura der seltsamen Zwiesprache, die er mit diesem fremden Bewusstsein gehalten hatte.

Wow. Ajay hatte recht.

Genauso wie du, entgegnete er. *Sie denken, sie fühlen, sie teilen einen einzigen Geist.*

Erinnert dich das an jemanden?

Ja, an ein paar Leute, die ich kenne.

»Also, Alter, was hat Susie Sonnenblume erzählt?«, wollte Nick wissen. »Hat sie sich über die Blattläuse beschwert oder wie schwer es ist, eine gute Zahnarzt-Zusatzversicherung zu finden?«

»Nein«, antwortete Will, setzte sich auf und wartete, bis er wieder einen klaren Kopf hatte. »Aber sie hat mir erzählt, wo wir Coach Jericho finden.«

»Echt jetzt?«

»Hundert Prozent.«

»Dann hatten wir also recht!«, rief Ajay begeistert und klatschte Elise ab. »Ein kollektiver Geist, wusste ich's doch!«

Will beschloss, ihnen noch nicht zu sagen, was er über Daves Aufenthaltsort erfahren hatte. Er wollte zuerst mit Coach Jericho über diese schlechte Nachricht sprechen. Aber dazu mussten sie ihn erst einmal finden und in Anbetracht dessen, was Will gerade gesehen hatte, musste das schnell geschehen.

»Kommt, Leute, wir müssen uns beeilen«, forderte er seine Freunde auf, rappelte sich hoch und schulterte seinen Rucksack.

Elise und Ajay taten es ihm gleich und stapften hinter ihm her in Richtung Wald. Nick machte jedoch keine Anstalten, sich in Bewegung zu setzen.

»Aber was ist mit meinem großen Bukett?«, fragte er.

»Wenn du nicht von jetzt an die alleinige Verantwortung für die Blumen übernehmen willst, junger Mann, dann musst du sie gehen lassen«, klärte Elise ihn auf.

»Es wäre nicht wirklich praktisch, sie mitzunehmen, Nick«, fand auch Will.

»Wie beim Sportfischen, Mann, fangen und wieder aussetzen«, kommentierte Ajay. »Du kannst dir ja später einen neuen Strauß pflücken. Vielleicht kommen wir an einer Riesenvase vorbei.«

»Es ist jedenfalls die einzig humane Lösung, meinst du nicht auch?«, fragte Elise, als sie sah, wie betrübt Nick war.

»Bis auf die Tatsache, dass die meisten Forellen nicht versuchen, wieder aus dem Fluss ins Boot zu springen, um dir das Bein abzubeißen«, bemerkte Ajay.

Will schaute zu den noch immer furchtsam geduckten Blumen. Es war schwer, sie jetzt nicht mit völlig anderen Augen zu sehen – als verlorene und bemitleidenswerte Kreaturen, ihr Wesen zu Perversionen ihres ursprünglichen, unschuldigen Zustands verzerrt, ohne dass sie einen Fehler begangen, eine Wahl gehabt oder überhaupt irgendetwas dazu getan hätten.

Sie ähneln uns in mehr als nur einer Hinsicht.

Nick ging hinüber zu seiner zusammengedrängten, zitternden Herde. Er sah tatsächlich irgendwie traurig aus. Und auf eine seltsame Art taten dies auch die Blumen, die noch vor ein paar Minuten so wild und grimmig gewirkt hatten: Sie ließen unterwürfig die Köpfe hängen und machten keine aggressiven Bewegungen, als Nick den Knoten des Seils löste.

Will beobachtete ihr Verhalten und ahnte, was sie fühlten. Mit einem Mal begriff er schockiert: *Diese Wesen verstehen kollektiv, worüber wir uns ausgetauscht haben.*

Als hätten sie seinen Gedanken gehört, wandten die Blumen ihre Blüten Will zu. Fast unmerklich änderten die Blütenblätter die Farbe – ähnlich, wie er es während des Phasenwechsels ihres »Gehirns« gesehen hatte – und nahmen sanftere Schattierungen an. Damit und mit ihren wellenförmigen Bewegungen verständigten sich die Blumen wortlos über noch etwas anderes. Verblüfft begriff er:

Sie haben genauso viel über mich erfahren wie ich über sie.

Will wurde daran erinnert, dass er bis jetzt noch immer nicht die richtige Gelegenheit gefunden hatte, seinen Freunden von der letzten Bombe zu erzählen, die Franklin hatte platzen lassen: dass die Quelle ihrer eigenen genetischen Mutationen keiner bekannten Form irdischen Lebens entstammte. Die fremde DNA, die sie in sich trugen, war von *ihnen* gekommen – von den Anderen, den Schöpfern oder wie auch immer sie sich nannten.

Deshalb konnte ich mit den Pflanzen in Verbindung treten. Auch sie tragen die Anderen in sich.

Während er sein Seil zusammenrollte, schien selbst Nick die Veränderung seiner Schützlinge aufzufallen. Statt vor ihm zu fliehen, kaum dass er sie befreit hatte, blieben sie als geschlossene Gruppe stehen, wo sie waren – fast so, als würden sie auf seine Erlaubnis warten.

»Ihr müsst jetzt auf euch selbst aufpassen, Leute«, sagte Nick zu ihnen.

Eine der Blumen – Will glaubte, dass es dieselbe war, auf die er sich konzentriert hatte, konnte es aber nicht mit Sicherheit sagen – reckte zaghaft einen ihrer armartigen Zweige in Nicks Richtung. Zuerst verwirrt, begriff Nick dann, was die Pflanze beabsichtigte. Auch er streckte den Arm aus und stieß dann seine Faust gegen den Zweig.

»Nichts für ungut«, sagte er.

Die Blumen schienen leicht mit den Köpfen zu nicken, drehten sich dann geschlossen um und schritten mit einer erstaunlichen Würde über die Lichtung zurück in den Wald.

Nick drehte sich wieder zu seinen Freunden um, nahm seinen Rucksack und folgte ihnen in die entgegengesetzte Richtung. Elise schaute immer wieder zu Nick hinüber.

»Alles in Ordnung, Cowboy?«, erkundigte sie sich.

»Vielleicht«, antwortete er. »Ja, ich denke schon.«

»Was hat sich geändert?«, hakte sie nach.

»Keine Ahnung. Ich weiß, es klingt verrückt, aber irgendwie mochte ich sie«, gestand er und schaute zurück zu der Lichtung, bevor sie in den Wald eintauchten.

»Ich weiß, was du meinst«, ließ Will ihn wissen.

»Und außerdem fühle ich mich jetzt ziemlich mies, dass ich sie so brutal behandeln musste.«

»Sie haben versucht, dich zu verschlingen«, erinnerte ihn Ajay.

»Du weißt jetzt mehr über sie als vorher«, bemerkte Elise und legte ihm tröstend eine Hand auf die Schulter. »Sei nicht so hart zu dir.«

»Versteht mich nicht falsch«, stellte Nick richtig. »Es ist nicht so, dass ich plötzlich zum Vegetarier geworden wäre oder so was.«

»Entschuldige, aber hast du versucht, sie zu essen?«, fragte Ajay verwirrt.

»Nein, sie mich.«

»Dann verstehe ich die Anspielung nicht ...«

»Ich meine, ich bin nicht plötzlich zum Sandalen und Socken tragenden Baumumarmer geworden. Für einen guten Burger würde ich auf der Stelle töten.«

»Wovon redest du?«, fragte Elise ungeduldig.

»Dir ist schon klar, dass Blumen, biologisch gesehen, viel näher mit Gemüse als mit Säugetieren verwandt sind?«, warf Ajay ein.

»Ja klar, erzähl das mal ihren Zähnen«, meinte Nick.

»Ich habe mir darüber Gedanken gemacht«, sagte Ajay. »Vielleicht wurden sie mit einer Art allesfressendem Pavian gekreuzt ...«

»Du bist ein allesfressender Pavian ...«

»Leute, wir müssen uns jetzt wirklich darauf konzentrieren, wohin wir gehen«, sagte Will bestimmt und zeigte nach vorne. »Und nicht darauf, wo wir gewesen sind.«

»Woher weißt du, wohin wir gehen?«, wunderte sich Nick.

»Intuition.«

Vor ihnen schlängelte sich ein ausgetretener Pfad durch den Wald und die Landschaft veränderte sich erneut. Kleine, zarte Nebelschwaden hingen über dem feuchten Boden, der immer mehr nachgab. Über ihnen und um sie herum mehrten sich Schlingpflanzen, Ansammlungen von seltsam schimmerndem Moos und Bodenpflanzen, deren Blüten einen schweren, süßen Duft verströmten. Das unverändert schwache Licht fiel von oben durch ein dichter werdendes Blätterdach und wurde immer schummriger. Dann hörten sie ein merkwürdiges Jaulen und Schreie, die in der Ferne widerhallten.

»Tierisches Leben«, analysierte Ajay.

»Vielleicht Vögel«, mutmaßte Elise.

»Hoffentlich«, sagte Nick.

»Im Gegensatz zu?«, fragte Ajay.

»Genau«, entgegnete Nick.

»Nur so aus Neugier: Wieso nimmst du an, dass die Vögel hier weniger unangenehm und beängstigend sein könnten als die anderen Wesen, denen wir begegnet sind?«

»Vögel sind nett«, meinte Nick.

»Wir nähern uns einem Sumpf«, teilte Will den anderen mit und ließ den Blick prüfend über den Horizont schweifen. »Dort könnte es alle möglichen ... verschiedenen ... Sachen geben.«

Die Luft fühlte sich drückender und bedrohlicher an, je weiter sie vordrangen, und der Pfad wurde immer schmaler, schwammiger und sumpfiger. Ihre Schuhe sanken mit jedem Schritt tiefer ein.

»Und dein Instinkt sagt dir also, dass wir weiter in besagten Sumpf vordringen sollen, oder was?«, fragte Ajay händeringend.

»Die Pflanzen haben gesagt, dass wir Jericho dort finden«, erklärte Will.

»Ach so. Diese kleine Information hast du uns vorenthalten«, sagte Ajay ironisch. »Natürlich, wenn die Pflanzen – die noch vor nicht allzu langer Zeit versucht haben, uns zu fressen – dir gesagt haben, dass wir ihn dort finden, was kann da schon schiefgehen?«

»Lass gut sein, Ajay«, beschwichtigte Elise.

Ajay schaute besorgt in Richtung des düsteren Sumpfs. »Wisst ihr, ich war schon immer der Ansicht, dass von all den unsäglichen Schrecken, die einen in dieser oder jeder anderen Welt überfallen können, der Treibsand sträflich unterschätzt wird – mal ganz abgesehen von Angriffen von Tieren und seit Neuestem auch von Pflanzen.«

»Seht euch das mal an«, sagte Nick und zeigte auf ein Objekt, ein paar Meter links vom Pfad. »Sieht aus wie eine Mauer.«

Er deutete auf eine gerade, etwa fünf Zentimeter breite, allmählich aus dem Wasser aufsteigende Reihe von kunstvoll behauenen und vermauerten Steinen, verwittert und mit Moos und Schlamm bedeckt. Die Mauer verlief parallel zu ihrem Pfad, soweit sie sehen konnten, und verschwand dann im dichter werdenden Nebel.

»Hier drüben ist auch eine«, verkündete Elise.

Will drehte sich um. Sie zeigte auf eine identische kleine Mauer auf der rechten Seite des Pfades, die in die gleiche Richtung verlief.

»Das war also offensichtlich nicht immer ein Sumpf«, stellte Ajay fest und schaute in den Nebel. »Oder jemand hat sich unglaubliche Mühe gegeben, es so aussehen zu lassen.«

»Was siehst du?«, wollte Elise wissen.

»Nick«, sagte Ajay und schnippte mit den Fingern. »Leuchtpistole.«

In Windeseile hatte Nick die Pistole gezogen und geladen. Er kniete sich hin, zielte und schoss eine Leuchtkugel in möglichst flachem Bogen über den Pfad, um unterhalb des dichten Blätterdachs zu bleiben. Etwa hundert Meter weiter flammte eine helle weiße Leuchtkugel auf, brannte sich durch den fleckigen Nebel und sorgte für einen verblüffenden Anblick.

Eine gewaltige Ruine erhob sich aus dem Sumpf. Die kleinen steinernen Einfassungen zu beiden Seiten des Pfades mündeten in ein komplexes Gebilde aus höheren Mauern, angeordnet in einem dichten, geometrisch präzisen Muster, das jetzt deutlich zu erkennen war.

Die Grundfläche des Gebäudes entsprach in etwa der eines Fußballfelds und die Außenmauern stiegen langsam und symmetrisch zu einem wehrhaften zentralen Turm an. Kletterpflanzen schlängelten sich aggressiv fast überall an den Steinen hinauf und schienen an vielen Stellen fest mit den Mauern verwachsen zu sein. Hier und da waren hohe Bäume aufgeschossen und hatten sich wie Explosionen im Zeitlupentempo aus dem alten Gemäuer Bahn gebrochen.

»Dort muss Coach Jericho sein«, sagte Will.

»Gut zu wissen«, meinte Elise spitz.

»Dadrin?«, fragte Nick.

»Genau«, bestätigte Will.

»Deine pflanzlichen Bekannten haben nicht zufällig ein paar GPS-Koordinaten für dich heruntergeladen, um Coach Jerichos genaue Position zu ermitteln?«, fragte Ajay.

»In der Mitte«, antwortete Will und zeigte auf den Turm. »Dort unten in einer Art Keller.«

Wieder brachen das Heulen und das Gebell los, das sie schon einmal gehört hatten – diesmal jedoch direkt vor ihnen, aus dem Inneren des Gemäuers.

»Hört sich an, als wäre er nicht allein«, stellte Elise fest.

»Yo, das muss der Coach in vollem Grizzly-Modus sein«, kommentierte Nick. »Ich mach mir eher Sorgen um diese Tiere, oder was auch immer sich da drinnen befindet.«

»Das ist nicht das Problem«, erklärte Will. »Die Pflanzen haben mir gezeigt, dass der Coach in einer Art Grube gefangen sitzt. Mit dicken Eisenstäben darüber.«

»Was?!«, rief Nick entsetzt.

»Und dass sich die Grube langsam mit Wasser füllt.«

»Warum hast du uns das nicht vorher gesagt?«, fragte Elise.

»Ich habe euch gesagt, ihr sollt euch beeilen.«

»Wenn meine früheren Beobachtungen korrekt waren«, sagte Ajay, »dürfte ein längerer Aufenthalt unter Wasser keine größere Schwierigkeit für Coach Jericho darstellen.«

»Wie kommst du darauf?«

»Ausgehend von dem, was ich heute Morgen gesehen habe, sollte er in der Lage sein, sich auch in irgendeine aquatische Form zu verwandeln.«

»Das ist kein Grund, sich nicht zu beeilen«, mahnte Elise und rannte den Pfad hinauf in Richtung des Gebäudes.

Will lief ihr nach und holte sie ein, bevor sie die Außenmauern erreichte. Sie versuchte, ihn abzuschütteln, doch er hielt sie fest.

»Lass Ajay und Nick vorangehen«, sagte er. »Ajay kann sämtliche Fallen erspähen und Nick kann sie umgehen. Wir können Jericho nicht helfen, wenn wir selbst in eine Falle geraten.«

Widerstrebend wartete sie, bis die anderen sie eingeholt hatten. Will wiederholte seine Instruktionen, Ajay schaltete seine Taschenlampe ein und die beiden Jungs gingen mit schnellen Schritten voran, den Blick aufmerksam auf den Boden geheftet.

Der Pfad war zusammen mit den Mauern auf beiden Seiten langsam angestiegen und der Lehmboden war in riesige, ausgetretene dunkelgraue, quadratische Steinplatten übergegangen. Sie blieben vor der ersten großen Außenmauer stehen, wo ein kunstvoll gemauerter Bogen einen etwa drei Meter breiten Eingang überspannte. Ajay ließ den Strahl seiner Taschenlampe über eine Reihe von stark verwitterten Verzierungen auf dem Bogen gleiten, die einst Gesichter dargestellt haben mochten. Allerdings keine menschlichen Gesichter, zumindest nicht ausschließlich: Es waren irgendwelche Mischwesen, aber sie waren zu ausgewaschen, um ihre Konturen deutlich erkennen zu können.

»Erinnert dich das an etwas?«, fragte Will.

»Das Mauerwerk und der Baustil haben Ähnlichkeit mit Cahokia«, antwortete Ajay. »Offensichtlich nicht annähernd so verfallen.«

»Sie sind wohl nicht so lange hier gewesen«, vermutete Elise.

»Lasst uns mal nachsehen«, schlug Nick vor und ging als Erster durch den Eingangsbogen. Hier waren die Mauern gut zweieinhalb Meter hoch und der Durchgang war nur noch knapp zwei Meter breit. Er zweigte etwa dreißig Meter in jede Richtung ab, bis er vor einer weiteren Mauer eine Neunzig-Grad-Biegung machte. Die Luft war windstill, feucht und stickig und roch säuerlich nach Fäulnis.

»Welche Richtung?«, wollte Ajay von Will wissen.

»Nach oben«, erwiderte Will und schaute dann zu Nick.

»Nach oben«, bestätigte Nick.

Er stapfte zurück vor den Eingang und sprintete direkt auf die innere Mauer zu. Nachdem er zwei Schritte an ihr hinaufgerannt war, drehte er um, drückte sich ab, setzte zur Kante der äußeren Mauer hinüber und zog sich dann auf den Bogen hoch. Dort stellte er sich aufrecht hin, sprang direkt über ihre Köpfe hinweg auf die innere Mauer und schaute sich um.

»Wow«, staunte er.

»Was siehst du?«, wollte Elise wissen.

»Ein Labyrinth«, antwortete Will.

»Es sieht aus wie ein ... wie heißt das noch gleich?«, rief Nick zu ihnen hinunter.

»Labyrinth oder auch Irrgarten«, bot Ajay an.

»Genau! Ein Irrgarten. Echt irre. Hey, da kommt das Wort wohl her!«

Ajay schaute zu Will und schüttelte den Kopf. »Musstest du ihn wirklich alleine losschicken ...?«

»Nick, kannst du sehen, wohin er führt?«, fragte Will.

»Unmöglich, Mann, es ist ein Irrgarten.«

»Dann stelle ich die Frage anders: Kannst du sehen, wo er den Hauptturm erreicht?«

»Klar.«

»Was schätzt du, wie weit es von hier aus ist?«

»Ich würde sagen ... wow, mindestens vierhundert Meter? Das nenne ich mal einen Irrgarten. Erinnert mich an den, den sie jedes Jahr an Halloween oben in Needham im Maisfeld angelegt haben. Als ich ungefähr neun war, hab ich mich dadrin mal verlaufen ...«

»Hör zu, Nick, du tust jetzt Folgendes: Bleib oben auf den Mauern, such den Eingang und komm wieder zu uns zurück. Dann leitest du uns von oben durch das Labyrinth dorthin.«

»Wenn's weiter nichts ist«, meinte Nick.

»Nicht schreien. Komm einfach nur zurück und beschreib uns den Weg.«

Nick reckte den Daumen nach oben und sprang zur nächsten näher in Richtung des Zentrums gelegenen Mauer. Sie hörten, wie er sich entfernte, und dann herrschte Stille.

»Was haben die Pflanzen dir sonst noch erzählt?«, fragte Elise und schaute Will skeptisch an.

»Das war alles – Keller, Grube, Stäbe, Wasser«, antwortete Will. »Und sie haben es mir nicht erzählt, sie haben es mir gezeigt. Das ist ihre Art zu denken, wenn man es denn so nennen kann. In Bildern.«

Elise schaute ihn noch immer verärgert an.

Ich enthalte dir nichts vor, beschwichtigte er endlich, weil er das Gefühl hatte, es ihr schuldig zu sein.

Woher wusstest du dann von dem Labyrinth?

Keine Ahnung.

Ich finde es merkwürdig.

Was?

Dass du all das einfach so weißt. Ich finde es einfach merkwürdig.

Das sind wir beide nun mal, entgegnete er.

Ajay schaute zwischen den beiden hin und her, während sie einander eindringlich in die Augen sahen.

»Ist das ein privater Streit oder kann noch jemand mitmachen?«, erkundigte er sich.

»Ich weiß nicht, was du meinst ...«, sagte Will.

»Keine Ahnung, wovon du redest ...«, behauptete auch Elise.

In diesem Moment tauchte plötzlich Nick wieder oben auf der Innenmauer auf. Er war nur leicht außer Atem.

»Wir können los«, verkündete er. »Folgt mir.«

Er startete über die Mauer, die nach links führte, und die anderen bemühten sich, mit ihm Schritt zu halten. Nachdem sie zweimal rechts abgebogen waren, sprang Nick über sie hinweg auf die nächste Mauer in Richtung des Bauwerks. Ajay holte eine kleine Dose fluoreszierende rosa Farbe aus seinem Rucksack und sprühte an jeder Ecke, um die sie bogen, einen Pfeil auf die Steine, der in Richtung des zentralen Gebäudes wies. Als Nick ihn fragte, was er da machte, antwortete er nur: »Du wirst mir später noch dankbar sein.«

Auf diese Art gingen sie weiter und bogen um weitere vierzehn Ecken. Dabei folgten sie jedes Mal Nicks Anweisungen, der über ihren Köpfen von Mauer zu Mauer sprang.

Will untersuchte währenddessen die Mauern, von denen die meisten fast vollständig von einem dichten Geflecht aus klebrigen Kletterpflanzen überzogen waren. Er streckte die Hand nach den Ranken aus und fragte sich, ob eine von ihnen vielleicht Teil jenes Netzwerks gewesen war, das ihm zuvor Coach Jerichos Position übermittelt hatte. Er spürte ein leichtes Surren, wie ein schwaches elektrisches Feld, das von der Ranke ausging, aber bevor er der Ursache auf den Grund gehen konnte, hörte er eine Stimme von oben.

»Wir haben es gleich geschafft«, ließ Nick die anderen wissen. »Noch zwei Ecken, dann sind wir am Eingang.«

Als er hochschaute, sah Will den Hauptturm des Gebäudekomplexes über den nächsten Mauern aufragen.

»Gute Arbeit, Nick«, lobte er.

»Die bescheuerten Irrgärtner dachten wohl, sie könnten uns hinters Licht führen ...«

»Bleibt sofort stehen!«, befahl Ajay und hob warnend die Hand.

Sie taten, was Ajay sagte, dessen Augen auf eine Stelle ein paar Schritte weiter gerichtet waren, wo der Weg eine Neunzig-Grad-Biegung nach links beschrieb. Er zeigte auf eine der Steinplatten.

»Mit dieser Platte da vorn stimmt etwas nicht«, sagte er. »Die rechts in der Ecke. Sie hat eine verdächtige Kerbe und eine Lücke in der Verfugung. Ich würde empfehlen, sie nicht zu betreten ...«

Nick nahm einen losen Stein von der Mauerkante und ließ ihn auf die Bodenplatte fallen, die mit knapp einem Meter zwanzig Seitenlänge fast die gesamte Breite des Weges einnahm. Sofort klappte sie in einem Winkel von neunzig Grad hoch und der Stein verschwand in der Tiefe. Ein paar Sekunden lang hörten sie, wie er an Wänden abprallte und dann tief unten im Wasser landete.

Will beugte sich über den Rand und schaute hinunter. »Es geht nicht steil nach unten. Der Schacht ist glatt gemeißelt und abgeschrägt wie eine Rutsche.«

»Eindringlinge sollen also gefangen, aber nicht unbedingt getötet werden«, folgerte Ajay.

»Krass«, fand Nick und kniete sich auf die Mauer, um besser sehen zu können. »Soll ich mich mal umsehen?«

»Sei nicht dumm«, mahnte Elise.

»Zu spät«, meinte Ajay.

»Vielleicht ist ihnen auf diese Art der Coach in die Falle gegangen«, mutmaßte Will. »Vielleicht ist er ja dort unten.«

»Hey, Coach!«, rief Nick durch die Öffnung.

Mit einem lauten Krachen schnellte die Bodenplatte wieder in ihre alte Position zurück.

»Tatsächlich?«, wunderte sich Ajay.

»Diese Typen sind echte Witzbolde«, meinte Nick.

»Was sollen wir deiner Meinung nach tun?«, fragte Elise und schaute zu Will.

»Wenn der Coach da unten ist, würde es ihm nicht viel nutzen, wenn wir in die gleiche Falle tappen«, erklärte er. »Können wir die Platte umgehen? Siehst du irgendwas weiter vorne?«

Ajay richtete seine Aufmerksamkeit auf die sichtbaren Bodenplatten jenseits der Falle, bevor der Gang um die Ecke führte. »Auf dem Boden kann ich nichts Außergewöhnliches entdecken. Sollen wir hinüberspringen? Ich bin mir nicht ganz sicher, ob ich selbst das hinkriege ...«

Bevor er noch ein Wort sagen konnte, fiel das Ende von Nicks Peitsche unmittelbar vor ihnen herunter.

»Greif zu, Kleiner«, wies ihn Nick von oben an. »Ich schwing dich rüber.«

»Warte, ich zuerst«, sagte Elise.

Sie ging ein paar Meter rückwärts, lief los, sprang und überwand mühelos den aufklappbaren Stein. Ajay trat nervös von einem Fuß auf den anderen und schluckte.

»Jetzt du, Ajay«, forderte Will ihn auf.

»Es ist zu weit für mich«, sagte er. »Weitsprung gehört nicht zu meinen Stärken.«

»Keine Angst, Bro«, beruhigte ihn Nick. »Ich hol dich rüber.«

Nick beugte sich vor und ließ das Ende seiner Peitsche so weit wie möglich herunter, bis etwa auf die Höhe von Ajays Knien. Der packte es mit beiden Händen, hob dann die Füße vom Boden, schlang die Peitsche um seinen Körper und schloss die Augen. Nick schwenkte ihn ein paar Mal vor und zurück, um Schwung aufzubauen, und beförderte ihn dann über die Falltür hinweg auf die andere Seite. Die Augen fest geschlossen, klammerte sich Ajay weiterhin an die Peitsche und schwang geradewegs wieder zurück zu Will.

»Du musst auch loslassen, du taube Nuss«, schimpfte Nick.

»Tut mir leid. Ich hatte Angst hinzusehen«, entschuldigte sich Ajay.

Nick schwenkte ihn ein zweites Mal hinüber. Jetzt packte ihn Elise, Ajay ließ los und klammerte sich ein bis zwei Sekunden länger an sie als nötig.

Will lief locker ein paar Schritte zurück, machte kehrt, beschleunigte und sprang dann mit Leichtigkeit über die Steinplatte zu den anderen. Rasch rollte Nick seine Peitsche auf und ging über ihnen weiter die Mauer entlang.

»Noch eine Ecke«, kündigte er an.

Die drei anderen bogen ein letztes Mal nach rechts und Ajay hielt wie ein Falke Ausschau nach möglichen Gefahren. Zu dritt traten sie auf die nächste Steinplatte und spürten, wie sie mit einem dumpfen Geräusch nachgab und dann nach unten sackte ... allerdings nicht mehr als zwei Zentimeter.

»Das habe ich nicht gesehen«, gab Ajay zu.

»Das kann nichts Gutes bedeuten«, meinte Elise.

»Nicht bewegen«, befahl Will.

Zuerst passierte nichts. Aber dann hörten sie ganz in der Nähe ein verdächtiges, mahlendes Geräusch von Stein auf Stein.

»Heilige Scheiße«, rief Nick.

»Was?«, fragte Elise nervös.

»Vor euch.«

Vier Platten weiter hatte die Wand plötzlich angefangen, sich zu bewegen – ein dreißig Zentimeter dicker Steinblock rutschte, zunächst langsam, dann immer schneller werdend, direkt auf sie zu. Hinter sich hörten sie noch ein anderes Geräusch: Die Falltür um die Ecke hatte sich wieder geöffnet.

»Grundgütiger Himmel!«, sagte Ajay entsetzt.

»Nick, du musst uns raufziehen«, rief Will.

»Bin schon dabei«, sagte Nick beschwichtigend, während er das Ende der Peitsche wieder zu ihnen hinunterließ. »Ajay!«

Ajay packte das Ende der Peitsche, wurde von Nick nach oben auf die Mauer gezogen und rappelte sich dann mühsam auf Hände und Knie. Der Steinblock war jetzt nur noch zwei Bodenplatten entfernt, und rasch ließ Nick erneut die Peitsche herunter, um Elise hochzuholen. Währenddessen wich Will auf die letzte Platte vor der Mauer zurück, die offene Falltür direkt links von ihm.

»Schon in Ordnung. Ich springe einfach wieder da rüber«, sagte er.

Aber als er sich umdrehte und zum Sprung ansetzte, verschob sich ein weiteres Mauerstück direkt auf der anderen Seite der Falltür und blockierte ihm den Weg hinüber. Der Steinblock war jetzt nur noch eine einzige Platte entfernt und glitt mit hoher Geschwindigkeit auf Will zu.

»Bleib da!«, schrie Nick.

Will schaute nach oben und sah Nick in der Luft, der, alle viere von sich gestreckt, wie ein Fallschirmspringer auf ihn zuflog. Kurz bevor der rutschende Steinblock Will erreichte, fand Nick mit den Füßen an dem Mauerstück Halt, streckte die Arme aus und bremste den Block ab, alle Muskeln zum Zerreißen angespannt, die Falltür direkt unter sich.

»Kletter auf mich drauf, Alter«, stieß er zwischen zusammengebissenen Zähnen hervor.

Will umfasste seine Mitte, die sich anfühlte wie in Stahlband gewickelt, und zog sich über seinen Rumpf nach oben.

»Beeil dich«, grunzte Nick.

Will kam auf Nicks Rücken zum Stehen und benutzte ihn als Planke, um auf den Steinblock zu klettern und von dort zu der Mauer hinüberzuspringen, wo Ajay und Elise warteten.

»Sieh zu, dass du da rauskommst, Nick«, rief Elise.

Nick musste unter dem Gewicht des Steinblocks bereits die Knie anwinkeln. Langsam krümmte er sich noch ein wenig mehr zusammen und ließ ihn etwas heranrutschen; dann drückte er sich kräftig mit den Füßen von der Mauer ab und sprang auf den Block hinauf. Von dort setzte er hinüber auf die Mauerkrone, die den anderen gegenüberlag, und schüttelte die Anspannung aus Armen und Beinen.

»Jetzt weiß ich, wie sich ein belegtes Brötchen fühlt«, sagte er. »Ich hätte einfach in dieses Loch springen sollen.«

»Nein, hättest du nicht«, widersprach Will. »Und wir sollten jetzt besser weitergehen.«

Er führte die anderen über die Krone der linken Mauer entlang, während Nick auf der rechten Mauer mit ihnen Schritt hielt. Schließlich erreichten sie gemeinsam den Bogen über dem Eingang zum Hauptgebäude. Er war größer und prachtvoller als der, den sie zuvor gesehen hatten, und mit wesentlich kunstvolleren Versionen der gleichen ausgewaschenen, gemeißelten Gesichter und Figuren versehen. Ajay beugte sich nach vorne, um einen Blick darauf zu werfen.

»Ich glaube, einige von ihnen sind Schlangen«, sagte er.

»Hör bitte auf, uns die ganze Zeit Mut zu machen«, meinte Elise sarkastisch.

Will kniete sich hin, um sich den Raum unterhalb des Bogens und direkt hinter dem Eingang anzusehen. Eine einfache Kammer von mittlerer Größe, ausgelegt mit den gleichen Bodenplatten. Ein paar Kletterpflanzen hatten sich einen Weg nach innen gebahnt, aber ansonsten gab es hier keinerlei Verzierungen oder andere Besonderheiten. Er sah drei Treppen – jeweils eine rechts und links, die nach unten führten, und eine stattlichere in der Mitte, über die man hinauf zu einem Absatz und einer gewaltigen hölzernen, mit Riegeln und Metallringen beschlagenen Flügeltür gelangte.

»Wir müssen diese Treppe hinunter.« Will zeigte nach rechts.

»Wie sollen wir da runterkommen, ohne uns alle acht Füße zu verstauchen?«, wunderte sich Ajay, als er zu dem drei Meter tiefer gelegenen Boden hinabschaute.

Bevor noch einer der anderen antworten konnte, nahm Nick sein Seil heraus, band das eine Ende um den Bogen und ließ das andere nach unten fallen. Elise kletterte mühelos daran herab. Nachdem Will und Ajay ihr gefolgt waren, machte Nick das Seil wieder los, rollte es zusammen und stopfte es in seinen Rucksack. Dann machte er einen Schwalbensprung, zog die Knie an und landete mit einem einfachen Salto auf dem Boden, wo er nach vorne abrollte und dann in einem perfekten Stand aufkam.

»Angeber«, murmelte Ajay.

»Und du bist keiner?«, fragte Elise.

»Nicht körperlich.«

»Wohin, Will?«, wollte Nick wissen und schaute zu den seitlichen Treppen. »Rechts oder links?«

Will wartete, bis die Antwort zu ihm kam. »Egal. Du kannst eine Münze werfen. Sie führen beide zum selben Ort.«

Damit steuerte er auf die rechte Treppe zu.

»Übrigens hat die Wissenschaft ermittelt, dass beim Werfen einer Münze nicht unbedingt eine Wahrscheinlichkeit von fünfzig zu fünfzig besteht«, erklärte Ajay. »Erstaunlicherweise landet die Münze in genau einundfünfzig Prozent der Fälle wieder auf der Seite, die oben war, als sie geworfen wurde.«

»Faszinierend«, meinte Nick und unterdrückte ein herzhaftes Gähnen.

Will ging voran. Die breiten, steilen Stufen waren aus den gleichen glatten Steinblöcken gehauen, die man auch für den Rest des Gebäudes verwendet hatte. Nach zwanzig Stufen erreichten sie einen Absatz, von dem links eine weitere Treppe nach unten führte. Alle vier griffen nach ihren Taschenlampen, bevor sie die Stufen hinuntergingen. Ajay schnallte sich zusätzlich noch eine Art Grubenlampe um den Kopf und schaltete sie ein. Dann übernahm er die Führung und sie verlangsamten ihre Schritte, je tiefer die Dunkelheit um sie herum wurde.

»Kommt dir irgendwas vertraut vor, Will?«, erkundigte sich Elise.

»Noch nicht.«

»Aber du bist sicher, dass der Coach hier unten steckt?«, fragte Nick.

»Zu mehr als einundfünfzig, weniger als hundert Prozent«, antwortete Will.

Sie kamen an einen weiteren Absatz. Hier wurden die Stufen rutschiger und rund um die Steine drang Feuchtigkeit ein, die eine dünne Schicht Algen oder Moos an den Wänden hinterließ.

»Wir steigen geradewegs in den Sumpf hinunter«, bemerkte Ajay und untersuchte mithilfe seiner beiden Lampen alles ganz genau. »Die Wände sind mit einer widerlichen Schmiere bedeckt, aber die Stufen wirken in der Mitte ziemlich sauber, was darauf hinweisen könnte, dass sie recht häufig benutzt werden.«

»Klar, wer würde nicht gerne in einen Sumpf runtersteigen?«, meinte Nick. »Ein Spaß für die ganze Familie.«

»Glaubst du, die Schöpfer haben das hier gebaut?«, fragte Elise.

»Es deutet alles auf eine relativ stabile und entwickelte soziale Organisation hin, ich wage sogar zu behaupten, auf eine Zivilisation«, dozierte Ajay. »Weit nach dem Neolithikum, vielleicht schon Bronze- oder Eisenzeit. Sehr wahrscheinlich mit einem monarchischen, auf Stammeszugehörigkeit und familiärer Erbfolge basierenden System.«

»Was faselst du da?«

»Mit anderen Worten: Ich glaube nicht, dass die Schöpfer das hier gebaut haben. Aber höchstwahrscheinlich haben sie die Kreaturen erschaffen, die das Ganze errichtet haben.« Als sie sich auf dem Absatz der dritten Treppe zuwandten, sahen sie im Schein von Wills Taschenlampe Ranken aus schleimigem Moos von der Decke herabhängen, einige zu dicken Netzen verklumpt. Die Luft war drückend heiß und feucht und überall in der Kammer hallte das Geräusch tropfenden Wassers wider. Die gleichen Kletterpflanzen, die fast die gesamte Außenfassade des Gebäudes bedeckten, waren bis in die Winkel und Ritzen der Mauern und Treppen vorgedrungen.

Bei näherem Hinsehen fiel Will auf, dass auch hier ein breiter Streifen in der Mitte der Treppe nicht mit Schleim bedeckt war.

»Hier müssen wohl eine ganze Menge Leute entlanggehen«, stellte er fest und trat auf die ersten Stufen. »Seht mal, wie sauber sie sind. Das gleiche Muster wie vorhin, genau in der Mitte.«

»Merkwürdig«, fand Ajay. »Man würde doch Fußabdrücke vermuten oder zumindest ein paar Lücken, aber es sieht so aus, als seien sie nur zur Hälfte sauber gewischt worden.«

»Vielleicht haben sie ja hier einen Hausmeister, der seinen Job nur halbherzig erledigt«, sagte Nick.

»Ja, das wird es sein«, meinte Elise genervt.

»Was war das?«, fragte Will plötzlich.

Alle blieben stehen und lauschten, aber außer tropfendem Wasser war nichts zu hören.

»Jetzt ist es weg«, ließ Will sie wissen.

»Was war denn?«, fragte Elise.

»Keine Ahnung. Es war ganz schwach, irgendwie im Hintergrund. Kommt weiter.«

Sie gingen noch ein paar Stufen hinab und näherten sich der Mitte der Treppe.

»Da ist es wieder!«

Erneut blieben alle stehen und dieses Mal hörten sie es.

Etwas fegte oder schleifte über den Stein.

Dann hörte es abrupt auf.

»Woher kommt das?«, wunderte sich Elise.

»Schwer zu sagen«, entgegnete Will. »Könnte über oder unter uns sein.«

»Sowohl als auch«, bemerkte Ajay.

Will wandte sich zu Elise: *Lass uns mal nachsehen.*

Du suchst oben, ich unten, antwortete sie.

Er aktivierte sein Raster und drehte sich zum oberen Absatz um, während Elise Echolotwellen in Richtung der unteren Treppe aussandte.

Auf Wills Raster erschien etwa ein halbes Dutzend große Wärmesignaturen zwei Treppen weiter oben. Sie waren zwar durch die Steine abgeschwächt, bewegten sich aber eindeutig auf sie zu.

Sieht schlecht aus, teilte Elise ihm mit. *Ein halbes Dutzend von ihnen.*

Hier auch. Aber ein halbes Dutzend von was?

Keine Ahnung. Aber ich weiß jetzt, warum die Treppen so sauber sind: Sie gehen nicht, sie schlängeln.

NEUN

WILLS LEBENSREGEL Nr. 9:
ACHTE AUF DIE MINUTEN UND DIE STUNDEN
ERLEDIGEN SICH VON SELBST.

»Ajay, stell dich zwischen uns«, sagte Will leise.

Nick platzierte sich zwischen Ajay und der nach oben führenden Treppe, während Will und Elise eine Stufe nach unten traten, sodass Ajay jetzt in der Mitte stand. Die unheimlichen Geräusche – und die Signaturen auf Wills Raster – kamen immer näher.

»Geht runter auf den nächsten Absatz«, flüsterte Will. »In die Ecke, wo wir beide Treppen sehen können.«

Vorsichtig bewegten sie sich über die letzten paar Stufen auf den Absatz zu und postierten sich in der Ecke.

»Werde ich mein Beil brauchen?«, wisperte Ajay.

»Nur, wenn du nicht noch etwas Effektiveres dabeihast«, entgegnete Will, während sein Gehirn auf Hochtouren lief, um über ihren nächsten Schritt zu entscheiden. Schon bald hatte er die Lösung.

Ich renne nach unten und versuche, die Viecher dort von uns wegzulocken, informierte er Elise.

In Ordnung.

Kannst du dafür sorgen, dass die über uns glauben, wir seien woanders? Hauptsache, wir gewinnen etwas Zeit.

Ich versuche es. Was sind sie deiner Meinung nach?

Ich sag's dir dann. Und ich will herausfinden, wo sie Jericho versteckt haben. Ich denke, er muss ganz in der Nähe sein.

Verstanden.

»Ajay, Nick, bleibt bei Elise«, flüsterte Will. »Ich bin gleich wieder da.«

Er leuchtete nach unten auf die letzte Treppe. Sie führte auf eine Art offenen Platz, der mit den vertrauten Steinplatten gepflastert war. Die Wärmesignaturen kamen irgendwo von unten aus der Dunkelheit, waren aber noch immer über fünfzig Meter entfernt.

Nick legte eine Hand auf Wills Arm. »Bist du sicher, Alter?«

»Ja.«

Will nickte Elise zu und schaltete seine Taschenlampe aus. Als er wieder durch das Raster schaute und eine Stufe nach unten ging, hörte er, wie Elise einen Laut nach oben und um die Ecke herum schickte: Die perfekte Nachahmung des bedrohlichen Brüllens einer großen Raubkatze. Will drehte sich um und sah, dass die Wärmesignaturen über ihnen angehalten hatten.

»Großer Gott, das hat ja sogar mir Angst gemacht«, flüsterte Ajay.

»Als ob das schwer wäre«, meinte Nick und schaute dann zu Elise. »Moment mal, warst du das?«

»Oh Mann«, seufzte Elise.

Will holte tief Luft und sauste die Treppe hinunter. Er hielt sich in der Mitte, wo seine Füße guten Halt hatten. Auch unten auf dem Platz waren die Steine sauber und boten sichere Bodenhaftung.

Vermutlich war der ganze Platz durch ausgiebiges Schlängeln so sauber geworden.

Er blieb stehen, öffnete seine Sinne, um alle Eindrücke aufzunehmen, und schätzte in Windeseile ab, was ihn erwartete:

Der Platz schien quadratisch zu sein, und soweit Will sagen konnte, verlief er über die gesamte Länge und Breite des Gebäudekomplexes über ihnen. Er sah vier Ausgänge: die Treppe, über die er gerade gekommen war, zwei bogenförmige Tunnel, die an der Mauer links von ihm nach unten führten, und eine weitere Treppe auf der gegenüberliegenden Seite des Platzes, die genau mit der hinter ihm übereinstimmte.

In der Mitte des Platzes befand sich ein runder Bau von etwa drei Metern Durchmesser mit einer ein Meter hohen Mauer rund um eine Art Öffnung.

Vielleicht eine Grube.

Helle Lichtpunkte – Fackeln, wie er dann sah – brannten ringsum in Halterungen an der Mauer. Rechts davon stand ein seltsames Gebilde, das fast aussah wie ein leicht angewinkelter Trichter und von der Decke hinunter zu einer Öffnung im Boden des Platzes verlief.

Vielleicht das Ende des Tunnels unterhalb der Falltür, auf die sie oben gestoßen waren.

Ein Stück weiter befand sich die einzige Öffnung in der rechten Mauer – ein gewaltiger Bogengang, der in eine bedrohliche, tintenschwarze Dunkelheit führte.

Wills Augen nahmen Bewegung und noch mehr Licht wahr.

Sechs Wärmesignaturen glitten an der Grube vorbei, teilten sich und bewegten sich dann in zwei Gruppen zu jeweils drei vorwärts. Eine der Kreaturen in jeder Gruppe trug eine Fackel. Will deaktivierte sein Raster und schaute sie sich an.

Sein erster Gedanke war: Schlangen ... aber nein, sie waren zu breit und zu muskulös und sie besaßen Arme. Damit trugen sie nicht nur die Fackeln, sondern auch Waffen – Speere, Schwerter und Äxte – und das Wort, das ihm als nächstes in den Sinn kam, war »Schlangenmenschen«.

Sie waren fast zwei Meter groß und glitten auf dicken, kräftigen Rümpfen mit einer geschmeidigen, ekelerregenden Anmut in wellenförmigen Bewegungen dahin.

Der harte graue Strunk ihres schuppigen Körpers verbreiterte sich zu einem dicken, haubenartigen Nacken – wie bei einer Kobra –, der ihre flachen, abscheulichen Köpfe und scharf gezeichneten Gesichter ruckartig nach vorne schob. Als sie das Maul öffneten, sah Will Fangzähne und gespaltene Zungen. Eindeutig Mischwesen, aber die Frage war, woraus die Mischung bestand. In ihren Zügen war deutlich etwas Menschliches zu erkennen, das auch ihre schwarz glänzenden Augen durchdrang, aber Will blieb keine Zeit, länger darüber nachzudenken.

Er rannte dermaßen schnell auf die Kreaturen zu, dass sie für einen Augenblick stutzten und aufgebracht mit einem rauen, kehligen Bellen untereinander kommunizierten. Dann scherte Will nach links aus und sah, wie sich das Trio auf der linken Seite der Mauer bereit machte und die Waffen in Position brachte ...

... und dann schaltete er einen weiteren Gang hoch und rauschte so schnell an ihnen vorbei, dass er die Flammen ihrer Fackeln zum Flackern brachte. Die Angriffe gegen ihn gingen ins Leere. Will raste die niedrige Mauer entlang und vergewisserte sich, dass sie tatsächlich eine Grube einfasste, hatte aber keine Zeit hineinzuschauen. Er wurde erst langsamer, als er das andere Ende des Platzes erreichte. Hier drehte er in einem weiten Bogen, blieb nahe der zweiten Treppe stehen und wartete.

Die Monster plapperten verwirrt aufeinander ein, versammelten sich dann wieder und nahmen die Verfolgung auf. Doch dabei verteilten sie sich nicht, um ihn so in die Enge zu treiben. Keine Strategie, keine erkennbare gemeinsame Taktik, nur ein Sturmangriff, angetrieben von einem primitiven Hass in ihrem Hirnstamm, der ihre Augen zum Glühen brachte.

Noch mehr gute Nachrichten, dachte Will: Entweder waren sie nicht so schlau, wie sie aussahen, oder sie waren wesentlich dümmere Beute gewöhnt.

Er trabte nach links und die Gruppe schwenkte ebenfalls in diese Richtung. Als er ruckartig eine Bewegung nach rechts andeutete, reagierten die Wesen wieder sofort. Schließlich hatte er sie weit genug zu sich herangelockt und sauste in einem weiten Bogen links um sie herum, zurück in die Mitte des Platzes. Dieses Mal bremste er unterwegs kurz ab, um in die Grube zu schauen.

Über der Öffnung befand sich ein Gitter aus dicken schwarzen Eisenstäben, das knapp einen halben Meter unterhalb des Randes in die Steinmauer eingelassen war. In der Grube war es stockfinster, aber Will sah den Schein einer Fackel auf dem silbernen Wasser in etwa sechs Metern Tiefe, und als er sein Raster aktivierte, erfasste er eine einzelne, sich hin und her bewegende Wärmesignatur.

»Coach, sind Sie da unten?!«

»Wieso, hast du jemand anders erwartet?«

Jerichos Stimme hallte den zylindrischen, gemauerten Schacht hinauf. Erst jetzt erkannte Will, dass er aussah wie ein Brunnen. Er hörte das Plätschern von Wasser, und als er das Raster deaktivierte, glaubte er, einen Arm zu sehen, der ihm zuwinkte.

»Geht es Ihnen gut?«

»Ich bin nicht verletzt, nur ziemlich in meiner Bewegungsfreiheit eingeschränkt.«

Ein Speer sauste direkt an Wills Kopf vorbei, durchschnitt hörbar die Luft und landete scheppernd und Funken sprühend auf den Steinen hinter ihm. Dann folgten plötzlich deutlich mehr Schlängelgeräusche – die Meute kam rasch näher.

»Halten Sie durch, Coach«, sagte Will. »Wir kommen wieder.«

»Ich wüsste nicht, wo ich sonst hingehen sollte«, entgegnete Jericho trocken.

Will rannte zurück zu der Treppe, über die er gekommen war, und steuerte dann den nächsten Eingang an der linken Mauer an, in ein Gewölbe, das irgendwo nach unten führte. Die Schlangenmenschen verfolgten jede seiner Bewegungen und er hielt immer gerade so viel Abstand, dass er sie weiterlockte. Noch zwei Mal schleuderten sie Waffen nach ihm – eine Axt und etwas, das an einen Hammer oder eine Keule erinnerte und sich zischend in der Luft überschlug. Bei der zweiten Waffe musste er einen Gedankenschild aussenden, damit sie ihm nicht eine schlimme Beule am Kopf verpasste.

Ich habe Jericho gefunden, übermittelte er Elise. *Er ist hier unten, wie ich es mir gedacht habe: Grube, Stäbe, Wasser.*

Toll, antwortete sie. *Wir sind gerade ein bisschen beschäftigt ...*

Er konnte spüren, unter welch großer geistiger Anspannung sie stand.

Ich bin unterwegs zu euch, teilte er ihr mit. *Aber ich nehme einen Umweg.*

Tu, was du tun musst ...

Ich habe einen Plan.

Natürlich hast du den.

Will brach die Verbindung ab, wartete, bis die Meute herangekommen war, und sprintete dann zur gegenüberliegenden Treppe. Dieses Mal waren die Ungeheuer so schlau, sich im Abstand von knapp zwei Metern hinter ihm zu verteilen, damit er nicht wieder umkehren konnte. Aber er rannte einfach direkt die Treppe hinauf und blieb auf dem ersten Absatz stehen, vergewisserte sich, dass sie den Köder schluckten, und lief weiter nach oben, bis er die Kammer erreichte, durch die sie gekommen waren.

Von hier aus sprintete er hinüber zu der Treppe, über die sie nach unten gelangt waren, und blieb wieder kurz stehen. Kaum waren die Schlangenmenschen oben an der gegenüberliegenden Treppe angekommen, stürmte er hinunter.

Das Scheppern von Stahl auf Stahl und das Schleifen von Stahl auf Stein drang nach oben. Durch sein Raster sah Will ein hektisches Durcheinander von Wärmesignaturen.

Bin fast da, ließ er Elise wissen. *Bringe noch ein paar mit.*

Oh, wie schön.

Will bog um die Ecke des letzten Absatzes. In der Mitte der letzten Treppe hielt Nick einen der Schlangenmenschen mit der linken Hand an der Kehle gepackt und schlug ihm wieder und wieder mit seiner stahlharten Rechten ins Gesicht. Das Monster war fast stehend k. o. Vier weitere lagen bereits lang ausgestreckt auf den Stufen, entweder bewusstlos oder tot, und aus Augen, Nase und den schmalen Schlitzen am Hals, die vermutlich ihre Ohren waren, floss eine widerliche grüne Brühe.

»Hey, Kumpel«, rief Nick, als er Will sah, und schlug weiter zu. »Sie sind doch nicht so zäh, wie sie aussehen.«

»Wurde aber auch langsam Zeit!«, meinte Ajay.

Der letzte Schlangenmensch stand angriffsbereit Elise gegenüber, neben der sich Ajay postiert hatte. Will konnte fühlen, dass Elise bereits einen großen Teil ihrer Reserven aufgebraucht hatte, vermutlich bei einer Klangexplosion, der die vier auf der Treppe zum Opfer gefallen waren.

Ajay zielte mit einem seiner selbst gebastelten Geräte auf das Ungeheuer direkt vor ihm. Dann drückte er ab und eine Stahlscheibe von der Größe eines Sägeblatts schwirrte durch die Luft und trennte dem Monster im nächsten Augenblick eine Hand ab. Gequält heulte es auf, während die Hand, die noch immer ein Schwert festhielt, zu Boden fiel.

Nick verpasste seinem Gegner noch einen letzten Faustschlag, bevor der Schlangenmensch als schlaffer Haufen auf die Stufen sackte. Das letzte noch stehende Exemplar umfasste den Stumpf seines Handgelenks und schlängelte sich dann die Treppen hinauf. Nick folgte ihm bis zum Absatz, packte es am Schwanz und wirbelte es ein paar Mal durch die Luft.

Im selben Augenblick bogen die sechs Schlangenmenschen, die

Will verfolgt hatten, auf dem Absatz der oberen Treppe um die Ecke. Als Nick sie sah, hielt er inne und schleuderte ihren Kollegen auf sie. Er flog wie ein Frisbee durch die Luft, drehte sich, prallte von den Mauern ab und krachte dann mitten in seine Artgenossen hinein.

Will und Elise eilten zu Nick auf den Absatz: Ohne nachzudenken, beschwor Will spontan ein Bild von Lyle Ogilvy als Wendigo herauf und schickte es den Monstern.

Das ist neu, bemerkte er, als er sah, wie das Bild erschien und wie verängstigt die Kreaturen darauf reagieren. *Sie können es tatsächlich sehen.*

Elise folgte seinem Beispiel auf der Stelle – seine Projektion hatte sie erreicht, ohne dass er sie ihr bewusst übermitteln musste – und steuerte eine überzeugende Version des entsetzlichen Wendigoschreis bei.

Die sechs Schlangenmenschen drehten sich geschlossen um und glitten, so schnell ihre Schwänze sie tragen konnten, wieder die Treppe hinauf.

»Ja, haut bloß ab!«, rief Nick ihnen hinterher.

Mit wildem Kriegsgeschrei rannte er die Treppen hoch und nahm die Verfolgung auf. Will packte ihn am Arm, aber er ließ sich nicht aufhalten; Nick war körperlich einfach zu stark. Deshalb schob Will einen Gedanken in seinen Kopf, in der Hoffnung, Nick würde ihn für seinen eigenen halten:

Es wäre nicht gut, sie zu verfolgen.

Nick blieb stehen und drehte sich zu Will um.

»Es wäre nicht gut, sie zu verfolgen«, sagte er.

»Ich bin ganz deiner Meinung«, pflichtete Will ihm bei.

»Hey, aber ich habe einen tollen Namen für diese hässlichen Missgeburten«, verkündete Nick und unterdrückte ein schelmisches Grinsen. *»Snakers.«*

Hinter sich hörten sie ein Lachen, und als sie sich umdrehten, sahen sie Ajay, der vornübergebeugt an der Mauer stand und so heftig lachte, dass er kaum Luft bekam.

Will warf Elise einen besorgten Blick zu: *Bring ihn die Treppe runter. Schnell.*

Sie eilte hinüber zu Ajay, legte ihm beruhigend den Arm um die Schulter und führte ihn langsam hinunter auf den Platz. Ajay schüttelte sich weiterhin vor Lachen und rang nach Atem.

»*Sneakers, Snakers* – okay, es war lustig«, meinte Nick leise, »aber so lustig nun auch wieder nicht.«

»Er steht unter großer Anspannung«, erklärte Will und folgte den beiden die Treppe hinunter.

»Muss wohl. Jedem das Seine. Ich hatte jedenfalls nicht mehr so viel Spaß, seit ich mich nach Einbruch der Dunkelheit in den Zoo geschlichen und das Schloss am Affenhaus aufgebrochen habe.«

»Das hast du nicht wirklich getan, oder?«

»Doch, aber beim zweiten Mal hat mich der Sicherheitsdienst erwischt. Pop hat mir deswegen die Hölle heißgemacht.«

»Wie hat es den Affen gefallen?«

»Oh, wir haben uns super verstanden.«

»Warum überrascht mich das nicht?«, sagte Will, als sie auf dem Platz ankamen. »Übrigens, ich habe den Coach gefunden. Er ist da drüben.«

»Spitze!«

Will lief an Elise und Ajay vorbei – sie redete beruhigend auf ihn ein, während er inzwischen nur noch sporadisch kicherte – und führte Nick zu dem Brunnen in der Mitte des Platzes. Nick gelangte mit ein paar Flickflacks kurz vor Will dorthin, sprang auf die Mauer und schaute durch das Gitter nach unten.

»Hey, Coach«, rief er. »Wie ist das Wasser?«

Coach Jericho schaute nach oben und strampelte auf der Stelle. »Warum springst du nicht rein und findest es selbst raus, McLeish?«

Nick lachte leise in sich hinein. »Sind wohl auf diese Falltür-Nummer reingefallen, was? Der älteste Trick der Welt.«

»Wir müssen uns beeilen«, mahnte Will und schaute zurück zu Elise, die Ajay gerade anwies, langsam und tief durchzuatmen. »Die Kollegen, die abgehauen sind, holen wahrscheinlich Verstärkung.«

»Was, du glaubst, es gibt noch mehr von denen?«, fragte Nick.

»Nein, Nick. Ich glaube, die zwölf haben das alles hier selbst gebaut. Den gesamten Komplex. Ganz alleine.«

Nick schaute sich nachdenklich um. »Das alles? Niemals.«

In diesem Moment hörten sie aus den Tiefen des rechten Gebäudeteils dröhnende, schnelle und entschlossene Trommelschläge, in einem gleichmäßigen Rhythmus.

Viele Trommeln.

»Siehst du, was hab ich dir gesagt? Es müssen mehr als zwölf sein«, versicherte Nick, während er seinen Rucksack abnahm und das zusammengerollte Seil herausholte. »Keine Sorge, Coach, das hab ich im Griff.«

Plötzlich drangen auch von der linken Seite des Gebäudes – das offenbar größer war, als Will angenommen hatte – Trommelschläge an ihre Ohren.

»Das ist ein Ruf-und-Antwort-Prinzip«, erklärte Ajay, jetzt wieder so ruhig und vernünftig wie immer.

Weitere Trommeln fielen ein, dieses Mal hinter ihnen und ein paar Ebenen tiefer.

»Sie schlagen Alarm und rufen Verstärkung«, sagte Will.

Nick band das eine Ende des Seils an den Gitterstäben am Rand der Mauer fest. »Coach, können Sie sich nicht in einen Adler oder so was verwandeln und nach oben fliegen?«

»Meinst du nicht, das hätte ich schon längst getan, wenn ich es könnte?«

»Ein Adler würde ohnehin nicht durch die Stäbe passen«, bemerkte Ajay.

»Stimmt auch wieder. Es müsste so was sein wie ein Kolibri oder ein Specht«, überlegte Nick und zog den Knoten fest. »So, das dürfte reichen.«

Nick ließ das Seil durch das Gitter nach unten fallen. Jericho ergriff es mit beiden Händen und zog sich aus dem Wasser, während Nick das andere Ende nahm, um ihn nach oben zu befördern.

»Wie soll er denn durch die Stäbe kommen?«, wunderte sich Elise, die zu ihnen getreten war und nach unten schaute. »Der Abstand ist nicht groß genug.«

»Bitte überlasst das mir«, sagte Ajay und kramte in seinem Rucksack. »Ich habe eine Auswahl mittelgroßer Sprengladungen eingepackt, und wenn sie richtig geschaltet werden, kann ich wohl ein angemessen großes Loch ...«

»Ich bin ziemlich sicher, dass uns dafür keine Zeit bleibt«, unterbrach ihn Will. Er schaute sich um und stellte seine Sinne auf das ein, was in den verschiedenen Bereichen des Gebäudekomplexes vor sich ging.

»Ich kann es auch versuchen«, bot Elise an.

»Nein, Elise«, widersprach Will entschieden. »Du musst deine Kräfte schonen.«

Will wandte sich wieder dem Schacht zu und sah sich die Stäbe genauer an. Sie bildeten Quadrate mit einer Seitenlänge von weniger als dreißig Zentimetern, wie ein Schachbrett. Nick hatte Jericho mit dessen Unterstützung bis kurz unter die Stäbe in die Höhe gehievt. Mit nacktem Oberkörper, die straffen Muskeln angespannt, hing der Coach an dem Seil.

»Lasst euch was einfallen«, drängte er und schaute zu ihnen hinauf.

»Coach, Sie sehen ein wenig verschrumpelt aus«, meinte Nick, als er sich vorbeugte, um ihn sich genauer anzuschauen. »Wie lange sind Sie schon da drin?«

»Und ihr müsst euch beeilen«, erinnerte Jericho, ohne auf Nicks Frage einzugehen.

»Ich will Ihnen ja nicht zu nahe treten, aber besonders gut riechen tun Sie auch nicht«, ließ Nick ihn wissen. »Was ist das da unten, eine Kloake?«

»Ich werde die Stäbe auseinanderbiegen«, verkündete Will. »Bleiben Sie, wo Sie sind, Coach.«

»Es gibt etwas, das ihr über diese Kreaturen wissen müsst«, deutete Jericho an.

»Eine Sekunde«, bat Will.

Er schloss die Augen, mobilisierte zusätzliche Kraft aus seiner Wirbelsäule und spürte, wie sie seinen Rücken hinaufschoss und dann die Arme hinunter bis in seine Hände strömte. Er spreizte die Finger und richtete sie auf die Stäbe: Ein Gedankenbild in Form einer Spannvorrichtung erschien genau dort, wo er sie visualisierte, und er platzierte den Spanner direkt rechts neben Jericho zwischen den Stäben.

Er konzentrierte sich auf den Mechanismus, lenkte dessen Kraft auf die Stäbe zu beiden Seiten ... und langsam gaben sie nach, verbogen sich mit einem rostigen Quietschen nach rechts und links.

»Was machst du da, Will, und wie genau machst du das?«, fragte Ajay verblüfft.

Will ignorierte die Frage und hielt inne, um seine mentale Energie aufzuladen. In einer letzten Anstrengung drückte er die Stäbe noch ein paar Zentimeter weiter auseinander, bis sie sich fast über das nächste Quadrat geschoben hatten. Dann sank er völlig erschöpft an der Mauer zusammen und die Gedankenform zwischen den Stäben verschwand blitzartig.

»Geben Sie mir Ihre Hand«, sagte Nick und steckte den Arm durch die Öffnung.

Jericho packte Nicks Unterarm, ließ das Seil los und schwang sich unter die Öffnung.

»Das Trommeln hat aufgehört«, stellte Elise fest und schaute sich um. »Ist das gut oder schlecht?«

»Schlecht, würde ich sagen«, meinte Ajay.

»Vielleicht sind ihnen die Arme lahm geworden«, mutmaßte Will und schaute sich ebenfalls um.

Langsam zog Nick den Coach durch die Öffnung, doch dessen linke Schulter blieb an den Stäben hängen – die Öffnung war ein paar Zentimeter zu schmal.

»Schaffen Sie das?«, fragte Nick.

»Nicht, ohne dass er sich die Schulter auskugelt«, diagnostizierte Ajay.

»Seht mal eine Sekunde weg«, befahl Jericho. »Alle!«

»Warum?«, wollte Nick wissen.

»Diskutier nicht mit mir, tu es einfach«, antwortete Jericho entschieden.

»Tu, was er sagt«, wies Will ihn an.

Nick und die anderen sahen weg. Will schloss die Augen, aktivierte aber vorher sein Raster; er hatte vor Kurzem festgestellt, dass er die Augen gar nicht mehr zu öffnen brauchte, damit es funktionierte. Die Form von Jerichos Wärmesignatur veränderte sich drastisch in etwas Gedrungenes und Flinkes von der Größe eines kleinen Hundes.

Nick reagierte erschrocken angesichts der plötzlichen Veränderung des Armes, den er festhielt.

»Alter, was zum Henker war das denn?«

Will sah, wie Jerichos kleinere Wärmesignatur mühelos zwischen den Stäben hindurchschlüpfte, über die Mauer hüpfte und dann auf den Boden plumpste. Unmittelbar darauf dehnte sie sich in alle Richtungen aus. Als Will die Augen wieder öffnete, lag Coach Jericho keuchend und zitternd neben Nick auf dem Boden.

Nick schaute mit weit aufgerissenen Augen zwischen dem Coach und seiner eigenen Hand hin und her. »Was in Carl Yastrzemskis Namen war das?«

»Das war das, was ich dachte, im See gesehen zu haben«, sagte Ajay mehr zu sich selbst. »Als er ans Ufer kam.«

»Alter, ich habe Fell gefühlt«, sagte Nick aufgebracht, »und ... und eine kleine nasse Flosse.«

»Was ist los, Nick, hast du noch nie mit einem Otter Händchen gehalten?«, fragte Elise.

Jericho zwinkerte ihr zu. Elise kniete sich neben ihn und bot ihm ein paar Energieriegel und Wasser aus ihrer Feldflasche an. Kopfschüttelnd band Nick sein Seil los und wickelte es wieder auf.

»Er ist wirklich und wahrhaftig ein echter Schamane«, stellte Ajay ehrfürchtig flüsternd fest.

Überall um sie herum – und inzwischen viel näher – ertönten wieder die Trommeln.

»Was wollten Sie uns sagen, Coach?«, fragte Will.

Jericho nahm einen kräftigen Schluck aus der Flasche und wischte sich dann den Mund ab. »Sie sind Kannibalen.«

»Oh, wirklich?«, sagte Ajay, der plötzlich ganz benommen wirkte.

»Gut zu wissen«, meinte Nick.

»Woher wissen Sie das?«, fragte Elise in scharfem Ton.

»Sie sagten, sie würden mich essen«, entgegnete Jericho nüchtern.

»Sie konnten sie verstehen?«, wunderte sich Ajay.

»Es war ziemlich klar, was sie vorhatten.«

»In was zum Teufel sind Sie dann da unten rumgeschwommen?«, fragte Nick und schaute angewidert zu dem Brunnen. »In einer Marinade?«

»Über Geschmack lässt sich nicht streiten«, meinte Jericho.

»Wo sind Sie gelandet, als Sie in der Zone eintrafen?«, erkundigte sich Will.

»Im Sumpf.« Jericho rappelte sich auf und streckte seine langen Glieder. »Nicht weit von hier. Dieser Bau war das erste große Gebilde, das ich sah. Ich steuerte darauf zu und dann – ja, McLeish – fiel ich durch diese verdammte Falltür. Ich rutschte irgendeinen glitschigen Tunnel hinunter und landete in diesem Loch. Dann strömte Wasser herein. Waren lustige Stunden.«

»Nur so aus Neugier, woher wussten Sie, dass sie Sie fressen würden?«, wollte Nick wissen.

»Sagen wir mal so, man brauchte kein Wörterbuch Mensch – Schlangenmensch, um es zu verstehen.«

»Mein Gott, das ist völlig egal«, beschwerte sich Ajay genervt. »Der Punkt ist doch, wenn der Coach als Hauptgang vorgesehen war, landen wir jetzt alle auf dem Büfett.«

»Wir müssen hier raus«, sagte Jericho. »Sofort.«

»Da kommt etwas«, verkündete Will und stand wieder auf. Er hatte seinen Kraftspeicher fast wieder aufgeladen.

Lärm, Energie und hell flackernde Lichter drangen aus der höhlenartigen Öffnung in der Mauer auf der rechten Seite des Platzes. Will erkannte das raue, kehlige Bellen der Schlangenmenschen und dieses Mal hörte es sich so an, als seien es zu viele, um sie zu zählen. Die Trommeln begleiteten ihren Vormarsch, wurden nun in einem zornigeren und bedrohlicheren Rhythmus geschlagen.

»Da drüben sind auch welche«, bemerkte Elise und zeigte Richtung Treppe.

Weitere Lichter und das typische Geräusch sich nähernder Schlangen kamen von den Treppen zu beiden Seiten des Platzes.

»Heilige Scheiße«, sagte Nick, den Blick gebannt auf den großen Tunnel gerichtet.

Die Lichter – Fackeln in den Händen Dutzender Schlangenmenschen – erleuchteten die Mauern des breiten Durchgangs, auf die ein schwankender Schatten von etwas fiel, das sich mit ihnen bewegte. Etwas, das mindestens sechs Meter groß war, dabei so dick wie eine gewaltige Eiche und das sich auf dieselbe vertraut unheimliche Art ruckartig vorwärtsschob.

Der Schatten eines gigantischen Schlangenmenschen.

»Der große Hund kriegt wohl zuerst zu fressen«, kommentierte Jericho.

»Die Rechnung, bitte«, sagte Ajay.

»Das ist kein Hund«, bemerkte Nick.

»Macht euch bereit zu rennen«, befahl Will und senkte die Stimme. »Und tut genau, was ich sage.«

ZEHN

WILLS LEBENSREGEL Nr. 10:
WENN DU EIN FREMDES LAND BESUCHST,
SOLLTEST DU STETS DIE EINHEIMISCHEN SITTEN UND
GEBRÄUCHE RESPEKTIEREN. ES SEI DENN,
MAN VERSUCHT, DICH ZU FRESSEN.

Die erste Kampftruppe strömte von der linken Treppe auf den Platz – etwa dreißig Soldaten, die Fackeln hocherhoben, mit dicken, schuppigen Leder- und Kettenpanzern bewehrt und bis an die Zähne bewaffnet. Drei Trommler bildeten die Nachhut. Sie hatten ihre Instrumente an Gurten um die Hüften geschlungen und schlugen einen martialischen Rhythmus.

Kurz darauf stürmte eine zweite, etwa gleich große Truppe die rechte Treppe herunter. Diese Soldaten sahen größer, härter und mindestens doppelt so stark aus wie die Kreaturen, denen sie zuerst begegnet waren. Beide Einheiten blieben auf eine knappe Geste ihres jeweiligen Anführers hin stehen, der seinerseits um die Hälfte größer, härter und stärker aussah als seine Untergebenen – scheinbar eine Art Offizier.

»Sie sehen denen, gegen die wir vorhin gekämpft haben, nicht besonders ähnlich«, fand Elise.

»Vermutlich waren das die Typen, die den Tempel in Schuss halten«, überlegte Will.

»Hausmeister«, bot Jericho an.

»Oder diejenigen, die fürs Kochen zuständig sind«, meinte Ajay und verbarg sich hinter Nicks Rücken.

»Schlappschwänze«, sagte Nick enttäuscht. »Wir haben gegen die Schlappschwänze gekämpft.«

»Dann ist das hier ihre Kriegerklasse«, sagte Jericho.

Mit einer Präzision, die jeder anderen Armee alle Ehre gemacht hätte, verteilten sich die beiden Truppen vor der Treppe und gingen in Verteidigungsposition.

»Warum greifen sie uns nicht an?«, wunderte sich Nick.

»Sie sind diszipliniert«, entgegnete Jericho.

»Sie haben den Befehl, die Ausgänge zu bewachen«, ergänzte Will und drehte sich wieder zu dem großen Durchgang hinter ihnen um. »Sie sollen uns in Schach halten, bis der Hauptangriff von dort drüben startet.«

Im nächsten Augenblick brach der Haupttrupp aus der Höhle hervor – mindestens einhundert Soldaten, angetrieben von einem Dutzend Trommlern. Die Krieger stellten sich zu beiden Seiten der Höhle auf, wo sie exakte Formationen bildeten und die Waffen angriffsbereit ausrichteten.

Die meisten von ihnen waren in glänzende Rüstungen gehüllt, trugen lange, tödlich wirkende Speere und hielten große rechteckige Schutzschilde in der anderen Hand – wie die Prätorianer einer römischen Phalanx.

Sobald sie sich in Position gebracht hatten, erschien der Star der Show und schlängelte sich mit einer geschmeidigen Anmut aus dem Schatten, die seine außergewöhnliche Größe Lügen strafte. Will schätzte ihn auf etwa sechs Meter, so groß wie ein einstöckiges Haus. Seine Arme ähnelten Baumstämmen und waren an Handgelenken, Bizeps und Schultern mit Eisenbändern gepanzert. Er trug einen glänzend goldenen, mindestens drei Meter langen Dreizack, der so dick war wie eine Fahnenstange und dessen einzelne Zinken in mörderisch aussehenden Widerhaken endeten. Eine Lederhaube schmiegte sich um sein langes, kantiges Gesicht und auf dem Kopf trug er ein metallenes Band, das aussah, als sei es aus purem Gold.

»König Mamba«, meinte Nick.

Aber Will spürte, dass diese furchterregende Kreatur nicht nur wegen ihrer Größe alles beherrschte – als sei das nicht schon genug. Ein boshafter, scharfer Verstand blitzte in ihren ovalen Reptilienaugen auf, mit denen sie die Freunde über den Platz hinweg taxierte. Der Blick des Königs war so durchdringend wie eine Waffe und ein paar Mal schnellte seine gut einen Meter lange rote Zunge in ihre Richtung, mit der er die Luft schmeckte.

Er schmeckt die Angst, dachte Will. *Wie jede Schlange.*

Der lange, geschwungene Mund des Schlangenkönigs verzog sich bereits zu einem Grinsen, aber Will glaubte, darin auch einen gewissen Spott zu erkennen.

»Er versucht, uns einzuschüchtern«, bemerkte Jericho.

»Funktioniert«, meinte Ajay mit zitternder Stimme.

Der Schlangenkönig holte tief Luft, dann spreizte er seinen haubenartigen Nackenschild so ruckartig, als würde sich ein Fallschirm öffnen.

»Ich glaube nicht, dass man sich nett mit ihm unterhalten kann«, vermutete Ajay und versteckte sich hinter Nick. »So wie du mit den Gänseblümchen.«

Will probierte es aus und sandte ein Gedankenbild in Richtung des Königs. Er legte den Kopf auf die Seite, als das Bild ihn erreichte, zuerst neugierig und dann verärgert, als habe er gerade eine Mücke bemerkt.

Plötzlich zapfte das Monster eine gespenstische Energiequelle an, und als Will sein Raster aktivierte, sah er, wie sich ein dünner Schleier, eine Art Schutzwall rund um dessen Kopf bildete. Dann verschwand Wills Gedankenbild, als sei die Mücke in einer elektrischen Insektenfalle verglüht.

»Leider kein Glück«, sagte Will und wandte sich dann zu Elise.

Ich möchte, dass du etwas versuchst. Mir ist klar, dass du es noch nie gemacht hast und vermutlich glaubst, dass du es nicht kannst. Aber du musst es versuchen. Bitte.

Dann teilte er ihr mit, was er vorhatte. Elise schaute ihn skeptisch an.

Das wird nicht funktionieren.

Doch. Ich bin davon überzeugt, dass du es kannst. Du nimmst den auf der rechten Seite. Ich sage dir, wann.

Der Schlangenkönig hob seinen Dreizack und ließ einen Schwall von Befehlen auf die beiden Truppen los. Währenddessen wandte sich Will an seine Freunde, die gebannt die riesige Schlange anstarrten.

»Alle bereit?«, fragte er.

»Bereiter geht es nicht«, entgegnete Jericho.

Will sandte Elise noch eine Botschaft:

Zeig's ihnen.

Sie drehten sich zu den beiden Einheiten vor den Treppen um, konzentrierten sich angestrengt und übermittelten den jeweiligen Anführern den gleichen Befehl – Bilder, in einer bestimmten Reihenfolge angeordnet, wie bei einem Rebus.

Will beobachtete, wie die Gedankenbilder ankamen und sofort ihre Wirkung taten. Die Kommandanten knurrten, ihre Blicke huschten von ihrem Befehlshaber und den Menschen vor ihnen hinüber zu ihrem Kollegen in der anderen Einheit und wieder zurück: *Das dort sind die Feinde. Verkleidet als welche von uns. Böse, böse. Angriff, Angriff. Töten, töten.*

Und noch weitere, ähnlich lebhafte Wortbilder.

Die beiden Kommandanten zeigten auf den jeweils anderen, dann hoben sie ihre Waffen und bellten mit Schaum vor dem Mund Befehle, während sie quer über den Platz aufeinander zustürmten. Geschockt, aber vom blinden Gehorsam mitgerissen – noch begünstigt, so dachte Will, durch eine fast lächerlich niedrige Intelligenz –, folgten ihnen ihre Einheiten, wenn auch anfänglich mit etwas weniger Begeisterung.

Ihre Zurückhaltung war jedoch in dem Augenblick verschwunden, als die beiden Kommandanten etwa in der Mitte des Platzes mit klirrenden Schwertern aufeinanderprallten. Ihre Truppen stolperten hinter ihnen her in ein tödliches Gewühl, hackten und stachen wie entfesselt aufeinander ein. Von nun an herrschten Instinkt und Blutrausch.

Elise beobachtete das Ganze verblüfft und warf dann Will einen Blick zu.

Es hat funktioniert. Ich kann es auch.

Hab ich doch gesagt.

Der Schlangenkönig verfolgte bestürzt das Spektakel auf dem Platz. Selbstverständlich hatte er von seinen Truppen einen Angriff erwartet, aber in eine vollkommen andere Richtung.

»Jetzt«, sagte Will.

Ajay und Nick rannten auf die linke Treppe zu, um das Kampfgeschehen herum, dicht gefolgt von Will. Jericho und Elise steuerten auf die rechte Treppe zu.

Keines der Monster in dem Gemetzel beachtete sie. Als sie am Fuß der Treppe ankamen, ertönte ein ohrenbetäubender Schrei, der über den Platz hallte wie ein Donnerschlag: Der Schlangenkönig sprach ein Machtwort und stieß seinen Dreizack heftig auf den Boden.

Die Druckwelle hatte den gewünschten Effekt, denn die beiden Kommandanten der Kampftruppen erwachten aus ihrem hypnotisierten Zustand und starrten einander verblüfft an, als wollten sie sagen: *Wie in aller Welt konnte das passieren?*

Will schob Ajay vor sich her auf den Treppenabsatz und schaute dann kurz zurück. Der Schlangenkönig reckte seinen Dreizack vorwärts in die Luft und erließ einen weiteren, weniger donnernden Befehl, der nicht schwer zu verstehen war:

Tötet sie, *ihr Idioten!*

Die Krieger, von denen viele verwundet waren und nur mühsam vorankamen, richteten ihren Zorn jetzt wieder gegen die beiden kleinen Menschengruppen, die gerade auf dem ersten Absatz der Treppe um die Ecke bogen, und nahmen die Verfolgung auf. Will blieb einen Schritt hinter Ajay und Nick zurück – gerade lange genug, um zu sehen, wie der Rest der Armee des Schlangenkönigs mit blutrünstigem Geschrei aus dem Tunnel preschte, während die Trommler hinter ihnen ihren Rhythmus nochmals beschleunigten.

Bleibt auf keinen Fall stehen, schärfte Will Elise ein. *Bis wir wieder im Sumpf sind.*

Wie Will es vorhergesehen hatte, teilten sich die Kampftruppen und das Regiment hinter ihnen in zwei Gruppen und stürmten hinter ihnen her. Will erhöhte das Tempo und rannte die Treppe hinauf, gerade als Ajay und Nick oben ankamen. Ajay verlangsamte seine Schritte und griff hinter sich, um etwas aus seinem Rucksack zu holen.

Elise und Jericho warteten bereits unter dem Torbogen des Durchgangs, der hinaus in das Labyrinth führte.

»Lauft! Schneller!«, schrie Will und trieb Nick und Ajay vor sich her.

Sie folgten den anderen durch den Torbogen in den Irrgarten, aber Ajay wurde zwischen Treppe und Ausgang noch langsamer, um sorgfältig ein paar Handvoll kleiner Gegenstände, die er aus einem Beutel genommen hatte, auf dem Boden zu verteilen.

»Was zum Teufel tust du da?«, fragte Jericho, der beim Torbogen wartete.

»Es wäre doch schade, wenn ich diese Sachen mitgenommen hätte, ohne sie anzuwenden«, erklärte Ajay.

»Was ist das?«, fragte Will.

»Sprengstoff, ein paar Splitterbomben, etwas Tränengas und ein paar Ladungen, die eine waffenfähige Salzsäure versprühen, wenn man darauf tritt«, antwortete er fröhlich. »Eine bunte Mischung von Halloween-Überraschungen.«

Als er die letzten seiner kleinen Fallen verteilt hatte – die aussahen wie bunte Kaugummikugeln, die jemand mit Schrauben und Muttern gespickt hatte –, flitzte Ajay hinter den anderen her durch den Torbogen.

»Coach, Sie gehen voran und führen die anderen an der Falltür vorbei!«, rief Will. »Elise, du bleibst bei mir.«

Auf der anderen Seite des Torbogens blieben Will und Elise stehen und drehten sich zum Eingang um. Sie warteten und lauschten angespannt, bis sie die Rufe und das Schlängeln der herannahenden Krieger hörten, die über die Treppen zu beiden Seiten nach oben glitten.

»Jetzt«, sagte Will und hielt sich die Ohren zu.

Elise atmete tief ein, stemmte die Hände in die Hüften und beugte sich nach vorne, dann schickte sie einen gellenden Schrei durch den Eingang. Will hörte und spürte, wie der Ton an den Steinen abprallte und in der umschlossenen Kammer widerhallte. Die Stoßwellen wurden so heftig zurückgeworfen, dass sogar die Steine zu wackeln schienen, bevor der Klang über den Weg entwich, der ihm offen stand – über die beiden Treppen nach unten. Schreie und Rufe drangen aus den Treppenschächten nach oben, als die Stoßwellen die vordersten Reihen der beiden hinaufstürmenden Kolonnen trafen.

»Lauf los«, wies Will Elise an, die vornübergebeugt nach Luft rang.

»Und du?«

»Ich bleibe direkt hinter dir.«

Elise drückte kurz seine Hand und lief dann hinaus in das Labyrinth. Will folgte ihr ein paar Schritte in den Gang hinein, drehte sich dann um und konzentrierte sich auf die lange Schlange, die in der Mitte des riesigen steinernen Torbogens eingemeißelt war. Noch einmal ließ er ein mächtiges Gedankenbild entstehen, verlieh ihm die Form einer Kanonenkugel und schleuderte es gegen den Schlussstein des Bogens.

Als die Gedankenform auftraf, geriet der Torbogen ins Wanken und knickte in der Mitte ein. Die gesamte Konstruktion erzitterte, und als der Schlussstein herabfiel, brach das kunstvoll verzierte Mauerwerk rundherum in sich zusammen. Sofort stieg eine Staubwolke auf und Trümmer versperrten den Eingang zum Gebäude.

Will drehte sich um und folgte den anderen benommen und auf wackligen Beinen in das Labyrinth. Blut schoss aus seiner Nase, das er mit dem Ärmel seiner Jacke wegwischte. Er war sich nicht sicher, ob es die Konsequenz nur dieser letzten Anstrengung war oder ob nicht das gesamte Unternehmen allmählich seinen Tribut forderte, aber er spürte, dass seine Reserven fast aufgebraucht waren.

Hinter sich, jenseits des Trümmerhaufens, hörte er eine Reihe kleinerer Explosionen, gefolgt von Schmerzensschreien, und er vernahm den kaum wahrnehmbaren Geruch eines ätzenden Gases. Die Überlebenden der Schallexplosion waren nach oben zu Ajays Halloween-Minenfeld vorgedrungen.

Will bog um die erste Kurve des Labyrinths und eilte zu der Biegung, wo sich die Falltür befand.

Ein paar Ecken weiter hatten Elise und Ajay inzwischen zu Nick und Coach Jericho aufgeschlossen. Ajay wies nicht ohne Stolz darauf hin, dass sie nur deshalb so schnell den Weg zurück durch das Labyrinth fanden, weil sie den fluoreszierenden pinkfarbenen Markierungen folgen konnten, die er auf dem Hinweg angebracht hatte.

»Siehst du«, meinte er zu Nick. »Ich habe dir ja gesagt, dass du mir noch dankbar sein wirst.«

Im selben Augenblick, als Will versuchte, die nötige Kraft für den Sprung über die Bodenplatte der Falltür aufzubringen, ertönte hinter ihm eine gewaltige Explosion.

Er drehte sich um und sah, wie Trümmer von dem Steinhaufen, den sie dort hinterlassen hatten, in alle Richtungen flogen. Einem großen Steinblock, der kurz vor seinen Füßen auf dem Boden aufkam, konnte er gerade noch ausweichen. Der Block prallte vom Boden ab, knallte gegen die Mauer und landet schließlich auf der Steinplatte, mit der die Falltür aktiviert wurde. Kurz darauf folgte ein ohrenbetäubendes, wütendes Gebrüll und Will begriff, was passiert war.

Der Schlangenkönig hatte sich zu seiner vollen Größe aufgerichtet und die Barrikade am Eingang durchbrochen. Jetzt streckte er seinen Kopf auf dem haubenförmigen Hals über die Mauern hinaus und hielt nach den Eindringlingen Ausschau.

Auch Jericho und Nick hörten den Tumult. Rasch sprang Nick auf die nächste Mauer, um die Lage zu erfassen. Kaum war er auf der Mauerkrone erschienen, entdeckte ihn der Schlangenkönig und schnellte nach vorne. Aber statt dem verschlungenen Pfad durch das Labyrinth zu folgen, nutzte er einfach seinen enormen Rumpf als Rammbock, durchbrach die nächste Mauer und bewegte sich ohne Umwege auf Nick zu.

»Oh Mama«, rief Nick.

»Was ist los?«, fragte Jericho von unten.

»König Mamba rückt an und er ist verdammt angepisst.«

Als die Riesenschlange an ihm vorbeikam, versuchte Will, sich so tief wie möglich in das Geflecht aus Kletterpflanzen an der Mauer zu drücken.

Das schabende Geräusch der Rinden auf den Steinen brachte ihn auf eine Idee, die dann allmählich in seinem Hinterkopf Gestalt annahm. Er erkannte das seltsame Jucken, das sich einstellte – Intuition. Allerdings spürte er dieses Mal auch, dass sein Geist sich länger mit dieser Idee beschäftigen musste, bevor sie voll ausgereift war.

Aber der Schlangenkönig rauschte an ihm vorbei, ohne ihn zu bemerken, denn er verfolgte entschlossen ein anderes Ziel im Inneren des Labyrinths – vermutlich seine Freunde. Will machte ein paar Schritte rückwärts, rannte los und sprang über die offene Falltür. Dann beschleunigte er auf die höchste Geschwindigkeit, zu der er fähig war – noch immer beeinträchtigten Schwindelgefühle sein Gleichgewicht –, und fegte durch die Windungen des Irrgartens.

Als er um die erste Ecke bog, krachte die wütende Riesenschlange gerade durch eine weitere Mauer, nur ein paar Meter rechts von ihm. Er schaute zurück über die Trümmer, die das Monster hinterließ, und sah, wie sich die Überreste des königlichen Eliteregiments – noch immer mindestens vierzig Krieger – einen Weg über und durch das Geröll am Eingang bahnten, um ihrem Anführer zu folgen.

Ein paar Biegungen weiter rief Jericho zu Nick hinauf: »Lock ihn weg! Mach keine Dummheiten!«

»Schön wär's«, meinte Ajay.

Nick machte verschiedene beleidigende Gesten und Geräusche in Richtung des heranstürmenden Monsters, hüpfte dann nach rechts und lief über die schmale Mauerkrone, als befände er sich in der Mitte einer Straße.

Der Schlangenkönig hörte und sah, wie Nick nach rechts verschwand, und änderte leicht den Kurs, um sich an seine Fersen zu heften, wobei er noch weitere Mauern einriss.

»Stellt euch hinter mich«, wies Jericho Ajay und Elise an. »Und macht die Augen zu.«

»Nicht das schon wieder ...«, beschwerte sich Ajay.

»Tut, was ich sage, wenn ihr weiterleben wollt«, befahl Jericho.

Sie taten, was er verlangte. Die Geräusche wütender, unbändiger Kraft, die in ihrer unmittelbaren Nähe ausbrachen, waren für einen Augenblick fast so laut wie der Tumult, für den die Riesenschlange hinter ihnen sorgte. Ajay und Elise spürten eine plötzliche Hitze und im nächsten Moment erfüllten der scharfe Geruch und die kraftstrotzende Präsenz eines wilden Tieres die Luft. Als sie die Augen wieder öffneten, war ihr Blickfeld fast vollständig von dem wohl größten Grizzlybären der Welt ausgefüllt.

Eine dröhnende, raue Stimme, die nur entfernt Ähnlichkeit mit der Jerichos hatte, drang knurrend zwischen seinen Kiefern hervor: »KLETTERT AUF MEINEN RÜCKEN! BEEILT EUCH!«

Der Bär ließ sich auf alle viere fallen und unter seinem Fell zeichneten sich gewaltige Muskelstränge ab. Elise sprang, ohne zu zögern, auf seinen Rücken, aber Ajay stand wie versteinert da und glotzte das Tier unverwandt an.

»LOS, AJAY!«

Ajay machte einen Satz nach vorn, wie von einem Viehstock angetrieben. Elise packte ihn und zog ihn zu sich auf den Rücken des Bären hinauf, wo sie dann beide weiter nach vorne bis zu seinen Schultern krabbelten.

»HALTET EUCH FEST! UND LASST DEN KOPF UNTEN!«

Beide krallten sich in das dichte Fell und senkten die Köpfe. In unmittelbarer Nähe brach das riesige Ungeheuer durch einen weiteren Mauerabschnitt, und als Ajay den Kopf zur Seite drehte, sah er, dass zwischen ihnen und der riesigen Schlange jetzt nur noch ein paar Abschnitte des Labyrinths standen.

Will rannte durch die gewundenen Gänge und versuchte verzweifelt, seine Freunde einzuholen. Hinter der nächsten Ecke sah er kurz, wie der Bär mit Elise und Ajay auf dem Rücken abbog und in die entgegengesetzte Richtung verschwand.

Wow, dachte Will und musste trotz der brenzligen Situation staunen. *Der Coach ist voll im Bären-Modus.*

Nick drehte sich erst um, als er das andere Ende des Irrgartens erreicht hatte und nur noch den Sumpf vor sich sah. Die gigantische Schlange riss eine Mauer nach der anderen nieder und kam unerbittlich näher. Nick hüpfte auf und ab und wedelte wild mit den Armen.

»HIER DRÜBEN, SCHLANGENAUGE! KOMM DOCH UND HOL MICH, DU FETTE, HÄSSLICHE MISSGEBURT!«

Inzwischen befanden Jericho, Elise und Ajay sich in einem langen, geraden Abschnitt mit Blick auf den Sumpf. Jericho – oder besser »der Bär«, denn für Elise und Ajay hatte dieses riesige Tier, auf dessen Rücken sie sich festklammerten, nur noch wenig Ähnlichkeit mit ihrem Sportlehrer – drehte um, rannte zurück um die nächste Ecke und lief auf die Mauer direkt vor ihm zu.

Elise blickte gerade lange genug auf, um zu erkennen, was der Bär vorhatte, und teilte Will mit: *Oh Gott, Will, er rennt mit dem Kopf durch die Wand.*

Will bog mit rasender Geschwindigkeit um eine Kurve und sah den riesigen Bären den Kopf senken und durch die Mauer preschen. Die Steine schienen bei dem Aufprall regelrecht zu verdampfen und der Bär wurde kaum langsamer, als er durch die entstandene Lücke direkt auf die nächste Mauer zurannte, während Elise und Ajay sich in Todesangst in sein Fell krallten. Will hatte Mühe, ihnen zu folgen.

Als er hörte, wie der Bär durch die zweite Mauer krachte, hielt der Schlangenkönig inne, wandte den Blick von Nick ab und sah hinüber zu dem Teil des Labyrinths, aus dem eine Wolke aus Staub und Schutt aufstieg. Offensichtlich besann er sich wieder auf sein eigentliches Ziel, denn er drehte ab und preschte mit erhobenem Dreizack los, wobei er auf seinem Weg weitere Mauern niederwalzte.

»HEY, RAFFZAHN, WO WILLST DU HIN?«, schrie Nick, und als das Monster einfach weiterjagte, murmelte er in sich hinein: »Toll, eine Riesenschlange mit ADHS.«

In den Trümmern sah Nick jetzt auch die übrigen Krieger, die der großen Mamba in das Labyrinth gefolgt waren. Etwa ein Drittel der ursprünglichen Armee schien sich neu formiert zu haben und stürmte durch den Schutt, nur noch wenige Sekunden vom Schlangenkönig entfernt. Größere Gruppen von Soldaten schwärmten in andere Teile des Irrgartens aus. Nick beobachtete, wie einige dieser Krieger geheime Durchgänge öffneten, die sie ungehindert um ganze Abschnitte des Labyrinths herumführten.

»Verdammter Mist«, fluchte er.

Will rannte weiter hinter dem Bären her und sprang über die Trümmer der ersten Mauer. Als er die Überreste der zweiten Mauer erreichte, sah er, dass der Schlangenkönig wieder auf sie zusteuerte und nur noch ein paar Windungen entfernt war. Zum ersten Mal war er nahe genug, um die Kreatur zu riechen. Den metallischen, widerwärtigen Geruch nach ranzigem Blut und Ammoniak würde er so schnell nicht vergessen.

Er hörte auch die Schreie und das Gebrüll der Krieger, die mittlerweile kurz hinter ihm oder – umso beunruhigender – unmittelbar neben ihm zu sein schienen. Die riesige Schlange hatte so viele Mauern eingerissen, dass ihre Untergebenen schon bald zu ihr aufschließen würden.

Dann nahm die Idee, die sich vage bei der Falltür in Wills Kopf abgezeichnet hatte, konkrete Form an.

Das ist es.

Sofort übermittelte er Elise eine Nachricht: *Verschwindet, so schnell ihr könnt, aus dem Labyrinth. Auf geradem Weg.*

Elise beugte sich nach vorne und schrie dem Bären, so laut sie konnte, ins Ohr: »WILL SAGT, SIE SOLLEN SICH GERADEAUS HALTEN UND UNS SO SCHNELL WIE MÖGLICH HIER RAUSBRINGEN!«

»ACH, WIRKLICH?«, brüllte der Bär und drehte sich zu ihr um. Elise sah, dass er überall verletzt war und am Kopf blutete. »WAS GLAUBT ER DENN, WAS ICH HIER TUE?«

»ICH MUSS SAGEN, ICH HALTE DAS FÜR EINE HERVORRAGENDE IDEE«, fügte Ajay hinzu und hüpfte bei jedem Schritt auf und ab wie ein Reiteranfänger.

»WARUM VERSUCHT IHR GENIES DANN NICHT SELBST, EIN PAAR MAUERN ZU DURCHBRECHEN?«

»OKAY«, schrie Elise. »VIELLEICHT KANN ICH DA WAS MACHEN.«

Rasch näherten sie sich der nächsten Mauer. Elise konzentrierte sich, holte tief Luft und erzeugte mit ihrer Stimme einen Klangstrahl, der die Mauersteine genau in dem Moment zerplatzen ließ, als sie dort ankamen. Der Bär senkte seinen Kopf in Erwartung eines Aufpralls – zu dem es jedoch nicht kam, weil die Mauer bereits zerstört war. Als er durch die Lücke stürmte, warf der Bär den Kopf zurück und Elise und Ajay spürten ein tiefes Vibrieren in seinem Rücken. Es dauerte nicht lange und sie begriffen, dass er lachte.

Aber damit mein Plan funktionieren kann, dachte Will, *muss ich es zuerst irgendwie aus dem Labyrinth hinausschaffen.*

Er beobachtete, wie der Bär durch eine weitere Mauer drang, mobilisierte dann sämtliche Reserven und drehte zu einer Geschwindigkeit auf, die er bis jetzt noch nie erreicht hatte. Er schoss an dem schwerfälligen Bären vorbei, erhaschte einen Blick auf Elise und Ajay, die ihn mit offenem Mund anstarrten, als seien sie zu einem Schnappschuss erstarrt, und begriff, dass er selbst direkt auf eine Mauer zusteuerte, aber keine Zeit mehr für eine Kurskorrektur hatte. Aus dem Augenwinkel sah er über sich und zu seiner Rechten den Schlangenkönig, der sie jetzt fast eingeholt hatte. Nur noch eine letzte Mauer trennte sie voneinander.

Direkt hinter der Schlange rannte Nick über die Mauerkrone auf sie zu, brüllte und wedelte mit den Armen im Versuch, die Aufmerksamkeit des Monsters von seinen Freunden wieder auf sich selbst zu lenken.

In dem Gang direkt unterhalb der Mauer, über die Nick lief, bog eine Gruppe von fünf Schlangensoldaten um die Ecke und wand sich in dieselbe Richtung. Bis jetzt hatten sie noch nicht aufgeblickt und ihn gesehen.

»Hey, ihr grottenhässlichen Schleicher!«, rief Nick. »Hier oben!«

Sofort schauten alle fünf Krieger zu ihm hoch, hielten an und schleuderten ihre Speere auf ihn. Nick verrenkte und verdrehte seinen Körper in alle Richtungen, machte sogar einen Salto auf der Stelle, sodass die ersten vier Speere ihn knapp verfehlten. Den fünften pflückte er am Schaft aus der Luft, wirbelte ihn ein paar Mal angeberisch herum und rief den verdutzten Soldaten zu: »Danke für den Speer, ihr Deppen!«

Dann sprintete er weiter die Mauerkrone entlang, sprang zur anderen Seite hinüber und vergrößerte rasch den Abstand zu den Schlangensoldaten, die wütend zischelten und zischten. Er näherte sich der rechten Flanke des Königs, der ihn noch nicht bemerkt hatte ...

... weil er völlig auf den übergroßen Bären konzentriert war, der unter ihm und zu seiner Linken durch den Irrgarten walzte. Der

Schlangenkönig sauste vorwärts, hob seinen silbernen Dreizack und schleuderte ihn auf den Bären.

Auf dem Rücken des Grizzlys bemerkte Ajay, dass der Dreizack die Hand der Riesenschlange verließ und auf sie zugeflogen kam. Will schaute gerade lange genug auf, um ihn ebenfalls kommen zu sehen. Er sprang hoch, drehte sich in der Luft um – zum Abbremsen war es zu spät – und schickte dem heransausenden Dreizack ein Gedankenbild entgegen.

»STEHEN BLEIBEN!«, schrie Ajay dem Bären ins Ohr.

Der Bär versuchte es, aber seine Pfoten rutschten über die glatten Bodenplatten.

Wills Gedankenform prallte an dem Dreizack ab, sorgte jedoch dafür, dass sich dessen tödliche Flugbahn leicht veränderte.

Im nächsten Augenblick knallte Will gegen die Mauer vor ihm und fiel dann benommen zu Boden. Der Bär kam endlich, einen Meter von ihm entfernt, zum Stehen ... und die drei Spitzen des gigantischen Dreizacks gruben sich genau zwischen ihnen tief in den Stein.

Will rappelte sich auf, noch immer wacklig auf den Beinen, und versuchte, den Aufprall abzuschütteln. Der Bär schaute um den Schaft des Dreizacks herum und aus seinem Maul kam eine tiefe Gruselkabinett-Version von Coach Jerichos Stimme: »WO GEHT'S LANG, WEST?«

Wills Blick war nach oben, hinter den Bären gerichtet, wo der Schlangenkönig unaufhaltsam näher kam. Schnell drehte er sich zu dem Durchgang links von ihnen und entdeckte einen von Ajays fluoreszierenden pinkfarbenen Pfeilen an der Mauer.

»In diese Richtung!«, schrie er.

Der Bär lief los.

»Spring auf, Will!«, rief Elise.

Sie streckte ihm die Hand entgegen, als sie an ihm vorbeikamen.

Will ergriff sie und schwang sich nach oben, ihm blieb kaum Zeit, sich am Fell festzukrallen, bevor der Bär mit Volldampf den langen Gang hinunterpreschte.

Direkt hinter ihnen beugte sich der Schlangenkönig nach unten, packte den Schaft des Dreizacks und riss ihn mit einem wütenden Heulen aus der Mauer. Er richtete sich auf, stieß einen frustrierten Schrei aus und ließ dann einen Schwall von Befehlen auf seine Soldaten los, die inzwischen in alle Richtungen des noch vorhandenen Labyrinths ausschwärmten. Gerade wollte die Riesenschlange einen neuen Angriff auf den Bären und die lästigen kleinen Kreaturen auf dessen Rücken starten, als sie hinter sich einen Schrei hörte.

Er kam von Nick, der direkt hinter dem Monsterreptil über die Mauerkrone lief und seinem Schrei einen Speer hinterherschickte. Der Schlangenkönig wirbelte herum und benutzte seinen Dreizack wie einen Eishockeyschläger, um den Speer abzulenken. Dann blickte er einen Moment finster auf Nick hinunter, als könne er kaum glauben, dass eine dieser mickrigen Kreaturen tatsächlich die Dreistigkeit besessen hatte, ihn anzugreifen.

»Oh, Mist«, fluchte Nick.

Jetzt explodierte der König vor Wut. Er beugte sich nach unten, riss seine gewaltigen Kiefer auseinander und enthüllte Giftzähne so groß wie Hauer, bevor er ein so gewaltiges, ohrenbetäubendes Brüllen ausstieß, dass er Nicks Gesicht damit fast zum Schmelzen brachte und ein paar der eingerissenen Mauern hinter ihm vollkommen dem Erdboden gleichmachte.

Nick drehte sich um und taumelte den Weg über die Mauer zurück, den er gekommen war, auf die rechte Seite des Labyrinths zu. Wutentbrannt stürmte der Schlangenkönig hinter ihm her.

Als Elise sah, dass die Riesenschlange Nick verfolgte, rief sie: »ER VERSCHWINDET WIEDER IN DIE ANDERE RICHTUNG.«

»WEITERLAUFEN, BITTE!«, schrie Ajay dem Bären ins andere Ohr. »DIE MARKIERUNGEN AN DER MAUER HABE ICH ANGEBRACHT. WIR SIND AUF DEM RICHTIGEN WEG. NUR NOCH ZWEI BIEGUNGEN UND WIR SIND DRAUSSEN!«

»HALTET EUCH FEST!«, befahl der Bär.

Er wurde kaum langsamer, als er um die Ecke bog, und Will erkannte sofort den letzten Gang und den Torbogen, durch den sie wieder in den Sumpf gelangen würden.

Allerdings hatte sich am Ende des Gangs eine Kolonne aufgebrachter Schlangensoldaten postiert, die mit furchterregenden Kriegsschreien und erhobenen Speeren vorwärtsstürmte, als sie den Bären entdeckten.

»NICHT STEHEN BLEIBEN!«, schrie Will. »AUF KEINEN FALL STEHEN BLEIBEN!«

»WENN DU ES SAGST«, knurrte der Bär, senkte den Kopf und hielt direkt auf die Soldaten zu.

Will schaute hinüber zu Elise, die sich verzweifelt neben ihm festklammerte. *Hast du noch Reserven?*

Sie schaute ihm herausfordernd in die Augen. *Zeig mir, was du noch draufhast.*

Beide wandten sich nach vorne zu den angreifenden Kriegern. Will atmete tief ein und hörte, wie Elise es ihm gleichtat.

Dann blickte Will auf und ließ eine Gedankenform über dem Weg entstehen: ein langes, flaches Rechteck mit fast genau den gleichen Abmessungen wie der Gang. Sobald er die Projektion platziert hatte, »füllte« er sie rasch mit dem dichtesten Material, das er herstellen konnte.

Im selben Moment sandte Elise einen konzentrierten Hochfrequenzklang aus, mit dem sie das Nervensystem der Soldaten fast zum Zerreißen brachte. Die Schlangen blieben wie gelähmt stehen, ließen ihre Speere fallen und hielten sich die Ohren zu.

Will ließ seine Gedankenform-Platte auf die Krieger niedergehen, die sie genau in dem Moment zu Boden warf, als der Bär in die ersten Reihen preschte und dann eine Schneise durch die gesamte Kompanie schlug. Die Krieger fielen um wie Kegel. Die Freunde schafften es bis zur letzten Biegung und sausten unter dem Torbogen hindurch den Pfad hinunter, über den sie gekommen waren, zurück zum Sumpf.

»WEITER!«, schrie Will dem Bären ins Ohr. »BIS ZUM ENDE DER MAUERN!«

Hinter ihm richtete sich Elise auf und sah, dass Nick noch immer oben auf den Mauern des Labyrinths herumtanzte und Haken schlug, während der Schlangenkönig ihn verfolgte.

Was ist mit Nick?, fragte sie Will.

Er kann auf sich selbst aufpassen.

Und was, wenn nicht?

Will schaute kurz zurück. Nick sprang locker über den Dreizack des Monsters, das damit nach ihm schlug, und machte dann vor dessen Nase ein paar anzügliche Gesten, die es nur noch mehr zur Raserei brachten.

Wir müssen uns beeilen, teilte Will Elise mit. *Halt mir diese Viecher so lange wie möglich vom Leib. Wenn es funktioniert, brauche ich nur ein paar Minuten.*

Sie hatten fast das Ende der Mauer erreicht, wo der Sumpf endete und der Steinpfad begann, und der Bär wurde langsamer.

»GUT SO«, rief Will.

Als der Bär zum Stehen kam, rutschte Will von seinem Rücken herunter und landete auf den ersten Platten des Pfads. Sie waren etwa hundert Meter vom Eingang zum Labyrinth entfernt und keiner der Soldaten war ihnen bis hierher gefolgt. Elise und Ajay sprangen nach Will auf den Pfad und Elise ging sofort zwischen Will und dem Eingang in Verteidigungsstellung.

Will entfernte sich ein paar Schritte von ihnen, schloss konzentriert die Augen und kniete sich auf die Steine.

Völlig außer Atem ließ sich der Bär auf sein Gesäß plumpsen und schüttelte ein paar Mal den Kopf. Blut rann sein Gesicht hinunter und aus seinem Fell stieg Dampf auf.

Ajay konnte seine weit geöffneten Augen nicht von dem Tier abwenden, so sehr versetzte ihn dessen Größe und Kraft und die ungeheure Energie, die es ausstrahlte, in Erstaunen.

»Tut es weh?«, erkundigte er sich. »In diesem Körper zu sein, meine ich, oder wenn Sie sich verwandeln?«

»JA, ES TUT HÖLLISCH WEH«, antwortete der Bär und schaute ihn entnervt an. »WEISST DU, WAS NOCH MEHR WEHTUT?«

Ajay schüttelte den Kopf.

»MIT DEM KOPF VORAN DURCH STEINMAUERN ZU RENNEN, WÄHREND EIN HAUFEN ZU GROSS GERATENER KRIECHTIERE DICH ALS NADELKISSEN BENUTZT.«

»Verstehe«, sagte Ajay kleinlaut. Er streckte die Hand aus, als wolle er den Bären streicheln oder trösten.

»DENK NICHT MAL DRAN«, knurrte der Bär.

Ajay zog die Hand sofort zurück und bemerkte dabei ein paar blutende Wunden an der Flanke und den Rippen des Tieres, von denen zumindest eine ziemlich übel aussah.

»Lass ihn in Ruhe, Ajay«, riet Elise.

»In Ordnung. Aber verwandeln Sie sich nicht wieder zurück?«

»ICH DACHTE, ICH WARTE EIN PAAR MINUTEN AB, WIE SICH DIE LAGE ENTWICKELT.«

»Ja. Gute Idee ...«

Dann fiel Ajay zum ersten Mal ein Lederband mit Nieten um die rechte Schulter des Bären auf, an dem ein kleiner Beutel hing.

»Wofür ist der Beutel?«, fragte er.

»DA SIND MEINE KLAMOTTEN DRIN.«

»Oh. Gibt es ein Zeitlimit, wie lange Sie ein Bär bleiben können?«

»JA. WEIL ICH SEHR, SEHR HUNGRIG WERDE. MANCHMAL SO SEHR, DASS ICH KURZ DAVOR BIN, KINDER ZU FRESSEN.«

»Ajay«, bat Will hinter ihm, der sich noch immer mit geschlossenen Augen zu konzentrieren versuchte. »Kannst du vielleicht die Riesenschlange irgendwie für eine Minute von Nick ablenken?«

»Ich kann es auf jeden Fall versuchen«, erwiderte Ajay und griff in seinen Rucksack.

Will versenkte sich jetzt noch tiefer in sich selbst und atmete ein paar Mal konzentriert ein und aus, bis er wieder den Ort erreichte, an dem er zum ersten Mal mit den Pflanzen in Kontakt getreten war – tief im Inneren, tief unter der Erde. Wieder hatte er das Gefühl, als würde der Boden unter ihm wegsacken, doch dieses Mal fand er seinen Weg fast sofort. Der Raum wirkte jedoch zuerst verschwommen und stockdunkel. Es dauerte eine Weile, bis etwas auftauchte und auf ihn zuschwebte.

Eine Lichtquelle.

Nein, eher ein Wesen, wie Will jetzt erkannte.

Es nahm die Form einer Röhre an, die oben wie ein Trichter geöffnet war, und schlängelte sich aus dem Boden oder vielleicht aus einem schwarzen Abgrund nach oben auf ihn zu. Eine elektrische Energie wogte kontinuierlich in ihm auf und ab und brachte es zum Oszillieren. Will sah sich das Wesen genau an. Es schien nicht aus Materie, sondern vollständig aus einer undefinierbaren, eher spirituellen Energie zu bestehen. Ihm war sofort klar, dass es als Reaktion auf seine Bitte um Hilfe erschienen war. Vielleicht hatte er es sogar selbst gerufen, auch wenn er nicht genau wusste, wie er das angestellt haben mochte. Er versuchte, sein Anliegen durch eine Reihe von Bildern zu vermitteln. Dieser Vorgang war weder einfach noch schnell und er musste sich sehr stark darauf konzentrieren, die einzelnen Bilder zusammenzusetzen – wie ein kleines Kind, das versucht, einen Satz zu bilden. Dann wiederholte er die Botschaft Bild für Bild und dieses Mal gelang es ihm schon besser.

Die Röhre blieb die ganze Zeit direkt vor ihm, bewegte sich sanft vor und zurück. Zuhören schien nicht ganz das richtige Wort, um zu beschreiben, was sie tat, eher absorbieren. Ihr Rand klappte langsam auf und zu, als würde sie jedes Bild in sich aufnehmen wie Nahrung.

Schließlich nickte sie und wandte sich leicht ab. Sofort schossen vier weitere identische Exemplare aus dem Nichts empor und gesellten sich zu ihr. Jetzt schwebten alle fünf vor ihm und wiegten sich einmütig hin und her. Die erste Röhre drehte sich zu den anderen, um ihnen eine Botschaft zu übermitteln, und Will sah, wie Energie zwischen ihnen floss oder ausgetauscht wurde.

Mit einem Mal verschwanden die anderen Röhren so schnell, wie sie gekommen waren. Die erste Röhre drehte sich wieder zu Will um und nickte noch ein letztes Mal, bevor auch sie blitzschnell verschwand.

Will öffnete die Augen. Ganz in der Nähe stand Ajay und hielt eine Leuchtpistole in der Hand. Der Bär ruhte sich noch immer aus, während Elise auf dem Pfad stand und den Eingang zum Labyrinth im Auge behielt.

»Ich bin bereit, Will«, teilte Ajay ihm mit.

Elise schaute ihn an.

Was auch immer du da gerade gemacht hast, übermittelte sie ihm, *es wäre besser, wenn es funktioniert.*

Das werden wir gleich sehen, entgegnete er.

Ich hoffe es, denn die Schlangenboys versammeln sich wieder am Eingang. Die ganze Meute könnte sich jede Sekunde auf uns stürzen.

Will nickte ihr zu. Er musste diesem Prozess Vertrauen schenken, denn er wusste nicht, was er sonst hätte tun sollen. Elise streckte ihm die Hand entgegen und half ihm aufzustehen.

»Schieß los, Ajay«, forderte Will ihn auf.

»Ich war so frei, die Ladung vor unserem Aufbruch ein wenig zu modifizieren«, erklärte er. »Wie ihr sehen werdet, ist es also genau genommen keine gewöhnliche Leuchtkugel ...«

»HÖR ENDLICH AUF ZU QUASSELN UND FEUER SIE AB«, verlangte der Bär und stellte sich wieder auf die Tatzen.

Ein Stück weiter links von ihnen sprang Nick noch immer von Mauer zu Mauer, um den Angriffen des Schlangenkönigs auszuweichen. Aber sie konnten sehen, dass er allmählich müde wurde, denn die Hiebe und Stiche des Dreizacks kamen ihm jetzt gefährlich nahe.

Ajay zielte mit der Leuchtpistole auf das Labyrinth und drückte ab. Ein Lichtstrahl stieg in hohem Bogen über den Steinmauern auf und explodierte oben in der Luft, direkt über dem Schlangenkönig.

Ein Strahlenkranz aus grellweißem Licht fesselte die Aufmerksamkeit des Riesenreptils, das augenblicklich von Nick abließ, um dieses Wunder am Himmel zu bestaunen.

Will schickte Nick eine eindringliche mentale Botschaft: *Geh dorthin zurück, wo wir den Irrgarten betreten haben. Schnell.*

Nick drehte blitzschnell den Kopf zu Will und den anderen und Will konnte seine Gedanken förmlich lesen: *Wo zum Geier kam das denn her?*

Als Nick sah, dass der Schlangenkönig von der Leuchtkugel abgelenkt war, sprintete er sofort über die Kronen der noch stehenden Mauern davon in Richtung seiner Freunde. Das große Kriechtier war so fasziniert von dem Spektakel, dass es überhaupt nicht bemerkte, wie er verschwand.

Während Ajays Leuchtsignal langsam nach unten sank, wurde

das trübe Zwielicht über dem Sumpf so hell wie die Mittagssonne über der Wüste. Und dann veränderte es sich auf wundersame Weise.

Wie Elise es hatte kommen sehen, waren die Soldaten der Schlangenkolonne einer nach dem anderen durch den Eingang hinter ihnen hergestürmt, aber jetzt blieben alle stehen und starrten auf die verblüffende Lightshow über dem Labyrinth.

»Wartet«, bat Ajay.

Eine weitere Salve von Leuchtgeschossen detonierte mit lauten, stakkatohaften Explosionen, die sich anhörten wie Schüsse. Der Lärm ließ den Schlangenkönig und die Soldaten ängstlich zurückweichen. Die Lichter, die auf diese neuerliche Zündung folgten, formierten sich zu einem Bild in grellem Weiß und leuchtenden Rot- und Grüntönen: Das gigantische Gesicht einer strengen alttestamentarischen Gottheit mit Bart schaute unheilvoll auf sie herab. Ein tiefes Grollen ertönte, als würde sie zu ihnen sprechen – die Stimme Gottes.

Die Soldaten in der Nähe des Torbogens hielten den Atem an, während der Schlangenkönig beim Anblick des Gesichts vor Schreck seinen Dreizack fallen ließ.

Direkt unterhalb der Gottheit wurde jetzt die dritte Stufe der Leuchtraketen gezündet – eine rote, von blinkenden Lichtern eingerahmte Leuchtschrift, bestehend aus drei Buchstaben, erschien, als habe jemand einen Schalter betätigt:

OMG

Elise drehte sich zu Ajay. »›Oh mein Gott‹? Ist das dein Ernst?«

»Ich konnte nicht widerstehen«, gab Ajay zu.

»Wie hast du das mit der Stimme hingekriegt?«, wollte Will wissen.

»Oh, eine zeitlich abgestimmte, kleinere Detonation durch Schichtung der Pyrotechnik«, erklärte Ajay. »Nichts Besonderes.«

Nick hüpfte von der letzten Mauer des Labyrinths und lief durch die Ausläufer des Sumpfes auf sie zu, als sich das helle Gesicht über den Gängen langsam aufzulösen begann.

Der Schlangenkönig und seine Soldaten duckten sich verängstigt, aber es war unmöglich zu sagen, wie lange diese Wirkung anhalten würde, sobald das Bild verschwunden war. Die Riesenschlange griff schon wieder nach ihrem Dreizack und hob ihn vorsichtig in die Höhe, als wolle sie sich vor dem gleißenden Antlitz schützen.

»Will?«, fragte Elise.

»Ich weiß nicht«, antwortete er und schaute sich besorgt um. »Ich weiß nicht, ob es funktioniert.«

»Ob was funktioniert?«, wollte Nick wissen, als er bei ihnen ankam und das Wasser aus dem Sumpf abschüttelte. Dann bemerkte er den Bären. »Sieh mal einer an!«

»HALT DIE KLAPPE, MCLEISH«, brummte der Grizzly.

Plötzlich hörte Will einen seltsamen, sehr hohen Ton aus dem Irrgarten aufsteigen. Ein unheimliches Sirren, wie von einem Kabel, das gespannt wird, oder von angeschlagenen Klaviersaiten, die langsam immer fester gezogen werden.

»Ajay, lass das Labyrinth nicht aus den Augen«, bestimmte Will. »Sag mir, was du siehst.«

Der Ton wurde unerträglich hoch und schmerzte in den Ohren. Ajay sprang auf eine niedrige Mauer in der Nähe, von wo aus er das Labyrinth überblicken konnte, und öffnete seine Augen weit.

»Was zum Geier ist das denn?«, rief Nick verwundert, als er sich zu dem Irrgarten umdrehte.

»Da bewegt sich etwas«, meldete Ajay. »Überall an den Wänden – ich kann nicht genau erkennen, was es ist …«

Der Bär lief zu ihm hinüber. »SPRING AUF MEINE SCHULTER, KLEINER!«

Ajay tat wie geheißen. Der Bär richtete sich auf und drehte sich zu dem Labyrinth um. An den Nacken des riesigen Tiers geklammert – wo er so klein wirkte wie eine Puppe – schaute Ajay angestrengt in die Ferne.

Über dem Irrgarten erlosch gerade die letzte Leuchtrakete und Düsternis senkte sich wieder über den Sumpf.

»Es sieht aus wie Tausende zuckender Schlangen«, verkündete Ajay. »Nein, wartet, das stimmt nicht ganz …«

»Was genau stimmt nicht?«, hakte Elise nach.

»Es sind keine Schlangen, sondern Kletterpflanzen. Sie bewegen sich, lösen sich von den Mauern, überall … sie sind überall.«

Jetzt konnten sie sehen, dass in dem Irrgarten heftige Bewegungen im Gange waren; an manchen Stellen schienen die Mauern selbst zum Leben erwacht zu sein. Dann ertönten aus dem Inneren die aufgeregten, bellenden Rufe der Schlangenmenschen.

»Sie greifen an – schlingen sich um die Soldaten, entreißen ihnen die Waffen – und sie bilden Geflechte, regelrechte Barrikaden an allen Ein- und Ausgängen, riegeln alle Durchgänge ab.«

Will konnte jetzt das Gitterwerk aus Kletterpflanzen sehen, das sich über dem Eingang zum Labyrinth, unter dem ersten Torbogen, zu einer undurchdringlichen Wand ausbreitete. Einige der Schlangensoldaten warfen sich dagegen, hackten mit ihren Waffen hinein und versuchten verzweifelt, sich einen Weg ins Freie zu schlagen.

Die aufgeregten Rufe wurden zu panischen Schreien, die nun aus allen Ecken des Labyrinths zu hören waren.

»Oh, gute Güte«, sagte Ajay. »Das ist schon fast traurig. Diese abstoßenden Reptilien haben nicht die geringste Chance …«

»Was passiert denn da?«, wollte Nick wissen.

»Ich gehe lieber nicht allzu sehr ins Detail, wenn du nichts dagegen hast«, entgegnete Ajay und verzog das Gesicht. »Aber die

Kletterpflanzen scheinen in der Lage zu sein ... sehr große und unangenehme Dornen zu treiben, wenn es das für dich irgendwie plastischer macht.«

»Wahnsinn«, meinte Nick.

»OMG, wirklich«, sagte Elise und warf Will einen ernsten Blick zu.

Will schaute tiefer in das Labyrinth hinein, wo der Schlangenkönig wild um sich schlug und mit seinem Dreizack gegen Dinge ausholte, die Will nicht sehen konnte. »Was ist los mit dem Großen Schlängler?«, erkundigte er sich.

Der Bär drehte sich leicht zur Seite, sodass Ajay den Blick auf den Schlangenkönig richten konnte.

»Oh, er steckt echt in der Klemme. Hat gerade seinen Dreizack fallen lassen. Die Pflanzen nageln ihn am Boden fest und schlingen sich um seinen ganzen Körper – es sind Hunderte. Er ist stark genug, um einige von ihnen abzureißen, aber er hat nicht genügend Hände, um sie alle aufzuhalten. Und jetzt haben sie ihm die Arme an die Seiten gefesselt. Nur noch eine Frage der Zeit, bis sie ihn – ja, da fällt er!«

Außerhalb ihrer Sichtweite kippte der Schlangenkönig um und landete mit einem dumpfen Aufprall auf dem Boden, den sie noch aus dreihundert Meter Entfernung hörten.

»Je größer sie sind«, bemerkte Nick, »desto größer ihr Sturz.«

»Oder so ähnlich«, sagte Elise.

Inzwischen waren die Schreie aus dem Labyrinth fast alle verhallt. Noch ein letztes wütendes Gebrüll vom Anführer der Monster und dann verstummte auch er.

»Schwer ruht das Haupt, das eine Krone drückt«, flüsterte Ajay.

»Das war's dann also«, stellte Elise fest. »Damit sind wir aus dem Gröbsten raus.«

»Zeit zu gehen«, drängte Will.

»Moment, sie sind noch nicht ganz fertig«, sagte Ajay. »Die Kletterpflanzen bewegen sich noch immer an den Mauern und Felsen entlang, so weit mein Auge reicht. Ich bin mir nicht sicher, was sie ... Oh, Moment mal, jetzt hab ich's.«

»WAS PASSIERT DA?«, fragte der Bär.

»Ihr werdet es gleich sehen«, versicherte Ajay. »Ich glaube, es kann nicht mehr lange dauern.«

Nur wenige Augenblicke später hörten sie ein tiefes Grollen aus dem Labyrinth, das sich jedoch rasch zu etwas entwickelte, das klang wie ein Erdrutsch.

»Vielleicht sollten wir unseren Allerwertesten von hier wegschaffen«, schlug Nick vor und machte einen Schritt rückwärts.

»Nein, alles in Ordnung«, beschwichtigte Ajay. »Seht einfach zu.«

Dann erkannten sie, dass das Geräusch, das aus dem Inneren drang, von berstenden Steinen kam – Tausende von ihnen zerplatzten gleichzeitig und es wurden immer mehr, als würde der gesamte Komplex Schlag für Schlag mit einem riesigen Hammer bearbeitet.

Der Turm in der Mitte brach zusammen und die restlichen noch stehenden Mauern fielen in alle Richtungen um wie Reihen von Dominosteinen. Überall stiegen Wolken aus Staub und Steinfragmenten auf, und als sie sich gelegt hatten und das Echo der Verwüstung verklungen war, sahen die Freunde vor sich nur noch ein unendliches Trümmerfeld.

Die Kletterpflanzen hatten den gesamten Steintempel mitsamt seiner fleischfressenden Bewohner stranguliert.

ELF

WILLS LEBENSREGEL Nr. 11:
ES IST EGAL, WIE DU ES TUST. HAUPTSACHE, DU TUST ES.

»Also ich bin mir ziemlich sicher, dass das eine Narbe auf meinem Gehirn hinterlassen wird«, meinte Nick und starrte auf den riesigen Haufen zertrümmerter Steine.

»Hast du die Kletterpflanzen gebeten, das zu tun?«, fragte Ajay oben auf der Schulter des Bären verblüfft.

»Nicht exakt mit Worten«, antwortete Will.

»Glaubst du, dass das irgendjemand überlebt hat?«, wollte Elise wissen und ließ den Blick über den Sumpf schweifen. »Vermutlich sollten wir unser Glück besser nicht herausfordern und von hier verschwinden.«

»Ich glaube nicht, dass wir noch etwas von ihnen zu befürchten haben«, beruhigte sie Ajay, als der Bär ihn wieder auf dem Boden abgesetzt hatte. »Darf ich vorschlagen, dass wir uns zuerst mit einem Happen stärken und dafür sorgen, dass wir wieder ordentlich hydriert sind?«

»Ja, perfekt«, fand Nick. »Es gibt offenbar keinen Grund zur Sorge mehr. Machen wir ein Picknick mitten in einem gottverdammten Sumpf.«

»Ist es wirklich sicher, Will?«, fragte Elise.

Will aktivierte sein Raster und untersuchte den gewaltigen, rauchenden Trümmerhaufen vor ihnen. Nichts regte sich und nirgendwo konnte er Wärmesignaturen feststellen.

»Ich würde sagen, im Augenblick ist es so ziemlich der sicherste Ort, den wir finden können.«

»Also her mit dem Picknick«, freute sich Ajay und griff in seinen Rucksack. »Auch wenn wir auf die Ameisen gerne verzichten, vielen Dank«, sagte er und stellte sich lieber nicht vor, welche kolossalen Monster das wohl sein könnten.

»WARTET HIER AUF MICH«, sagte der Bär und stapfte auf die dichten Mangroven zu.

»Verwandeln Sie sich jetzt wieder zurück, Coach?«, erkundigte sich Ajay und folgte ihm ein paar Schritte.

»JA«, entgegnete der Bär, ohne sich umzudrehen.

»Darf ich zusehen?«

Jetzt drehte sich der Grizzly verärgert um. »NEIN, DARFST DU NICHT. DU DARFST NICHT ZUSEHEN.«

»Warum nicht?«

»WEIL ES GEHEIM IST. UND ES IST PRIVAT. UND HATTE ICH ERWÄHNT, DASS ES GEHEIM IST?«

»Sie sind auch noch nicht auf meine Frage eingegangen, ob es eine zeitliche Begrenzung gibt, wie lange Sie jeweils in einem der verschiedenen Körper bleiben können.«

»UND HATTE ICH ÜBRIGENS ERWÄHNT, DASS ES GEHEIM IST?«

Ajay ließ sich nicht beirren. »Tut es genauso weh, sich zurückzuverwandeln wie andersherum?«

»VIEL MEHR. WARUM INTERESSIERT DICH DAS SO BRENNEND?«

»Bei allem gebührenden Respekt, Coach, aber wie soll ich Ihrer Meinung nach denn sonst reagieren? Glauben Sie wirklich, ich würde mir freiwillig eine Gelegenheit entgehen lassen, einem echten, authentischen Schamanen dabei zuzusehen, wie er sich verwandelt? Oder glauben Sie, ich sei verrückt geworden?«

»GEH UND ISS EIN SANDWICH«, brummte der Bär. »UND KÜMMRE DICH UM DEINE EIGENEN ANGELEGENHEITEN.«

Der Bär verließ den Pfad, stapfte durch das Wasser und verschwand hinter den Mangrovenbäumen. Ajay schaute ihm hinterher und ging widerwillig zurück zu den anderen, die mit dem Rücken zu den Bäumen am Rand der Mauer ihr Essen ausbreiteten. Er setzte sich zu ihnen, aber Will bemerkte, dass er sich ein paar Mal umdrehte und zu den Bäumen hinüberblickte.

»Ajay. Augen geradeaus.«

»Alter, ich hab 'nen guten Rat für dich«, sagte Nick, den Mund voll mit Putenbrustsandwich. »Respektiere den Bären.«

»Das tue ich! Ich respektiere ihn sogar sehr«, versicherte Ajay und nahm eine verschweißte Plastikschale aus seinem Rucksack. »Ich bin einfach nur neugierig, das ist alles. Unersättlich. Ich will einfach alles wissen. Das scheint eine weitere seltsame Nebenwirkung von« – er beschrieb mit der Hand einen Kreis über ihren Köpfen – »alldem zu sein.«

»Du sagst es«, pflichtete Elise ihm bei.

»Übrigens, ich konnte ja meinen Augen nicht trauen, als ich euch auf der Schulter des Bären gesehen habe«, verriet Nick und fuhr fort: »Übrigens, Leute, was meint ihr: Ob der Coach jetzt auch einen Bärenhunger hat?«

»Haha«, entgegnete Ajay.

»Gib's zu, der war wirklich gut«, sagte Nick und streckte ihm die Hand zum Abklatschen hin. »Komm schon, schlag ein.«

Ajay klatschte ihn halbherzig ab, konnte sich aber ein Grinsen nicht verkneifen. Er entfernte den Deckel der Plastikschale und schaute hinein. »Gut, wenigstens mein Quinoa-Salat scheint den Trip überlebt zu haben.«

»Was auch immer ›Kinnowa‹ ist«, sagte Nick, »ich will davon nichts wissen.«

»Was haben diese Kreaturen wohl hier gemacht?«, überlegte Elise und schaute auf die Ruinen.

»Du meinst, abgesehen davon, dass sie die Gattung Fleischfresser in Misskredit gebracht haben?«, fragte Ajay nach.

»Warum sie? Warum Schlangenmenschen? Was soll all dieses verrückte Zeug?«

»Kann ich dir noch nicht sagen«, entgegnete Will.

Ein lauter Schmerzensschrei drang hinter den Mangroven hervor, gefolgt von wiederholtem gequältem Stöhnen, das Coach Jericho zu unterdrücken versuchte.

»Er hat keine Witze gemacht«, stellte Elise fest.

»Mann, so hat sich das aber nicht angehört, als er sich in den Otter verwandelte«, bemerkte Nick und zuckte zusammen.

»Es muss wohl heftiger sein, sich auszudehnen, als zu schrumpfen«, bot Ajay kauend an.

»Das ergibt keinen Sinn«, meinte Nick.

»Irgendwie schon, wenn man mal darüber nachdenkt«, warf Elise ein.

Nick dachte darüber nach und schüttelte dann den Kopf. »Nein, tut es nicht. Er schrumpft doch jetzt!«

»Was für einen Unterschied macht das?«, fragte Will genervt. »Er kann es, was auch immer es ist. Er hat uns gesagt, dass es wehtut, und er hat gesagt, es sei geheim. Also belassen wir es am besten fürs Erste dabei, okay?«

»Hey, ich war nicht derjenige, der den Coach mit Fragen belästigt hat«, protestierte Nick.

»Das kann man ja wohl kaum ›belästigen‹ nennen«, verteidigte sich Ajay.

»Hört endlich auf, alle beide!«, sagte Elise streng und zeigte mit einer Plastikgabel auf sie. »Sofort!«

Nick und Ajay senkten den Kopf und aßen eine Weile schweigend weiter. Dann hörten sie ein platschendes Geräusch und kurz darauf kam Coach Jericho in seinen schwarzen Trainingsklamotten durch das wadenhohe Wasser auf sie zu. Will überlegte, ob er die silberne Heil-Scheibe, die er aus der Sammlung aphotischer Gegenstände im Haus seines Großvaters entwendet hatte, herausholen und sie Jericho anbieten sollte. Aber er sah nicht so aus, als habe er noch Schmerzen, er wirkte nur ausgezehrt und irgendwie deprimiert.

Niemand sagte etwas, als Jericho sich zu ihnen setzte, obwohl Ajay sich eindeutig auf die Zunge beißen musste, um ihm nicht tausend Fragen zu stellen.

»Haben Sie Hunger, Coach?«, fragte Will und bot Jericho ein Sandwich an.

»Und wie«, bestätigte er.

»Alter, soll ich einen Lachs fangen?«, witzelte Nick.

Jericho schaute ihn finster an und Elise boxte ihn auf den Oberarm.

»Au«, rief er. »'tschuldigung, ich konnte nicht widerstehen.«

»Und nenn mich nicht ›Alter‹«, verlangte Jericho und biss in sein Sandwich. »Alter.«

»Sie sollten unbedingt den Quinoa-Salat probieren«, sagte Ajay und hielt ihm die Schale hin. »Eine hervorragende Eiweiß- und Kohlenhydratquelle. Ich vermute, dass Sie beides jetzt in rauen Mengen gebrauchen können.«

»Danke«, sagte Jericho und nahm den Salat entgegen.

»Um Sie ins Bild zu setzen, Coach«, sagte Will und biss noch einmal in sein Sandwich. »Wir wissen jetzt, wo Dave ist.«

»Ach ja? Wie habt ihr das denn herausgefunden?«, erkundigte sich Jericho interessiert.

»Genauso wie wir Sie gefunden haben«, entgegnete Will.

»Er behauptet, die Pflanzen hätten es ihm erzählt«, erläuterte

Nick und beugte sich nach vorne, als verrate er ein Geheimnis. »Er sagt, er kann jetzt mit ihnen sprechen.«

Jericho schaute interessiert von seinem Essen auf. »Stimmt das, Will?«

»Na ja, irgendwie schon«, gab Will zu. »Ich habe mit ihnen kommuniziert, aber ich kann nicht genau erklären, wie.«

»Pflanzengeist-Medizin«, sagte Jericho.

»Was ist das?«, fragte Elise.

»Die Art und Weise, mit Pflanzen zu reden.«

»Sie meinen, man kann wirklich mit Pflanzen reden?« Nick bekam vor Staunen den Mund nicht zu.

»Die einheimischen Stämme praktizieren es seit zehntausend Jahren«, erwiderte Jericho. »Sie sagen, Pflanzen haben einen Geist, genau wie wir auch. Als wir ›zivilisiert‹ wurden und beschlossen, dass wir ›schlau‹ sind, haben wir irgendwann vergessen, dass wir alle dieselbe Sprache sprechen.«

»Schlauer als was? Pflanzen?«, fragte Nick nach.

»Manche von uns jedenfalls«, warf Ajay ein und warf Nick einen Blick zu. »Und wie genau geht man bei so etwas vor?«

»Ich habe nicht die geringste Ahnung. Bei mir gehen Zimmerpflanzen schon nach einer Woche ein.« Jericho zeigte mit seiner Gabel auf Will. »Warum fragst du nicht ihn?«

»Ich erkläre es dir gerne unterwegs, Ajay«, bot Will an, aß sein Sandwich auf und packte zusammen. »Aber wir haben was zu erledigen. Wir können uns beim Gehen unterhalten.«

»Wohin gehen wir denn?«, erkundigte sich Ajay.

»Raus aus diesem Sumpf«, teilte Will ihm mit. »Der Rest findet sich unterwegs. Ich sehe keinen Weg, der von hier weiterführt, du etwa?«

Ajay schaute sich um und schüttelte den Kopf.

»Dann gehen wir zurück«, beschloss Will.

Sie packten ihre Sachen, warfen einen letzten Blick auf das, was sie mit der Zivilisation der Schlangenmenschen angestellt hatten, und verließen den Sumpf im Gänsemarsch über den Pfad, über den sie auch gekommen waren.

Ajay und Nick gingen voran, gefolgt von Elise. Will blieb hinter ihnen zurück, um mit Jericho zu reden, der leicht hinkte und noch immer ein wenig mitgenommen wirkte.

»Die Sache ist die, dass ich gar nicht wirklich weiß, wie ich das vorhin gemacht habe«, gestand Will leise. »Ich habe mit ein paar von ihnen kommuniziert, kurz bevor wir Sie fanden. Ich beschloss einfach, einen erneuten Versuch, und dann passierte es.«

»Gut.«

Will vergewisserte sich, dass die anderen nicht zuhörten – es war ihm peinlich, die Frage überhaupt zu stellen, doch er wollte es unbedingt wissen. »Aber wie habe ich das gemacht?«

»Du bist über deinen Schatten gesprungen«, antwortete Jericho. »Was ich dir schon vor ein paar Monaten geraten habe. Es kommt nicht darauf an, wie. Nur der dumme Teil deines Gehirns, der einen Wutanfall bekommt, weil er sich ausgeschlossen fühlt, versteift sich auf das ›Wie‹.«

Will dachte einen Augenblick über diese Worte nach. Sie hatten die letzten Steinplatten bereits hinter sich gelassen und gingen nun wieder über Waldboden. Der Sumpf um sie herum schien immer näher zu rücken, die Luft war drückend und feucht. Als Will sich umschaute und das dichte Gestrüpp überall sah, wurde ihm klar, dass er Pflanzen von nun an mit anderen Augen betrachten würde.

»Diese Kletterpflanzen müssen die Schlangenmenschen wirklich gehasst haben«, stellte er fest.

»Daran habe ich keine Zweifel. Sie hatten gewiss ihre Gründe. Du hast ihnen nur die Erlaubnis erteilt zuzuschlagen.«

»Warum sagen Sie das?«

»Da waren große Stücke von Kletterpflanzen in der Suppe, in der sie mich gefangen hielten. Vermutlich wurden sie als Gewürz verwendet, ganz zu schweigen von Brennholz, Fackeln und all diesem Zeug.«

»Sie meinen also, alles, was ich von den Pflanzen empfange, bestätigt, dass sie Gefühle haben.«

Jericho ließ den Blick über den Sumpf schweifen. »Ich meine, ich würde mir die allergrößte Mühe geben sicherzustellen, dass wir nichts tun, was sie verärgert. Die Hälfte von dem Zeug hier sieht aus, als könne es uns essen.«

»Wenn Sie wüssten, wie recht Sie haben«, sagte Will. »Coach, in letzter Zeit ist mir immer wieder dieses Wort in den Sinn gekommen.«

»Welches Wort?«

Will schaute ihn eindringlich an. »Intuition.«

Jericho hielt seinem Blick stand und ein Lächeln umspielte seine Lippen. »Wurde auch Zeit.«

»Was meinen Sie damit? Sagen Sie es mir. Was ist das – was bedeutet es für Sie?«

»Es bedeutet, dass du es langsam kapierst«, entgegnete Jericho.

»Dass ich *was* kapiere?«

Jericho breitete die Arme aus, um alles um sie herum einzubeziehen. Er zeigte auf den Boden, die Bäume, das Wasser, auf den Ausschnitt des Himmels über dem Blätterdach.

»Sie meinen, alles«, folgerte Will. »Und es ist überall. Wie der Große Geist.«

»*Wak'an Tanka*. Die Fäden des Gewebes, das alles verbindet. Was wir mit allem gemeinsam haben, das wir sehen und das wir nicht sehen können.«

»Aber was hat Intuition damit zu tun?«

»Das ist dein höheres Bewusstsein, das auf den Plan tritt. Sobald du deine Intuition aktivierst, stimmst du dich auf dieses Gewebe ein. Du hast deine Finger auf allen Fäden. Wenn dort etwas zieht, spürst du es direkt hier.«

»Aber wie ...«, Will unterbrach sich, noch bevor Jericho ihm einen bösen Blick zuwerfen konnte. »Okay, streichen Sie das. Sie meinen also, Intuition bedeutet, dass ich ... etwas erwecke. In mir. Ein höheres Bewusstsein.«

»Ja.«

»Und das bedeutet, dass ich auf andere Art denke – oder sogar weiß. Es hat nichts mit dem ›Wie‹ zu tun.«

Jericho blieb stehen, legte Will sanft die Hand auf die Schulter und betrachtete ihn nachdenklich. Dabei hätte Will an einer Hand abzählen können, wie oft der Mann ihn zuvor schon berührt hatte.

»Will, ich freue mich, dir mitteilen zu können, dass du wahrscheinlich kurz davor stehst, kein kompletter Idiot mehr zu sein.«

»Na toll. Vielen Dank.«

»Wollen wir nur hoffen, dass es schnell genug passiert, damit der Rest von uns am Leben bleibt.«

Will sah, dass der Coach es vollkommen ernst meinte, auch wenn er nach außen hin so tat, als wolle er ihm zusetzen. Er sah auch, dass Jericho wirklich besorgt war, dass sie das Ganze vielleicht nicht überstehen könnten – falls Will nicht auf eine Art über sich selbst hinauswachsen konnte, von der er nicht einmal wusste, wie ...

Schon wieder wie. Verdammt. Diese Angewohnheit war so unglaublich tief verwurzelt. Daran würde er wirklich arbeiten müssen.

»Mir kam in letzter Zeit auch noch ein anderes Wort in den Sinn«, sagte Will, während sie sich wieder in Bewegung setzten, um zu den anderen aufzuschließen. »Ich bin nicht einmal sicher, ob ich überhaupt genau weiß, was es bedeutet.«

»Okay.«

»Omniszienz – Allwissenheit.«

»Zumindest hast du es korrekt ausgesprochen«, sagte Jericho.

»Ich glaube, es hat etwas damit zu tun, was Sie über Bewusstsein sagten – nur dass man sich in diesem Fall *aller Dinge* bewusst ist.«

Jericho nickte.

»Das muss der Endpunkt dieser Entwicklung sein, nicht wahr? Was bedeutet es dann, wenn man so weit gekommen ist? Ist es so, als hätte man alle Finger auf das Gewebe gelegt?«

Jericho schaute auf, kniff die Augen zusammen und überlegte. Nein, das traf es nicht ganz.

»Wenn du diesen Punkt erreichst«, begann Jericho und wählte seine Worte mit Bedacht, »dann sind du und das Gewebe ... nicht mehr unterscheidbar.«

Will schaute ihn eine Sekunde prüfend an. »Sind Sie an diesem Punkt, Coach?«

Jericho warf ihm einen Blick zu, als sei ihm gerade ein zweiter Kopf gewachsen. Dann lachte er laut. »Junge, ich bin nur der Botschafter. Verwechsle mich nicht mit der Botschaft.«

Plötzlich wurde Wills Aufmerksamkeit auf Nick und Ajay gelenkt, die etwa zwanzig Schritte vor ihnen stehen geblieben waren und sich wieder einmal in der Wolle hatten. Sie befanden sich am Rand des Sumpfes und waren auf dem Weg zurück in den Wald, aus dem sie eine ganze Weile zuvor gekommen waren.

»Und ich sage euch, ich bin hundertprozentig sicher, dass das nicht der Weg ist, den wir vorher genommen haben«, beteuerte Ajay. »Wir kamen direkt aus der Mitte dieses Waldes, aber jetzt befindet er sich ein gutes Stück weiter rechts.«

»Du spinnst«, konterte Nick. »Das muss der Weg sein. Sieh dich doch mal um, es gibt keinen anderen.«

»Ich weiß nicht, wie ich es erklären soll, aber ich versichere dir, dass sich der Weg verändert hat. Er ist einfach nicht mehr derselbe ...«

»Ich würde nicht mit ihm wegen etwas streiten, an das er sich erinnert, Nick«, riet Elise.

»Okay, aber wie kann das, was er da sagt, möglich sein? Willst du etwa behaupten, der Wald habe seine Position verändert? Ich habe nicht gesehen, dass du irgendwelche Blätter mit deiner kleinen Graffiti-Dose besprüht hast. Wie kannst du dir also so sicher sein?«

»Ich weiß nicht, wieso ich es weiß«, entgegnete Ajay und presste die Hände gegen die Schläfen. »Ich weiß es einfach.«

Will trat zu ihnen. »Worüber streitet ihr?«

»Ajay glaubt, der Weg hat sich verändert«, erklärte Elise, die zwischen den beiden stand und zu vermitteln versuchte. »Er nimmt an, dass er uns jetzt in eine andere Richtung führt ...«

»Der Weg *hat* sich verändert«, beharrte Ajay. »Er führt uns viel weiter nach links.«

»Nick, du brüstest dich doch immer mit deinem ›unglaublich hervorragenden‹ Orientierungssinn«, sagte Will. »Warum denkst du nicht einfach mal darüber nach?«

Nick nickte widerstrebend, drehte sich um und schaute sorgfältig in alle Richtungen. Dann runzelte er die Stirn und sagte: »Okay, okay, das ist abgefahren. Er hat recht. Es ist nicht der Weg, über den wir gekommen sind. Ich weiß nicht einmal, woher ich das weiß.«

Noch bevor Ajay Gelegenheit zu einer hämischen Antwort hatte, hielt Elise ihm eine Hand vor den Mund, um ihn zum Schweigen zu bringen.

»Es kommt nicht darauf an, wie«, sagte Will und zeigte nach vorne. »Wir gehen einfach weiter und folgen dem Weg.«

Nach ungefähr fünfhundert Metern hatten sie den Sumpf endgültig hinter sich gelassen und kamen durch ein Feuchtgebiet, in dem es überhaupt keine Bäume mehr gab. Und dieses Gebiet endete abrupt, als sie über einen ausgetretenen Pfad einen sanft ansteigenden, mit einheimischen Gräsern bewachsenen Hügel erklommen.

Oben auf dem Hügel angelangt, bot sich ihnen der bislang schönste und weiteste Ausblick im Niegewesen: Eine ausgedehnte, offene Savanne mit leicht hügeligem Grasland erstreckte sich in alle Richtungen, so weit das Auge reichte. Obwohl der fahle Himmel hier auch nicht mehr Helligkeit bot als anderswo, reflektierte der durchgehende Goldton der Gräser mehr Licht und verlieh der Landschaft einen bezaubernden Schimmer, sodass das Spiel der sanften Brise in den Halmen wesentlich mehr Kontur und Tiefe erhielt.

»Wow«, staunte Elise. »Das sieht aus wie ...«

»... Afrika«, beendete Will ihren Gedanken.

»Oder zumindest so, wie man sich Afrika vorstellt«, schränkte sie ein.

»Haltet die Köpfe unten«, wies Jericho sie an. »Wir wissen nicht, wer uns hier alles sehen kann.«

Sie gingen geduckt weiter, nur Ajay behielt den Kopf ein kleines Stück über den Grashalmen und schaute sich um. Er bemerkte die Lichtreflexe einer Wasseroberfläche in der Ferne und identifizierte sie als einen ziemlich großen See, der von einem kleinen Fluss gespeist wurde. Dort schienen sich einige Tiere zu versammeln, doch er konnte nicht erkennen, um welche Arten es sich handelte.

»Übrigens, Will, du hast vergessen zu erwähnen, wo Dave nach Auskunft der Pflanzen sein könnte«, erinnerte er Will.

»Hoffentlich so was wie: Er steht in einem Grasfeld«, meinte Nick.

Will richtete sich auf und schaute hinaus auf die goldenen Felder, suchte sie nach etwas Vertrautem ab – irgendetwas, das ihm sagte, dass sie sich auf dem richtigen Weg befanden.

»Er ist in einer Art Festung«, teilte er schließlich den anderen mit. »An einem Berghang.«

»Eine Festung«, wiederholte Nick. »Cool.«

»So etwas kann ich hier draußen aber nicht entdecken«, wandte Elise ein.

»Das da vorne sieht für mich schon wie Berge aus«, verkündete Ajay und zeigte in die Ferne. »Könnte sich dort diese Festung befinden?« Er zeigte irgendwohin jenseits des Sees, wo eine kahle, steile Bergkette den Horizont überspannte, jedoch im nebelhaften Dunst nur schemenhaft zu erkennen war.

»Ich bin nicht sicher«, gestand Will. »Was glaubst du, wie weit diese Berge entfernt sind?«

Wieder starrte Ajay in die Ferne. »Mindestens fünfzig Kilometer. Vielleicht weiter.«

»Eher achtzig«, vermutete Jericho.

»Ich weiß es nicht. Ich wünschte, ich könnte es genau sagen«, gab Will zu und schaute sie entschuldigend an.

»Oh, aber das kannst du«, sagte Ajay, nahm seinen Rucksack ab und öffnete ihn.

»Vielleicht sollte ich vorlaufen und mich umsehen«, schlug Will vor. »Würde nicht besonders lange dauern.«

»Niemand geht hier irgendwo alleine hin«, stellte Jericho klar.

»Das wird nicht nötig sein«, beruhigte ihn Ajay. Aus einer Seitentasche holte er ein kleines quadratisches Gerät aus Hartplastik und Leichtmetall von etwa dreißig Zentimeter Durchmesser. An jeder Ecke ragte ein kleiner Rotor hervor und in der Mitte war eine Kompaktkamera installiert.

»Das glaub ich jetzt nicht«, lachte Nick. »Du hast tatsächlich eine Drohne mitgeschleppt?«

»Will hat mich gebeten, mich auf alle Eventualitäten vorzubereiten«, verteidigte sich Ajay und holte ein Werkzeugset in Taschenformat heraus. »Und das habe ich getan.«

»Wir hatten bisher kein Glück mit Elektronik hier«, gab Will zu bedenken. »Meinst du, sie funktioniert?«

»Ich kann nicht garantieren, dass sie Live-Bilder überträgt, wofür ich sie eigentlich ausgelegt habe«, erklärte Ajay und justierte mit einem kleinen Schraubenzieher einige Einstellungen an der Kamera. »Aber um sicherzugehen, habe ich auch einen Analogmodus eingebaut. Und der Motor funktioniert rein mechanisch, ohne die geringste Elektronik.«

»Und was heißt das?«, erkundigte sich Jericho.

»Das heißt, ich kann die Drohne so programmieren, dass sie ein spezifisches Flugmuster einhält und auf dem Weg zu diesen Bergen eine Reihe von Aufklärungsaufnahmen macht. Ich habe sie mit einem Terabyte Speicherkapazität ausgestattet, und wenn sie es schafft, den Weg zurück zu uns zu finden, können wir die Fotos auswerten. Immer vorausgesetzt natürlich, die Batterien geben nicht vorher den Geist auf.« Er tippte auf eine Stelle auf dem Rahmen. »Zur Unterstützung habe ich einen Sonnenkollektor eingebaut, aber der nutzt ja leider nicht viel an einem Ort ohne Sonne.«

»Du glaubst, das Ding schafft es bis zu den Bergen und zurück?«, fragte Will.

»Uns bleibt nichts anders übrig, als es zu versuchen, nicht wahr?« Ajay hatte die Steuerung inzwischen eingestellt und schaute zu der entlegenen Bergkette. »Also, wollen wir?«

»Unbedingt«, bestätigte Will.

Ajay setzte die Drohne an einer kleinen Lichtung auf den Boden. »Wenn ich sie einschalte und sie in die Luft aufsteigt, sollte sie einfach dem Kurs folgen, den ich einprogrammiert habe.«

»Müssen wir hier warten, bis sie zurückkommt?«, erkundigte sich Jericho.

»Nein, ich nehme doch an, wir wollen weitergehen, oder?«

Will schaute hinüber zu Jericho, der ihm mit seinem Blick zu verstehen gab: deine Entscheidung. Will nickte Ajay zu.

»Gut. Deshalb habe ich sie so programmiert, dass wir sie an einer bestimmten Stelle am Ufer des nahe gelegenen Sees in Empfang nehmen können. In etwas über einer Stunde ab jetzt. So lange werden wir bei normalem Tempo ungefähr brauchen, um den See zu erreichen, der schätzungsweise sechs Kilometer von unserer jetzigen Position entfernt ist.«

»Wo genau?«, wollte Will wissen.

»In der Nähe einer Gruppe riesiger Eukalyptusbäume – so heißen sie zumindest in ihrem Ursprungsland Australien.«

Alle schauten hinaus in Richtung des Sees, den sie von ihrem jetzigen Standort aus allerdings nur erahnen konnten.

»Ihr müsst euch darauf verlassen«, sagte Ajay. »Es gibt dort Eukalyptusbäume.«

Er legte eine Reihe kleiner Schalter auf der Rückseite der Drohne um. Die kleinen Rotoren begannen, sich zu drehen, und wirbelten feinen Staub auf, als das Gerät nur Sekunden später anderthalb Meter hoch in die Luft stieg und dort verharrte, als würde es sie anstarren.

»Sie wird eine Flughöhe von etwa dreißig Metern erreichen«, erläuterte Ajay. »Ich habe Sensoren eingebaut, damit sie auf Veränderungen der Bodenhöhe reagieren kann und immer ungefähr im gleichen Abstand über dem fliegt, was ihr begegnet.«

Alle versammelten sich um die Drohne, um sie sich genauer anzusehen.

»Hast du auch die Kamera gebaut?«, fragte Jericho fast so, als sei er beeindruckt.

»Hochauflösend, mit langer Brennweite, sodass sie in der Lage sein dürfte, Unmengen von Details auf dem Boden aufzunehmen. Und jetzt schalte ich auf Autopilot um und ... Gute Reise, Drohne.«

Ajay legte einen weiteren Schalter um. Sofort stieg die Konstruktion erstaunlich schnell in die Höhe, verschwand in Richtung See und machte dabei nicht mehr Lärm als ein fliegender Spatz.

»Gehen wir«, sagte Will. »Im Gänsemarsch und ohne zu reden. Packt alles weg, was glänzt oder das Licht reflektieren könnte, und bewegt euch so leise wie möglich. Ajay geht voran. Coach, übernehmen Sie die Nachhut?«

Sie folgten dem Pfad auf der anderen Seite, den sanften Hügel hinab auf die Ebenen der Steppe zu. Die einzigen Geräusche kamen von ihren Schritten und der sanften Brise, die in den hohen Gräsern spielte.

»Wenn das hier so wie Afrika ist«, flüsterte Nick Elise zu, »glaubst du, dass wir dann Löwen sehen werden?«

»Wenn sie Ähnlichkeit mit den anderen Viechern haben, denen wir begegnet sind, solltest du dir das besser nicht wünschen.«

»Löwen sind toll«, meinte Nick. »Elefanten sind auch toll.«

Elise bedeutete ihm, still zu sein.

»Aber nicht so toll wie Löwen«, flüsterte er trotzdem noch.

Will warf im Gehen einen Blick zurück auf Jericho. Der Coach beugte sich hinunter, um ein paar Grashalme zu untersuchen, rollte dann einen Weizenstängel zwischen den Händen, probierte ein Stück und spuckte es aus. Wenig später nahm er eine Handvoll Erde, zerrieb ein paar Krumen mit den Fingern und hielt sie sich unter die Nase.

»Fällt Ihnen etwas auf?«, wollte Will wissen.

»Das alles fühlt sich nicht richtig an«, entgegnete Jericho.

»Inwiefern?«

»Die Pflanzen, die Samen und sogar die Erde haben etwas Grobes und nichts riecht, wie es riechen sollte. Irgendwie falsch, nicht intensiv genug.«

»Diesen Eindruck hatte ich auch schon«, sagte Will. »Als sei alles nur nachgemacht.«

Jericho schaute ihn an – er hatte das richtige Wort gefunden. »Woran liegt das deiner Meinung nach?«

»Wir haben es alle bemerkt. Der ganze Ort scheint nicht real zu sein, irgendwie künstlich. Wie ein Vergnügungspark, in dem die Fahrgeschäfte einen umbringen können. Und es fehlt etwas.«

Ajay, der vor ihnen ging, hatte ihre Unterhaltung offenbar verfolgt. Er drehte sich um und erklärte: »Ich habe gründlich darüber nachgedacht. Es ähnelt dem, was Programmierer eine ›Sandkastenwelt‹ nennen: eine Art virtuelle Realität, ein Scheinbild oder, um es mit dem Wort zu beschreiben, das Will vorhin benutzt hat, ein ›Hologramm‹.«

»Red weiter«, forderte Jericho ihn auf.

»Auf den ersten Blick in jeder Hinsicht eine sehr effektive und überzeugende Reproduktion unserer vertrauten Welt, bis man sie sich einmal genauer ansieht. Dann bricht sie auseinander und man erkennt, dass es eben nur eine Reproduktion ist. Wie Will schon sagte: etwas fehlt. Ich weiß nicht genau, was es ist, wahrscheinlich eine tiefere molekulare Vollständigkeit oder Authentizität.«

»Ich weiß, was fehlt«, sagte Jericho.

»Wak'an tanka«, entgegnete Will.

Jericho nickte. Ajays Augen leuchteten auf.

»Ah ja, der Große Geist. Sie meinen, es fehlt ein spiritueller Zusammenhalt, so etwas wie Ganzheit.«

»Deshalb fühlt es sich anders an als unsere Welt«, ergänzte Jericho.

»Genau! Als sei dies alles von irgendjemandem fabriziert worden, der detaillierte Kenntnisse des Schöpfungsprozesses besaß, ihn irgendwo gesehen oder erlebt hatte, aber nicht im Besitz der kompletten oder korrekten Formel war, um ihn zu reproduzieren.«

»Jemand wie die Schöpfer vielleicht«, mutmaßte Will.

»Eine äußerst faszinierende Vorstellung ...«, meinte Ajay versonnen, während sie weitergingen. »Darüber würde ich gern etwas genauer nachdenken.«

Als sie auf der nächsten Anhöhe angelangt waren – die letzte Erhebung, bevor der Pfad hinunter in die Ebene führte –, breitete sich unter ihnen eine goldene Prärielandschaft aus. Ajay hob die Hand, damit sie stehen blieben, und alle duckten sich in das hohe Gras, während er mit seinen großen Augen alles absuchte.

»Der Fluss erstreckt sich meilenweit in diese Richtung und schlängelt sich sanft dahin«, sagte er leise und zeigte nach rechts. »Erwartungsgemäß sind viele verschiedene wilde Tiere am Wasser.«

»Auch Löwen?«, fragte Nick.

»Nein, nur ganz viele Arten der albtraumhaften Kreaturen, denen wir seit unserer Ankunft bereits begegnet sind ... obwohl ich auch eine Herde von Tieren ausmachen kann, die aussehen wie Zebras ... allerdings mit vertikal verlaufenden Streifen ... Oh, jetzt sehe ich, warum ...«

»Warum denn?«, fragte Jericho neugierig.

»Sie stehen alle aufrecht auf den Hinterbeinen ... Beine, wie man sie von Kängurus kennt.«

»Zeburus«, folgerte Nick.

»Das passt alles nicht zusammen«, meinte Elise.

»Wartet«, sagte Ajay und schaute noch weiter nach rechts. »Da ist noch etwas, das sich in diese Richtung bewegt ... jenseits des Flusses ... Es ist ziemlich groß ... Ah ja, es handelt sich um eine extrem große Staubwolke ... Sie dehnt sich recht weit über eine Straße oder irgendeinen Nebenweg aus, der mit Steinen gepflastert ist ... Auf dieser Straße scheint sich etwas zu bewegen ... das heißt, etwas zieht über diese Straße ... Oje, oh Gott ...« Plötzlich sank Ajay ihnen gegenüber auf den Boden und schaute sie ängstlich an.

»Was ist da los?«, drängte ihn Will.

»Vielleicht irre ich mich. Hoffentlich. Am besten siehst du dir das selbst einmal an.«

Will holte sein Fernglas aus dem Rucksack und ging auf ein Knie. Zuerst schaute er mit bloßem Auge in die Richtung, in die Ajay gezeigt hatte, bis er vage einen Fleck ausmachen konnte, bei dem es sich um die beschriebene Wolke handeln musste. Dann hob er das Fernglas an die Augen. Es war schwer, durch den aufgewühlten Staub irgendwelche Details zu erkennen, aber als sich seine Augen daran gewöhnt hatten, begriff er schließlich, wodurch die Staubwolke entstand und warum sie so groß war.

»Es ist eine Armee«, verkündete er.

»Das hatte ich auch vermutet«, bestätigte Ajay.

»Echt jetzt?«, fragte Nick verwundert.

Jericho bat um das Fernglas und schaute hindurch. Dann drehte er den Kopf langsam nach links. »Sie ziehen auf die Bergkette zu. Die Straße scheint direkt dorthin zu führen.«

»Welche Art Armee?«, wollte Elise wissen.

Ajay, Will und Jericho antworteten wie aus einem Mund: »Monster.«

ZWÖLF

WILLS LEBENSREGEL Nr. 12:
WENN DU ES MIT EINER ÜBERWÄLTIGENDEN ÜBERMACHT ZU TUN HAST, UNTERNIMM EINEN KLUGEN SCHRITT NACH DEM ANDEREN.

»Welche Art Monster?«, fragte Nick.

»Hör mir gut zu, Nick«, bat Ajay. »Schließ die Augen und benutz deine Fantasie. Stell dir alle schrecklichen Ungeheuer vor, denen wir bis jetzt begegnet sind. Sowohl hier als auch zu Hause.«

»Okay«, willigte Nick ein.

»Jetzt stell dir Kreaturen vor, die noch viel, viel schlimmer sind. Größer, unheimlicher, viel gefährlicher. Und davon viele Tausende.«

Nick tat, was er sagte. »Oh, echt übel.«

»Glaubst du, sie können uns hier entdecken?«, wollte Elise von Will wissen.

»Unwahrscheinlich. Sieht so aus, als würden sie einen Gewaltmarsch unternehmen, weil sie schnell irgendwohin wollen.«

»Ihre Aufmerksamkeit wird der Straße gelten«, vermutete auch Jericho und schaute Nick an. »Ich glaube nicht, dass sie uns bemerken werden. Es sei denn, wir tun etwas Dummes.«

»Wieso schauen Sie mich dabei an?«, empörte sich Nick.

»Warum so viele? Und was haben sie vor, Will?«, fragte Elise, erhob sich ebenfalls auf ein Knie und griff nach dem Fernglas, um selbst nachzusehen.

»Dave sagte uns, sie würden hier auf dieser Seite einen Angriff vorbereiten, erinnerst du dich?«, sagte Will. »Sie planen eine Invasion unserer Welt. Du hast es doch auch gehört.«

»Ja. Dann hat er also nicht gelogen oder übertrieben«, erkannte Elise.

»Franklin ließ ebenfalls immer wieder Andeutungen fallen, dass etwas Großes bevorstehen würde«, fuhr Will fort. »Aber er sagte auch, es bestehe kein Grund zur Sorge, weil die Ritter alles unter Kontrolle hätten.«

»Woher weiß er das?«, fragte Jericho.

»Er sagte, die Anderen könnten bis ans Ende der Zeit Invasionen der Erde planen, aber dazu würde es nie kommen, weil sie von sich aus nicht in der Lage seien, einen Weg in unsere Welt zu finden.« Will nahm den Schnitzer aus seinem Rucksack. »Es sei denn, sie kriegen das hier in die Finger.«

Einen Augenblick lang starrten alle das Gerät an.

»Mit dem Schnitzer ein Loch in Zeit und Raum zu schneiden, ist also die einzige Möglichkeit, von dieser Seite aus zurück in unsere Welt und auf die Erde zu gelangen«, resümierte Ajay.

»So hat Franklin es mir erklärt«, bestätigte Will.

Nick schaute sich um und sprach dann aus, was alle anderen dachten. »Eine Frage, Alter: Warum haben wir das Ding dann hierher mitgenommen?«

»Wir wissen nicht, ob Franklin die Wahrheit sagt oder sie überhaupt kennt«, räumte Will ein. »Was wäre, wenn die Schöpfer einen Weg gefunden haben, aus eigener Kraft zur Erde zu gelangen, oder kurz davor stehen, einen zu finden?«

»Wenn sie schlau genug sind, all das hier zu erschaffen ...«, sagte Elise und schaute sich um.

»Genau. Dann sind sie vermutlich auch dafür schlau genug. Franklin sagte mir, der ursprüngliche Entwurf des Schnitzers stamme von ihnen, also warum sollten sie nicht noch eine Version anfertigen können?«

»Ich will ja nicht als Spielverderber rüberkommen, Alter«, meinte Nick, »aber trotzdem haben wir das funktionierende Ding mit hergebracht.«

»Der Schnitzer ist die einzige Möglichkeit für uns, hier wieder herauszukommen«, klärte Will ihn auf. »Was für eine Wahl hätten wir sonst gehabt?«

»Hmm«, machte Nick und schaute in die Runde. »Gar nicht erst herzukommen?«

»Aber wir müssen Dave befreien«, sagte Will, spürte jedoch, wie seine eigene Überzeugung schwand. »Damit er der Hierarchie mitteilen kann, was passiert, und damit sie ihm helfen ... die Invasion aufzuhalten.«

»Die vermutlich gar nicht stattfinden kann«, warf Ajay ein, »solange sie den Schnitzer nicht haben.«

»Was hält uns dann davon ab, auf der Stelle damit einen Ausgang zu schnitzen und aus diesem Höllenloch zu verschwinden?«, fragte Nick.

Die Frage machte Will sprachlos und er schaute sich entmutigt um. Sogar Elise sah aus, als würde ihr Vertrauen langsam ins Wanken geraten.

»Nicht so hastig«, schaltete Jericho sich ein. »Lass mich das Ding mal sehen.«

Will gab ihm den Schnitzer. Jericho wog ihn in der Hand, schätzte sein Gewicht ab und überlegte. Alle warteten, was er als Nächstes sagen würde.

»Dein alter Großvater hat dir also erzählt, das hier sei der einzige existierende Schnitzer«, vergewisserte sich Jericho.

»Ja.«

»Und dieser Mann ist – korrigiere mich, wenn ich was Falsches sage – ein großspuriger, gemeingefährlicher Irrer, der sein Leben lang alle um sich herum verraten hat, und damit meine ich nicht nur seine eigene Familie, sondern auch unsere gesamte Spezies, um den fanatischen Plan zu verwirklichen, das Schicksal der Menschheit zu beeinflussen. Zu alldem glaubt er unerschütterlich an seine eigenen Wahnvorstellungen von ... so ziemlich allem.«

»Mehr oder weniger«, gab Will zu.

Jericho wandte sich ruhig an die anderen drei. »Frage an euch: Wem sollen wir vertrauen, unserem Freund Will oder seinem geistesgestörten messianischen Opa?«

Verschämt zeigten sie entweder auf Will oder murmelten seinen Namen.

»Wie es der Zufall will, bin ich mit euch einer Meinung«, verkündete Jericho und gab Will den Schnitzer zurück. »Was wolltest du sagen?«

Will stopfte den Schnitzer wieder in seinen Rucksack und war für einen Moment nicht fähig, den anderen in die Augen zu schauen. »Also, offensichtlich müssen wir gut auf dieses Ding aufpassen, damit sie es nicht in die Hände bekommen. Nur für den Fall.«

»Und nur für den Fall, dass sie eine Möglichkeit gefunden haben, noch einen zu bauen«, fügte Elise hinzu, »müssen wir zu Ende bringen, weswegen wir hergekommen sind.«

Will nickte zustimmend.

»Alles klar«, meinte Nick.

»Dann sollten wir uns besser wieder auf den Weg machen«, bemerkte Ajay, stand auf und schulterte seinen Rucksack.

»Wir gehen zum See«, ließ Will die anderen wissen. »Und versuchen, Ajays Drohne zu finden. Mal sehen, was sie uns zu berichten hat.« Damit ging er voran, den Hügel hinunter in Richtung Ebene.

Elise wollte ihm folgen, doch Jericho stupste sie leicht an und schüttelte den Kopf. »Lass ihm eine Minute Zeit«, riet er. Dann liefen sie hintereinander den Pfad hinab, angeführt von Ajay.

Unterwegs ließ Will sich immer wieder alle möglichen Szenarien durch den Kopf gehen und betrachtete sie aus verschiedenen Blickwinkeln. Doch er landete stets bei der gleichen, scheinbar unlösbaren Frage:

Rechtfertigte das, was er hier zu erreichen hoffte, das Risiko, das sie eingingen? Hatte er seine Freunde, in dem dringenden Bedürfnis zu handeln, unsäglichen Gefahren ausgesetzt? Und im Grunde ging es nicht nur um seine Freunde – es stand so viel auf dem Spiel, von ihrer eigenen Notlage einmal ganz abgesehen, dass er es gar nicht wirklich erfassen konnte.

Schlimmer konnte es gar nicht mehr kommen: Hatte er etwa in seinem Eifer, das Richtige zu tun, das Schicksal der ganzen Welt aufs Spiel gesetzt?

Und wenn ja: War er dann auch nur einen Deut besser als sein völlig durchgeknallter Großvater oder die Ritter Karls des Großen? Hatte er – trotz allerbester Absichten – den einen, entscheidenden Fehler begangen, der all *ihre* Fehler zur schrecklichen Realität machen würde?

Woher kommt das? Wieso ist das mit mir passiert? Gibt es etwas in meiner Familie, eine Arroganz in unseren Knochen, in unserem Blut oder unserer DNA, einen tödlichen Defekt in unseren Denkmustern, der uns dazu bringt, diese Art entsetzlicher, zerstörerischer Entscheidungen zu treffen?

Oder liegt es vielleicht an irgendwelchen fremden Genen, die man mir untergejubelt hat?

Er konnte die Situation drehen und wenden, wie er wollte – er fand keine Lösung, keinen Ausweg. Entweder hatte er recht oder er irrte sich. Sie würden es schon bald herausfinden.

So oder so, sie würden dafür teuer zahlen müssen.

Der Pfad lief aus, als Will den Fuß des letzten Hügels erreichte und hinaus in die Ebene trat. Nur mehr ein schmaler Weg führte durch das wilde Gras, das hier noch höher wuchs und ihm fast bis zur Schulter reichte. Ajay war eindeutig zu klein, um voranzugehen, also übernahm Will weiterhin die Führung. In Gedanken versunken, drehte er sich nicht einmal zu den anderen um.

Elise überholte die anderen, bis sie direkt hinter Will ging, der mit schweren Schritten und hängenden Schultern vorwärtsstapfte und offenbar mehr als nur das Gewicht seines Rucksacks zu tragen hatte.

Denk nicht, dass du das alleine tun musst, übermittelte sie ihm.

Tue ich nicht.

Du hast uns nicht gezwungen mitzukommen. Das haben wir freiwillig entschieden. Und keiner von uns bereut es.

Keiner außer mir.

Er warf ihr einen schnellen Blick über die Schulter zu und lächelte sie reumütig an. Elise wusste nicht, wie sie reagieren sollte. Noch nie hatte sie jemanden gesehen, der so einsam wirkte wie Will in diesem Augenblick.

Wie schon so oft, seit ihrer Ankunft im Niegewesen, richtete Will auch jetzt den Blick nach vorne und versuchte, mit Dave Kontakt aufzunehmen, ihm eine Art telepathisches Notsignal zu schicken. Er hoffte inständig, eine Antwort oder zumindest eine Bestätigung zu bekommen, dass Dave noch gerettet werden konnte und sie den richtigen Weg zu ihm eingeschlagen hatten. Die schleichende Angst, ein Selbstmordkommando anzuführen, das durchaus in einer globalen Katastrophe enden konnte, brachte ihn fast um den Verstand.

Er konzentrierte sich mit aller Kraft und wartete auf eine Antwort. Bisher hatte er keine Silbe von Dave gehört und er erwartete eigentlich auch jetzt keine Meldung. Aber statt der eisigen Stille, die er gewohnt war, hörte er nun ... etwas. Keine Worte oder eine erkennbare Stimme, auch nichts, das eindeutig »Dave« gewesen wäre. Es war so leise wie ein Flüstern, das der Wind heranträgt.

Er blendete alles andere aus und konzentrierte sich nur darauf. Es war eher ein Gefühl als ein Geräusch. Ein einzelner leuchtender Punkt auf einem Radarschirm. Aber es war immerhin etwas. Dann spürte er es ein zweites Mal. Und als er versuchte, es zu orten, so vage es auch war, schien es von den Bergen in der Ferne zu kommen. Es war nicht viel, doch genug, um ein winziges bisschen Hoffnung zu schöpfen.

Hinter Will und Elise ließ sich Ajay zurückfallen, bis er neben Jericho ging. Dann begann er, leise und eindringlich auf ihn einzureden: »Wissen Sie, Coach, bezüglich unserer vorherigen Unterhaltung musste ich daran denken, dass es einen neuen Ansatz in der Quantenphysik gibt, der in diesem Zusammenhang von gewisser Bedeutung sein könnte«, dozierte er. »Einige Wissenschaftler gehen der Vorstellung nach, dass die gesamte Schöpfung, das bekannte und das unbekannte Universum, vielleicht nichts anderes als ein Hologramm sein könnte.«

Jericho ließ Ajays Worte auf sich wirken. »Das ist wohl auch nicht verrückter als die Vorstellung, dass die Welt von einem allmächtigen Fels erschaffen wurde, der in der Leere schwebte.«

»Ein Fels?«

»Aber der Fels konnte seine Kräfte nicht entfalten und langweilte sich. Also öffnete er eines Tages seine Venen, sein blaues Blut quoll heraus und die Meere und der Himmel entstanden. Und ehe er sich's versah, war sein Körper ganz weich und rund und aus ihm war die Erde geworden.«

»Ja, richtig«, sagte Ajay und richtete seinen Blick nach oben links, um die Erinnerung in seinem Gedächtnis zu lokalisieren.

»Die Geschichte von Inyan und der Schöpfungsmythos der Lakota.«

Jericho schaute mit leichter Verwunderung zu ihm hinunter. »Gibt es eigentlich irgendwas, das du dir nicht merken kannst?«

»Wenn es etwas gibt, dann dieser Tage nicht für sehr lange«, antwortete Ajay fast entschuldigend.

Jericho schaute auf die leblosen, nachgemachten trockenen Grasfelder und hinauf in den pastellfarbenen Himmel. »Wenn das alles ein Hologramm ist, wer hat es sich dann ausgedacht? Das muss doch jemand in Gang gesetzt haben, oder?«

»Das ist die fundamentale Frage. Was war zuerst da, die Henne oder das Ei?«, entgegnete Ajay und fuhr mit der Hand über das Gras. »Aber was unsere Version der ›Realität‹ daheim betrifft, lässt sie sich vorläufig wahrscheinlich nicht beantworten. Meiner Meinung nach wirft das jedoch eine viel weitreichendere Frage auf: Wenn unser Kosmos nur ein Konstrukt oder eine Simulation ist, irgendein ultimatives Spiel innerhalb der Grenzen eines grenzenlosen, unbegreiflichen kosmischen Geistes, was sind wir dann? Unbedeutende Figuren auf irgendeinem Schachbrett, vage Gestalten in den Träumen eines alten Gottes?«

»Warum machst du dir deshalb solche Sorgen?«

Ajay wirkte verzweifelt. »Wenn das wahr ist, wie kann irgendetwas in uns oder um uns herum dann eine Bedeutung haben? Und ist es überhaupt von Bedeutung, was wir tun?«

Auch darüber dachte Jericho einen Augenblick nach. »Für uns schon«, sagte er. »Es ist genau jetzt von Bedeutung.«

Ajay schaute ihn prüfend an. »Denn wenn dem nicht so ist, was dann?«

»Nichts ist von Bedeutung«, sagte Jericho. »Also können wir auch ruhig so tun, als würde es etwas bedeuten.«

»Das finde ich ... seltsam beruhigend.«

»Sich einen Haufen Fakten merken zu können, ist eine Sache«, meinte der Coach, keineswegs unfreundlich. »Zu wissen, was diese Fakten bedeuten, ist etwas ganz anderes.«

»Wissen ist nicht gleich verstehen«, pflichtete Ajay ihm nachdenklich bei. »Ja. In diesem Zusammenhang gibt es eine relativ obskure tibetische Philosophie, der zufolge der wahre Geist gar nicht im Gehirn, sondern hier, im Bauch, angesiedelt ist.«

Nick, der das Schlusslicht gebildet hatte, war inzwischen nahe genug aufgerückt, um den letzten Teil der Unterhaltung mitzuhören.

»Das stimmt«, warf er ein. »Ich vollbringe die besten Denkleistungen mit meinem Bauch.«

»Du meinst, du entscheidest aus dem Bauch heraus?«, hakte Ajay nach.

»Richtig, Mann. Du sagst es.«

»Es ist eine andere Art des Wissens«, bemerkte Jericho.

»Exaktomundo! Wenn ich zum Beispiel wahnsinnigen Hunger habe, aber nicht weiß, was ich essen soll. Will ich einen Burger, Chickenwings oder lieber eine Pizza Hawaii? Die mit Ananas und kanadischem Speck ist der Wahnsinn! Und wenn ich mich dann nicht entscheiden kann, scheint mein Magen genau zu wissen, was ich will.«

»Faszinierend«, fand Jericho.

»Und trotzdem kaum überraschend«, warf Ajay ein.

»Ach übrigens: Wo kriegen die in Kanada diesen Speck her? Bei uns sind es immer diese würfelförmigen Stücke, aber der von denen ist schön rund. Haben die runde Schweine, oder wie? Vielleicht kannst du das mal für mich rausfinden, Ajay.«

»Das werde ich demnächst ganz sicher tun«, entgegnete Ajay.

»Das wäre toll, danke«, sagte Nick. »Trotzdem irgendwie ein Rätsel, oder nicht?«

»Eines der großen Rätsel dieser Welt«, bestätigte Jericho.

Nick entfernte sich mit einem Salto rückwärts, um wieder das Schlusslicht zu bilden. »Leute, es ist so abgefahren hier. Keine Vögel, keine Insekten, nirgends ein Tier. Wie ein riesiger seltsamer Vergnügungspark.«

Jericho und Ajay schauten einander an. Ajay hatte den Eindruck, der Coach werde gleich loslachen.

»Ich mache mir Sorgen um ihn«, gestand er.

»Warum?«

Ajay senkte die Stimme. »Ist es möglich, dass er infolge der Erlebnisse hier noch unterbelichteter wird?«

Jericho schaute zurück zu Nick. »Ich sehe das anders.«

»Wie denn?«

»Vielleicht ist sein Geist, auf seine eigene Art, eine Art Superkraft.«

»Was für eine bizarre Vorstellung. In welcher Hinsicht?«

»Sein Geist sorgt dafür, dass er im Jetzt und Hier bleibt«, erklärte Jericho und schaute wieder zu Nick, der akrobatische Turnübungen machte und in die Luft sprang. »Er denkt nicht zu viel über die Dinge nach und reagiert auf das, was gerade passiert, ohne dass ihm dabei sein Kopf in die Quere kommt.«

»Und berücksichtigt man seine besonderen Fähigkeiten«, ergänzte Ajay nachdenklich, »die fast ausschließlich auf Instinkt beruhen, egal wie abwegig er es definiert, wäre das ...«

»... außerordentlich praktisch.«

Will schaute hinter sich. Nur sein Kopf und der von Jericho ragten über die Graslinie hinaus und der Pfad war gerade breit genug, dass sie nebeneinander gehen konnten, ohne die Halme an den Seiten zu berühren. Es schien höchst unwahrscheinlich, dass irgendetwas oder irgendjemand sie hier entdecken würde.

Und das war auch gut so, denn als Will das Gelände bis zum

anderen Ufer des Flusses überblickte, zeichnete sich die Staubwolke, die von der Armee aufgewirbelt wurde, viel deutlicher ab und war bereits mit bloßem Auge zu erkennen. Er konnte auch sehen, dass sich die Truppen scheinbar endlos in beide Richtungen ausdehnten.

Will schätzte, dass sie fast eine Stunde unterwegs gewesen sein mussten, als das Ufer des Sees in Sicht kam. Und genau wie Ajay es vorausgesagt hatte, erschien als Erstes eine große Gruppe von Eukalyptusbäumen. Fast erinnerten sie Will an die Bäume, die er aus seiner Zeit in Südkalifornien kannte – wenn sie nicht mindestens doppelt so groß und bunter als ein Regenbogen gewesen wären.

Die Tiere waren jetzt ebenfalls besser zu erkennen. Sie standen in kleinen Gruppen, meist nach Arten getrennt, am Flussufer zu ihrer Rechten. Einige der seltsam gestreiften Kängurus, die Ajay entdeckt hatte, hüpften herum, und Herden großer Huftiere, die aussahen wie Kühe mit gezwirbelten Hörnern, wateten durch das seichte Wasser.

Will sah leuchtend rote Gazellen mit langen Rüsseln wie die von Ameisenbären, rhythmisch und elegant vorbeispringen. Ein Rudel bösartig aussehender, hyänenähnlicher Kreaturen mit acht spinnenartigen Beinen schlich an den Rändern des Gebiets herum und hielt nach Beute Ausschau. Eidechsen so groß wie Clubsessel suhlten sich im Uferschlamm und unter der Wasseroberfläche schien eine Formation gigantischer Lebewesen zu lauern, die Will nicht genau ausmachen konnte. Die Schreie, das Kreischen und die Rufe, die von dort herüberdrangen, hörten sich an wie ein Orchester, das seine Instrumente stimmt.

»Siehst du Löwen?«, fragte Nick neugierig.

Er war plötzlich neben Will aufgetaucht, hüpfte neugierig auf und ab und versuchte, über das hohe Gras zu schauen.

»Noch keine Großkatzen gesichtet«, ließ ihn Will wissen. »Halt den Kopf unten.«

»Auch keine Vögel«, bemerkte Jericho, der ebenfalls Ausschau hielt.

»Seit wir hier sind, haben wir nicht einen einzigen Vogel gesehen«, sagte Elise.

»Vielleicht haben diese Schöpfertypen bis jetzt noch keine Vögel hingekriegt«, mutmaßte Nick.

»Das ist höchst unwahrscheinlich«, warf Ajay ein. »Unter den Landwirbeltieren oder Tetrapoden gehören sie mit über zehntausend identifizierten Arten zu den am weitesten verbreiteten und anpassungsfähigsten Gattungen auf der Erde.«

»Und das bedeutet?«, hakte Elise nach.

»Es muss Absicht sein«, meinte Ajay. »Aus irgendeinem Grund wollen oder können sie nicht mit den Vertretern der Lüfte aus dem Tierreich arbeiten.«

»Wir müssen um dieses ganze Gebiet einen Bogen machen«, verkündete Will und zeigte in Richtung des Flussdeltas. »Wenn wir nur eines dieser Tiere aufscheuchen, würde man das auf der anderen Seite des Flusses bemerken.«

Sie gingen weiter, jetzt parallel zum Fluss, blieben aber im Schutz des hohen Grases. Je näher sie dem See kamen, desto mehr dünnte der Grasbewuchs aus, bis er schließlich etwa fünfzig Meter vor den Eukalyptusbäumen ganz verschwunden war. Ein großer Hain der riesigen Bäume breitete sich zwischen ihnen und dem See aus und dahinter entdeckten sie einen langen weißen Sandstrand.

Außerdem gab es dort auch einige Objekte, die Ajay aus der Ferne nicht hatte sehen können, da sie größtenteils hinter den Bäumen versteckt gewesen waren.

Vor ihnen, im rechten Winkel zu ihrer Position, verlief eine Straße quer durch die Ebene und den Eukalyptushain bis zum

Wasser und endete an einer massiven Holzbrücke über das Delta, wo der Fluss in den See mündete. Kurz vor der Brücke wurde der Fluss durch einen knapp zwei Meter hohen Erddamm gestaut und dann kontrolliert unter ihr hindurchgeleitet. Eine Gruppe kleiner, gepflegter Holzhäuser stand auf einer Lichtung am diesseitigen Ende der Brücke, die sich über etwa vierhundert Meter bis zum anderen Ufer erstreckte.

»Ajay, sieh dir das mal an«, sagte Will mit gedämpfter Stimme.

Ajay ging bis zum Rand des Grasfelds, kniete sich auf den Boden und ließ den Blick über das Gelände schweifen.

»Es scheint ein aktives Lager zu sein ... Da steigt Rauch von einem Feuer auf der Lichtung zwischen den Hütten auf, von denen offenbar zumindest eine bewohnt ist ... Vor einer Wand sind verschiedene Waffen aufgestapelt, nicht viele, aber genug, um einen kleinen Außenposten oder eine Garnison zu verteidigen – worum es sich in diesem Falle wohl handeln dürfte ...«

»Sie bewachen die Brücke«, folgerte Jericho.

»Das ist anzunehmen«, bestätigte Ajay und schaute nach links. »Was darauf hindeutet, dass sie strategisch nicht gerade unwichtig ist, denn ich kann von diesem Standpunkt aus zum ersten Mal erkennen, dass sich der See viele, viele Kilometer von uns aus gesehen nach links ausdehnt.«

»Wenn wir also nicht vorhaben zu schwimmen, ist diese Brücke der einzige Übergang«, kombinierte Will und fügte hinzu: »Falls wir zu diesen Bergen gelangen wollen.«

»Es ist der einzige Übergang, den ich sehen kann.«

»Ich nehme nicht an, dass du eines deiner aufblasbaren Boote mitgenommen hast«, sagte Nick.

»Ich hatte nicht für alles Platz«, erklärte Ajay. »Und nur Gott weiß, welche Monstrositäten sich in diesem See verbergen.«

»Da kommt etwas«, meldete Elise und deutete auf den Weg hinter ihnen.

Kurz darauf hörten sie galoppierende Pferde und wichen schnell zurück in das hohe Gras. Eine halbe Minute später erschien eine kleine Gruppe von etwa zehn Reitern, die sich über die Straße dem See näherte. Ihre riesigen schwarzen Pferde waren von einem anstrengenden Ritt schweißgebadet. Die Reiter verlangsamten ihr Tempo, als sie zu den Bäumen gelangten.

Es handelte sich um Soldaten – sie trugen Helme und modern wirkende, mehrteilige Rüstungen und dazu über der Schulter Waffen, die aussahen wie Gewehre. Sie bewachten oder eskortierten zwei Reiter in ihrer Mitte.

Einer der beiden, der das Kommando zu haben schien, trug die gleiche Rüstung, aber nicht den gleichen glatten schwarzen Helm wie die anderen. Will erkannte den glänzenden, kahlen Schädel des Mannes sofort.

Hobbes.

Die andere Reiterin in der Mitte trug ebenfalls einen Harnisch, aber auch keinen Helm. Sie saß fest im Sattel und eine lange blonde Mähne wehte hinter ihr im Wind.

»Oh mein Gott«, entwich es Elise.

Wills Herz wurde schwer. Es war Brooke.

In diesem Augenblick schaute Ajay plötzlich nach rechts oben zu etwas, das die anderen nicht sehen konnten.

»Oje!«, sagte er. »Da kommt meine Drohne.«

DREIZEHN

WILLS LEBENSREGEL Nr. 13:
LIES BÜCHER UND DU WIRST KLÜGER.
LIES MENSCHEN UND DU WIRST WEISER.

»Keiner bewegt sich«, befahl Will.

Hobbes, der die Gruppe jetzt anführte, hob die rechte Hand und die Reiter ließen ihre Pferde im Schritt gehen. Als sie den Eukalyptushain erreichten, ging der Weg in eine gepflasterte Straße über und das laute Klappern der Pferdehufe erfüllte die Luft. Plötzlich reckte Hobbes eine geballte Faust in die Luft und die Reiter blieben stehen.

Er ritt zum Rand der Baumgruppe zurück und suchte mit den Augen den Horizont ab, einschließlich der Graslinie, hinter der sich die Freunde versteckt hatten.

Hatte er sie gehört, sie gesehen oder gar eine seiner unheimlichen Kräfte benutzt, um sie aufzuspüren?

Hobbes rief den Reitern etwas zu und winkte die meisten von ihnen weiter bis zum Lagerplatz, bedeutete aber einem von ihnen, zu ihm zu kommen. Einen Augenblick später gesellte sich Brooke zu ihm. Er redete lange mit ihr und seine Arme machten ausholende Bewegungen Richtung Horizont.

Dann fragte er sie offenbar, ob sie etwas bemerkte.

Brooke schaute nach vorne und suchte den gleichen Bereich ab, den Hobbes zuvor genauer gemustert hatte. Ihr Blick schweifte über das hohe Gras, verharrte oder landete jedoch nicht auf ihrem Versteck.

Neben Ajay kniete Will, der spürte, wie sein Freund vor Angst zitterte. Aber Ajay blieb mucksmäuschenstill und auch die anderen rührten sich nicht.

»Wie lange braucht die Drohne noch, bis sie hier ist?«, flüsterte Will.

Ajay schaute nach oben in die Bäume und öffnete die Augen weit. »Dreißig Sekunden.«

Hobbes und Brooke unterhielten sich inzwischen sehr angeregt und Hobbes zeigte zurück zum Außenposten und der Brücke und erteilte einige Befehle. Will konnte zwar nicht hören, was sie sagten, aber es war nicht schwer zu erraten: Das da unten war ein Suchtrupp und offenbar waren Hobbes und die anderen zu dem Schluss gekommen, dass die Brücke der strategisch beste Punkt war, um ihrer Beute aufzulauern.

Ihre Unterhaltung dauerte viel zu lange.

Wir müssen sie schnell von hier vertreiben. Will schaute Elise eindringlich an, als er ihr diesen Gedanken schickte.

Können wir ihnen das einflüstern?

Den beiden nicht. Sie werden herausfinden, wo es herkommt, und dann wissen sie, dass wir in der Nähe sind.

Ihre Augen flitzten hin und her und fixierten dann ...

Die Pferde, übermittelte sie ihm. *Ich nehme mir Brookes vor.*

Beide Tiere sahen erschöpft und verschwitzt aus von dem langen Ritt. Will konzentrierte sich auf Hobbes' Pferd und schickte ihm eine Reihe von Gedankenbildern: Futter und Wasser im Lager direkt vor ihm.

Das Pferd scharrte ungeduldig mit den Hufen und tänzelte herum, aber Hobbes hatte die Zügel fest im Griff. Brookes Tier jedoch stieg hoch und stürmte sofort in Richtung Lager. Sie packte die Zügel und versuchte mit aller Kraft, das Pferd zu bändigen, konnte sich aber schließlich nur noch an ihm festhalten. Hobbes galoppierte an ihre Seite und versuchte, sich vorzubeugen und das Zaumzeug zu packen, als sie die Holzhäuser erreichten.

Die anderen Reiter waren schon abgestiegen, ließen ihre Pferde an einem langen Trog trinken und stellten Säcke mit Futter bereit. Sie stoben auseinander, als Brookes Pferd auf die Lichtung zwischen den Häusern preschte.

Als Hobbes das Zaumzeug endlich zu fassen bekommen hatte, blieb Brookes Gaul abrupt stehen und bäumte sich auf. Sie musste auf den Boden springen, um nicht abgeworfen zu werden. Wütend landete sie auf den Füßen und hob drohend die Hand. Das Pferd wieherte wie wild, stieg wieder hoch und trat dann nach ihr. Brooke konnte gerade noch ausweichen. Hobbes stieg ab und eilte zusammen mit ein paar Soldaten herbei. Er griff nach den Zügeln, und nachdem es ihnen schließlich gelungen war, das Tier zu bändigen, führten die Soldaten es zu den Ställen.

Ich habe dir noch gar nicht erzählt, dass ich die Pferdesprache ganz gut beherrsche, ließ Elise Will wissen.

Das sehe ich.

Ich habe damit angefangen, lange bevor wir herausfanden, wie das mit den Gedankenbildern funktioniert.

Was hast du zu ihm gesagt?

Ich habe es darüber aufgeklärt, was für ein unheimliches, durchgedrehtes Miststück auf seinem Rücken sitzt.

»Da kommt sie«, meldete Ajay plötzlich leise. »Genau nach Plan.«

Er zeigte nach oben zu den Bäumen. Will nahm einen schwachen Schimmer in der Luft wahr, der in hohem Bogen sehr schnell auf sie zukam, und machte die dunkleren Umrisse der Drohne aus. Dann hörte er ein entferntes Summen, nicht lauter als das einer herannahenden Biene.

»Komm schon, Baby«, murmelte Ajay. »Komm zu Papa.«

Aber als die Drohne die Baumreihe ganz in ihrer Nähe schon

fast überwunden hatte, blieb sie an einem Zweig hängen, geriet ins Trudeln, überschlug sich ein paar Mal und verfing sich schließlich in den Ästen. Gut vier Meter über dem Boden und nur zwanzig Meter vom Soldatenlager entfernt.

Rasch holte Ajay die Fernsteuerung aus seinem Rucksack und stellte den Motor der Drohne ab. Da die Soldaten noch immer mit dem Durcheinander beschäftigt waren, das Brookes Pferd verursacht hatte, schien keiner von ihnen etwas zu bemerken.

Hobbes schaute in ihre Richtung, doch er sah nur ein paar Blätter, die langsam zu Boden segelten. Er machte ein paar Schritte darauf zu, aber als Brooke einen der Soldaten wütend anschrie, weil ihr Pferd fast durchgegangen wäre, richtete er seine Aufmerksamkeit wieder auf das Lager.

»Ganz die alte Brooke«, bemerkte Nick und schüttelte den Kopf, während er beobachtete, was dort vor sich ging.

»Was macht sie hier?«, fragte Elise.

»Offensichtlich ist sie durch und durch schlecht«, stellte Ajay verbittert fest und schaute zu Will. »Und ist es schon gewesen, als wir sie kennenlernten.«

»Ihr Vater ist ein Ritter«, sagte Will. »Er hat die ganze Zeit über alles Bescheid gewusst. Sie ist ihm gegenüber loyal.«

»Ich kann es noch immer nicht glauben«, gestand Nick.

»Blut ist eben dicker als Wasser, alter Junge«, bemerkte Ajay.

»Was auch immer der Grund sein mag«, sagte Jericho. »Sie ist jetzt deren Problem.«

»Ja, genau, viel Spaß damit, Hobbes«, stimmte Nick ein. »Das nächste Mal, wenn sie dich wütend anzischt, bringt sie deine Visage zum Brutzeln.«

»Aber wie sind die beiden überhaupt hierhergekommen?«, wunderte sich Elise. »Schließlich haben wir den einzigen Schnitzer und nur damit kann man auf die andere Seite gelangen.«

»Ich weiß es nicht«, gab Will zu. »Vielleicht hat Franklin mich belogen. Möglicherweise besitzen die Schöpfer doch noch einen.«

»Vermutlich einen, von dem er gar nichts wusste«, mutmaßte Ajay.

»Oder vielleicht sind sie uns einfach gefolgt«, meinte Jericho.

»Ich dachte, die Portale bleiben nur für kurze Zeit geöffnet«, gab Elise zu bedenken.

»Das hat er mir erzählt«, sagte Will. »Kann sein, dass der alte Mann auch in diesem Punkt gelogen hat.«

»Allmählich muss man sich doch fragen, ob er dir überhaupt einmal die Wahrheit gesagt hat«, empörte sich Ajay.

»Trotzdem ist es irgendwie abgefahren«, meinte Nick.

»Was?«, fragte Elise.

»Sie haben Pferde, Mann.«

»Wir stehen noch immer vor demselben Problem«, mahnte Ajay und ignorierte ihn. »Wie kriegen wir die Drohne aus dem Baum?«

»Ich kann raufklettern und sie holen, wenn wir warten, bis es dunkel ist«, bot Nick an, aber als alle ihn ansahen, sagte er kleinlaut: »Ach ja. Stimmt.«

»Wir müssen warten, bis sie hier weg sind«, sagte Jericho, »oder irgendwie dafür sorgen, dass sie aus dem Lager verschwinden.«

»Lasst uns eine Weile warten«, schlug Will vor. »Vielleicht ziehen sie ja von selbst weiter.«

Daraufhin legte sich Jericho sofort auf den Boden, stopfte sich den Rucksack unter den Kopf, faltete die Arme über der Brust und schloss die Augen. »Weckt mich, wenn es so weit ist.«

»Großer Gott, wie können Sie denn jetzt schlafen?«, staunte Ajay.

»Das ist exakt der richtige Zeitpunkt zum Schlafen«, erklärte Jericho und fiel offenbar augenblicklich in einen tiefen Schlummer.

»Alter, das ist ein super Tipp«, fand Nick, legte sich neben ihn, schob sich den Rucksack unter den Kopf und machte die Augen zu.

Ajay schaute zu Will und Elise. »Haben die beiden komplett den Verstand verloren?«

»Wer weiß, warum versuchst du es nicht auch?«, fragte Elise und legte sich ebenfalls hin. »Eine kurze Pause kann bestimmt nicht schaden.«

»Ich bin viel zu aufgekratzt«, entgegnete Ajay. »Ich fühle mich, als wäre ich die ganze Nacht auf gewesen und hätte einen Sixpack Energy-Drinks intus, weil ich gleich die Aufnahmeprüfung für die Uni machen muss.«

Nick öffnete ein Auge. »Glaub mir, Alter, wenn es etwas gibt, worüber du dir keine Sorgen machen musst, dann ist es die Aufnahmeprüfung.«

»Dann behalte bitte die Lichtung im Blick, Ajay«, trug Will ihm auf, stellte seinen Rucksack ab und legte sich neben die anderen.

»Mein Gott, nicht du auch noch!«

»Weck mich, wenn sich was tut. Ich muss nachdenken. Wenn alles ruhig bleibt, gib mir zwanzig Minuten.«

Will schloss die Augen. Er wusste nicht, ob er schlafen konnte, war aber froh über jede Gelegenheit, sich auszuruhen und das Problem, mit dem sie sich konfrontiert sahen, seinem Unterbewusstsein zu überlassen. Es dauerte nur wenige Sekunden und er schlief tief und fest.

Ajay stellte im Kopf einen Wecker und hockte sich an den Rand des Grases, um das Lager zu beobachten.

Die Soldaten brieten etwas Großes und Hässliches an einem langen Spieß über dem Feuer. Sie gossen heiße Getränke in Becher, die aussahen, als seien sie aus Totenschädeln gefertigt. Dann aßen und tranken sie, redeten aber nicht viel. Eine besondere sprachliche Ausdrucksfähigkeit schien nicht zu ihren herausragenden Eigenschaften zu gehören.

Hobbes beriet sich mit einem seiner Soldaten – den Insignien auf seiner Uniform und dem Helm nach zu urteilen eine Art Unteroffizier. Auf der Veranda des größten Gebäudes, vermutlich eine Soldatenunterkunft, betrachteten sie gemeinsam ein großes Stück Pergament, auf dem sehr wahrscheinlich eine Karte abgebildet war.

Nicht weit entfernt saß Brooke alleine auf der Treppe eines anderen Gebäudes. Sie sah blass und elend aus. Einer der Soldaten brachte ihr einen Teller mit Essen. Nachdem sie einen Blick darauf geworfen hatte – irgendein verbranntes, grässliches Fleisch –, verzog sie theatralisch das Gesicht, kostete einen winzigen Bissen, verzog das Gesicht noch mehr, sagte etwas Beleidigendes zu dem Soldaten und warf den Teller nach ihm.

»Immer noch ganz die alte Brooke«, flüsterte Ajay.

Fünfzehn Minuten später rief Hobbes die Soldaten zusammen und sie holten die Pferde aus den Ställen. Gemeinsam mit einem halben Dutzend der Männer, mit denen sie gekommen waren, stiegen auch Hobbes und Brooke auf – sie hatte jetzt ein anderes Pferd gesattelt. Der Rest blieb bei den Soldaten der Garnison zurück. Hobbes gab das Zeichen zum Aufbruch und die Pferde trabten mit laut klappernden Hufen über die Holzbrücke davon.

Das Geräusch weckte Will sofort, noch bevor Ajay ihn an der Schulter rütteln konnte. Erfrischt und entspannt kniete er sich neben ihn und schaute zum Lager hinüber.

»Wie viele haben sie zurückgelassen?«

»Nach meiner Zählung«, antwortete Ajay und suchte die Garnison innen und außen ab, »achtzehn Mann.«

Will aktivierte sein Raster und gelangte nach einer schnellen

Addition der Wärmesignaturen zum gleichen Ergebnis. »Das kann man ja kaum als einen fairen Kampf bezeichnen, meinst du nicht auch?«

Ajay grinste.

Inzwischen waren auch Jericho und Elise erwacht. Nick schnarchte noch leise, kam aber sofort zu sich, als Will ihn mit dem Fuß anstieß.

»Was ist los, Chef?«, fragte er.

»Ich habe einen Plan«, verkündete Will.

Als Erstes hörten die Soldaten am Lagerfeuer, dass die Pferde im Stall wieherten und unruhig auf der Stelle trampelten. Wenn sie sich so verhielten, bedeutete das meist, dass große und gefährliche Tiere in der Nähe waren. Drei der Männer gingen hinein, um sie zu beruhigen.

Nick erwartete sie schon. Drei weniger, blieben noch fünfzehn.

Kurze Zeit später hörten die übrigen Soldaten, wie sich große, gefährliche Tiere dem Außenposten näherten. Donnernde Schritte, gefolgt von markerschütterndem Jaulen. Es wäre nicht das erste Mal, dass eine Herde wilder Tiere vom Flussdelta in ihre Garnison eindrang, und sie wussten, was zu tun war: Die Soldaten griffen zu den Waffen, versammelten sich in der Mitte des Lagers, brachten die Gewehre in Anschlag und gingen in Verteidigungsstellung.

Etwas rannte von der Straße her durch den Eukalyptushain auf sie zu. Sie konnten nicht genau erkennen, was es war, nahmen die Bewegung eher als eine Linie aus aufgewirbeltem Staub wahr, statt sie wirklich zu sehen. Also versuchten sie, sie ins Visier zu nehmen, und hielten sich bereit.

Noch bevor die Soldaten abdrücken konnten, rauschte der verschwommene Fleck mitten durch das Lager an ihnen vorbei und auf die Brücke zu. Sechs von ihnen drehten sich um und rannten ihm hinterher, während die anderen befehlsgemäß ihre Positionen hielten, da sie einen Angriff von den noch immer unsichtbaren, aber deutlich zu hörenden großen Tieren erwarteten, die sich vom Fluss her zu nähern schienen und die Eukalyptusbäume ins Wanken brachten.

Der verschwommene Fleck änderte im letzten Moment die Richtung, entfernte sich wieder von der Brücke und drehte hinter einem der größeren Gebäude auf dem Gelände bei. Die sechs Soldaten hielten die Verfolgung aufrecht, bis ein gigantischer Bär lautlos hinter dem Gebäude hervor auf sie zusprang.

Neun erledigt, blieben noch neun.

Der Unteroffizier nahm einen Aufruhr hinter dem großen Gebäude wahr, der ihn zutiefst beunruhigte, und dann hörte er etwas, das einen seltsamen Brummton von sich gab, als es über den Köpfen der restlichen Soldaten herabschoss. Als er entdeckte, was den Ton verursachte, hatte er erst recht Grund zur Sorge.

Etwas fiel aus dem Himmel auf sie herab – ein kugelförmiges Objekt, mit nichts vergleichbar, das er kannte – und dann explodierte die Kugel, erweiterte oder öffnete sich zu etwas anderem, verwandelte sich irgendwie in ein großes Netz aus dünnem Seil. Es fiel auf sie herunter, schlang sich sofort um ihre Arme und Beine, und je mehr sie versuchten, es abzuschütteln und ihre Waffen zu befreien, desto fester schien es sie einzuschnüren. Sie konnten ihre Gewehre kaum noch festhalten.

Dann trat ein Mädchen hinter einem Baum in der Nähe hervor und kam auf sie zu. Es war ein junges Mädchen mit langem schwarzem Haar, zierlich und sehr hübsch, und während er weiter mit dem Netz kämpfte, dachte der Unteroffizier: Der kahle Mann hat mich vor einem Mädchen gewarnt, das ...

Als es sich ihm bis auf etwa drei Meter genähert hatte, blieb das Mädchen stehen, sammelte sich, holte tief Luft und öffnete den Mund weit.

Und das war das Letzte, woran sich die Soldaten erinnern konnten.

Die Freunde schleppten alle reglosen Körper in das größte der Gebäude – eine Baracke mit hölzernen Etagenbetten. Jeder von ihnen zog einem Soldaten, dessen Größe ihm am ehesten entsprach, die Rüstung aus. Obwohl sie die erwarteten Maße eines menschlichen Körpers hatten, stellten Will und die anderen beim Abnehmen der Masken fest, dass es sich bei den Soldaten nicht wirklich um Menschen, sondern um menschenähnliche Mischwesen handelte. Keine zwei Gesichter ähnelten einander. Offenbar war jeder von ihnen mit irgendeinem wilden Tier gekreuzt worden – Keiler, Schakal, Ochse, Wolf und zu Nicks Entzücken ...

»Hey, ich glaube, der hier ist halb Löwe!«

»Gut, Nick, dann ist deine Exkursion ja ein Erfolg«, gratulierte Elise. »Mach artig Meldung beim Lehrer.«

»Wie auch immer. Jedenfalls erhebe ich Anspruch auf die Rüstung des Löwentypen.«

Sobald sie fertig waren, half Ajay jedem von ihnen beim Anziehen – Stiefel, Beinschienen, ein Brustpanzer, so etwas wie Schulterpolster und schwere Handschuhe. Die Rüstung schützte sie fast von Kopf bis Fuß.

»Sie scheint aus einem Material ähnlich wie Kohlefaser oder waffenfähigem Kevlar zu bestehen – womit wohl widerlegt wäre, dass es hier keine fortschrittliche Technologie gibt.« Ajay hob eine der Waffen auf. »Und diese Sturmgewehre unterscheiden sich offenbar auch nicht sonderlich von einem gewöhnlichen M16«, fügte er hinzu und schaute in den Lauf. »Wahrscheinlich sind sie sogar besser.«

»Schieß dir nicht das Auge aus, Junior«, warnte Jericho, nahm ihm die Waffe ab, überprüfte das Magazin und hängte sich das Gewehr über die Schulter.

»Was ist mit dir, Ajay?«, fragte Will, nachdem sie alle ihre Rüstung angelegt hatten.

»Oh nein, davon würde mir keine passen«, entgegnete er. »Ich bin viel zu klein.«

»Zu blöd, dass sie nicht einen dieser Typen mit einer Krabbe gekreuzt haben«, meinte Nick. Aber nachdem ihm Elise fest in die Schulter geknufft hatte, schob er noch ein »'tschuldigung« hinterher.

»Nick, hilf mir mit den Pferden«, forderte ihn Jericho auf und lief in Richtung Stall. Nick folgte ihm.

Will schaute hinab auf die Gesichter der Soldaten, die sie demaskiert hatten. »Erinnert mich an die Tiermasken, die wir in der Nähe der Tunnel gefunden haben. In dieser Kiste, die den Rittern gehörte.«

»Vermutlich ist das kein Zufall«, mutmaßte Ajay.

»Kommt mir vor, als sei das schon unglaublich lange her, euch auch?«, fragte Elise.

»Hundert Jahre«, erwiderte Will. »Lasst uns von hier verschwinden.«

Als sie nach draußen gingen, sah Will, wie Elise vor ihm sich das Gewehr so umlegte, dass sie jederzeit schießen konnte. Sie schien sich vollkommen wohlzufühlen in dieser glatten schwarzen Rüstung, die ihre innere Aggressivität sehr gut zum Ausdruck brachte.

Elise musste gespürt haben, dass er sie beobachtete, denn sie drehte sich um und warf ihm einen Blick zu.

Was machen wir jetzt mit Ajay?, fragte sie ihn. *Wenn er keine Rüstung trägt, werden sie ihn sofort erkennen, aber wir können ihn nicht zurücklassen.*

Natürlich nicht. Er kommt mit uns. Wir finden schon eine Lösung.

Wenn ihm etwas passiert ...

Ihm wird nichts passieren. Keinem von uns wird etwas passieren. Ich arbeite daran.

Es gibt also kein Zurück mehr.

Richtig. Der Moment der Wahrheit naht.

Zeit, ein paar Türen einzutreten, gründlich aufzuräumen und die Sache klarzumachen.

Du nimmst mir das Wort aus dem Mund ...

Will bemerkte, dass Ajay mit weit geöffneten Augen zwischen ihnen hin und her schaute, als verfolge er ein Tennismatch.

»Seit wann könnt ihr das schon?«, wollte er wissen.

»Was?«, fragte sie zurück und schaute dann alarmiert Will an. *Ist es so offensichtlich?*

»Du weißt genau, was ich meine«, entgegnete Ajay. »Es hat keinen Sinn, mich anzulügen. Ist euch klar, wie viele Anzeichen ich allein durch Beobachtung der Gesichtsmuskeln dafür finden kann, dass jemand nicht die Wahrheit sagt? Fünfundvierzig! Also, seit wann?«

Elise schaute Will ratlos an. Er sah keinen Grund, es noch länger zu verheimlichen.

»Schon eine ganze Weile«, gestand er. »Seit letztem Frühjahr.«

»Tatsächlich? Wie faszinierend. Ich bin erstaunt, dass ihr es so lange vor mir verbergen konntet. Glaubt ihr, das ist auch eine Begleiterscheinung unseres genetischen Vermächtnisses?«

»Ja«, bestätigte Will. »Definitiv.«

»Ja, natürlich ist es das«, sagte Ajay mehr zu sich selbst. »Dann müsste es bei mir doch auch funktionieren. Das wäre naheliegend. Könnt ihr es mir beibringen?«

Will antwortete nicht. Jetzt schaute er Elise an und wollte von ihr wissen, was sie darüber dachte.

»Man muss sehr viel trainieren«, sagte sie.

»Wenn ich irgendetwas habe, dann ja wohl eine schnelle Auffassungsgabe«, sagte Ajay. »Bitte, versuch es, Elise. Wer weiß, vielleicht kann es uns noch nützlich sein, wenn ich es beherrsche.«

Will war einverstanden und nickte Elise zu, auf die Ajay weiterhin seine gesamte Aufmerksamkeit richtete.

Er will es zuerst mit dem hübschen Mädchen versuchen, übermittelte Will ihr. *So eine Überraschung.*

Elise wandte den Blick ab und wirkte leicht verlegen. Sofort war Will sich wegen seiner Wortwahl unsicher. Hätte er nicht hübsch sagen sollen? Er war einfach, ohne nachzudenken, damit herausgeplatzt, weil es offensichtlich eine lächerliche Untertreibung war.

»Lass es uns versuchen, Ajay«, willigte sie schließlich ein. »Angesichts deiner enormen Gehirnleistung sollte es dir nicht allzu schwerfallen.«

»Okay – ich bin bereit«, sagte er begeistert.

Sie versuchte, ihm einen Gedanken zu übermitteln. Ajay schloss die Augen und verzog so angestrengt das Gesicht, als sei er schon beim zwanzigsten Liegestütz.

»Nicht so verkrampft«, riet Will.

»In Ordnung.«

Dann versuchte er genauso angestrengt, sich zu entspannen. Will sah zu, wie Elise ihm einen weiteren Gedanken schickte, und wartete. Ajay schüttelte den Kopf.

»Ich empfange noch immer keine einzige Silbe«, vermeldete er frustriert und öffnete die Augen.

»Mach dir keine Sorgen«, beruhigte ihn Elise. »Es ist neu für dich. Wahrscheinlich dauert es ein bisschen.«

»Aber das ist so wahnsinnig enttäuschend …«

»Sei nicht so hart zu dir selbst, Kumpel«, versuchte Will, ihn aufzumuntern. »Es ist, als würde man eine Fremdsprache lernen, weiter nichts.«

»Wenn ich Französisch in drei Tagen lernen kann, sollte mir das hier doch auch gelingen.«

»Das wird es auch«, versicherte Will, »aber wir müssen unterwegs üben.«

Jericho und Nick kehrten mit vier frischen, gesattelten und aufgezäumten Pferden von den Stallungen zurück.

»Sucht euch ein Pferd aus«, sagte Jericho.

»Oje, ich fürchte, ich bin kein guter Reiter«, meinte Ajay und wich vor den gewaltigen Tieren zurück.

»Du reitest mit mir«, beruhigte ihn Jericho.

»Welches willst du?«, fragte Will Elise.

Sie schaute sich eines nach dem anderen an und wandte sich dann zu den Stallungen. Will sah, dass sie sich konzentrierte und einen Gedanken in diese Richtung sandte. Dann steckte sie zwei Finger in den Mund und pfiff.

Das Pferd, das Brooke fast niedergetrampelt hätte, kam heraus und trottete direkt auf Elise zu, blieb dann vor ihr stehen, senkte den Kopf und stampfte mit dem Fuß auf. Es war ein wunderschönes Tier, glänzend schwarz mit langer, zottiger Mähne, buschigem Schweif und wilden, intelligenten Augen.

»Dieses hier«, sagte sie und streichelte über die Blesse auf seiner Stirn. »Wir haben schon darüber gesprochen.«

Ajay beugte sich zu ihr vor und flüsterte: »Es funktioniert auch mit Pferden?«

»Das hier habe ich in der Soldatenunterkunft gefunden«, berichtete Jericho und hielt eine Pergamentrolle hoch. »Sehen wir es uns einmal an.«

»Hey, das hätte ich fast vergessen«, sagte Nick. »Ich muss ja noch die Drohne holen.«

Nick band die Pferde an der Stange vor dem Gebäude fest und rannte zurück zum Eukalyptushain.

Jericho entrollte das knisternde Pergament, auf dem eine handgezeichnete Karte in vielen bunten Farben zu sehen war, und legte sie auf der Veranda aus, damit alle sie sich ansehen konnten. Die Schriftzeichen entstammten keiner ihnen bekannten Sprache, aber viele geografische Merkmale waren leicht zu identifizieren.

»Der See«, sagte Will und zeigte auf einen blauen Abschnitt unten in der Mitte. »Der Fluss. Die Brücke. Also befinden wir uns hier.«

Er legte den Finger auf die Darstellung des Außenpostens und fuhr den eingezeichneten Weg über die Brücke entlang.

»Wenn wir dem Weg auf die andere Seite folgen, stößt er auf diese Hauptstraße hier«, erläuterte er. »Wie Sie es schon gesehen haben, Coach, führt sie zu den Bergen.«

Will zeigte auf eine Reihe von Schlangenlinien ganz im Nordwesten – ein Symbol, das er als topografische Darstellung einer Bergkette erkannte.

»Was ist das hier?«, fragte Elise.

Sie deutete auf sechs miteinander verbundene Sechsecke im Schutz der Berge am Ende der Straße, die schwarz umrahmt und rot ausgemalt waren.

»Ich nehme an, das ist die Zitadelle«, antwortete Will.

»Wohin die Armee unterwegs ist«, ergänzte Jericho.

»Und da finden wir Dave?«, erkundigte sich Ajay.

»Ich denke schon«, entgegnete Will.

Nick kam zurück ins Lager gerannt, in einer Hand Ajays Drohne.

»Sorry, Alter, das Ding hat ganz schön was abgekriegt, als es in die Bäume gekracht ist«, erklärte er und gab sie ihm.

Sie versammelten sich um Ajay, der die Drohne auf dem Boden absetzte und sich mit seinen geschickten Fingern daran zu schaffen machte. Zwei der Verstrebungen waren verbogen und einer der Rotoren hing nur noch an einem Draht.

»Die schlechte Nachricht ist, dass sie nie wieder fliegen wird«, verkündete Ajay. »Die gute ist, dass die Kamera den Unfall unbeschadet überstanden zu haben scheint.«

Er nahm die Kamera aus dem Gehäuse und schloss sie mit einem Kabel an ein fünfzehn Zentimeter großes Tablet an, das er aus seinem Rucksack geholt hatte. Ajay hielt es hoch, damit alle es sehen konnten, drückte einen Knopf und der Bildschirm erhellte sich.

»Ich habe sie so programmiert, dass sie alle zehn Sekunden eine Aufnahme macht.«

Er scrollte durch die Fotos: Luftaufnahmen der goldenen Ebene, die sie vorhin durchquert hatten, dann der Eukalyptushain, die Garnison, die Brücke. Es folgte eine Reihe von Bildern der Armee auf der Straße, obwohl durch die aufsteigenden Staubwolken nur wenige Details zu erkennen waren. Aber die beeindruckenden Ausmaße der Prozession waren eindeutig zu sehen und gelegentlich ragte die Spitze einer rollenden Belagerungswaffe oder der Kopf eines kolossalen Tieres aus dem Dunst heraus.

Nachdem die Straße überflogen war, erschienen Bilder einer hügeligen grünen Landschaft, durchsetzt mit wenig Wald und einigen Gebäuden, meist Bauernhöfe oder kleine Weiler.

Jericho nahm die Karte hoch und ordnete die Aufnahmen der auf dem Pergament dargestellten Landschaft zu, um den Flug der Drohne nachzuvollziehen. Er folgte den Bildern von der eingezeichneten Hauptstraße bis zu den Sechsecken der Zitadelle. Dort wurde die Landschaft allmählich immer karger, als die grünen Hügel in eine ausgedörrte, verwitterte Ebene übergingen. Auf den Aufnahmen waren jetzt die Außenbezirke eines ausgedehnten provisorischen Feldlagers zu erkennen.

»Oh mein Gott«, flüsterte Ajay entsetzt.

Die Armee, die sie gesehen hatten, sollte sich offenbar mit einer noch größeren Streitmacht zusammenschließen, die sich hier bereits versammelt hatte. Nach den Fotos zu urteilen, schien sich das Lager über mehrere Quadratkilometer vor den Mauern der Zitadelle zu erstrecken, von der jetzt die ersten Aufnahmen auf dem Bildschirm zu sehen waren. Regimenter von Monstern aller erdenklichen Art bedeckten das Feld, darunter auch ein Bataillon Schlangenmenschen.

»Oh Mann, diese Schlangentypen werden echt am Boden zerstört sein, wenn sie nach Hause kommen«, bemerkte Nick.

»Das deutet darauf hin, dass es im ganzen Niegewesen noch sehr viele ähnliche Lager wie das geben muss, das wir zerstört haben«, folgerte Ajay und lehnte sich zurück, als er alles in sich aufnahm.

»Richtig«, pflichtete Jericho ihm bei.

»Jedes mit einer anderen Sorte Monster bestückt«, sagte Elise.

»Eine schrecklicher als die andere«, meinte Ajay. »Ich fürchte, meine Albträume werden Albträume bekommen.«

»Wie groß ist ihre Armee wohl insgesamt? Kannst du das ungefähr abschätzen?«, fragte ihn Will.

»Ich würde sagen ... das geht in die Hunderttausende. Vorsichtig geschätzt.«

Will richtete seinen Fokus auf die Mauern der Zitadelle. Sie waren aus einem scharfkantigen dunklen Granit gebaut oder gehauen und es sah so aus, als habe sich das gesamte Bauwerk aus den harten schwarzen und kahlen Bergen hervorgeschoben. Anhand der Luftaufnahmen ließ sich schwer ausmachen, wie hoch genau die Festungswälle rund um das Bauwerk waren, aber gemessen an der Größe der Objekte am Boden wirkten sie so hoch wie Wolkenkratzer.

»Erinnert euch das an irgendwas?«, fragte Will.

»Die Mauer«, antwortete Ajay. Die Augen auf das Bild gerichtet, saugte er jedes Detail auf. »Genauso wie die unterirdische Mauer rund um Cahokia. Die Bauweise ist unverkennbar.«

»Diese Typen sind wirklich verdammt gut darin ... echt krankes Zeug zu bauen«, meinte Nick.

Dann folgten Luftaufnahmen einzelner Abschnitte des riesigen Komplexes. Es war schwer zu sagen, welche Ausmaße er hatte – nicht zuletzt deshalb, weil er größer zu sein schien als alles, was sie je gesehen hatten, und ihn daher mit nichts vergleichen konnten.

»Merkwürdig ... Ich kann gar keine Verteidigungswaffen oder -stellungen erkennen«, bemerkte Ajay. »Nirgends entlang der Mauern.«

»Die brauchen sie auch nicht«, sagte Elise. »Wer wäre schon so verrückt, einen Ort wie diesen anzugreifen?«

Sie schauten einander beunruhigt an.

Innerhalb der Mauern befanden sich viele verschiedene Gebäude, aber aus den Bildern ließ sich nicht erkennen, welchem Zweck sie dienen mochten. Doch die gesamte Anlage war eindeutig sorgfältig geplant worden. Aufgrund der Abmessungen und der Symmetrie wirkte dieser Teil der Zitadelle wie aus einem Bilderbuch über den Olymp – eine von den Göttern oder für die Götter erbaute Stadt der Antike. Unter den um einen großen, offenen Platz angeordneten Gebäuden stach eines besonders heraus, weil es das Einzige seiner Art war: eine gewaltige steinerne Kuppel.

Als Will sie erblickte, spürte er, wie etwas an seinem Geist zupfte – ein plötzliches, intuitives Wiedererkennen. Es zuckte wie ein Muskel, den er gerade erst zu benutzen lernte. Aber dieses Mal erkannte er, was es war.

»Ich glaube, er ist da drin«, sagte Will und zeigte auf die Kuppel.

»Ich weiß nicht, wieso ich das weiß, aber ich glaube, Dave befindet sich irgendwo in diesem Gebäude.«

»Klar, natürlich ist er da«, erwiderte Ajay mit leicht zittriger Stimme. »Mitten im Herzen der Finsternis.«

»Merkwürdig«, fand Jericho. »Habt ihr irgendjemanden auf oder hinter den Mauern gesehen?«

»Nein«, antwortete Ajay. »Nirgends. Ich wollte es auch gerade erwähnen.«

»Was hat das wohl zu bedeuten?«, überlegte Elise.

»Eines steht jedenfalls fest«, sagte Will. »Welchem Zweck dieser Ort auch dienen mag, er wurde nicht für die Armee gebaut, die sie da draußen versammelt haben.«

»Nein, die sind nur Kanonenfutter«, pflichtete Jericho ihm bei. »Genauso wie die Schlangenmenschen.«

»Was machen sie denn dann alle hier?«, wunderte sich Nick. »Sind sie zum jährlichen Monstertreffen gekommen?«

»Sie befolgen Befehle«, erklärte Jericho. »Die Schöpfer züchten sie wie Vieh. Wenn sie die Glocke läuten, kommen die Biester angerannt.«

»Aber warum jetzt?«, fragte Nick.

»Wenn die Götter, die dich erschaffen haben, dir einen Befehl geben, dann befolgst du ihn auch, oder?«, meinte Ajay.

»Vielleicht, wenn sie mich nett bitten«, sagte Nick.

»Aus diesem Grund existiert die Mauer«, folgerte Jericho. »Sie wollen sich nicht zeigen. Wer auch immer den Laden hier schmeißt, hält sich drinnen verborgen. Auf diese Art können sie leichter Macht über ihre Arbeitssklaven ausüben.«

»Ich glaube, Sie haben recht, Coach«, sagte Will und tippte in die Mitte der Zitadelle auf dem Bildschirm. »Das ist das Zuhause, das sie sich gebaut haben. Hier wohnen die Schöpfer.«

»Dann kann es wohl nicht viele von diesen Typen geben, sonst hätte die Kamera doch einen aufgenommen, oder?«, mutmaßte Nick.

»Vielleicht gehen sie nicht gerne an die frische Luft«, sagte Ajay.

»Wenn es nicht so viele sind, wozu brauchen sie dann all diese Gebäude?«

Will besah sich die nächsten Aufnahmen. In der Nähe des rechten hinteren Teils des Komplexes, wo die Drohne in einem weiten Bogen gewendet hatte, um zum Eukalyptushain zurückzukehren, war sie über mehrere Reihen von gewaltigen, gedrungenen Schornsteinen aus schwarzem Backstein geflogen, die schmutzigen mehrfarbigen Rauch ausstießen.

»Das sind ihre Fabriken«, erklärte Will und ließ sich wieder von seiner Intuition leiten, während seine Augen die Bilder fixierten.

»Für was?«, fragte Elise.

»Vielleicht machen sie hier all diesen ›Made in China‹-Schrott«, meinte Nick.

»Dort stellen die Schöpfer all die Dinge her, die wir im Niegewesen gesehen haben – die Pflanzen, die Tiere, ihre Soldaten. Sie haben auf elementarer, vielleicht sogar molekularer Ebene angefangen. Erde, Wasser, Himmel, alles kam aus diesen Gebäuden.«

»Woher weißt du das, Will?«, fragte Ajay verwundert.

»Als sie damals hier eingesperrt wurden, war es nur eine vollkommen leere Dimension. Das weiß ich von Dave. Seit sie verbannt wurden und die Hierarchie die Tür hinter ihnen ins Schloss warf, sind sie damit beschäftigt, diese Dimension in die Welt zu verwandeln, die wir gesehen haben.«

»Sorry, wenn ich irgendwie begriffsstutzig rüberkomme«, sagte Nick und schaute sich um, »aber wozu brauchen sie das ganze Zeug?«

»Rohstoffe. Dazu dient alles, was wir gesehen haben, seit wir hier sind.«

»Rohstoffe wofür?«

»Für die Herstellung von Monstern«, erklärte Will. »Sie haben diese Welt geschaffen, um eine Armee heranzuzüchten und aufzubauen. Die Armee, die wir hier sehen.«

Er zeigte auf eine Aufnahme der Truppen vor den Mauern. Alle schwiegen und schauten mit wachsender Besorgnis auf die folgenden Bilder.

»Und wir wissen auch, warum sie das tun«, erinnerte Elise die anderen mit leiser Stimme.

»Hier hat also alles angefangen«, resümierte Jericho und zeigte auf die Schornsteine auf dem Bildschirm.

»Sehet ihre finsteren satanischen Mühlen, ihre infernalischen Labors und Gießereien«, deklamierte Ajay.

»Ist das aus einem Gedicht?«, erkundigte sich Nick.

»Zum Teil. William Blake«, erwiderte Ajay. »Und ich bin schockiert, dass du es erkannt hast.«

»Ich habe es nicht erkannt. Es hörte sich einfach so an wie ein Gedicht.«

»Da kommt also der ganze Rauch her«, folgerte Elise und deutete auf die Schornsteine. »All dieses giftige Zeug, das die Atmosphäre verpestet.«

»Ja, aber man hat tolle Sonnenuntergänge«, warf Nick ein. »Das heißt, wenn es eine Sonne gäbe.«

Will schaute zum Horizont jenseits der Berge. Ihm war aufgefallen, dass ihm das Atmen immer schwererfiel, und je näher sie der inzwischen bekannten Ursache dafür kamen, desto dunkler und verpesteter wirkte der Himmel vor ihnen – stärker als überall sonst, wo sie bisher gewesen waren.

»Moment mal, was ist das?«, stutzte Ajay und schaute wieder auf den Bildschirm.

Die Freunde drängten sich um das Tablet und verfolgten die

Bilder. Nachdem die Drohne über die Reihen der Schlote geflogen war, hatte sie nur eine einzige Aufnahme von einer riesigen Baustelle gemacht.

»Sieht so aus, als würden sie noch einen Schlot bauen«, vermutete Nick.

»Nein, der hier ist anders«, widersprach Ajay. »Er ist aufrechter und anders eingefasst. Ich sehe auch die Backsteine nicht, die sie für die anderen Schornsteine benutzt haben.« Schnell vergrößerte er einen Bildausschnitt. »Es ist eine ganz andere Art von Gebäude. Wie ihr sehen könnt, haben sie das ganze umliegende Gebiet freigelegt und die Baustelle befindet sich in der Nähe von etwas, das aussieht wie ein Eingang in der Mauer. Eine Straße führt direkt dorthin.«

»Ich kann nirgends Arbeiter entdecken«, bemerkte Elise. »Wie bauen sie ihn denn?«

»Vielleicht werden sie von dem Gerüst vor dem Bau verdeckt«, überlegte Ajay.

»Oder die Drohne ist während der Frühstückspause über die Baustelle geflogen«, spekulierte Jericho.

Das Gelände ringsum schien mit einer Art schwarzem Schlick durchtränkt zu sein, aus dem Rauchschwaden aufstiegen. Als Will sich diesen Teil des Bildes näher ansah, durchlief es ihn plötzlich eiskalt. Er hoffte, seine Intuition würde sich ausnahmsweise einmal irren. Er schloss die Augen und versuchte, seinen Geist näher an das heranzubringen, was dort abgebildet war. Mit einem Mal hatte er das Gefühl, keine Luft mehr zu bekommen. Seine Augen waren weit aufgerissen und tränten, als sei er einem giftigen Gas ausgesetzt. Er hustete und keuchte und wich ein paar Schritte zurück. Sofort war Nick bei ihm und klopfte ihm auf den Rücken.

»Hey, alles in Ordnung, Will?«

Nachdem er wieder zu sich gekommen war, verschwand auch

das Gefühl, vergiftet zu werden. Will nickte und trank einen großen Schluck Wasser aus seiner Feldflasche. Elise trat zu ihm und schaute ihn besorgt an.

Was war das denn?, wollte sie von ihm wissen.

Erzähle ich dir später.

Nick schaute hinauf in den zerrissenen Himmel über den Bergen. »Mann, diese Schöpfertypen sollten echt mal was gegen die Umweltverschmutzung hier unternehmen, und zwar bald. Sonst erstickt der ganze Laden noch.«

»Dave hat mir erzählt, dass genau das passiert ist, als sie das letzte Mal das Sagen hatten«, bestätigte Will und packte seine Wasserflasche wieder weg. »Auf der Erde. Sie haben die Natur zerstört. Das war einer der Hauptgründe, warum die Hierarchie sie rausgeschmissen hat.«

»Dafür und weil sie Gott gespielt haben«, fügte Elise hinzu.

»Ein abscheulicher Teufel, der sein eigen Nest beschmutzt«, meinte Ajay.

»William Blake?«, fragte Nick.

»Nein, das habe ich erfunden.«

»Die Schöpfer kümmert es einen feuchten Kehricht, was sie diesem Ort hier antun«, meinte Will und packte seine Satteltasche. »Es ist ihr Sandkasten. Sie haben ihn geschaffen und meinen, damit anstellen zu können, was sie wollen, um zu bekommen, was sie brauchen.«

»Sie hatten ohnehin nie vor, lange hierzubleiben«, warf Jericho ein.

»Da es hier offenbar keine Zeit gibt, wie wir sie kennen«, bemerkte Ajay, »fängt alles vermutlich mit ihnen an. Möglicherweise kann ihnen Zeit nichts anhaben.«

»Will, als du das letzte Mal mit Dave gesprochen hast«, griff Elise Ajays Gedanken auf, »und ich dich mit ihm gesehen habe, erzählte er uns, die Schöpfer würden alle ihre Truppen versammeln. Das war vor vier Monaten.«

»In unserer Welt, ja, aber Zeit ist hier wirklich etwas Unberechenbares«, entgegnete Will. »Die beiden Welten stimmen irgendwie nicht überein. Dieser Moment kann hier eine Woche oder einen Tag her sein. Vielleicht war es sogar am selben Tag.«

»Oder es könnte auch alles gleichzeitig passieren«, spekulierte Ajay.

»Wow«, staunte Nick.

»Oder vielleicht gibt es so viele von diesen Dingern, dass es einfach so lange gedauert hat, sie zusammenzuholen«, überlegte Jericho.

»Wow«, wiederholte Nick, jetzt jedoch leiser.

»Apropos Zeit-und-Raum-Anomalien: Wie ist Brooke überhaupt hier reingekommen?«, fragte Elise. »Ich kann mir erklären, wie Hobbes es geschafft hat. Er war mit uns im selben Raum ...«

»Ja, aber Brooke war in der Wohnung, als wir zur Insel aufgebrochen sind. Sie war völlig hinüber.«

»Mit genug Tranquilizern im System, um sie fast zwei Tage auszuschalten«, ergänzte Jericho.

»Dafür habe ich keine Erklärung«, gestand Will.

»Vielleicht hat sie es sofort wieder aus ihrem System entfernt«, überlegte Elise. »Und sie war uns die ganze Zeit schon auf den Fersen.«

Einen Augenblick lang schwiegen alle. Eine düstere Stimmung hatte sich breitgemacht. Will entfernte sich ein paar Schritte von den anderen und schaute in die Landschaft jenseits der Brücke. Ajay war bei den letzten Aufnahmen der Drohne angelangt, aber inzwischen war er der Einzige, der sie sich ansah. Dann trennte er die Verbindung zwischen Tablet und Kamera und verstaute beides in seinem Rucksack.

Jericho stellte sich neben Will, respektierte aber dessen Schweigen und schaute ebenfalls in die Ferne.

»Ich nehme an, es ist irgendwie okay«, fing Will schließlich an.

»Was?«

»Das Gefühl, dass das, was vor uns liegt, fünf Mal das Unmögliche übersteigt, und wir alle eines wirklich furchtbaren, qualvollen Todes sterben werden.«

»Unbedingt. Du müsstest verrückt sein, es anders zu sehen.«

»Aber ich halte das nicht aus«, gab Will zu und schaute zu seinen Freunden. »Mich verantwortlich zu fühlen, wenn das tatsächlich passiert.«

»Wie würdest du dich denn fühlen, wenn du nichts unternimmst?«, fragte ihn Jericho. »Einfach den Schnitzer rausholen, ein Loch in die Luft schneiden und wir gehen nach Hause und machen Feierabend?«

Will schaute ihn skeptisch an. »Das können wir nicht. Nicht jetzt.«

»Dann ist es einfach. Die Entscheidung ist bereits gefallen. Du musst nur die Gefühle ausschalten.«

»Aber ich habe Angst.«

»Ich auch.«

Will warf ihm einen prüfenden Blick zu. »Sie sehen nicht so aus.«

»Ich dachte, du wärst ein Meister im Verbergen von Gefühlen.«

»Bin ich auch, irgendwie. Das musste ich sein.«

»Meinst du, da bist du der Einzige?«, fragte Jericho.

»Nein. Ich fühle mich gerade nur nicht besonders tapfer.«

Jericho atmete aus, seufzte fast. »›Tapfer‹ ist nur ein Wort, mit dem wir jemanden beschreiben, der etwas getan hat, was der Rest von uns sich nicht zutrauen würde. Glaub mir, jeder dieser Tapferen hatte dabei wahnsinnige Angst. Sie haben sich nur einfach nicht von ihr zurückhalten lassen.«

»Tapfer zu sein, bedeutet also nicht, keine Angst zu haben.«

»Es bedeutet, dass du Angst hast und trotzdem tust, was du tun musst. Vielleicht willst du dir diesen Satz aufschreiben.«

»Entschuldigt, dass ich unterbreche.« Ajay trat zögerlich hinter sie. »Wir haben uns nur gefragt, Will, da Zeit auf ihre seltsame Art doch von Bedeutung zu sein scheint ... Was machen wir jetzt?«

Will schaute wieder zu Jericho. »Aufsatteln«, antwortete er dann und ging hinüber zu den Pferden. »Schmeißt die Rucksäcke weg und packt alle eure Sachen in die Satteltaschen. Wie lange wird der Ritt bis zur Zitadelle wohl dauern?«

»Die Pferde sind ausgeruht«, überlegte Jericho, der neben ihm ging und in die Ferne schaute. »Ein paar Stunden.«

»Aber was machen wir, wenn wir ... äh ... die Zitadelle erreicht haben?«, hakte Ajay nach und lief hinter ihnen her.

»Darüber mache ich mir unterwegs Gedanken«, antwortete Will.

VIERZEHN

WILLS LEBENSREGEL Nr. 14:
TAPFER SEIN, BEDEUTET WEITERZUMACHEN,
AUCH WENN MAN ANGST HAT.

Will und Elise führten die anderen in einem verhaltenen Trab über die Brücke. Es gab kein Geländer und das Letzte, was sie jetzt gebrauchen konnten, war ein scheuendes Pferd, das einen von ihnen in den See warf. Will bemerkte ein paar große, bedrohlich wirkende Wesen, die direkt unter der Wasseroberfläche an der Brücke entlangschwammen, als sie darüberritten – vermutlich irgendwelche Flusstiere, die auf leichte Beute aus waren.

Nick sah so aus, als fühle er sich ein wenig unbehaglich auf seinem Reittier. Er gestand, dass er noch nie auf einem Pferd gesessen hatte, aber Will war überzeugt, dass er den Dreh dank seiner unglaublichen Gelenkigkeit bald heraushaben würde. Ajay saß hinter Jericho, die Arme fest um dessen Taille geschlungen, und hielt die Augen geschlossen, bis sie die Brücke überquert hatten.

Sie passierten ein kleines Gebäude, das so ähnlich aussah wie die Baracken in der Garnison am anderen Flussufer, aber es war unbewacht. Die Straße war inzwischen komplett gepflastert und verlief fast einen Kilometer geradeaus, bevor sie einen Abhang hinunter führte und nicht mehr zu sehen war. Will bedeutete ihnen anzuhalten, winkte Jericho zu sich nach vorne und bat Ajay, sich anzusehen, was vor ihnen lag. Mithilfe des Coachs stellte Ajay sich auf das Hinterteil des Pferdes und richtete sich auf, die Hände auf Jerichos Schultern, der währenddessen dafür sorgte, dass das Tier sich nicht von der Stelle rührte.

»Die Straße ist leer bis zu der großen Hauptstraße«, meldete Ajay und schaute dann nach links. »Die ist momentan auch leer. Das hintere Ende der großen Kolonne befindet sich etwa ... fünf Kilometer vor uns. Sie bewegt sich ziemlich schnell und ich sehe nicht viele Nachzügler.«

Will ließ den Gedanken in sich aufkommen, statt ihn herbeizuzwingen. »Wir kreuzen die Straße, reiten eine Weile nach Norden und wenden uns dann parallel zur Straße in Richtung Zitadelle. Sobald wir uns der Hauptstraße nähern, setzt ihr eure Helme auf.«

»Was sagen wir, wenn wir angehalten werden?«, wollte Nick wissen.

»Solange ihr die Sprache nicht erkennt, nichts. Wahrscheinlich reiten nicht allzu viele Soldaten abseits der Straße, aber falls doch, dann tut so, als wärt ihr in der Gegend zu Hause. Jeder andere, dem wir vielleicht begegnen, wird uns für einen kleinen Trupp halten, der einen Auftrag ausführt.«

»Welchen Auftrag denn?«, fragte Elise.

Will schaute Ajay an. »Wir bringen einen Gefangenen zu den Schöpfern. Einen der Menschen, nach denen Hobbes sucht und die sich in die Zone geschlichen haben.«

»Oh gütiger Gott«, sagte Ajay entsetzt und sank hinter Jericho auf dem Pferd zusammen.

»Das tun wir doch nicht wirklich, Ajay«, beruhigte ihn Elise. »Dir wird nichts passieren.«

»Das sagst du jetzt! Aber was ist, wenn sie mich über einen Kessel mit geschmolzener Schlacke hängen, ausweiden und vierteilen?«

»Reg dich ab, Alter«, mischte sich Nick ein. »Wir lassen nicht zu, dass dir was passiert. Du reitest mit dem Bären.«

Jericho streckte die Hand nach hinten aus und tätschelte Ajay das Knie. »Das nächste Mal darfst du zugucken, wenn ich mich verwandle.«

»Wirklich? Oh, das wäre fantastisch.«

Diese Aussicht schien Ajay so weit zu beschwichtigen, dass er nicht weiter widersprach. Mit Will an der Spitze ritten sie in leichtem Galopp weiter. Die Landschaft ging langsam von der Ebene in Wassernähe in die sanft gewellten grünen Hügel über, die sie auf den Bildern der Drohne gesehen hatten. Wenn man die Gründe ihre Anwesenheit einen Augenblick lang außer Acht ließ, dachte Will, hätte man diesen Teil des Niegewesen fast als angenehm bezeichnen können. Vielleicht lag es am vielen Grün – es wirkte beruhigend und erinnerte ihn an zu Hause, auch wenn er wusste, dass alles um ihn herum künstlich war. Doch was auch immer der Grund sein mochte: Im Augenblick war er dankbar für alles, was ihm ein wenig Trost bot, und nahm es gierig in sich auf.

Nachdem Will die Kuppe des größten Hügels erreicht hatte, kam die Hauptstraße in Sicht – ein langes graues Band, das sich mitten durch die Landschaft vor ihnen zog. Elise ritt an seine Seite und schaute zur Straße hinab.

Ich arbeite noch immer mit Ajay, übermittelte sie ihm.

Kriegt er es hin?

Er macht Fortschritte, aber vor allem lenkt es ihn von dem ab, was vor uns liegt.

Gute Idee.

»Was meinst du, was sie vorhaben, Will?«, fragte Elise dann laut und schaute zum Horizont, hinter dem die Zitadelle liegen musste. »Was hast du auf dem Foto gesehen? Ich weiß, dass du etwas gesehen hast.«

»Ich bin mir nicht ganz sicher. Aber wenn es das ist, was ich vermute, dann stimmen ihre Pläne nicht mit dem überein, was nach Ansicht von Franklin und den Rittern passieren wird. Ganz und gar nicht.«

Er wollte nur ungern mehr sagen.

Erzähl es mir, forderte sie ihn auf.

Ihre Blicke durchdrangen seinen Geist wie Dolche und er wusste, dass es keinen Sinn hatte, ihr etwas vorzuenthalten, schon gar nicht etwas so Explosives. Er drehte sich um und sah, dass die anderen noch etwa hundert Meter entfernt waren.

»Ich glaube, sie bauen selbst etwas, mit dem sie sich Zutritt zu unserer Welt verschaffen können«, antwortete er leise. »Das war es, was ich auf diesem Foto gesehen habe. Ich weiß nicht genau, was es ist oder wie es funktionieren soll. Aber ich vermute, dass es groß genug ist, um die gesamte Armee hinüberzuschicken.«

Er hörte, wie sie tief einatmete, und als er sie schließlich anschaute, sah er nicht den gerechten Zorn, den er in Anbetracht dieser Nachricht erwartet hatte. Elise wirkte vielmehr verletzlich und ängstlich.

Was ist los?, fragte er.

»Ich sehe mich an diesem furchtbaren Ort um und denke an deinen – entschuldige, ich weiß, er ist ein Mitglied deiner Familie – völlig durchgeknallten alten Großvater. Was ist, wenn die beiden Seiten sich über ihre nächsten Schritte nicht einig sind? Ich würde mein Geld auf die Schöpfer setzen.«

»Ich glaube, du hast recht«, gestand Will. »Aber in einer Sache irrst du dich: Er ist nicht meine Familie. Das seid ihr.«

Elise wandte ihr Gesicht ab. Er fragte sich, ob sie errötete und verlegen war und ob er – wie immer – zu viel gesagt hatte.

Alles in Ordnung?

Egal was von jetzt an mit uns passiert ... Sie drehte sich um und sah ihn mit einem Blick an, der tief in sein Innerstes drang und den er niemals vergessen würde.

Ich liebe dich dafür, dass du das sagst, Will.

Dann gab sie ihrem Pferd die Sporen und galoppierte davon, schien eins zu sein mit dem Tier, als hätte sie schon ihr ganzes Leben in diesem Sattel gesessen.

Will ritt schneller und versuchte, sie einzuholen, aber er wusste, dass es sinnlos war. Sie wollte als Erste an der Hauptstraße eintreffen und ihm war auch völlig klar, warum: um sicherzugehen, dass beim Überqueren für die anderen keine Gefahr bestand. Das war ihre Art, mit ihrer Angst umzugehen – ein probates Mittel und eine Taktik, gegen die er nichts einwenden konnte. Seit ihrer Ankunft hier hatten sich ihre Fähigkeiten im Kampf so deutlich weiterentwickelt, dass er nicht im Geringsten um ihre Sicherheit besorgt war, trotz der Gefühle für sie, die er sich gestattete. Es war schwer vorstellbar, dass Elise an der Straße auf irgendetwas stoßen würde, das eine wirkliche Bedrohung für sie darstellte, wenn sie ihre Kräfte voll entfaltete.

Außerdem war ihm klar, wie schwer es ihr gefallen sein musste, ihre Zuneigung so auszudrücken, wie sie es gerade eben getan hatte – wahrscheinlich hatte sie nun deshalb das Bedürfnis, zum Ausgleich etwas Brutales zu tun.

Will drehte sich wieder zu den anderen um und winkte sie vorwärts. Er spürte, dass ein ähnlich gewalttätiger Impuls wie bei Elise sich auch in ihm Bahn brach: Er wünschte sich nichts sehnlicher, als dass sie sich alle schneller den Mächten stellten, die auf sie warteten, und zur Sache kamen. Vielleicht lag es nur an dem Feuer, dass er in Elises Augen gesehen hatte, aber im Moment hatte er das Gefühl, es mit der gesamten Armee und den Schöpfern aufnehmen zu können – und die verfluchten Ritter konnten sie noch als Zugabe obendrauf legen.

Fünf Minuten später erreichten sie die Straße an einer Stelle, wo sie durch einen kleinen Wald führte. Elise wartete bereits. Sie stand in den Steigbügeln und schaute mit einem wilden Ausdruck in den Augen in die Ferne. Um sie herum lagen die Körper von mindestens zehn Soldaten in schwarzer Rüstung, verstreut wie zerbrochenes Spielzeug. Einige waren auch in den Bäumen gelandet, als seien sie von einem Hurrikan erfasst worden.

»Was ist passiert?«, fragte Ajay perplex.

»Noch ein Begrüßungskommando, das sie für uns abgestellt hatten«, erklärte Elise. »Sie hatten sich in den Bäumen versteckt.«

»Gute Arbeit, Schwester«, lobte Nick. »Lass mir beim nächsten Mal ein paar übrig.«

»Ajay, kannst du erkennen, wie weit Hobbes und Brooke oder welche von den anderen jetzt vor uns sind?«, erkundigte sich Elise.

Er richtete sich hinter Jericho auf dem Pferd auf und hielt Ausschau. »Ich sehe eine kleine Gruppe von Reitern auf der Hauptstraße, etwa fünf Kilometer entfernt. Sieht aus, als würden sie sich beeilen, zum Ende der Kolonne aufzuschließen.«

»Wir reiten weiter in diese Richtung«, teilte Will ihnen mit und zeigte nach Norden. »Nur so weit, dass wir nicht mehr zu sehen sind und Ajay die Straße im Auge behalten kann. Aber wir müssen jetzt schneller reiten. Alle einverstanden?«

Die Köpfe gesenkt, galoppierten sie in schnellem Tempo in nördliche Richtung, fort von der Straße. Jericho und Elise schienen voll in ihrem Element zu sein. Sie waren vorzügliche Reiter und ihre Pferde waren so groß, kräftig und schnell, dass sie den Boden förmlich unter sich zu zerstampfen schienen. Selbst Nick – der die Grundlagen der Reitkunst bereits zu beherrschen begann – konnte mithalten, klammerte sich mit den Beinen an den Sattel und bewegte die Zügel, wie er es bei einem Cowboy im Western gesehen haben mochte. Will hatte Mühe, die Führung zu behaupten.

Ein paar Minuten später gab er den anderen per Handzeichen

zu verstehen, dass sie anhalten sollten, und Ajay bestätigte, dass er die Straße weiter südlich noch immer deutlich im Blick hatte.

»Es sieht so aus, als hätten wir die Straße an genau der richtigen Stelle überquert«, sagte er laut und ließ den Blick ein Stück nach links schweifen. »Da rückt noch eine Kolonne von hinten nach.«

»Los, weiter«, forderte Will sie auf.

Er ritt im gestreckten Galopp an der Straße entlang, die anderen dicht hinter sich. Das grüne Gras und die sanften Hügel, an denen er sich vorhin erfreut hatte, wichen einer flachen Landschaft mit hartem, verkrustetem Boden und gesprengtem Gestein. Rechts von ihnen ragte die Bergkette auf und schon bald erreichten sie deren Ausläufer. Es waren kalte schwarze und karge Gipfel, deren harsche Massen drohend über der gesamten Region aufragten und die aussahen, als hätten sie sich gerade erst rücksichtslos durch die Erde in die Höhe gepresst.

Große, runde Felsbrocken – teilweise von gewaltigen Ausmaßen – durchsetzten die Landschaft und schon bald waren es so viele, dass sie das Tempo drosseln mussten, um sich einen Weg durch die Felsen zu bahnen. Will war dankbar für die Deckung, die sie vor unsichtbaren Augen boten, aber der Ort war ihm unheimlich. Er hatte das Gefühl, als schauten die Felsen selbst böse, weil sie von den Bergen abgeworfen worden waren, als diese sich ihren Platz eroberten. In der Ferne hörten sie das Mahlen und Knirschen fast ununterbrochener Erdrutsche und von Felsbrocken, die gegeneinanderprallten, als rollten sie eine gigantische Kegelbahn herunter. Will rechnete schon fast damit, dass jeden Augenblick eine Felslawine durch die Schlucht auf sie zurasen würde. Der Himmel wurde immer schwärzer, je weiter sie ritten, und das konstante Zwielicht, an das sie sich inzwischen gewöhnt hatten, glich nun eher einer immerwährenden Dämmerung, die sich wie ein düsteres Laken über das Land senkte, sodass sie nur noch in leichtem Galopp vorankamen. Jericho übernahm die Führung, damit Ajay vorausschauen und sie zwischen den Felsen hindurchnavigieren konnte. Nachdem sie eine dichte Ansammlung von Felsbrocken hinter sich gelassen hatten, erschien ein Lichtstreifen am Horizont – ein schwacher Schimmer, der allmählich heller wurde, je näher sie kamen.

Ich ... sehe ... Lagerfeuer ...

Will hörte, wie die Worte in seinen Kopf schlüpften. Er blickte verblüfft in Richtung von Ajay, der hinter Jericho hervorschaute und ihn angrinste. Will schüttelte leicht den Kopf.

Du lernst wirklich schnell.

Hab ... ich ... doch ... gesagt.

Dann schaute Will zu Elise, die neben ihm ritt und entschlossen das Licht in der Ferne fixierte.

Er kann es.

Ich weiß.

Tolle Leistung, das ist wirklich unglaublich.

Ich hatte nicht viel damit zu tun.

Es kommt mir zwar noch so vor, als würde ich mich mit einem Zweijährigen unterhalten – mit dem schlauesten Zweijährigen der Welt selbstverständlich –, aber trotzdem ist es verblüffend.

Sei froh, antwortete sie. *Wir können alle Hilfe gebrauchen, die wir kriegen können.*

Schon bald ließen sie das mit Felsbrocken übersäte Gebiet hinter sich und erreichten eine trockene, karge Ebene, in der es keinerlei Anzeichen von Leben gab. Will kam es so vor, als hätten die Schöpfer das Interesse daran verloren, so dicht an ihrem Zuhause etwas anderes zu erschaffen als eine reine Nutzfläche – eine Möglichkeit, um von A nach B zu gelangen. Sie erhöhten das Tempo wieder und der kalte Lichtschimmer des Lagers durchschnitt die Düsternis und erleuchtete den halben Horizont vor ihnen.

Dann hob Ajay abrupt die Hand und sie kamen zum Stehen. Etwa fünfzig Meter vor ihnen fiel der Rand der Ebene plötzlich steil ab. Will stieg von seinem Pferd, übergab Elise die Zügel und ging weiter, bis die Felskante in Sicht kam. Sie befanden sich auf einem breiten Vorsprung über einem ausgedehnten, kesselförmigen Tal. Die Hauptstraße bot den einzigen Zugang hinunter in den Talkessel; sie führte durch einen schmalen Durchlass, der links von ihnen tief unten zu erkennen war. Auf der anderen Seite des Talkessels ragte ebenfalls ein Felsvorsprung über den Rand hervor und beide führten ganz um das Tal herum, bis sie gegen das Hindernis stießen, das seine nördliche Grenze bildete.

Die Mauer.

Die Aufnahmen der Drohne hatten sie nicht auf den leibhaftigen Anblick der Zitadelle vorbereiten können. Die Machart des Bauwerks überraschte Will nicht – fugenlos glatt, brutal und ohne jede Verzierung –, aber die Ausmaße des Komplexes übertrafen jede Vorstellung. Die Mauer war nicht einfach nur hoch – sie ragte Hunderte Meter in den Himmel, abweisend und erdrückend, und war dazu leicht nach vorne geneigt, als wollte sie das darunterliegende Tal zusammenquetschen.

Will schaute zurück zu Elise. *Sorge dafür, dass die Pferde ruhig bleiben. Die anderen sollten sich das hier ansehen.*

Elise versammelte die Pferde und, so nahm er an, übermittelte ihnen etwas, das sie beruhigte und geduldig warten ließ. Dann traten sie und die anderen zu Will. Beim Anblick dieser höllischen Konstruktion sanken alle augenblicklich auf die Knie – nicht nur aus Schock, sondern auch, um nicht gesehen zu werden.

Der Lichtschein, den sie aus der Ferne gesehen hatten, stammte von etwa tausend Lagerfeuern, die sich über die gesamte Talsohle erstreckten und um die ein Meer bösartiger Armeen versammelt war. Es waren viele verschiedene Lager, aber von hier oben betrachtet verschmolzen sie alle zu Wellen aus Bewegungen, Geräuschen und dem Aufblitzen gefährlichen Metalls.

»Ungeheuerlich«, sagte Ajay leise. »Einfach ungeheuerlich.«

»Mir macht ja so leicht nichts Angst«, flüsterte Nick. »Aber in diesem Fall muss ich wahrscheinlich meine Unterhose wechseln.«

»Auch dazu dienen diese Mauern«, erklärte Elise. »Sie sollen Angst und Ehrfurcht einflößen.«

»Wie ich gesagt habe«, warf Jericho ein. »Auf diese Art halten sie ihre Untertanen in der Spur.«

»Zumindest haben wir jetzt eine bessere Vorstellung davon, womit wir es zu tun haben«, meinte Will.

»Wir gegen all das?«, fragte Nick ungläubig. »Alter, du bist wohl nicht ganz frisch im Kopf.«

Das Lager schien jeden Quadratzentimeter des Tals auszufüllen und immer mehr Fußtruppen marschierten über die Straße ein, wobei ihre Schritte wie martialische Trommelschläge klangen. Es schien kein Platz mehr zu sein, um auch nur noch ein einziges weiteres Zelt aufzuschlagen; nur die gepflasterte Straße, die das Gewimmel dort unten bis zur Mauer durchschnitt, war frei.

»Ich sehe Hobbes«, verkündete Ajay.

»Das ist nicht dein Ernst«, staunte Nick. »Wie kannst du in dem ganzen Gewühl jemanden erkennen?«

»Er ist auf der Hauptstraße«, entgegnete Ajay und zeigte nach unten. »Er reitet auf die Mauer zu, etwa in der Mitte des Tals. Dieses Mal mit einer viel größeren Eskorte.«

»Was ist mit Brooke?«, fragte Will.

»Sie ist direkt hinter ihm.«

»Gibt wohl nicht so viele Blondinen da unten«, vermutete Nick.

»Streng genommen ist da ein ganzes Bataillon von irgendwelchen Kreaturen mit goldenen Haaren«, klärte Ajay ihn auf und zeigte nach links, in die Nähe der Talwand. »Allerdings ist ihr ganzer Körper damit bedeckt.«

»Krass«, fand Nick und nahm sein Fernglas heraus. »Klingt nach Yetis.«

»Steuern Hobbes und Brooke auf einen Eingang zu?«, wollte Jericho wissen.

»Ja«, bestätigte Ajay und kroch ein kleines Stück weiter vorwärts. »In die Mauer ist, wie man sich unschwer vorstellen kann, ein überaus massives und großes Tor eingelassen.«

»Ja, definitiv Yetis«, bestätigte Nick nach einem Blick durch sein Fernglas.

»Würdest du dich bitte konzentrieren«, mahnte Jericho.

»Alter, es sind wirklich Yetis«, beteuerte Nick, schwenkte dann aber das Fernglas hinüber zum Tor. »Hey, du hast recht, ich kann Brooke jetzt auch sehen. Und wenn ich das sagen darf: Sie sieht irgendwie heiß aus in dieser Rüstung.«

Will reckte den Hals, um einen besseren Überblick zu bekommen. Er konnte Brooke nicht erkennen, aber mit einiger Mühe die Umrisse des Tores ausmachen – die einzige Unterbrechung in der gleichmäßigen, glatten Linie der Mauer. Er holte ebenfalls sein Fernglas heraus und schwenkte über die Straße, bis er Bewegungen erfasste. Als er die Bildschärfe eingestellt hatte, sah er Brookes langes blondes Haar über ihrer dunklen Rüstung aufleuchten.

Bei ihrem Anblick – auf dem Weg hinein mitten in diese Finsternis – wurde Will das Herz schwer und Fragen über Fragen stürzten auf ihn ein. Wie hatte er sie bloß so falsch einschätzen können? Wie hatte sie nur jemals diesem Wahnsinn verfallen können, der dafür sorgte, dass sie genau jetzt an diesem furchtbaren Ort war? Glaubte sie tatsächlich, dass sie etwas Gutes und Richtiges tat?

»Öffnen sie das Tor?«, wollte Jericho wissen.

»Nicht das große Tor selbst«, berichtete Ajay. »Es sieht so aus, als sei darin ein kleinerer Eingang oder eine Tür eingelassen. Breit genug für ein paar Reiter.«

»Heilige Einfalt«, sagte Nick und starrte gebannt durch das Fernglas. »Sieh sich einer diese Riesendinger an.«

Elise knuffte ihn in die Schulter. Nick nahm sein Fernglas herunter.

»Was soll das?«

»Das weißt du genau«, erwiderte sie.

»Ich habe von dem Tor gesprochen«, empörte er sich und reichte ihr das Fernglas. »Sieh selbst.«

»Tatsächlich - an dem Tor sind zwei gewaltige Stahlringe auf großen Metallplatten angebracht«, bestätigte Ajay. »Die könnte man mit etwas gutem Willen als ›Riesendinger‹ bezeichnen.«

»Siehst du?«, sagte Nick triumphierend zu Elise.

»Aber ich glaube, sie dienen rein dekorativen Zwecken«, meinte Ajay.

»Sind Riesendinger nicht immer dekorativ?«, fragte Nick.

Dieses Mal knuffte Will ihn in die Schulter.

»Das würde ich nicht sagen«, mischte Jericho sich ein. »Einige dieser Trottel da unten sind definitiv groß genug, diese Türklopfer zu benutzen.«

»Klopf, klopf«, sagte Nick. »Wer ist da? Dein Schatzi. Hey, wieso regst du dich so auf?«

»Ich werfe dich gleich über die Klippe«, drohte ihm Elise.

»Sie reiten jetzt hinein«, berichtete Ajay. »Hobbes, Brooke und ihre Eskorte ... und jetzt wird das kleinere Tor hinter ihnen geschlossen.«

»Dann ist sie also in der Zitadelle«, stellte Will fest.

»Und wie kommen wir da rein?«, fragte Elise.

Will schaute in Ajays Richtung, und als sich auch die anderen langsam zu ihm umdrehten und ihn ansahen, kapierte er endlich, worum es ging. Er stand auf und wich langsam vom Rand des Felsvorsprungs zurück.

»Oh nein. Auf gar keinen Fall, Will. Dieses Mal spiele ich nicht mit …«

»Komm schon, Kumpel«, versuchte Nick, ihn zu überreden.

»Nein! Es war eine Sache, mich für eine Tarnung zu missbrauchen, als wir relativ unbesetztes Feindesland durchquert haben, aber von mir zu verlangen, dass ich mich ungeschützt auf ein Pferd setze und durch die versammelten Albträume der Menschheit reite, um dann auf der anderen Seite von einer noch schrecklicheren Versammlung von Gott weiß was für Monstern empfangen zu werden – vorausgesetzt, wir kommen überhaupt so weit? Das ist nicht fair, egal wie man es betrachtet, und ich weigere mich strikt!«

Will hörte aufmerksam zu, bemerkte das Zittern in Ajays Stimme und sah die nackte Angst in seinen Augen. Er schaute Elise an. Zuerst sah und dann hörte er, dass sie das Gleiche dachte.

Vielleicht ist es wirklich zu viel verlangt.

Da gibt es kein Vielleicht, entgegnete sie.

»Das habe ich gehört«, sagte Ajay.

Will und Elise sahen einander geschockt an.

Kann er jetzt schon in unsere Frequenz eindringen?

»Nein, hast du nicht«, behauptete Will und entlarvte Ajays Bluff.

»Was gehört?«, fragte Nick neugierig.

»Und wenn doch, dann weißt du ja, dass ich deiner Meinung bin, Ajay«, sagte Will. »Es ist zu viel verlangt. Wir werden versuchen, einen anderen Weg ins Innere zu finden.«

»Danke«, entgegnete Ajay, nahm Wills Hand und versuchte, sie zu küssen. »Danke, danke, danke.«

»Aber wenn uns das nicht gelingt«, warf Elise ein, »dann bist du Plan B.«

»Dann werde ich einen anderen Weg hinein finden, auch wenn er mich das Leben kostet«, versicherte Ajay.

»Was hast du gehört, Alter?«, fragte Nick erneut.

»Ist nicht wichtig.«

»Lass gut sein, Junge«, sagte Jericho zu Nick.

Sie zogen sich von dem Felsvorsprung zurück und führten ihre Pferde bis zu einer Stelle, wo sie sich sicher genug fühlten, um wieder aufzusteigen. Als sie losritten, richtete Will den Blick auf die Zitadelle und hoffte auf eine Inspiration. Mehr denn je hatte er das Gefühl, kurz vor der totalen Erschöpfung zu stehen. Der Anblick dieser Armee dort unten, gepaart mit der furchterregenden Mauer, die sie zu erdrücken schien, jagte ihm Angst ein und raubte ihm sämtliche Hoffnung. Die Aufgabe, die vor ihnen lag, schien so gut wie unlösbar und er war sich sicher, dass er sie nicht einmal ansatzweise würde meistern können. Er hatte kaum mehr die Energie, den Kopf zu heben und zur Zitadelle hinaufzuschauen, und konnte sich nur mit dem Gedanken trösten, dass alles in dieser Zone auf einer gewissen Ebene vermutlich gar nicht real war.

Sie waren inzwischen viel dichter an der Mauer, die sich ab dem Übergang zum Felsvorsprung noch eine erhebliche Strecke weiter nach rechts erstreckte – mindestens anderthalb Kilometer. Will überlegte kurz, ob er sie mit seinem Geist sondieren sollte, um herauszufinden, ob es in der unnachgiebigen Hülle der Festung eine Schwachstelle oder eine Öffnung gab. Aber das Risiko, dabei auf eine Kraft oder Kreatur zu stoßen, die dieses Abtasten spüren und bis zu ihm zurückverfolgen konnte, war größer als der mögliche Nutzen. Und wenn einmal ein Alarm ausgelöst war, würden sie es nicht mehr wie bisher mit willensschwachen Lakaien zu tun haben. Sie standen auf der Schwelle zur absoluten Finsternis und die Schöpfer – oder das Andere Team oder wie auch immer sie sich nannten – befanden sich direkt auf der anderen Seite dieser Mauer. Schon der geringste Fehler würde für sie alle tödliche Konsequenzen haben.

Will ließ sein Pferd im Schritt gehen und führte die anderen so leise wie möglich voran. Er versuchte zum gefühlt tausendsten Mal, eine mentale Verbindung zu Dave herzustellen, in der Hoffnung, ihm inzwischen nahe genug zu sein, denn er brauchte seinen Rat mehr denn je. Will rief sich das Bild der großen Kuppel von dem Foto vor Augen – der Ort, an dem er Dave vermutete – und konzentrierte sich darauf.

Nichts.

Was hast du vor, Will?

Will drehte sich zu Elise um, aber sie schaute selbstvergessen die Mauer hinauf. Sie hatte ihm diese Botschaft nicht geschickt. Dann begriff er ... es war Ajays Stimme.

Ich weiß es noch nicht, antwortete er.

Bevor ich einen Rat gebe – und ich habe einen Vorschlag, der hilfreich sein könnte –, möchte ich dir gerne aufrichtig dafür danken, dass du mir dieses schwachsinnige Szenario erspart hast, bei dem ich als Köder dienen sollte, um in diese elende Festung einzudringen.

Ajays Stimme klang glockenhell und so klar wie die eines Doktoranden oder vielleicht sogar eines Professors. Der Zweijährige war sehr schnell erwachsen geworden.

Du hast mir schon gedankt, Ajay.

Aber nicht richtig.

Schließlich schaute Will zu ihm hinüber. Ajay saß selig lächelnd hinter Jericho auf dem Pferd und seine intelligenten, leuchtenden Augen waren weiter geöffnet als jemals zuvor. Er hatte jetzt eine vollkommen andere Ausstrahlung, wirkte ruhiger und ausgeglichener. Außerdem sah er sehr viel älter und weiser aus als noch vor zehn Minuten. Fast hätte man diese neue Ausstrahlung als verklärt beschreiben können, fand Will.

Du bist der treueste Freund, den ich je hatte oder je zu haben hoffen kann. Seit ich dich kenne, hast du mir in jeder erdenklichen Hinsicht geholfen, nicht zuletzt dabei, die Stärke aufzubringen, um diese erschreckende Transformation zu ertragen, die wir alle durchmachen. Es geschah nicht so sehr durch das, was du gesagt, sondern durch das, was du getan hast, obwohl deine Worte stets willkommen sind, und ich bin dir auf ewig dankbar, mehr als ich ausdrücken kann, obwohl ich es nach wie vor versuchen will ...

Du machst das sehr gut, übermittelte ihm Will, um den Schwall von Gedanken zu unterbrechen, die in seinen Kopf drangen. *Ich weiß wirklich zu schätzen, was du da sagst.*

Ich dachte bloß, da ich plötzlich über die Möglichkeit verfüge, privat mit dir zu reden, dass ich den Moment nutze und es dir jetzt mitteile. Wer weiß, ob oder wann wir noch einmal die Gelegenheit dazu bekommen? Alles verändert sich momentan so rapide, vor allem in meinem Inneren, dass ich jeglichen logischen Endpunkt aus den Augen verloren habe, ganz zu schweigen davon, dass ich nach einer leidenschaftslosen Analyse unserer Situation nicht um den Schluss umhinkomme, dass wir uns irgendeiner Lösung nähern, wie auch immer sie aussehen mag.

Wollen wir hoffen, dass du recht hast.

Die Mauer schien endlos weiter zu verlaufen, aber der Abstand zwischen ihr und dem Felsvorsprung wurde allmählich geringer. Wills Pferd fiel in Trab und die anderen passten sich seinem Tempo an. Jericho ritt auf gleicher Höhe mit ihm, sodass Ajay weiterhin neben Will blieb, und sobald sie wieder Augenkontakt aufgenommen hatten, fuhr Ajay fort: *Du sollst außerdem wissen, dass ich vollkommen akzeptiere, was auch immer von nun an mit mir geschieht. Ich habe keine Angst mehr. Weder vor diesem Ort und was auch immer sich dort verbirgt, noch vor dem Tod. Sollte es ein qualvolles Sterben sein, das sich über einen längeren Zeitraum hinzieht, bin ich mir nicht so sicher, aber wenn es plötzlich geschieht, kann ich damit umgehen.*

Ich gebe zu, dass ich froh bin, das zu hören, Ajay, aber ich werde alles tun, damit das nicht passiert.

Ajay bedeutete ihm, dass er verstanden hatte.

Was unsere bereits erwähnten Kräfte betrifft: Eine der neuesten, die ich entwickelt habe – die sogar erst in den letzten Minuten zu meinem Repertoire hinzugekommen ist –, besteht darin, dass ich meinen Geist offenbar an Orte projizieren kann, die weit von dem Punkt entfernt sind, an dem sich mein Körper gerade befindet. Ich hatte natürlich noch keine Zeit, die Grenzen dieser Kraft auszuloten, aber ich glaube, man bezeichnet sie gemeinhin als ...

Allwissenheit.

Ajay lächelte ihn an. *Genau.* Le mot juste. *Hast du damit auch schon Erfahrungen gemacht?*

Ein paar. Da bist du mir ein wenig voraus, Ajay.

Nun, neben unseren individuellen Fähigkeiten werden sich wohl einige unserer zusätzlichen Kräfte überschneiden. Diese Telepathie zum Beispiel, obwohl ich nicht glaube, dass Nick das schon entdeckt hat ...

Er kann Worte empfangen, aber er weiß nicht, woher sie kommen.

Ich werde mich aus Höflichkeit bemühen, mich nicht über unseren muskelbepackten Freund lustig zu machen, und das Thema wechseln.

Sehr anständig von dir.

Wie auch immer, ich sende einfach meinen Geist aus ... was interessant ist, denn da ich auch gleichzeitig hier sein und mit dir reden kann, scheine ich wohl eine weitere verborgene Fähigkeit zu entwickeln, die häufig als »Bilocation« bezeichnet wird. Doch dazu später mehr.

Will schaute sich um und bemerkte, dass Elise ihn und Ajay anstarrte. Sie schien ihre Unterhaltung zu spüren, auch wenn sie nicht hören konnte, was sie sagten.

Wie gesagt, ich sende einfach mein geistiges Auge an der Mauer entlang, und falls ich mich nicht sehr irre – was unwahrscheinlich ist –, gibt es einen zweiten Eingang etwa fünfhundert Meter links von uns. Er ist bei Weitem nicht so prächtig wie der an der Vorderseite, der wohl nur Staffage zu sein scheint, aber fast genauso hoch und breit, und er scheint voll funktionsfähig zu sein.

Warum hast du das nicht gleich gesagt?

Entschuldige, du hast vollkommen recht. Ich hätte es sofort erwähnen sollen.

Zeig mir, wo er ist, verlangte Will.

Er beschleunigte in einen leichten Galopp, den auch Jericho sofort aufnahm, gefolgt von Nick und Elise. Da er angenommen hatte, er würde das Tor erst bei ihrer Ankunft zu sehen bekommen, war Will völlig überrascht, als plötzlich eine Reihe von Bildern in seinem Kopf auftauchte.

Er begriff, dass Ajay dabei war, einen Überblick über das »hochzuladen«, was sein geistiges Auge gesehen hatte.

Und als sie fünf Minuten später einen bestimmten Punkt auf dem Felsvorsprung erreichten, hielt Will an, da er diese Stelle bereits kannte und von hier aus exakt auf den Bereich hinunterblicken konnte, den Ajay ihm zuvor gezeigt hatte.

Der Höhenunterschied zwischen Felsvorsprung und Mauer war an dieser Stelle wesentlich geringer. Es ging nicht tiefer als zehn Meter hinunter und es waren knapp fünfzig Meter bis zum Fuß des Vorsprungs, wo eine viel benutzte Straße parallel zur Mauer verlief.

Der Durchgang, ein zweiflügeliges Tor, war weder so hoch noch so breit wie das Tor an der Vorderseite und die Straße führte direkt hindurch.

Außerdem stand dieses Tor weit offen.

FÜNFZEHN

WILLS LEBENSREGEL Nr. 15:
EINE OFFENE TÜR IST ENTWEDER EINE EINLADUNG ODER EINE FALLE. AM BESTEN, MAN WEISS ES, BEVOR MAN EINTRITT.

Elise befahl den Pferden, sich nicht vom Fleck zu rühren und sich ruhig zu verhalten. Dann gingen sie geduckt zum Rand des Felsvorsprungs und schauten hinunter auf das Tor. Die Straße, die hindurchführte, gelangte schon bald an eine Kreuzung, wo ein Abzweiger nach links abging. Der Hauptweg führte weiter, direkt zu der Anhöhe, wo sie sich postiert hatten, und bog dann nach Norden, entlang der Mauer in Richtung der Berge ab. Sie beobachteten, wie sich ein kleiner Wagenzug von der Nordseite her näherte und dann durch das Tor zur Zitadelle fuhr. Die Wagen schienen mit schwarzen Steinen oder Kohle beladen zu sein.

»Rohstoffe«, flüsterte Jericho. »Aus den Bergen.«

»Sie müssen da oben ein paar Minen haben«, vermutete Will.

»Dann ist das wohl der Lieferanteneingang«, folgerte Ajay. »Ich würde so weit gehen zu behaupten, dass die Baustelle, die wir auf den Fotos gesehen haben, ganz in der Nähe sein muss.«

Die Wagen wurden von niedergeschlagen wirkenden, nicht menschlichen Gestalten in zerrissener Kleidung gesteuert und am Tor von Wachen in den gleichen schwarzen Rüstungen hineingewinkt, die sie den Soldaten in der Garnison bei der Brücke abgenommen hatten.

»Das wird ein Spaß, Leute«, freute sich Nick und ließ die Fingerknöchel knacken.

»Gehen wir es an«, sagte Will.

»Zeit, ein paar Köpfe einzuschlagen!« Nick sprang mit einem Salto zu seinem Pferd, wo er einen Morgenstern aus der Satteltasche holte.

»Wenn ihr allerdings eine rationalere Vorgehensweise vorzieht und Plan B in die Tat umsetzen wollt«, verkündete Ajay, »wäre ich unter diesen überschaubareren Umständen durchaus bereit, meine Dienste anzubieten.«

»So gefällst du mir, Junge«, sagte Jericho und klopfte ihm auf die Schulter.

»Zu Fuß oder zu Pferd?«, wollte Elise wissen.

»Zu Pferd«, antwortete Will.

Elise drehte sich zu den Tieren um, die sofort zu ihr getrottet kamen. Kurz darauf saßen alle wieder im Sattel und ritten langsam den Hügel hinunter zum Tor. Will sah, dass die ersten beiden Wachen sie bemerkt hatten und ihren Vorgesetzten riefen – ein Unteroffizier, der jetzt aus einem Wachhäuschen hinter der Mauer kam.

»Inwiefern unterscheiden sich diese Typen in der Rüstung von den Missgeburten, die vor dem anderen Tor kampiert haben?«, erkundigte sich Nick.

»Sie wurden vermutlich so gezüchtet, dass sie etwas mehr Intelligenz und Disziplin besitzen«, entgegnete Ajay. »Militärische Prototypen.«

»Dann schlage ich vor, wir reiten einfach rein, als würden wir dazugehören, und ignorieren diese Deppen«, meinte Nick.

»Nein, sie könnten einen höheren Rang haben«, warf Will ein. »Wir müssen mit ihnen sprechen.«

»Aber wir beherrschen die Monstersprache nicht«, gab Nick zu bedenken.

»Das kriegen wir schon hin«, versicherte Will und wandte sich dann zu Elise und Ajay. »Ich nehme den Großen; ihr lenkt die anderen ab.«

Sobald sie unten angekommen waren, führte Will sie im Trab über das letzte Stück bis zur Zitadelle. Inzwischen war der Unteroffizier zu den vier anderen Soldaten getreten und hob die Hand, damit die Freunde vor dem Tor anhielten.

Will hob zur Begrüßung ebenfalls die Hand und schickte dann ein paar Worte direkt in den Kopf des Unteroffiziers:

Es ist nicht nötig, diese Gruppe anzuhalten. Das sind die, auf die wir gewartet haben, die Wichtigen, die wir direkt durchlassen sollen.

Die Augen des Unteroffiziers waren sofort zu Ajay hinten auf Jerichos Pferd gewandert, aber als Wills Botschaft ihn erreichte, blockierte sein Gehirn, noch bevor er die erste Frage stellen konnte.

Ajay und Elise sahen einander an, nickten und schauten dann zu den Wachen. Zwei der Soldaten direkt hinter dem Unteroffizier wirbelten herum und gingen sich gegenseitig an die Kehle. Die anderen beiden stürzten sich ebenfalls in den Kampf, während ihr Vorgesetzter versuchte, sie auseinanderzubringen. Will wollte gerade an ihnen vorbeireiten, als eine weitere Gruppe Soldaten aus einer der Baracken stürzte und auf das Gewühl zurannte.

Ich kümmere mich um sie, teilte Ajay Will mit.

Er zeigte mit dem Finger auf den Anführer der zweiten Gruppe, der daraufhin sofort stehen blieb und in einen seltsamen Tanz verfiel. Dann begann auch der Soldat direkt neben ihm zu tanzen.

Erkennst du es?, wollte Ajay von Will wissen.

Drei andere Wachen vollführten jetzt synchron die gleichen seltsamen, komplizierten Tanzschritte und immer mehr Soldaten fielen ein, bis es schließlich insgesamt zwanzig waren. Endlich begriff Will:

Thriller?

Korrekt!

»Michael Jackson lässt grüßen«, bemerkte Jericho.

Ein Lachen unterdrückend nahm Will die Zügel auf und führte die Gruppe ruhig durch das Tor. Von der Schlägerei und der bizarren Tanzeinlage vollkommen fasziniert, schaute der Unteroffizier kein zweites Mal zu ihnen herüber.

Sie ließen den Haufen von Soldaten hinter sich, bogen um eine Ecke und gelangten in die Zitadelle. Der Boden war hier matschig und überall stapelten sich Vorräte – Fässer, Kisten und verschiedene Baumaterialien auf Paletten.

Die Arbeiter des Wagenzugs, der vor wenigen Minuten hier eingetroffen war, schaufelten ihre Fracht aus Steinen in den Rachen einer gigantischen, mit Eisenplatten beschlagenen Maschine, die heftig vibrierte; dem Aussehen und dem Lärm nach handelte es sich um eine Art Steinbrecher. Auf einem klapprigen Förderband am anderen Ende drang ein stetiger Strom aus Kohle und Staub heraus – das Endprodukt, das auf einem gewaltigen Haufen abgeladen wurde. Eine große Gruppe von Handlangern – allesamt von Kopf bis Fuß schwarz vor Ruß – schaufelten die Kohle in kleinere Loren, die auf Schienen standen und dann in das Innere des Komplexes davonrollten.

Wie bei den Soldaten, die sie an der Brücke gesehen hatten, schien es sich auch bei diesen Arbeitern um nicht menschliche Hybriden zu handeln – eine Art rudimentäre humanoide Wesen, gekreuzt mit verschiedenen Lastentieren. Sie waren offenbar auf Kraft und Ausdauer gezüchtet, denn ihre missgebildeten Gesichter wirkten ausdruckslos und ihre Augen blickten kalt und leer. Welche Intelligenz sie auch einst besessen haben mochten, sie war nicht mehr vorhanden. Als Will sah, wie sie ängstlich hin und her hasteten, empfand er eine Mischung aus Entsetzen und Mitleid – Sklavenarbeiter in scheinbar unbegrenzten Mengen, erschaffen in einer abscheulichen Fabrik, behandelt wie Tiere. Es gab keinen Grund, sie anständig oder auch nur annähernd wie Menschen zu behandeln: Wenn einer von ihnen zusammenbrach, stellte man einfach einen neuen her.

Er schaute Elise und Ajay an, und als sie seinen Blick erwiderten, wusste er, dass sie das Gleiche dachten:

Sie unterscheiden sich gar nicht so sehr von uns.

Stimmt, pflichtete Ajay Elise bei. *Sie sind nur für eher niedere Arbeiten bestimmt.*

Für was sind wir dann bestimmt?, fragte Elise.

Je weiter sie in die Zitadelle vordrangen, desto deutlicher hörten sie die Geräusche einer großen Baustelle: Hammerschläge, rhythmisches, erderschütterndes Stampfen und das Kreischen von Mahlwerken. Will winkte die anderen weiter und sie folgten den Schienen der Kohle-Loren tiefer ins Innere der Zitadelle, vorbei an Lagerhöfen und Stein-, Glas- und Eisenhütten. Durch die teilweise geöffneten Tore einer großen Halle sahen sie den glutroten Schimmer einer Gießerei und darin einen gigantischen Kessel voll geschmolzenem Eisen, das über eine Rinne ablief. Will schaute nach oben und sah, wie erstickender schwarzer Rauch aus einem dieser gewaltigen Schornsteine drang, die sie auf den Fotos gesehen hatten. Der Qualm brannte ihm in den Augen und die aggressiven Staubpartikel in der Luft verklebten seine Lungen.

Außer ihnen schien sich niemand, der die schwarze Rüstung trug, in diesem Bezirk aufzuhalten und von den Legionen von Arbeitern würdigte sie keiner auch nur eines Blickes. Sie ritten vorbei an der Gießerei, bogen um die Ecke einer Reihe riesiger

Schuppen, und als die Rauchwolken dünner wurden, öffnete sich eine weite, leere, trostlose Fläche, die Will ebenfalls von einem der Fotos wiederkannte. Die Freunde stiegen ab und Elise wies die Pferde an, auf sie zu warten. Dann schlichen sie um die Ecke und versteckten sich hinter einem Vorratsstapel, um sich ein genaueres Bild der Situation zu verschaffen.

Es war die Baustelle, die sie auf den Fotos gesehen hatten. Sie war umgeben von ausgedehnten Flächen derselben schwarzen, schmutzigen Erde, auf deren Anblick Will so eigenartig reagiert hatte. In der Mitte des kargen Geländes, etwa fünfhundert Meter entfernt, drängten sich Hunderte von Arbeitern um einen Block aus Stein oder Beton, der ungefähr die Größe eines Fußballfeldes besaß. Auf diesem Block erhob sich das zentrale Objekt, das sie in den Aufnahmen der Drohne gesehen, aber aufgrund der Vogelflugperspektive der Fotos nicht hatten identifizieren können. Jetzt erkannten sie, worum es sich handelte.

Zwei riesige, elegante Bögen, die aussahen wie Halbmonde, ragten aus massiven, rechteckigen Metallblöcken hervor, in denen sie verankert waren. Will schätzte, dass die Bögen mindestens so hoch waren wie ein zehnstöckiges Gebäude, und sie schienen aus dem gleichen glatten schwarzen, diamantharten Material zu bestehen wie die Mauern der Zitadelle. Die Bögen standen einander gegenüber und waren an der Unterseite bereits miteinander verbunden; es würde nicht mehr lange dauern, bis auch ihre Spitzen sich berührten.

Beide Bögen waren vollständig von einem Gitterwerk aus Gerüsten umgeben, auf denen unzählige Arbeiter herumliefen und den ihnen zugeteilten Aufgaben nachgingen. Die größte Aufmerksamkeit galt offenbar einem Bereich in der Nähe der Spitze, wo ständig Baumaterial über ein Flaschenzugsystem auf lange Plattformen befördert wurde. Die Freunde konnten sprühende Funken und Lichtblitze an den Punkten erkennen, wo die Bögen miteinander verbunden werden sollten.

Während sie die Szenerie beobachteten, stürzte einer der Arbeiter vom höchsten Gerüst und landete mit einem schrecklichen dumpfen Geräusch auf dem Betonblock. Die anderen Arbeiter schenkten dem Unfall keinerlei Beachtung und gingen einfach an dem leblosen Körper vorbei.

»Junge, Junge«, sagte Nick.

»So viel zum Thema Arbeitsschutz«, bemerkte Jericho.

»Was ist das für ein Ding?«, fragte Elise. »Was bauen die da?«

»Das ist doch sonnenklar. Ich weiß genau, was das ist«, behauptete Nick und schaute mit zusammengekniffenen Augen auf das Gerüst. »Sie bauen einen gigantomanisch großen ... Kreis.«

»Es ist viel mehr als nur ein Kreis«, warf Ajay ein und musterte das Objekt eindringlich.

Will bemerkte eine weitere Baustelle rechts von der riesigen Betonplatte, die von hellen Scheinwerfern erleuchtet wurde. Auf diesem Gelände standen ein paar große Zelte und in einem davon drängte sich eine Gruppe der hässlichen Mischwesen um ein gewaltiges rundes Metallgehäuse und führte offensichtlich feinere und präzisere Arbeiten aus.

»Sie bauen einen Schnitzer«, stellte Will fest.

»Da könntest du recht haben, Will«, pflichtete Ajay ihm bei.

»Das ist doch Quatsch«, fand Nick. »Du hast gesagt, dass wir den einzigen haben, den es gibt.«

»Ich sagte, ich habe das einzige Modell, von dem wir wissen.«

»Und du sagtest auch, Franklin hätte dir erzählt, es sei der einzige.«

»Franklin weiß vermutlich nichts von dem, was hier vorgeht«, sagte Elise.

»Aber sie ... sie können das Ding doch gar nicht festhalten.

Wie …?« Nick starrte fassungslos auf die Bögen. »Wie konnten sie einen bauen, der …? Wie konnten sie …?«

»Es ist ein recht einfacher Plan, Nick. Zuerst haben sie eine Armee aufgebaut«, erklärte Ajay und deutete rückwärts in Richtung des Tals. »Und jetzt bauen sie ihr Transportsystem.«

»Aber wie soll dieses Ding denn funktionieren?«, fragte Nick.

»Wenn du dir die beiden Seiten genau ansiehst, dann wird dir auffallen, dass sie eine Metallschiene an der Innenseite des Kreises anbringen«, entgegnete Ajay und zeigte auf die Bögen.

»Ja und?«

Will schaute genauer hin und bemerkte die Metallschiene jetzt zum ersten Mal. Dann deutete Ajay auf die Arbeiter in den Zelten.

»Da drüben bauen sie ein hoch entwickeltes motorisiertes Element zusammen, das auf dieser Schiene um den Kreis herumfährt. Ich nehme an, dass sich darin die gleiche Schneide- oder Schnitzvorrichtung befindet, wie wir sie besitzen. Wenn also das Element den Umfang des Kreises entlangfährt, schneidet es das Portal aus.«

»Und öffnet das Tor zur Hölle«, ergänzte Will leise.

»Und Hunderttausende dieser Monster tauchen ohne Vorwarnung plötzlich überall auf unserem Planeten auf«, fügte Elise hinzu.

»Blitzkrieg«, sagte Jericho. »Überraschungsangriff.«

»Moment mal – dieser Haufen widerlicher Ungeheuer gegen die ganze Macht des US-Militärs? Sorry, aber das versetzt mich nicht unbedingt in Panik.«

»Sie können nicht nur brutale Gewalt einsetzen«, erläuterte Will. »Wie wir gesehen haben, sind sie auch in der Lage, im Tarnkappenmodus zu agieren. Außerdem sprechen wir nicht nur von unserem Land – der Angriff könnte die ganze Welt betreffen. Sie können verdammt großen Schaden anrichten.«

»Die Kommunikationsnetze zerstören, die Energieversorgung

lahmlegen«, erklärte Ajay. »Sie würden zweifellos politische Führer ins Visier nehmen und aus der Ferne deren Gedanken kontrollieren und beeinflussen. Das Ergebnis wäre totales Chaos.«

»Ihr wollt also sagen, dass ein Trupp unsichtbarer bewaffneter Yetis auf dem Rasen des Weißen Hauses auftauchen könnte«, sagte Nick und dachte darüber nach. »Ich glaube, das wäre gar nicht gut.«

»Franklin sagte auch, sie hätten bereits einige versteckte Einheiten vor Ort«, berichtete Will. »Er nannte sie Schläfer, die jederzeit aktiviert werden können, sobald die Invasion beginnt.«

»Außerdem wissen wir nicht, wie sehr die Ritter bereits politische und militärische Infrastrukturen infiltriert haben«, bemerkte Elise.

»Nach drei Generationen?«, sagte Ajay. »Sie haben vermutlich schon die Hand an den Hebeln der Macht. Sie könnten auf ein einziges Kommando hin all unsere Möglichkeiten zerstören, uns gegen sie zu verteidigen – noch bevor der Kampf überhaupt begonnen hat.«

»Mit anderen Worten, Nick«, sagte Jericho, »sobald dieses Tor geöffnet ist, kann alles passieren.«

»Okay, okay, ihr habt mich überzeugt. Großer Schnitzer böse. Vernichten wir ihn.«

»Wie lange brauchen sie wohl noch, um das Ding fertigzustellen?«, fragte Jericho, den Blick auf die Bögen gerichtet.

»Das lässt sich ohne nähere Untersuchung nicht genau sagen«, erwiderte Ajay, während seine Augen die gesamte Baustelle absuchten. »Aber in Anbetracht ihrer reichlich vorhandenen Ressourcen und unbegrenzten Arbeitskräfte würde ich schätzen, dass es nicht mehr länger als einen oder zwei Tage dauern wird, bis sie alles zusammengebaut haben und das System starten können.«

»Endlich mal eine gute Nachricht«, meinte Nick.

»Wieso das denn?«, wunderte sich Elise.

»Er sagte einen Tag oder zwei.«

»Andererseits ist Zeit hier schwer zu definieren«, gab Ajay zu bedenken. »Wer weiß schon, was irgendwelche Zeitangaben hier letztlich zu bedeuten haben.«

»Warum schwingen wir dann nicht sofort den Hammer und schlagen das Ding kaputt?«, fragte Nick. »Und ihre Köpfe gleich mit?«

»Darüber möchte ich lieber erst einmal mit Dave sprechen«, antwortete Will. »Vielleicht brauchen wir dabei seine Hilfe.«

»Wenn wir ihn überhaupt finden«, warf Jericho ein.

»Aber deshalb sind wir ja hier. Eins nach dem anderen. Wir haben noch genug Zeit, ihn ausfindig zu machen. Es sei denn, jemand ist anderer Meinung ...«

Bevor einer der anderen antworten konnte, hörten sie das lauter werdende Stampfen marschierender Stiefel. Sie zogen sich weiter in den Schutz der Schuppen zurück, während eine Kolonne von Soldaten in schwarzer Rüstung rechts von ihnen auftauchte und über die Hauptstraße auf die Baustelle zumarschierte. Hobbes, die einzige Gestalt auf einem Pferd, ritt an der Spitze der Kolonne und erteilte den Soldaten brüllend Befehle, während diese sich der Baustelle näherten. Alle Arbeiten dort kamen zum Erliegen und die Arbeiter rund um den Betonsockel huschten aus dem Weg. Als die Soldaten den Sockel erreicht hatten, erteilte Hobbes einen weiteren Befehl und sie teilten sich zu beiden Seiten der Bögen in zwei Reihen auf.

Will spürte einen seltsamen Druck im Kopf – nicht schmerzhaft, sondern eher wie eine Art Reizüberflutung. Es hörte sich an, als würden zehntausend Stimmen in seinem Gehirn flüstern. Er schaute sich um und sah, dass die anderen – mit Ausnahme von Jericho – sich die Ohren zuhielten und ähnlich reagierten wie er.

Das Flüstern wich einem brausenden Wind – oder eigentlich hörte es sich eher so an wie Hunderte von Wellen, die sich gleichzeitig am Ufer brachen, fand Will. Er sah, dass die Reihen der Soldaten ins Schwanken gerieten und viele von ihnen Mühe hatten, sich auf den Beinen zu halten. Selbst Hobbes, der bei dem Betonblock, in dem der gigantische Bogen verankert war, vom Pferd gestiegen war, schien extreme Schwierigkeiten zu haben und klammerte sich an den Sockel. Dann kam die Ursache dieses gewaltigen Rauschens in Sicht. Sie zog von rechts nach links die Straße entlang, zwischen den aufgereihten Soldaten hindurch.

Die Kreatur war mindestens sechs Meter hoch, geformt wie ein Stachel, eher dünn als massig, aber dennoch gewaltig. Ein langer Umhang aus einem silbrig glänzenden schwarzen Material bedeckte sie vollständig und schleifte am Boden hinter ihr her. Das Wesen schien nicht von Beinen oder Gliedmaßen gestützt zu werden, und falls es überhaupt Arme hatte, oder auch einen Torso, so blieben sie ebenfalls unter dem Umhang verborgen. Sein Kopf – vielmehr die Stelle, wo sein Kopf hätte sein sollen – war von einer herabhängenden Kapuze bedeckt, unter der nur tiefschwarze Leere zu herrschen schien.

Der Anblick erfüllte Will mit überwältigender Furcht und Abscheu und bombardierte seinen Geist mit Signalen, die er nicht einordnen konnte. Er musste sich zwingen, nicht den Blick abzuwenden, und spürte, dass die anderen genauso reagierten wie er.

Die Bewegungen des Wesens waren eigenartig rhythmisch und hochgradig hypnotisch und es schien eher über den Boden zu schweben, als zu gehen. Die oszillierenden Vibrationen, die sie alle hörten und kaum ertrugen, kamen anscheinend aus seiner Mitte, und einige von Hobbes' Soldaten stürzten zu Boden, als die riesige Erscheinung an ihnen vorüberrauschte. Sie hielt bei Hobbes an, direkt unterhalb der Bögen. Will konnte aus dieser Entfernung nichts von ihrer Unterhaltung verstehen, aber es war eindeutig, dass die Kreatur mit Hobbes kommunizierte.

Will biss die Zähne zusammen, um die Störgeräusche in seinem Kopf einzudämmen, und flüsterte Ajay zu: »Kannst du irgendetwas erkennen?«

Ajay beugte sich vor, zwinkerte wiederholt, als er versuchte, das Rauschen auszublenden, und beobachtete die beiden genau. »Es ist eine Inspektion«, sagte er leise. »Das Ding ist gekommen, um zu sehen, welche Fortschritte gemacht wurden. Hobbes wirkt ziemlich mitgenommen. Dieses Wesen macht ihm Angst; er fühlt sich nicht wohl in seiner Nähe.«

Dann endete die kurze Unterhaltung und die Gestalt schwebte langsam an Hobbes vorüber. Sie sahen, wie sie einmal den Sockel des Kreises umrundete und offensichtlich alles genau begutachtete. Ein weiterer Arbeiter fiel aus großer Höhe vom Gerüst und landete in der Nähe der Kreatur auf dem Boden, die darauf jedoch überhaupt nicht reagierte und einfach über den Leichnam hinwegschwebte.

Will fiel auf, dass Jericho die lähmende Wirkung, unter der sie alle litten, überhaupt nicht zu spüren schien.

»Sie fühlen nicht, was von dem Ding ausgeht, nicht wahr?«, fragte Will ihn leise.

Jericho schüttelte den Kopf. »Ich weiß nicht, ob das gut ist oder schlecht.«

»Es ist einer von ihnen«, sagte Will. »Einer der Schöpfer.«

»Dachte ich mir«, entgegnete Jericho.

»Warum spüren wir es und Sie nicht?«, wollte Elise wissen.

Jericho wandte sich zu Will. »Ich glaube, du kennst die Antwort auf diese Frage.«

Elise schaute Will an. »Und?«

»Wir sind mit ihm verbunden«, antwortete er widerstrebend. »Der Coach nicht.«

»Was meinst du mit ›verbunden‹?«

Will schaute seine Freunde an, die sich nun alle zu ihm umgedreht hatten. Er wusste nicht, wie er es jetzt noch vermeiden konnte, ihnen die Wahrheit zu sagen, und sah auch keinen triftigen Grund mehr dafür.

»Diese Wesen, die Schöpfer ... sie sind die Quelle des genetischen Materials, das Franklin ... für das Paladin-Projekt benutzt hat.«

Die drei starrten ihn verständnislos an.

»Die DNA, die die Ritter verwendeten, als sie mit uns herumexperimentierten ... ob nun freiwillig oder nicht – je nachdem, was man glauben will.«

»Willst du damit sagen, dass die Schöpfer den Rittern etwas von ihrem eigenen genetischen Code überlassen haben?«, fragte Ajay.

»Genau.«

»Und dass die Ritter es für diese In-vitro-Verfahren verwendet haben, damals zur Zeit von Hobbes und Nepsted und dann noch einmal, als sie das Programm wiederbelebt haben?«

»Ja.«

»Bist du sicher?«, hakte Elise nach.

»Es besteht kein Zweifel«, antwortete Will. »Wir haben unsere Fähigkeiten nicht von irgendwelchen beliebigen Tieren oder anderen Menschen erhalten. Sie stammen von ihnen.«

»Das glaub ich jetzt nicht«, sagte Nick.

»Ich habe das nicht erfunden, Nick«, stellte Will klar. »Franklin hat es mir selbst erzählt.«

Jeder versuchte, mit dem Schock auf seine Art fertigzuwerden. Ajay schien kein Problem damit zu haben, die Information so schnell und logisch zu verarbeiten, dass sie seine Gefühle umging. Nicks Kiefermuskeln waren angespannt und er hörte nicht auf, den Kopf zu schütteln, wollte es einfach nicht glauben. Elise dagegen sah so aus, als würde sie die Tatsache akzeptieren und von dem Gedanken in nackte Wut versetzt werden.

»Als bräuchten wir noch einen Grund mehr, sie zu hassen«, sagte sie.

»Dann wissen wir ja jetzt, wie und warum das mit uns passiert ist«, meinte Ajay nüchtern.

Nick stand stocksteif da, alle Muskeln in seinem Körper zum Zerreißen angespannt, und schüttelte noch immer ungläubig den Kopf. Tränen liefen ihm über die Wangen. »Du hättest es uns sagen müssen. Du hättest es uns sagen müssen, Will.«

»Warum? Was hätte es gebracht?«

»Zumindest hätten wir gewusst ... was für Monster wir sind. Wie diese armen Teufel in den Tanks da unten in dem Krankenhaus ...«

Elise legte ihm den Arm um die Schultern und flüsterte ihm beruhigend etwas ins Ohr. Nick schüttelte den Kopf und wehrte sich zunächst, ließ es aber schließlich doch zu, dass sie ihn tröstete.

»Es ändert doch eigentlich nichts«, fand Ajay und schaute Will mit glänzenden Augen an. »Und angesichts der schweren Aufgabe, die wir hier lösen müssen, und angesichts unserer Gegner, könnte man es sogar als gute Nachricht auffassen ...«

»Will«, sagte Jericho plötzlich.

Will schaute ihn an und sah dann, wohin der Coach so gebannt starrte.

Der Schöpfer hatte sich an die Ecke des Betonsockels begeben, der ihnen am nächsten lag. Er war sogar noch größer, als es den Anschein gehabt hatte, und schwebte aufrecht und wachsam in der Luft.

Und er schaute in ihre Richtung.

Als er sein Raster aktivierte, bemerkte Will eine Energiewolke, die aus der Kapuze des Schöpfers drang und direkt auf sie zuflog. Ihm blieb keine Zeit, die Art und den Grund dieses Ausbruchs herauszufinden.

»Er weiß, dass wir hier sind«, stellte er fest und zog alle hinter den nächsten Schuppen. »Holt die Pferde.«

Während sie sich davonschlichen, drehte Will sich noch einmal um und schuf instinktiv einen Gedankenform-Schild, dann verschwand auch er um eine Ecke. Nur eine Sekunde später krachte die Energie des Schöpfers gegen seinen Schild. Die aufgestapelten Vorräte, hinter denen die Freunde sich eben noch versteckt hatten, explodierten und Trümmer prasselten auf das Dach des Schuppens.

Will folgte den anderen, und als die Pferde kamen, um sie abzuholen, sprangen alle rasch in den Sattel.

»Wir reiten direkt zur Kuppel«, verkündete er. »Folgt mir und haltet unter keinen Umständen an.«

»Ich kenne den Weg«, sagte Ajay.

Will gab seinem Pferd die Sporen und galoppierte voran. Er verstand nicht, was Ajay gemeint hatte, bis ein Bild in seinem Kopf auftauchte: eine Luftaufnahme der Zitadelle.

Will erkannte, dass sie aus den einzelnen Aufnahmen der Drohne zusammengesetzt war.

Ich habe mir natürlich die Abfolge eingeprägt und dachte, es könnte nützlich sein, wenn ich sie dir als kompaktes Bild schicke.

Du hast keine Ahnung, wie nützlich, Ajay.

Will zwinkerte, um sein Raster wieder einzuschalten, und schien dann automatisch zu wissen, wie er Ajays Bild in eine Art transparente Blickfeldanzeige integrieren musste, die in seiner Sichtachse erschien.

Ich habe mir außerdem erlaubt, einen Kurs von unserem jetzigen Standort zur Kuppel einzugeben.

Ein heller Lichtpunkt erschien auf Wills Anzeige und markierte ihren zurückgelegten Weg entlang einer leuchtenden Linie, die an den vielen Gebäuden vorbei bis zu der Kuppel führte.

Ajay, du bist besser als jedes GPS.

Mithilfe von Ajays System führte Will sie in gestrecktem Galopp von der Baustelle fort. Die vier Pferde preschten durch schmale Gassen und um Straßenecken herum. Die wenigen Arbeiter, denen sie begegneten, sprangen aus dem Weg oder wurden einfach überrannt. In diesem verschachtelten Gewirr von Gebäuden war es dunkler, denn das schwache Licht am Himmel drang kaum an den hohen Häusern vorbei. Will warf einen verstohlenen Blick zurück, bemerkte jedoch noch keine Verfolger. Elise und Jericho ritten unmittelbar hinter ihm und flankierten ihn, dicht gefolgt von Nick, der mit den Armen ruderte und die Ellbogen einsetzte, um sein Pferd anzuspornen.

Elise, schaff alles weg, was auf uns losgeht. Vor uns liegt eine Menge Seitenstraßen. Keine Ahnung, wie schnell sie Alarm schlagen.

Ich kümmere mich drum.

Sie folgten der Route, die Ajay eingegeben hatte, und bogen um eine Ecke, die sie aus dem Gewirr von Seitenstraßen hinausführte. Dann galoppierten sie eine lange, leere Straße zwischen hohen Gebäuden entlang, unter einem Torbogen hindurch und fanden sich schließlich in einem vollkommen anderen Teil der Zitadelle wieder. Will erkannte sofort, dass es der Bereich mit den klassischen Bauten war, die sie auf den Fotos gesehen hatten.

Die Straßen verbreiterten sich zu einem ordentlich angelegten Netz aus glatten, mit Granit gepflasterten Alleen. Wegen der Architektur der umstehenden Häuser wirkte dieser Bereich wie ein Hochschulcampus von gewaltigen Ausmaßen. Den Eingang der meisten Gebäude zierten imposante Säulen aus grauem Granit und jeder Zentimeter war mit einer kalten, symmetrischen Perfektion gebaut worden, makellos und ohne jedes Anzeichen von Leben.

Will fragte sich, ob irgendetwas im Innern dieser Häuser vor sich ging, ob sie tatsächlich bewohnt wurden oder ob alles nur Fassade war. Die Anlage wirkte auf seltsame Art vertraut, bis ihm klar wurde, dass sie ihn an die Ruinenstadt unter »The Crag« erinnerte. Das ergab einen Sinn: Beide Orte waren von denselben Kreaturen errichtet worden. Warum sollten sie den Entwurf nicht wiederholen, wenn er ihren Vorstellungen von einem Zuhause entsprach? Aber würden die Schöpfer auch so aussehen wie die Skelette, die ihnen dort unten begegnet waren?

Die Kreatur, die sie vorhin bei den Bögen gesehen hatten, stimmte nicht mit diesen Dimensionen überein. Vielleicht hatten sie sich nach all der Zeit an diesem seltsamen Ort zu etwas völlig anderem entwickelt?

Will folgte Ajays Karte bis zu einer der vier diagonal verlaufenden Alleen, die von einem großen Kreis mit einem trockenen Brunnen in der Mitte abzweigten. Noch immer keine Hinweise darauf, dass ihnen jemand folgte – was Will fast noch mehr beunruhigte. Worauf warteten sie? Er hielt es für unwahrscheinlich, dass sie unbemerkt davongekommen waren: Schließlich war die Zitadelle überschaubar und bot nur wenige Fluchtwege.

Über die Allee gelangten sie auf einen riesigen rechteckigen Platz, der auf drei Seiten von Variationen der gleichen Häuser mit Portikus umgeben war, wie sie überall auf dem gesamten Gelände standen. Auf der offenen Seite des Platzes erhob sich auf einem Plateau am Ende einer langen Treppe mit breiten, flachen Stufen der runde Kuppelbau aus den Fotos. Durch eine große, überdachte, von Säulen gestützte Vorhalle gelangte man zum Eingang.

»Da ist es«, sagte Will und drängte die Gruppe vorwärts.

Er deaktivierte Ajays eingeblendete Karte, aber nicht das Raster, mit dem er nach Lebenszeichen suchte, während sie über den weiten, leeren Platz preschten, auf dem die Hufe der Pferde geisterhaft widerhallten. Will suchte weiter. Noch mindestens fünf gleich große Alleen mündeten auf den Platz und nicht eine von ihnen zeigte eine Wärmesignatur.

Siehst du etwas?, fragte er Ajay.

Ich fürchte, ich bin im Moment zu sehr damit beschäftigt, mich am Coach festzuklammern.

»Bleibt nicht stehen!«, rief Will den anderen zu. »Reitet die Treppe rauf!« Er gab seinem Pferd die Sporen, straffte die Zügel und trieb es die Stufen hinauf. Sie waren breit und flach und die Tiere mussten ihre Gangart ändern, wurden aber kaum langsamer. Nach über hundert Stufen erreichte Will endlich das Plateau und galoppierte hinüber zur Kuppel. Er sprang vom Pferd und sprintete durch die Vorhalle zu der zweiflügeligen Tür.

»Haltet die Augen auf! Nehmt die Pferde und die Satteltaschen mit!«

Die anderen stiegen hinter ihm ab. Ajay schaute zurück zu dem Platz unter ihnen und Elise trieb die Pferde zusammen, während die anderen beiden Will folgten.

»Irgendwas zu sehen dahinten?«, rief Will, als er die Tür erreichte.

»Noch nicht«, antwortete Ajay.

An jedem der Türflügel gab es einen langen, dicken, vertikalen Eisengriff. Will packte einen davon und hielt dann inne, um einen Moment durchzuatmen. Kurz darauf waren Nick und Jericho bei ihm und schließlich Ajay und Elise. Nicht weit entfernt standen die Pferde in einer Gruppe unter dem Vordach.

»Wenn einer von ihnen dadrin ist, schlagen wir los«, verkündete Will.

Sie schauten ihn erwartungsvoll an, als könnten sie es nicht abwarten zu kämpfen. Keiner von ihnen wirkte ängstlich, nicht einmal Ajay. Ihre Bereitschaft erfüllte Will mit Stolz und Zuversicht. »Was von jetzt an auch immer geschieht«, sagte er, »ich fühle mich geehrt, euch meine Freunde nennen zu dürfen.« Dann zog er an dem Griff. Die Tür war unglaublich schwer, drehte sich aber mühelos in verborgenen Angeln und schwang dann auf.

Sie traten in einen kreisförmigen Innenhof und die Tür schloss sich leise hinter ihnen. Der Boden dieses Atriums war mit dunklem Marmor ausgelegt und von kleinen, dekorativen Säulen umstanden. Aus einer unsichtbaren Quelle fiel ein sanftes, gleichmäßiges Licht in den Hof und in einem Dutzend symmetrischer Nischen erkannte Will große Urnen oder Statuen in abstrakten Formen. Ihre Schritte hallten laut auf dem Marmorfußboden wider, während sie durch das Atrium gingen.

Andere Türen gab es nicht.

»Was zum Geier ...«, setzte Nick an.

»Schwärmt aus«, unterbrach ihn Will. »Seht euch um. Es muss einen anderen Weg nach draußen geben.«

»Es handelt sich wohl um einen sogenannten Puzzle Room«, vermutete Ajay. Mit weit geöffneten Augen ging er auf eine der Nischen zu.

»Keiner fasst etwas an«, befahl Elise. »Ich habe dich im Auge, Nick.«

Schuldbewusst zog Nick seine Hand zurück, mit der er gerade eine der Statuen berühren wollte. »Okay, okay. Wie geht's jetzt weiter?«

»Lass das Ajay herausfinden«, entgegnete Will.

Ajay brauchte ganze dreißig Sekunden dafür. Er ging einmal um den gesamten Innenhof herum und besah sich jede einzelne der Statuen in den Nischen. Dann drehte er eine zweite Runde und berührte auf bestimmte Art eine bestimmte Stelle an den einzelnen Figuren, ließ die Urnen aber völlig außer Acht. Nur wenige Augenblicke, nachdem er die letzte Statue berührt hatte, hörten sie, wie ringsum eine Reihe von Zahnrädern in Gang gesetzt wurde, und plötzlich senkte sich der gesamte Fußboden mit einem dumpfen Geräusch sanft und gleichmäßig in die Tiefe.

»Woher wusstest du, wie das geht?«, erkundigte sich Nick.

»Es war nur allzu offensichtlich«, teilte Ajay ihm mit.

»Nicht für mich.«

»Ich will es dir gerne erklären, alter Junge, aber ich fürchte, du wirst es ziemlich langweilig finden.«

»Ihr habt deren DNA«, warf Jericho ein. »Er zapft das an, was sie wissen.«

Ajay lächelte geheimnisvoll. »Etwas in der Art.«

Die Wände um sie herum verwandelten sich in einen Kreis aus nacktem schwarzem Stein, als sie mit dem Boden nach unten sanken, und nur das Licht aus dem Innenhof über ihnen drang noch zu ihnen. Instinktiv rückten sie in der Mitte des Kreises zusammen. Als das Licht allmählich ganz verschwand, holte Nick eine Leuchtfackel aus seinem Rucksack, entzündete sie und hielt sie hoch.

»So einen Aufzug gab es in Cahokia auch, erinnert ihr euch?«, fragte Elise.

»Von der Kathedrale zum Friedhof«, ergänzte Nick. »Das waren noch Zeiten.«

»Das war eine Klapperkiste«, meinte Will. »Er sah nicht so aus wie dieser hier.«

»Sie scheinen ihre Technologie in der Zwischenzeit immens verbessert zu haben«, sagte Ajay.

»Ja, eine schöne, ruhige Fahrt«, fand Nick. »Ich hoffe nur, sie geht in die richtige Richtung.«

»Davon kannst du wohl ausgehen«, entgegnete Will. »Es gibt nur eine.«

»Nicht unbedingt. Ich glaube, er fährt wahrscheinlich auch wieder hoch.«

Ajay seufzte und schaute hinauf zum Innenhof, der schon fast nicht mehr zu sehen war. »Noch ungefähr fünfzehn Meter.«

»Haltet euch bereit«, sagte Will.

Der Aufzug wurde allmählich langsamer. Durch eine Lücke in der runden Steinmauer drang nun ein schwaches Licht.

Alle wandten sich ihm zu.

SECHZEHN

WILLS LEBENSREGEL Nr. 16:
WENN DU DAS ENDE DES SEILS ERREICHT HAST,
HÄNG NICHT RUM.

Der Aufzug kam geräuschlos zum Stehen und einen Augenblick lang bewegte sich keiner von ihnen. Durch die Öffnung vor sich sahen sie einen mindestens zehn Meter hohen und drei Meter breiten Korridor aus glattem schwarzem Stein. Der Gang führte schon bald um eine Biegung, hinter der ein schwaches blaues Licht hervorschimmerte. Will spürte, dass frische Luft um sie herumzirkulierte, kühl und ein wenig feucht. Hier unten war es so still, dass er seinen eigenen Herzschlag hören konnte.

»Geh voran«, sagte Jericho.

Will trat vorsichtig von dem Marmorboden des Aufzugs in den Gang, die anderen folgten ihm.

Nick drehte sich noch einmal zum Aufzug um und hob die Hand. »Bleib hier«, befahl er ihm.

»Nimm die Fackel runter«, bat Ajay. »Ohne sie sehe ich mehr.« Ohne weitere Aufforderung übernahm er die Führung und ging langsam voran. Will und Elise blieben dicht hinter ihm.

Als Ajay die Biegung erreichte, warf Elise Will einen kurzen Blick zu.

Sollen wir nachsehen, was vor uns liegt? Ich könnte es mit Echolot probieren und du mit deinem Raster.

Bevor Will antworten konnte, drang Ajays Stimme in ihre Köpfe: *Es wäre besser, wenn ihr das im Moment mir überlasst,* übermittelte er ihnen. *Und ja, ich kann euch jetzt beide hören.*

Sie schauten einander verblüfft an.

»Er verändert sich schneller als der Rest von uns«, flüsterte Elise. »Machst du dir deswegen Sorgen?«

Will hob einen Finger an die Lippen, nickte aber.

Ajays Stimme in ihren Köpfen fuhr fort:

Im Nachhinein betrachtet kommt es mir vor, als hätte etwas seit unserer Ankunft im Niegewesen dafür gesorgt, dass wir hier landen. Pfade sind plötzlich aus dem Nichts erschienen und die Landschaft hat sich verändert, damit wir in eine bestimmte Richtung weitergehen. Es scheint fast so, als hätte die Umgebung selbst uns an diesen Ort geführt. Habt ihr diesbezüglich irgendwelche Theorien?

Will dachte kurz nach, bevor er antwortete. *Mir fällt nur eine Begründung ein.*

Lass hören.

Dave.

Interessant. Ich vermute, wir werden bald herausfinden, ob du recht hast.

Sie gingen weiter und es kam ihm vor wie eine Ewigkeit, bis Ajay endlich wieder »sprach«.

Dieser Lichtschein stammt aus einer großen und recht seltsamen Quelle in einem großen Raum am Ende dieses Gangs. Ich kann keinen der Schöpfer oder eine andere feindliche Präsenz ausmachen, zumindest nicht für den Augenblick.

Gut zu wissen, fand Will.

Und bitte sag Nick, dass er die Fackel ebenso gut hier im Gang lassen kann. Dort, wo wir hingehen, brauchen wir sie nicht.

Auf ein Zeichen von Will warf Nick die Fackel hinter die Biegung zurück. Der blaue Schein war inzwischen so hell geworden, dass sie alles erkennen konnten. Will schaute sowohl Jericho als auch Nick in die Augen und wusste, dass sie sich auf einen Kampf vorbereiteten.

Hinter der Biegung endete der Gang nach rund dreißig Schritten in dem Raum, den Ajay erwähnt hatte. Er war aus demselben schwarzen Stein herausgemeißelt worden wie der Korridor, grob behauen und kreisförmig, mit einer hohen, gewölbten Decke. In der Mitte, etwa zwei Meter über dem Boden, schwebte die Quelle des blauen Lichts: ein riesiger blassblauer Edelstein, gut drei Meter hoch, etwa halb so breit und so facettenreich, als sei er von einem Juwelier mit höchster Präzision geschliffen worden. Die Lichtstrahlen, die aus ihm hervorquollen, waren hier, in unmittelbarer Nähe des Steins, so hell, dass die Freunde Schatten auf den Boden warfen.

Nach kurzer Zeit mussten sich alle die Hand vor die Augen halten. Das Licht war irgendwie eigenartig – es erfüllte nicht nur die Luft, sondern besaß auch eine fast greifbare Konsistenz, und wenn man direkt in die Mitte des Steins zu schauen versuchte, leuchtete es so intensiv, dass man völlig geblendet wurde.

Aber Will spürte noch etwas anderes in diesem Licht, etwas Vertrautes und Tröstliches, das dennoch gleichzeitig ein wenig Furcht einflößend war. Dieses Gefühl hatte er schon sehr lange vermisst.

»Was ist das?«, fragte Elise.

»Vielleicht eine Art Kraftquelle«, mutmaßte Jericho.

»Oder vielleicht ist es das geheime Teil, das die Schöpfer anbeten oder so was«, schlug Nick vor. »Ihr großes heiliges Dingsbums.«

»Nein, das ist es nicht«, erwiderte Will. Er griff in seine Tasche und zog etwas daraus hervor, was er seit ihrer Ankunft im Niegewesen nicht mehr benötigt hatte: die dunkle Brille. Als er sie aufsetzte, konnte er direkt in den Edelstein schauen. Die geschliffenen Gläser schwächten die Intensität des Lichts ab und er begriff nun, was dort vor ihnen schwebte.

»Es ist ein Gefängnis«, sagte er. »Dave steckt dadrin.«

In seiner engelhaften weißgoldenen Platinrüstung, die gefiederten Schwingen hinter sich ausgebreitet und das glänzende Schwert zur Hälfte aus der Scheide an seinem Gürtel gezogen, schwebte Dave vor ihnen. Sein Abbild war durch die zahlreichen Facetten des Juwels gebrochen und vervielfacht, aber Will erkannte trotzdem den grimmigen, erstarrten Gesichtsausdruck – als sei er im Bruchteil einer Sekunde überfallen, gefangen genommen und dann in dieses bizarre Behältnis verfrachtet worden. Dave sah blasser aus, als Will ihn in Erinnerung hatte, und die Narben in seinem Gesicht leuchteten noch stärker als sonst – so als wäre er Teil eines Wachsfigurenkabinetts.

Ajay und Nick holten ebenfalls ihre dunklen Brillen heraus, setzten sie auf und betrachteten den Edelstein.

»Echt jetzt?«, sagte Nick. »Das ist Dave?«

»Das würde erklären, warum du nichts von ihm gehört hast«, meinte Jericho.

»Es muss passiert sein, nachdem wir mit ihm gesprochen haben«, überlegte Elise. »Er sagte, sie seien ihm auf der Spur, erinnerst du dich?«

»Ja«, bestätigte Will.

»Alter, du hast uns nie erzählt, dass Dave ein Engel ist.«

»Ich weiß nicht, ob er das ist. Er selbst bevorzugt den Ausdruck Wanderer – zumindest sagte er mir, dass sie sich selbst so nennen.«

»Wie kann er bloß in diesem Ding atmen?«, wunderte sich Nick.

»Er braucht nicht zu atmen«, klärte Will ihn auf. »Jedenfalls kann ich mich nicht erinnern, ihn jemals atmen gesehen zu haben.«

»Er ist tot, vergiss das nicht«, erinnerte ihn Elise.

»Stimmt. Dann sind Engel also tot.«

»Er ist kein Engel«, sagte Jericho genervt.

»Er ist ein Wanderer – und laut seiner eigenen Aussage sind Wanderer tot«, erläuterte Will.

»Richtig. Also brauchen Wanderer nicht zu atmen, weil sie Geister sind.«

»Gibst du jetzt endlich Ruhe?«, fuhr Jericho Nick an.

»Noch eine Bestätigung dafür, dass ich mich weiterentwickle«, bemerkte Ajay und betrachtete den Stein eingehend. »Ich finde Nick nicht mehr annähernd so nervig wie früher.«

»Also, ich muss sagen, für einen toten Engel sieht Dave wie ein echt harter Typ aus«, fand Nick.

Will reichte Elise seine Brille und Nick gab sein Exemplar an Jericho weiter, damit auch sie sich Dave genauer ansehen konnten.

»Unglaublich«, staunte Jericho.

»Sagte der Mann, der sich in einen Bären verwandeln kann«, meinte Nick.

»Ich möchte einen Vorschlag machen«, sagte Elise.

»Und zwar?«, wollte Nick wissen.

»Wir sollten ihn besser ganz schnell da rausholen. Wenn ich mich nicht täusche, habe ich gerade gehört, dass der Aufzug wieder nach oben fährt.«

Wie der Blitz sauste Will in den Gang und kam nach wenigen Augenblicken zurück. »Ja, du hast recht.«

»Was schlägst du vor?«, fragte Jericho, als er Will die Brille zurückgab.

Noch bevor der Coach den Satz beendet hatte, war Nick bis zur Hälfte eine der Wände hochgelaufen, stieß sich ab, schlug einen Salto in der Luft und stieß noch im Flug die Füße mit voller Wucht direkt gegen den Edelstein. Er prallte geradewegs davon ab und landete wieder auf dem Boden.

Der Stein hatte sich keinen Millimeter bewegt.

»Mist.« Nick zuckte mit den Schultern. »Aber einen Versuch war's wert, oder?«

Jetzt kniete sich Ajay unter den Stein, um ihn genauer zu inspizieren. »Er ist viel zu kompakt, als dass ihm simple physische Angriffe etwas anhaben könnten«, stellte er fest. »Obwohl das Material definitiv künstlich hergestellt wurde, hat seine Molekularstruktur deutliche Ähnlichkeit mit einem Diamanten ...«

»Moment mal, du kannst jetzt sogar Moleküle erkennen?«, unterbrach ihn Will überrascht.

»Oh ja, und infolgedessen glaube ich, einen winzigen Makel im Inneren entdeckt zu haben, der ihn anfällig machen könnte für extrem hohe Vibrationen oder ...«

»... Töne«, ergänzte Elise, ging auf den Stein zu und ließ ihre Satteltasche fallen. »Zeig mir die Stelle.«

»Wie lange wird es dauern?«, erkundigte sich Will.

»Schwer zu sagen ... aber ich glaube, wir könnten eine Chance haben, das Ding zu knacken, Will«, versicherte Ajay und ließ sich auf auf alle viere nieder, um den Stein direkt von unten zu begutachten. »Aber natürlich wird es kein Sonntagsspaziergang.«

»Setz die Brille auf«, bat Will Elise. »Nick, Coach, ihr kommt mit mir.« Damit ging er voran in Richtung Korridor. »Wir müssen alles aufhalten, was auf dieser Plattform nach unten kommt.«

Auf dem Weg zurück zum Aufzug aktivierte Will sein Raster, aber vor ihnen erschien nichts außer dem Umriss der Leuchtfackel, die Nick auf den Boden geworfen hatte.

»Nimm die Fackel und bring sie dort an, wo du etwas sehen musst«, trug Will ihm auf.

»Ihr geht besser schon vor«, sagte Jericho und blieb mit mürrischem Gesichtsausdruck stehen. »Ich habe dem Jungen versprochen, dass er dieses Mal zusehen darf.«

Er trottete den Gang zurück in Richtung des Edelsteinraums und rief nach Ajay.

»Er macht wieder die Bären-Nummer«, flüsterte Nick, als er Jericho hinterherschaute. »Und Ajay darf zugucken.«

»Der Coach hält sein Wort.«

»Das sollte Klein Einstein eine Weile bei Laune halten«, meinte Nick, während sie um die Biegung liefen. »Irgendetwas Schräges passiert mit Ajay, Alter.«

»Meinst du?«

»Er mutilitiert direkt vor unseren Augen.«

»Mutiert.«

»Stimmt.«

»Sei dankbar. Wir brauchen die Ajay-Version 5.0, wenn wir das Ganze hier heil überstehen wollen.«

Nick hob die brennende Leuchtfackel auf und betrachtete sie einen Augenblick nachdenklich. »Eigentlich finde ich es besser, die hier jetzt zu löschen. Und wenn die Monster hier unten antanzen, zünden wir sie an und feuern sie direkt in ihre Richtung. Das wird sie wahnsinnig blenden und eine Weile aufhalten. Was meinst du?«

»Moment mal – hast du etwa gerade strategisch gedacht?«, fragte Will verblüfft.

»Ajay sagte, wir würden alle mutieren, stimmt's? Vielleicht werde ich ja schlauer.«

»Nicht unbedingt das Gebiet, auf dem ich eine Verbesserung erwartet hätte«, gestand Will.

»Wer weiß, vielleicht werde ich ja noch der totale Superexperte für Stratologie.«

Sie hörten ein heftiges Grunzen und Stöhnen aus dem Gang hinter ihnen, gefolgt von einem erstaunten Keuchen, das deutlich von Ajay stammte. Dann erklangen das Geräusch einer zu Boden polternden Rüstung und das Stapfen gut gepolsterter Tatzen und schließlich kam der Bär um die Biegung.

»WO IST DER VERDAMMTE AUFZUG?«, wollte er wissen.

»Hier kommt Brummbär«, verkündete Nick.

Will ging zum Ende des Korridors, trat in den Schacht und schaute nach oben. »Er ist noch nicht losgefahren.«

Auf einmal setzte hinter ihnen ein hohes Summen ein und Will blickte wieder zurück in Richtung des Edelsteinraums. »Ruft mich, wenn er kommt. Ich sehe mal nach den anderen.«

Er sprintete in Windeseile den Gang hinunter zu dem Raum, wo Ajay sich zu Elise gesellt hatte und den roten Strahl eines Laserpointers auf die linke untere Ecke des Edelsteins richtete. Elise stand ein paar Schritte rechts neben ihm, hatte die Arme ausgebreitet und die Handflächen nach oben gewandt. Ihr Gesicht war vor Konzentration verzerrt und ihr Mund zu einem kleinen O geformt, aus dem ein für Will nicht hörbarer Klangstrahl drang und auf die angezeigte Stelle am Stein zielte. Dort, wo er auftraf, stieg ein dünner Rauchfaden hoch, gefolgt von einer kleinen Wolke aus feinem Staub.

Funktioniert es?, erkundigte Will sich bei Ajay.

Im Prinzip schon. Ob es auch in der Praxis funktioniert, bleibt abzuwarten.

»ER KOMMT!«, polterte Jerichos Stimme vom anderen Ende des Gangs.

Halt mich auf dem Laufenden, bat Will.

Dann raste er davon, um unmittelbar darauf zu Nick und dem Bären zu stoßen, die im Aufzugschacht standen und hinaufschauten.

»Er fährt gerade los«, informierte ihn Nick.

Will hörte, wie die Mechanik des Aufzugs über ihnen in Gang gesetzt wurde, und durch sein Raster sah er die Umrisse der sich nähernden Plattform.

Sie war vollgepackt mit Wärmesignaturen.

»WIE VIELE?«, fragte Jericho.

»Alter, vielleicht redest du mal ein bisschen leiser«, flüsterte Nick.

Jericho verpasste Nick eins mit der rechten Tatze, sodass er ein Stück zur Seite taumelte.

»Hey!«

»Eine große Gruppe«, sagte Will leise. »Geht zurück in den Gang.«

Sie gingen ein paar Schritte rückwärts. Nick drückte die Fackel an der Mauer aus, holte dann in völliger Dunkelheit die Leuchtpistole aus der Tasche und steckte ein phosphoreszierendes weißes Päckchen in die Kammer.

»Feure sie ab, sobald sie unten ankommen«, flüsterte Will.

Dann warteten sie. Im Gang war es kühl, fast schon kalt, und dazu feucht, aber Will spürte, wie ihm am ganzen Körper der Schweiß ausbrach. Viele der Wärmesignaturen auf der Plattform waren groß und massig, aber keine von ihnen maß sechs Meter. Und auch von der unbehaglichen Präsenz, wie sie der Schöpfer gehabt hatte, dem sie zuvor bei den Bögen begegnet waren, war nichts zu merken.

Schließlich hielt der Aufzug an.

Nick hob die Pistole, zielte und drückte ab. Will und der Bär schirmten ihre Augen ab, bevor die Leuchtkugel zündete, mit einem ohrenbetäubenden Lärm mitten im Aufzug explodierte und alles in grellweißes Licht tauchte. Jetzt erkannten die drei, dass die Plattform vollgestopft war mit großen, bedrohlich wirkenden Soldaten in schwarzer Rüstung. Sie standen dicht an dicht und waren alle – mit Ausnahme einiger weniger, die entweder zu schlau oder zu langsam waren, um nach oben zur Quelle des Geräuschs zu schauen – für einen gefährlich langen Augenblick von der Explosion über ihren Köpfen verwirrt und geblendet.

Sie taumelten umher und das Nächste, was sie sahen, war ein gigantischer Bär, der auf den Hinterbeinen stand und mit einem wütenden Brummen die Wände zum Erzittern brachte. An ihm war kein Vorbeikommen und er zerfetzte mit seinen gewaltigen Klauen die Rüstungen der Soldaten in der vorderen Reihe. Panik machte sich breit, als die Vorhut zurückzuweichen versuchte, während die hinteren Soldaten vorwärtsdrängten, um den Bären anzugreifen.

Die wenigen, die es so weit schafften, wurden weiteren Tatzenhieben und dazu einem Hagel von Schlägen und Tritten ausgesetzt, die von einem kompakten, wirbelnden Zyklon stammten, welcher plötzlich rechts neben dem Grizzly aufgetaucht war. Haut riss auf, Rüstungen zerbrachen und Knochen knackten, während die Panik weiter um sich griff. Dann sauste ein dritter tödlicher Angreifer durch die Reihen der Soldaten, schlug ihnen die Waffen aus den Händen und gab den Verwundeten den Rest – aber er bewegte sich so schnell, dass sie ihn gar nicht erkennen konnten. Dadurch völlig außer Gefecht gesetzt, schlotterten den wenigen Soldaten, die noch standen, so sehr die Knie, dass auch sie die Waffen sinken ließen.

Will verlangsamte kurz das Tempo, damit die letzten beiden Soldaten, die sich noch auf den Beinen hielten, ihn sehen konnten – beide reagierten, als wäre ihnen ein Geist erschienen –, als auch schon Nick durch die Luft sprang und sie mit einem Halbkreistritt aus der Drehung endgültig ausknockte.

Dann verließen Will und Nick seelenruhig den Aufzug und stellten sich wieder hinter den Bären. Hinter ihnen türmten sich dreißig reglose, stöhnende Körper, zerfetzte Rüstungen und zerbrochene Waffen. Einen Moment später wurde der Mechanismus wieder in Gang gesetzt und die Plattform bewegte sich nach oben.

Nick tat so, als würde er einen Knopf drücken und den Lift bedienen. »Pling. Nächster Halt dritter Stock. Sportartikel, Terrassenmöbel und Damenunterwäsche. Ich wünsche einen guten Einkauf.« Damit winkte er der aufsteigenden Plattform hinterher.

»WERD NICHT ÜBERMÜTIG«, brummte Jericho. »DAS NÄCHSTE MAL WIRD ES NICHT SO EINFACH.«

»Warum immer so ungehalten, Coach? Braucht hier vielleicht jemand einen Snack?«

»Ich bin gleich zurück«, ließ Will die beiden wissen. Er sprintete wieder durch den Gang und in den anderen Raum. Elise war ein paar Schritte näher an den Edelstein herangetreten und bearbeitete die Ecke des Juwels noch immer mit ihrem Klangstrahl. Ihr Gesicht war schweißüberströmt und ihr Körper kämpfte sichtbar gegen die zunehmende Erschöpfung an.

Der Klangstrahl hatte einen kleinen Riss in der linken unteren Ecke des Steins geschaffen, aus dem eine beständige Staubwolke aufstieg. Ajay stand direkt daneben und beobachtete durch seine Brille, wie der Strahl weiter vordrang.

Wie lange noch?, erkundigte sich Will bei Ajay.

Könnt ihr uns noch ein paar Minuten den Rücken frei halten?

Das müssen wir wohl.

Sekunden später stand Will wieder neben Nick und Jericho, die den Schacht hinaufschauten.

»Irgendwas geht da oben vor«, meinte Nick. »Man kann hören, wie sie Sachen bewegen.«

»Wahrscheinlich ziehen sie die Verwundeten von der Plattform herunter«, vermutete Will.

»ER KOMMT WIEDER RUNTER«, sagte Jericho.

»Und was machen wir dieses Mal?«, fragte Nick.

»Wir stellen uns ein Stück weiter hinten auf«, entgegnete Will. »Wir können sie nicht mehr überraschen. Mal sehen, was sie jetzt aufzubieten haben.«

Sie zogen sich tiefer in die Dunkelheit des Gangs zurück und warteten. Will aktivierte sein Raster. Es waren wieder sehr viele Wärmesignaturen an Bord des Aufzugs, aber dieses Mal in unterschiedlichen Formen und Größen. Und sie hatten jetzt ihre eigene Lichtquelle dabei, mit der die gesamte Plattform hell erleuchtet wurde.

»Sie schicken die Monster«, bemerkte Will leise. »Wartet, bis wir sie sehen. Dann gebe ich das Kommando.«

Sie warteten zehn lange Sekunden, bis die Plattform in Sicht kam – diesmal waren es an die zwanzig Monster, dunkle, mit Schuppen bedeckte Kreaturen, die große Ähnlichkeit mit Reptilien hatten. Sie trugen keine Rüstung, sahen aber auch nicht so aus, als würden sie eine benötigen. Zwei der größten und hässlichsten von ihnen – gigantische Wesen mit Krötengesichtern – bildeten die Front. Sie schienen zu brennen. Dann begriff Will, dass sie von innen leuchteten, und kaum hatte der Aufzug den Erdboden erreicht, hängten sie ihre enormen Kiefer aus und spuckten jeweils einen riesigen Feuerball direkt in ihre Richtung.

Will reagierte sofort, konzentrierte sich und lenkte die Kraft, die aus seinem Rückgrat nach oben schoss, in seinen Geist. Gerade noch rechtzeitig projizierte er einen dicken, transparenten Gedankenform-Schild.

Die Feuerbälle prallten dagegen und explodierten. Ein paar Flammen züngelten an den Rändern hinauf und erhitzten den Gang, aber die größte Wucht der Explosion wurde auf die Plattform zurückgeworfen und steckte augenblicklich fast alle Monster in Brand.

Will hatte Mühe, seinen Schild aufrechtzuerhalten, denn viele der brennenden Kreaturen warfen sich mit entsetzlichem Geheul und Geschrei dagegen. Er spürte, wie der Schild schwächer wurde, als die beiden Feuer-Kröten erneut ihre Kiefer aufrissen und eine weitere Salve ausstießen. Abermals donnerten die Feuerbälle auf den Schild und im nächsten Moment standen die wenigen unversehrten Monster, die dagegen anrannten, ebenfalls in Flammen, während diejenigen, die bereits leicht geröstet waren, nun endgültig den Rest bekamen.

Langsam sank Will auf die Knie, nahezu überwältigt von der Anstrengung und dem Gestank der lodernden Kreaturen. Doch es gelang ihm, den Schild noch ein paar Augenblicke länger aufrechtzuerhalten.

Als die Plattform wieder in die Höhe fuhr, richtete sich der Zorn all der brennenden Monster gegen die Feuer-Kröten, die für ihre Qualen verantwortlich waren, und es entstand ein höllisches Chaos.

»Diesen Anblick werde ich so schnell nicht vergessen«, sagte Nick und starrte auf die Flammen.

»WENN IHR MICH FRAGT, SIND SIE NICHT GERADE TAKTISCHE GENIES«, sagte Jericho.

Sobald der Aufzug außer Sicht war, sackte Will nach Luft ringend auf alle viere.

»Alles in Ordnung, Kumpel?«, erkundigte sich Nick besorgt und kniete sich neben ihn. Will nickte, war aber noch nicht in der Lage zu sprechen.

Habt ihr es geschafft?, fragte er Ajay im Edelsteinraum.

Am besten kommst du zurück, lautete die Antwort. *Und bring die anderen mit.*

Will rappelte sich mühsam auf. Dieses Mal würde er gehen müssen. »Sie brauchen uns«, teilte er den anderen mit.

Nick packte Wills Arm und stützte ihn, während der Bär vorauslief. Als sie den hinteren Raum erreichten, war der Riss in dem blauen Stein deutlich größer geworden und verlief in einer Schlangenlinie über dessen gesamte linke Seite. Durch seine dunkle Brille sah Will, dass Dave im Inneren sich nicht geregt hatte.

Elise sah aus, als sei sie am Ende ihrer Kräfte. Sie zitterte, war bleich und schweißüberströmt, richtete ihren Klangstrahl aber unbeirrt auf Ajays Laserpunkt. Dabei wurde so viel Energie erzeugt, dass der gesamte Edelstein eine ungeheure Hitze abstrahlte – in der Kammer schien es jetzt mindestens zehn Grad wärmer zu sein als zuvor. Außerdem war es viel lauter, denn der Strahl und der Stein vibrierten heftig und ein furchtbares schrilles Kreischen attackierte alle ihre Sinne. Ajay steckte sich Stöpsel in die Ohren, untersuchte den Edelstein rund um den Riss und schaute Will dann schweißgebadet und mit zusammengekniffenen Augen durch seine dunkle Brille an.

Wir machen Fortschritte, übermittelte er ihm. *Aber ich weiß nicht, wie lange sie das noch durchhält.*

Wird Dave dadrin gekocht?

Da bin ich überfragt. Wie du selbst sagtest, lässt es sich schwer beurteilen, ob unsere Taten einem Geist körperlichen Schaden zufügen können oder nicht.

Will hätte gern vorschlagen, es selbst zu versuchen, aber er hatte noch immer Mühe, wieder zu Atem zu kommen, und fühlte sich im Moment genau so schwach wie Elise offenbar auch.

Ich versuche, mich zu erinnern ..., teilte er Ajay mit. *Gibt es da nicht einen bestimmten Punkt an einem Edelstein, den man treffen muss, um ihn mit einem Schlag in zwei Hälften zu spalten?*

Ja, das nennt man Cleaving, aber dafür benutzt man heute Computer und Drei-D-Modelle. Es ist unglaublich kompliziert, besonders bei größeren Steinen, und meistens braucht man einen Diamanten, um einen Diamanten zu schneiden ...

Aber wir haben doch dich, Ajay, sagte Will und schaute dann hinüber zu Nick und Jericho. *Und die beiden.*

Ajay zögerte kurz. *Ich habe eine Idee.*

Er stand auf, ging um den Strahl herum auf Elise zu und winkte mit den Armen. Aber sie war so sehr auf ihre Aufgabe konzentriert, dass sie ihn erst sah, als er direkt neben ihr stand und schrie:

»Du kannst jetzt aufhören! DU KANNST JETZT AUFHÖREN!«

Als sie immer noch nicht reagierte, sandte Will ihr eine mentale Botschaft: *Lass gut sein. Wir übernehmen jetzt.*

Damit drang er endlich zu ihr durch. Langsam nahm sie die Arme herunter und ließ den Klangstrahl enden. Fast augenblicklich verlor sie das Gleichgewicht und kippte nach hinten, aber Will war sofort zur Stelle und fing sie auf. Das laute Vibrieren des Edelsteins ebbte langsam ab und verhallte in der Kammer.

Elise sah erschöpft und benommen aus und war den Tränen nahe. »Ich habe es nicht geschafft. Ich habe es einfach nicht geschafft.«

»Du hast das toll gemacht«, widersprach ihr Will und kniete sich neben sie. »Ab jetzt übernimmt Ajay.«

»Nimm mir die Rüstung ab. Ich verglühe fast.«

Kaum hatte er die Verschlüsse ihres Brustpanzers gelöst, als sie ihn auch schon herunterriss und zusammen mit dem Armschutz von sich warf. Will reichte ihr seine Feldflasche und sie trank sie gierig vollkommen leer; dann sank sie wieder in seine Arme. Nach der ungeheuren Anstrengung kam sie ihm ganz klein vor. Sie schmiegte sich an ihn und akzeptierte endlich den Trost, den er ihr nur allzu bereitwillig spendete. Am liebsten hätte er sie gar nicht mehr losgelassen.

Auf der anderen Seite des Raums hatte Ajay mit Nick und dem Bären die Köpfe zusammengesteckt. Sie stellten Ajay einige Fragen und nickten dann zustimmend. Dann gingen Nick und der Bär auf die andere Seite des Raumes, während Ajay an den Edelstein herantrat und sich den Riss, aus dem noch immer Rauch und Staub aufstiegen, noch einmal ganz genau ansah.

»Jemand muss auf den Aufzug achten«, sagte Will fast geistesabwesend.

»Okay«, entgegnete Elise und schaute zu ihm hoch, ohne auch nur einen Blick in Richtung Gang zu werfen. Dann streckte sie die Hand aus und berührte zärtlich sein Gesicht.

»Du siehst müde aus«, sagte sie.

»Du siehst ... auch müde aus.«

Ajay räusperte sich und sie blickten auf. Keiner von beiden hatte bemerkt, dass er inzwischen direkt neben ihnen stand.

»Tut mir furchtbar leid, wenn ich störe«, sagte er sanft, »aber ich glaube, ihr solltet ein paar Schritte zurückgehen. Für den Fall, dass es funktioniert. Oder nicht funktioniert.«

Will half Elise auf die Beine, dann wichen sie beide bis zum Korridor zurück. Will horchte auf mögliche Geräusche des Aufzugs, konnte jedoch nichts wahrnehmen.

Auf der anderen Seite des Edelsteinraums zog Nick sich einen zweiten, größeren Helm über den Helm, den er bereits auf dem Kopf hatte. Der Bär tappte rastlos hin und her und steigerte sich scheinbar in einen Zustand der Angriffslust.

»Was haben sie vor?«, fragte Will.

Sobald der Helm saß und gesichert war, gab Nick Ajay zu verstehen, dass er bereit war. Ajay nickte.

»Ihr werdet es gleich sehen.«

Dann entfernte sich Ajay ein paar Schritte von ihnen und richtete den roten Laserpunkt in die Mitte des Risses.

Nick und der Bär schauten auf den Stein, sahen einander kurz an und nickten. Nick entfernte sich ein Stück und der Bär setzte sich etwa auf halbem Weg zwischen ihm und dem Edelstein auf die Hinterpfoten. Sobald er in Position war, sprintete Nick los, als wolle er über ein Seitpferd springen. Als er den Bären erreichte, machte er einen Salto und der Bär stellte sich blitzschnell auf, umfasste Nick mit beiden Tatzen und schleuderte ihn mit zusätzlichem Schwung in Richtung Edelstein. Die Arme an die Seiten gepresst und das Kinn auf die Brust gedrückt, sauste Nick durch die Luft und krachte dann wie eine menschliche Rakete mit dem Kopf voran genau an dem angegebenen Punkt gegen den Stein. Um ihn herum explodierte eine Staubwolke, aus der er eine Rolle schlagend wieder auftauchte und dann an die Mauer hinter dem Edelstein prallte.

Die anderen liefen zum Stein und wedelten den Staub fort – doch der Riss war genauso groß wie vorher. Der Edelstein war noch intakt.

»Haben wir es geschafft?«, wollte Nick wissen.

»Nicht wirklich«, entgegnete Ajay.

Noch ein wenig wacklig, rappelte Nick sich auf, schnallte den äußeren Helm ab und schaute ihn sich an. Die Oberseite war komplett eingedrückt.

»Wow. Gut, dass ich zwei aufhatte.«

»Und was machen wir jetzt?«, fragte Elise.

»SOLLEN WIR ES NOCH MAL VERSUCHEN?«, bot der Bär an.

»Vielleicht fragst du erst einmal mich«, beschwerte sich Nick.

Bevor jemand eine Antwort geben konnte, ertönte plötzlich ein stetiges, lautes Sirren aus dem Inneren des Edelsteins. Bei näherem Hinsehen konnten sie erkennen, dass sich feine Haarrisse von der Stelle ausbreiteten, wo Nick aufgetroffen war. Sie verliefen in alle Richtungen rund um den gesamten Stein und wurden allmählich breiter. Auch das Sirren nahm zu und schließlich begann der Stein zu zerbröckeln. Zuerst kleine, dann immer größere Stücke fielen zu Boden, bis der gesamte Brocken mit einem letzten lauten Dröhnen, wie von einer Glocke, auf den Boden krachte und zerschmetterte.

Inmitten der rauchenden Trümmer lag Dave flach auf dem Rücken. Kaum war er mit der Luft in Berührung gekommen, verwandelte er sich von der engelhaften Gestalt zu der mehr oder weniger menschlichen Erscheinung des Bikers, als den Will ihn kennengelernt hatte: Springerstiefel, Lederhose, Fliegerjacke und Sonnenbrille. Er lag vollkommen reglos da und schien auch nicht zu atmen – aber andererseits konnte Will sich nicht erinnern, ob Dave jemals geatmet hatte oder überhaupt atmen musste.

»Ist er immer noch tot?«, erkundigte sich Nick, als er schwankend zu ihnen trat. »Oder ist er jetzt wirklich tot?« Er drängte sich an den anderen vorbei und beugte sich vor, um besser sehen zu können.

Plötzlich rutschte Dave die Sonnenbrille auf die Nasenspitze, und er schaute Nick mit seinen unheimlichen blassen Augen direkt ins Gesicht.

»Warum stupst du mich nicht mit dem Fuß an und findest es heraus, Jasper?«, krächzte er.

Nick fiel vor Schreck auf den Hintern und Will sank neben Dave auf die Knie.

»Himmelherrgott, du hast uns zu Tode erschreckt«, schimpfte er.

»Das war das Letzte, was ich wollte, glaub mir«, sagte Dave.

Will reichte ihm die Hand, um ihm aufzuhelfen.

»Nicht so schnell, Kumpel«, sagte Dave und blieb stocksteif liegen. »Die Maschine ist noch nicht richtig auf Touren. Muss erst beide Hände am Steuer haben.« Dann entdeckte er Elise und schien munterer zu werden. »Ah, du hast eine deiner Butterblumen mitgebracht. Ich selbst hatte auch immer eine Schwäche für Brünette. Was macht die Kunst, Kätzchen?«

»Eilmeldung – die Sechziger sind vorbei, Alterchen«, erwiderte Elise gereizt. »Und ich bin kein Kätzchen.«

»Wie lange warst du in diesem Ding?«, fragte Will.

»Keine Ahnung.«

»Wie konnten sie dich fangen?«, bohrte Will weiter. »Ich dachte, sie könnten dich nicht sehen.«

»Sie haben mir eine Bestie auf den Hals gehetzt, die meine Fährte lesen konnte. Wochenlang haben sie mich verfolgt und in die Enge getrieben. Um letzten Widerstand zu leisten, nahm ich die Form eines Wanderers an, aber ich kann mich nur noch erinnern, dass ich nach meinem Schwert griff. Dann gingen die Lichter aus. Danke, dass ihr mich da rausgeholt habt.«

»Wir schätzen, dass Sie hier mindestens fünf Monate gefangen waren. Erdzeit«, teilte Ajay ihm mit und trat näher heran. »Will hat diese Expedition ins Niegewesen organisiert, um Sie zu suchen.«

»Ich erinnere mich an dich. Du bist der Schlaue«, sagte Dave.

»Das Vergnügen ist ganz meinerseits, Sir«, entgegnete Ajay mit einer leichten Verbeugung.

Dann schaute Dave an Ajay vorbei: »Sag mal, Kumpel, was hat's denn mit dem Bären auf sich?«

»Er ist mein Lauftrainer. Normalerweise. Coach Jericho.«

»Er ist ein Schamane«, fügte Ajay hinzu.

»Da kommt keine Langeweile auf. Wie geht's, Kumpel?«

Der Bär hob die Tatze zu einem wortlosen Gruß. Dave nickte leicht mit dem Kopf – die erste Bewegung, die er machte.

»Kann er sprechen?«, flüsterte Dave.

»WAS SOLL ICH DENN SAGEN?«

Dave grinste. »Das liebe ich so an dem Job. Man erlebt jeden Tag was Neues.«

»Das ... ist ... Wahnsinn«, hauchte Nick.

»Sind Sie in Ordnung?«, fragte Elise.

»Ganz ehrlich, Liebes? Ich habe mich nicht mehr so zerquetscht gefühlt, seit mein Hubschrauber abgestürzt ist«, antwortete Dave. »Natürlich hat mich damals das ganze Gewicht des Fahrgestells in den Boden gedrückt, auch wenn ich es nicht lange gespürt hab, weil ich quasi sofort hinüber war.«

»Dann sind Sie also wirklich tot«, stellte Nick fest.

»Und wenn ich es nach allem jetzt so bedenke, fühle ich mich ein bisschen besser als damals. Langsam kehrt ein wenig Gefühl in die Extremitäten zurück.« Dave bewegte ganz leicht die Finger seiner linken Hand. »Wie viel Zeit bleibt uns noch?«

»Nicht viel«, entgegnete Will.

»Wie ist die Lage?«

»Nicht besonders.«

»Die Schöpfer haben einen Portal-Schnitzer gebaut, der so groß ist wie der Lincoln-Tunnel«, berichtete Ajay. »Und er ist so gut wie einsatzbereit.«

»Und diese Invasionsarmee, die du gesehen hast, wartet direkt vor den Mauern«, fügte Elise hinzu.

»Das sind wirklich schlechte Nachrichten«, meinte Dave.

»Also, was sollen wir tun?«, fragte Will und holte den Schnitzer heraus. »Das musst du uns sagen, denn ich könnte uns alle mit diesem Ding hier rausholen. Wir wären direkt wieder im Center.«

»Und würde Ihnen das nicht genügend Zeit geben, Mr Dave, Sir, um die Hierarchie zu alarmieren?«, fragte Ajay optimistisch. »Damit sie einen Angriff starten und dem Ganzen hier ein Ende machen?«

»Das Timing könnte hinhauen oder auch nicht«, erklärte Dave, »aber bei dieser Art von Mission kann man keine Abkürzung nehmen, Leute. Wo ist dieses Portal-Dings?«

»Auf der Ostseite des Geländes«, antwortete Will.

»Dann sollten wir uns schleunigst auf den Weg machen«, meinte

Dave. »Wenn wir dieses Ding ausschalten, wirft sie das um Jahre zurück. Vielleicht erholen sie sich sogar überhaupt nicht mehr. Ich bin gleich wieder auf den Beinen. Gebt mir nur noch ein paar Minuten ...«

»Hat außer mir noch jemand den Aufzug gehört?«, fragte Elise und schaute wachsam nach oben.

Will drehte sich zum Gang um. Er hatte den Aufzug nicht gehört, aber durch sein Raster sah er eine einzelne kleine Gestalt, die sich über den Korridor auf sie zubewegte. Dann hörte er Schritte.

»Da kommt jemand«, berichtete er.

Alle außer Dave sprangen auf die Füße und machten sich für einen Kampf bereit. Jericho tappte los, um den Eingang zu versperren, doch bevor er ihn erreichte, betrat jemand den Raum.

»Ich bin nicht hier, um irgendjemanden zu verletzen«, behauptete Brooke mit erhobenen Händen und schaute Will eindringlich an.

»Erzähl das dem Sofa, das du umgebracht hast«, meinte Nick.

»KEINEN SCHRITT WEITER!«

Der Bär stellte sich auf die Hinterbeine und brüllte Brooke direkt ins Gesicht. Sie zuckte nicht einmal mit der Wimper.

»Sie darf dich auf keinen Fall berühren, Alter!« rief Nick.

»Ah, die blonde Puppe«, sagte Dave. »Ich wollte dich schon fragen, wo sie ist.«

Will wandte sich zu Dave, um ihm zu bedeuten, er solle still sein – aber er war nicht mehr zu sehen. Dann hörte er Daves beruhigende Stimme in seinem Kopf.

»Alles paletti, Kumpel – sie kann mich weder sehen noch hören. Die anderen sehen mich übrigens auch nicht mehr. Scheint, als hätte ich den Dreh noch immer raus. Wenn du Miss Liebenswürdigkeit noch eine Sekunde hinhalten kannst, bin ich gleich wieder ganz der Alte.«

»Schon in Ordnung, Coach«, besänftigte Will den Bären. »Wir sprechen mit ihr.«

Jericho, der so skeptisch schaute, wie es einem Bären möglich war, sank wieder auf die Vorderbeine, blieb aber so nahe bei Brooke, dass er sie jederzeit mit einer Tatze treffen konnte.

»Danke, Will«, sagte Brooke leise.

»Also, was willst du?« Will vermied es, ihr in die Augen zu sehen, um den Zorn zu verbergen, der in ihm aufstieg.

»Ich weiß, was ihr alle von mir denken müsst«, begann sie ernst und ruhig. »Und ich werde euch nicht erzählen, ihr hättet kein Recht dazu.«

Wenn wir uns alle drei gleichzeitig auf sie konzentrieren, schlug Elise Will und Ajay vor, *können wir ihr vermutlich den Kopf vom Hals pusten.*

Will schaute kurz zu ihr hinüber. Elise machte sich gar nicht erst die Mühe oder war nicht in der Lage, die Wut auf ihre ehemalige Freundin zu verbergen. So erschöpft sie auch war: Brookes Anblick genügte, um ihre allerletzten Reserven zu mobilisieren, und Will sah, dass sie durchaus bereit war, sie anzugreifen. Falls Brooke es mitbekam oder die Vorstellung sie beunruhigte, ließ sie es sich jedenfalls nicht anmerken und wich nicht von der Stelle.

Lasst uns ruhig bleiben, antwortete Ajay. *Wir sollten uns zumindest anhören, was sie zu sagen hat.*

Das hat doch keinen Zweck. Sie lügt sowieso wieder …

Aber vielleicht sagt sie versehentlich etwas, das uns nützt, fuhr Ajay fort. *Bitte, Elise. Wir müssen unsere Situation berücksichtigen und dürfen uns nicht von unseren Gefühlen hinreißen lassen.*

Will sah an Elises Reaktion, dass sie sich für den Augenblick zurückhalten würde. Erleichtert schaute er Ajay an, denn er war sich ganz und gar nicht sicher, ob es ihm allein gelungen wäre, Elise von ihrem Vorhaben abzubringen.

»Sag, was du zu sagen hast«, forderte er dann Brooke auf.

»Sie wollen euch nicht wehtun«, sagte sie und schaute jeden Einzelnen an.

»Ach ja? Dann haben sie aber eine saukomische Art, das zu zeigen«, fand Nick. »Wie kommst du überhaupt hierher?«

»Ich bin euch auf die Insel gefolgt. Nachdem du mich betäubt hast. Was meine Gefühle übrigens sehr verletzt hat, Nick.«

»Ich geb dir gleich was, das mehr verletzt als nur deine Gefühle«, drohte Elise und machte einen Schritt auf Brooke zu.

»Ganz ruhig.« Will legte Elise die Hand auf die Schulter. »Red weiter, Brooke.«

»Sie wissen, wer du bist, Will, und sie wissen auch, *was* du für sie bist.« Dann korrigierte sie sich und sagte. »Was wir ihnen bedeuten. Wir alle.«

»Du meinst ... genetisch gesehen«, ergänzte Ajay.

»Richtig.«

»Interessante Taktik«, meinte Dave und Will fiel auf, dass er nicht mehr am Boden lag. Auch kam seine Stimme aus einer anderen Ecke des Raums – er konnte sich also wieder bewegen. »Korrigiere mich, wenn ich mich irre, aber kann es sein, dass du dich ein bisschen mit Blondie verkracht hast, seit wir uns das letzte Mal gesehen haben?«

»Was wollen sie von uns?«, fragte Will Brooke.

»Sie wollen eine Chance, euch zu erklären, was sie hier tun. Und warum sie es tun. Sie glauben, dass ihr anders denken werdet, wenn ihr sie anhört.«

»Dann haben sie dich also geschickt, um uns rauszulocken?«, fragte Elise bitter. »Den Jungs schöne Augen machen, die Aufrichtige spielen und glauben, wir würden immer noch auf deine Nummer reinfallen. Versuch das bei jemand anderem.«

Brooke drehte sich zu Elise um. Sie hatte Tränen in den Augen und fast hätte ihre Stimme versagt. »Ich weiß, dass du mir nicht vergeben kannst, was ich deiner Meinung nach getan habe. Das erwarte ich auch gar nicht. Aber du musst mir glauben ... Ich ... ich versuche nur, euer Leben zu retten.«

Wills Herzschlag beschleunigte sich und für einen kurzen Moment glaubte er Brooke, doch dann schob er diesen Gedanken energisch von sich. Ohne ihn anzusehen, übermittelte er Ajay eine Frage:

Lügt sie?

Ja und nein. Es ist kompliziert, kam die Antwort. *Gut möglich, dass sie lügt, aber offensichtlich glaubt sie selbst, was sie sagt. Das ist übrigens eines der interessantesten Merkmale der soziopathischen Persönlichkeitsstörung, aber ich kann nicht mit Sicherheit sagen, ob die Diagnose vollkommen auf sie zutrifft. Wir müssen uns zwischen Pest und Cholera entscheiden.*

Will wusste nicht, was er tun sollte.

»Als Nächstes wird sie dich nach mir fragen«, sagte Dave. »Das heißt, wenn sie hergeschickt wurde, um die Lage auszukundschaften.«

Zum ersten Mal wanderten Brookes Augen zu den zerschmetterten Überresten des Edelsteins hinter Will. »Was ist aus deinem Freund geworden?«, fragte sie. »Wie hieß er noch gleich ... Dave, nicht wahr?«

»Du weißt, was du zu sagen hast, Kumpel.«

Will entdeckte Dave neben Jericho an die Wand gelehnt. Er war erfreut, dass sein Freund auf den Beinen stand, und wenn er auch noch nicht zu hundert Prozent wiederhergestellt sein mochte, so hatte er doch schon fast neunzig Prozent erreicht.

»Dave hat es nicht geschafft«, sagte Will zu Brooke.

»Was ist mit ihm passiert?«

Er wurde noch ein wenig emotionaler, um seine Lüge glaubhaft zu machen. »In dem Augenblick, als der Stein auseinanderbrach ... hat er sich einfach aufgelöst ... als wäre er gar nicht da.«

»Das tut mir so leid, Will«, entgegnete Brooke aufrichtig. »Ich weiß, wie viel er dir bedeutet hat. Ich hatte gehört, er sei hier unten, aber ich wusste nicht, wie ich ihm helfen konnte.«

Jetzt trägt sie aber ein bisschen dick auf, fand Ajay.

Brooke machte einen Schritt auf sie zu. Alle, bis auf Will und Jericho, wichen einen Schritt zurück.

»Was solltest du sie jetzt wohl fragen, mein junger Freund?«, meldete sich Dave wieder.

»Mich würde interessieren, wie du uns deiner Meinung nach helfen kannst.«

Dave zeigte ihm den nach oben gestreckten Daumen.

»Wenn ihr jetzt mitkommt, kann ich euch sicheres Geleit garantieren«, erwiderte Brooke. »Sie werden euch nichts tun, keinem von euch. Sie wollen nur ihre Beweggründe erklären. In aller Ruhe. Dann könnt ihr selbst entscheiden.«

»Was denn? Ob wir den Rest der Menschheit verraten, so wie du?«, erkundigte sich Elise gereizt.

Brooke hielt inne. Will bemerkte einen Anflug von Wut oder Frustration in ihren Augen, bevor sie sich zusammenriss und wieder die Maske der Friedensstifterin aufsetzte.

»Ich glaube, es wäre am besten, wenn wir all unsere Gefühle offenlegen und untersuchen. Gemeinsam. Nachdem ihr sämtliche Informationen bekommen habt, die ihr braucht.«

Will beschloss, Brooke eine Botschaft zu senden, um sicherzugehen, dass sie sich nicht in ihre gemeinsame telepathische Kommunikation einschalten konnte. Eine Botschaft, auf die sie würde reagieren müssen. Es sei denn, sie hatte sich wirklich in eine unheilbare Psychopathin verwandelt – oder war es die ganze Zeit gewesen.

Ich liebe dich noch immer.

Brooke reagierte nicht, blinzelte nicht einmal in Wills Richtung. Er fühlte sich erleichtert, in mehr als einer Hinsicht.

So weit, so gut.

Jetzt wandte er sich an Elise: *Wenn wir etwas gegen dieses Portal unternehmen wollen, dann müssen wir als Erstes heil aus diesem Loch hier herauskommen. Wir gehen mit ihr.*

Elise antwortete, ohne ihn anzusehen. *Du bist verrückt. Sie wird uns alle umbringen.*

Wenn sie auch nur das Geringste gegen einen von uns versucht, hast du grünes Licht. Und wir werden dich alle unterstützen.

Das wird nicht nötig sein. Eine falsche Bewegung und ich mache Brei aus ihrem Gehirn.

Meinen Segen hast du.

»Das kann ich nicht allein entscheiden«, teilte Will Brooke mit und wandte sich dann an die anderen. »Was meint ihr, Leute?«

Sagt Ja, instruierte er Ajay und Nick.

»Ja«, sagte Nick sofort. »Und ich habe nicht die geringste Ahnung, warum ich das sage.«

»Ja«, wiederholte Ajay.

»Okay«, stimmte auch Elise widerwillig zu.

»Coach?«, fragte Will.

»Sag Ja«, forderte Dave den Bären auf.

»WAS IMMER IHR SAGT«, meinte Jericho und schaute so verärgert nach links, dass Will sich fragte, ob der Coach Dave in diesem Augenblick nicht doch sehen konnte.

»Geh voran, Brooke«, sagte Will.

Brooke faltete die Hände und schloss die Augen, als sei sie zutiefst berührt. »Ich bin euch so dankbar, dass ihr mir zuhören wollt.«

»Behalte einfach deine Hände bei dir«, verlangte Nick. »Kein Anfassen.«

Brooke bedeutete ihnen mit der gekünstelten Geste einer Fremdenführerin, ihr zu folgen, und leitete sie den Gang hinunter zum Aufzug. Sie hob eine Hand und sofort erschien darin eine perfekte Kugel aus mattem weißem Licht, die den Weg beleuchtete.

Wir sind nicht die Einzigen, die sich weiterentwickeln, bemerkte Ajay. *Ich bin überzeugt, dass sie wesentlich stärker ist, als es den Anschein hat.*

Lass es mich wissen, wenn dir noch irgendetwas auffällt, erwiderte Will.

Sie folgten Brooke schweigend. Will beobachtete sie aufmerksam – den eleganten Schwung ihres Körpers, ihre lange blonde Mähne, die mit jedem Schritt leicht auf und ab wippte. Selbst in den Tiefen des Niegewesen lagen ihre Haare perfekt.

Dave tauchte an seiner Seite auf und schaute ebenfalls Brooke hinterher. »Hätte nicht gedacht, dass sie der heimtückische Typ ist«, gab er zu.

»Willkommen im Club«, flüsterte Will.

»Am besten behältst du sie gut im Auge, Kumpel – was dir ja nicht besonders schwerfallen sollte. Es dürfte gleich ganz schön zur Sache gehen.«

SIEBZEHN

WILLS LEBENSREGEL Nr. 17:
HALTE DEINE FREUNDE IMMER IN DEINER NÄHE –
UND DEINE FEINDE GUT VERSCHLOSSEN IN EINER
TASCHE AUF DEM GRUND DES FLUSSES.

Brooke führte sie zu der Aufzugsplattform. Sobald alle an Bord waren, setzte sich der Mechanismus in Bewegung und sie fuhren nach oben. Brooke stand in der Mitte, die anderen in einem Kreis um sie herum und sie ließen sie nicht aus den Augen.

Brooke hielt die Lichtkugel, die sie erzeugt hatte, noch immer wie einen kleinen Vogel in den Händen, schaute auf einen Punkt an der Wand irgendwo über ihren Köpfen und lächelte ausdruckslos. Dieses Lächeln erinnerte Will an das von Politikergattinnen, die bei öffentlichen Auftritten neben ihrem Mann standen. Wahrscheinlich hatte Brooke es von ihrer Mutter gelernt.

Dave trat neben sie und musterte sie von Kopf bis Fuß, aber sie schien seine Gegenwart nicht wahrzunehmen.

»Was tust du?«, fragte Will ihn leise.

»Ich suche ihre dunkle Seite«, antwortete Dave.

»Hast du sie gefunden?«

»Oh, sie ist auf jeden Fall da, aber tief verborgen. Ganz unten im Schacht. Die hier ist echt ein harter Brocken, Kumpel.«

»Hast du etwas gesagt, Will?«, fragte Brooke und lächelte ihn auf ihre gespenstische Art an.

»Ich würde gerne wissen, wie du uns gefunden hast.«

»Ich wusste einfach, wo du bist. Ich hatte immer das Gefühl, dass zwischen uns eine besondere Verbindung besteht, Will.« Hinter ihrem Rücken steckte Nick sich einen Finger in den Hals und tat so, als müsse er sich gleich übergeben.

Brooke sah wieder nach oben. Aus dem Raum über ihnen drang Licht in den Aufzug, sie mussten jeden Augenblick ankommen.

»Es dauert nicht mehr lange«, sagte sie zu niemand Bestimmtem. Sie drehte ihre Hände nach außen und die Lichtkugel zerplatzte sanft. Der Aufzug wurde langsamer, und als sein Boden auf gleicher Höhe mit dem Foyer war, hielt er mit einem Klicken an.

Der Raum war vollkommen leer, genauso wie sie ihn verlassen hatten, aber das hatte im Niegewesen nicht viel zu bedeuten. Erst als Will sein Raster aktivierte, konnte er feststellen, dass sie tatsächlich allein waren.

»Hier entlang«, sagte Brooke mit einer weiteren Fremdenführer-Geste und ging auf die Doppeltür zu, die sich öffnete wie die automatische Tür eines Supermarkts.

Warst du das?, wollte Elise von Will wissen. Er schüttelte den Kopf.

»Das war ich«, gestand Dave, der im Durchgang stand und die Tür offen hielt, als Will vorbeiging. »Alte Gewohnheit. Ein Gentleman hält einer Lady immer die Tür auf.«

Brooke führte sie durch die Säulenhalle, wo ihre Pferde standen. Als sie an ihnen vorbeikam, wurden die Tiere unruhig und wieherten. Der Hengst, den Brooke zuvor geritten hatte, stieg hoch, als wolle er sie angreifen.

Sofort hob Brooke die Hände, um sich zu verteidigen, aber Elise reagierte schneller, machte eine kurze Geste und schickte dem Hengst einen Gedanken, der ihn sofort zurückweichen ließ. Er ließ von Brooke ab, trottete zu Elise und rieb die Schnauze an ihrem Arm, um sich von ihr streicheln zu lassen.

Brooke überspielte ihren Ärger und setzte wieder ihr künstliches Lächeln auf, bevor sie sich umdrehte und Richtung Treppe weiterging.

Pferde lügen nicht, teilte Elise Will mit. *Sie können es gar nicht.*

Halte sie in der Nähe, bat Will.

»Das glaub ich doch nicht!«, rief Dave. Er tauchte etwa zwanzig Meter weiter vor ihnen auf, am oberen Rand der Treppe, und schaute auf etwas herunter.

Will aktivierte sein Raster und begriff zuerst nicht, was er da sah: Der gesamte Platz glich einem aufgewühlten Meer und sieben riesige, mindestens sechs Meter große Gestalten kamen langsam in einer geschlossenen Reihe die Stufen hinauf.

Bleibt stehen, warnte Will Ajay und Elise. *Geht nicht zu nahe an den Rand der Treppe.* Dann gab er ihnen ein paar Anweisungen und Ajay reichte ihm etwas, das er aus seiner Tasche geholt hatte.

»Können sie dich sehen?«, erkundigte sich Will leise bei Dave.

»WER KANN MICH SEHEN?«, wunderte sich Jericho, der an seine Seite getappt war.

»Ich habe nicht mit Ihnen geredet.«

»Mit wem redest du dann?«, fragte Nick an Wills anderer Seite, doch Jericho bedeutete ihm mit einem Brummen, es solle still sein.

»Wie du merkst, kann niemand mich sehen, Kumpel«, erklärte Dave und schaute die Treppe hinunter. »Nur dann, wenn ich als Wanderer unterwegs bin. Jetzt bist du dran. Du entscheidest, was zu tun ist.«

Will flüsterte ihm ein paar Worte zu und wandte sich dann an die anderen: »Ich sage, wann.«

»Wann was?«, fragte Nick.

»Wann es losgeht. Zeigt ihnen nicht, dass ihr Angst habt.«

»Wem?«, fragte Nick.

»Denen da.« Will deutete mit dem Kinn Richtung Treppe.

Bei der obersten Stufe angekommen, blieb Brooke stehen und drehte sich zu Will und den anderen um. Sie näherten sich ihr ein paar Schritte, bis sie auf den Platz blicken konnten: Bis über die Ränder hinaus war er mit den schwarz gekleideten Wachen und einer bunten Mischung der Bataillone bedeckt, die sie vor den Mauern gesehen hatten.

Tausende von Monstern.

Will nahm Bewegung auf der Ebene wahr, auf der sie standen, und sah, dass sich links und rechts von ihnen weitere Wachen und Ungeheuer versammelten. Sie bildeten eine mindestens zehn Reihen starke Front, die einen Rückzug unmöglich machte.

»Und denen«, ergänzte Will.

Er deutete auf die sieben Schöpfer, die sich ihnen langsam, aber sicher über die Treppe näherten. Auf den ersten Blick schienen sie fast identisch zu sein, aber die Umhänge, die sie trugen, hatten jeweils einen etwas anderen Farbton und auch Gestalt und Haltung waren unterschiedlich: größer, kleiner, fließender, weniger anmutig. Die Kapuzen an den Kutten unter ihren Umhängen verbargen ihre Gesichter. Will war sich nicht ganz sicher, woran es lag – vermutlich an der Körperhaltung –, aber er erkannte in der Kreatur rechts von der Mitte den Schöpfer, der sie bei der Baustelle überrascht hatte. Die größere Kreatur, direkt daneben in der Mitte, strahlte durch ihr majestätisches Gebaren eindeutig Autorität und eine beklemmende Macht aus.

»Ich mach mir gleich in die Hose«, sagte Nick.

»WIE FUNKTIONIERT DER PLAN BIS JETZT?«, erkundigte sich Jericho.

»Fragen Sie mich in ein paar Minuten noch mal«, erwiderte Will.

Die Schöpfer schwebten die Treppe hinauf, hielten am oberen Ende kurz inne und formierten sich dann zu einem Halbkreis rund um Brooke. Derjenige, den Will für den Anführer hielt, blieb direkt vor ihr in der Luft stehen und beugte sich leicht zu ihr herunter. Er schien sich mit ihr zu unterhalten, obwohl Will keine Worte vernahm.

Dave blinzelte hinter seinem Versteck nahe der Treppe hervor und erschien dann wieder zwischen Will und Jericho.

»Erkennst du eine der Visagen?«, fragte Will.

»Ich war noch nie so nah an ihnen dran«, antwortete Dave und deutete dann auf das Wesen, das mit Brooke sprach. »Aber ich nehme an, der da ist der große Zampano.«

»Dad?«, sagte Nick plötzlich und ging mit ausgestreckten Armen auf die Kreatur in der Mitte zu. »Bist du es wirklich? Ich bin's, Nick.«

Elise zog ihn am Kragen zurück.

»Was meinst du, Ajay?«, fragte Will.

Ajays Augen waren riesig und glänzten und sein Blick schoss hin und her, um alles aufzunehmen. Erfreut bemerkte Will, dass sein Freund anscheinend überhaupt keine Angst hatte.

»Erstaunlich«, meinte Ajay leise. »Ihr Geist ist wirklich außergewöhnlich. Ich glaube, selbst die fortschrittlichsten Computer, die wir uns heute noch gar nicht vorstellen können, werden nicht an den Grad an komplexer Intelligenz heranreichen, den ich hier wahrnehme.«

»Warum flüsterst du?«, flüsterte Nick.

»Ich halte es für äußerst wahrscheinlich, dass sie alles verstehen können, was wir telepathisch austauschen. Deshalb ist es besser zu sprechen, denn sie können uns sicher nicht sonderlich gut hören, wenn wir flüstern.«

»Aber das wäre doch bei jedem so, oder nicht?«, fragte Nick.

»SEI STILL, WENN SICH DIE ERWACHSENEN UNTERHALTEN.«

»Hast du eine Ahnung, was sie wollen?«, fragte Elise.

»Nicht die geringste. Es ist schwer zu erklären, aber sie scheinen das, was wir im Allgemeinen als ›denken‹ bezeichnen oder erkennen würden, überwunden zu haben.«

»Ja, klar, das kapier ich sofort«, frotzelte Nick.

»Damit meine ich, dass ihre Emotionen nicht mit ihren Gedanken gekoppelt sind. Sie werden weder von ihnen beeinflusst, noch sind sie mit ihnen verbunden. Möglicherweise haben sie gar keine Gefühle.«

»Natürlich nicht«, bestätigte Elise. »Deshalb fällt es ihnen auch so leicht, Dinge zu zerstören und zu vernichten.«

»Sie haben etwas unbeschreiblich ... Entrücktes an sich. Ich weiß nicht, wie ich es sonst beschreiben soll. Es ist, als wären sie gar nicht da.«

Will schaute sich die Wesen von oben bis unten an und hatte plötzlich eine Idee. »Damit kann ich was anfangen.« Er beugte sich vor und flüsterte Ajay etwas ins Ohr, der daraufhin interessiert die Augenbrauen hochzog.

»Das werde ich auf jeden Fall versuchen, Will«, flüsterte er.

»Sag einfach Bescheid«, bat Will. »Ich werde versuchen, sie solange abzulenken.«

»Geht in Ordnung, Will. Und wenn das nicht klappt, können wir uns immer noch damit trösten, dass wir gerade dabei sind, Geschichte zu schreiben, meine Freunde. Von Angesicht zu Angesicht mit einer wirklich fremden Rasse.«

»DAS IST EHER EIN SCHWACHER TROST, WENN SIE UNS PLATTMACHEN«, meinte Jericho.

»Dann müssen wir eben zuerst zuschlagen«, sagte Elise entschlossen.

»Bald«, erwiderte Will. »Aber noch nicht.«

Brooke hatte offensichtlich ihre »Unterhaltung« mit dem mächtigsten Schöpfer beendet, denn sie drehte sich wieder um und machte ein paar Schritte auf die Freunde zu.

»Sie möchten zuerst mit dir sprechen«, teilte sie Will mit.

»Das ist alles, was der Kleine zu dir gesagt hat?«, fragte Nick skeptisch. »›Ich will mit eurem Boss reden?‹ Er hat über eine Minute mit dir gequatscht.«

»Komm mit«, sagte Brooke und reichte Will die Hand. »Ich verspreche dir, dass sie dir nichts tun werden.«

»Tu es nicht«, warnte Elise.

»Oder halt wenigstens nicht Händchen mit ihr«, riet Nick.

»Fertig?«, fragte Will über seine Schulter.

»Bin direkt hinter dir, Kumpel«, entgegnete Dave.

»Alle anderen bleiben hier«, ordnete Will an.

Er zwinkerte Ajay zu und ging dann zu Brooke hinüber, ohne jedoch ihre angebotene Hand zu nehmen oder sie eines Blickes zu würdigen. Sie wirkte nur kurz peinlich berührt.

»Ich habe es zuerst auch nicht geglaubt, Will«, sagte sie betont vertraut. »Ich verstehe so gut, wie du dich fühlst, aber ich weiß jetzt, dass sie wirklich nur unser Bestes wollen. Ich glaube ihnen. Dein Großvater hatte recht ...«

»Du kannst jetzt aufhören zu reden«, ließ Will sie wissen.

Zum ersten Mal blitzte echter Zorn in ihren Augen auf und verdüsterte ihr verträumtes, gelassenes Äußeres. Ihre Wangen röteten sich und ihr Blick wurde hart.

»Du bist ein sehr ungezogenes Mädchen«, sagte Dave direkt in ihr Ohr, doch Brooke reagierte nicht darauf. Sie verbarg ihren Zorn, indem sie so tat, als habe Will sie verletzt.

»Ich nehme an, das habe ich nicht anders verdient«, meinte sie zerknirscht.

Will schenkte ihr weiterhin keine Beachtung, sondern heftete den Blick fest auf die Brust des Schöpfers in der Mitte. Während sie langsam auf ihn zugingen, aktivierte er sein Raster und sah sich dann einen Schöpfer nach dem anderen an. Ein paar Dinge fielen ihm auf, die er erwartet hatte, aber eines sah er nicht, und das bestätigte seinen Verdacht.

Drei Meter vor dem mittleren Wesen blieb er stehen. Alle sieben schwankten leicht hin und her, wie Boote, die an einem Steg vertäut waren. Der Anführer schwebte nach vorne, hob in einer erhabenen Geste die Arme und sah aus, als wolle er gleich etwas Wichtiges sagen, genau wie Brooke – vermutlich weil sie für ihn übersetzen sollte. Stattdessen ergriff Will als Erster das Wort.

»Ihr wundert euch wahrscheinlich, warum ich euch heute hierher gerufen habe«, begann Will mit lauter, klarer Stimme. Weder Brooke noch die schwebenden Schöpfer entgegneten etwas; sie wirkten völlig überrascht.

»Ich weiß, ich weiß, ihr denkt, dass ihr die Versammlung leitet, und das ist ja auch kein Wunder. Schließlich seid ihr es gewöhnt, dass alles nach eurem Willen läuft – das ist mir klar. Ich meine, seht euch doch mal an, was ihr mit diesem Ort angestellt habt. Erstaunliche Arbeit, echt, eine fast vollständige, nachgemachte Realität. Bevölkert mit all diesen perfekten dummen Handlangern, die ihr zusammengebastelt habt und die euch aufs Wort gehorchen. Glückwunsch. Muss wirklich ein tolles Gefühl sein, so viel Macht zu haben. Wie Gott. Na ja, nicht ganz, aber zweifellos nah dran. Ihr seid wirklich nicht zu unterschätzen.«

»Gefällt mir, wie du das machst«, meinte Dave.

»Will?«, fragte Brooke irritiert.

»Angesichts der Tatsache, dass ein bis zwei Stränge eurer kostbaren DNA mit unserem System verdrahtet sind, ist es nur allzu verständlich, dass ihr davon ausgeht, wir seien total fasziniert von dem, was ihr uns mitteilen wollt. Dass wir förmlich darauf brennen, euch bei dem zu helfen, was ihr da gerade vorhabt. Ich verstehe, warum ihr so denkt. Ihr habt im Laufe der Zeit gelernt, auf ganz normale Menschen extrem überzeugend zu wirken.«

»Will …«, unterbrach ihn Brooke wieder.

Er hob die Hand, um sie zum Schweigen zu bringen, und schaute dann zurück zu Ajay, der den großen Schöpfer hoch konzentriert anstarrte, die Finger zu einem Trichter um seine Augen geformt.

Noch nicht, übermittelte er Will.

Will projizierte eine lebensgroße Gedankenform des Schlangen-Astrolabiums auf den Boden zwischen sich und den Schöpfern.

»Ihr habt offenbar schon recht früh herausgefunden, dass ihr die Menschen mit kranken kleinen Spielzeugen wie diesem für eure Zwecke manipulieren könnt. Und mit all den technologischen ›Geschenken‹ habt ihr das Geschäft fast perfekt gemacht und ihre Loyalität erkauft. Auf der Grundlage eurer Erfahrungen seid ihr also davon ausgegangen – korrigiert mich, wenn ich mich irre –, dass der Rest von uns auch wehrlose Opfer sein müssen: gierig, selbstsüchtig und dumm genug, sich hypnotisieren zu lassen, wenn ihr nur genügend bunte Glasperlen vor unserer Nase baumeln lasst. Denn wenn an jedem Tag des Jahres Weihnachten ist, laufen wir gern zu euch über und rammen allen ein Messer in den Rücken – sogar Menschen, die uns wichtig sind, und besonders Menschen, die wir nicht …«

»Will, was soll das?«, fragte Brooke ihn aufgebracht.

»Halt den Mund, Brooke«, entgegnete Will barsch. »Und ich werde es nicht noch einmal sagen.«

Wieder blitzte Zorn in ihren Augen auf. Sie bemühte sich jetzt gar nicht mehr, den Anschein von Höflichkeit zu wahren, und ließ ihrem Hass freien Lauf. Giftgrün glühend, stürmte sie mit ausgestreckter rechter Hand auf Will zu, um ihn zu berühren … und zu verletzen.

Dave packte sie am Handgelenk – sie konnte ihn noch immer nicht sehen und sich einfach nicht erklären, warum ihre Hand ihr plötzlich nicht mehr gehorchte.

»Kannst keinem das Licht ausblasen, der schon tot ist, Schätzchen«, flüsterte ihr Dave ins Ohr.

Will wandte sich wieder den Schöpfern zu. »Aber das reichte immer noch nicht für die Fahrkarte zurück nach Hause, auf die ihr aus gewesen seid. Also habt ihr euch überlegt, wie es wäre, wenn ihr ein paar dieser niederen Wesen das ultimative Geschenk macht, nämlich ein Stück von euch. Wenn ihr diese Software in ein paar menschliche Festplatten einbaut, würden wir irgendwann so sein wie ihr. Neue, verbesserte Menschen, mächtiger und bereit, genau das zu tun, was ihr uns befehlt, so schwachsinnig es auch sein mag – genau wie die Legionen eurer selbst gebastelten Armleuchter da draußen. Wir hätten euch so viel Ärger ersparen können, wenn ihr euch nur die Mühe gemacht hättet, uns zu fragen. Und auch alle Eltern hätten euch gesagt, dass Befehle in der Kindererziehung nichts nützen. Wir sind hartnäckig und finster entschlossen, nichts anderes zu sein als das, was wir sind. Und zufällig sind wir gerade in einem Alter, in dem wir so ziemlich alles lieber tun als das … was unsere Eltern uns sagen.«

Auch wenn sie nicht alle seine Worte verstehen mochten, so kam Wills Absicht klar und deutlich bei ihnen an: Der Ober-Schöpfer schwebte unruhig hin und her und wirkte zunehmend aufgebracht.

»Bist du verrückt? Hör auf damit! Sofort!« Brooke zappelte und schrie wie eine Furie, aber Dave hielt sie jetzt an beiden Armen fest. Gegen seine Kraft hatte sie keine Chance. »Weißt du, was du da anrichtest?! Sie werden …«

Rasch schickte Will die Gedankenform eines Maulkorbs mit Knebel in ihre Richtung, klatschte ihn in ihren Mund und würgte sie augenblicklich ab. Elise hinter ihm konnte sich ein Grinsen nicht verkneifen.

»Nein, wir sind nicht im Geringsten daran interessiert, irgendwas darüber zu erfahren, wie ihr den Planeten wieder übernehmen wollt, und auch sonst wollen wir nicht wissen, was hinter all dem durchgeknallten Mist steckt, den ihr vorhabt. Wir werden euch nicht dabei helfen, egal was ihr mit uns anstellt oder wofür ihr uns haltet. Wir sind nicht eure Kinder. Ihr habt uns nicht großgezogen. Unsere richtigen Eltern waren nicht annähernd perfekt, aber mit Ausnahme der Hübschen hier, bei der Mom und Dad die Gehirnwäsche für euch übernommen haben, haben sie allesamt eines absolut richtig gemacht: Sie brachten uns bei, selbstständig zu denken. Und das sind schlechte Nachrichten für euch Clowns.«

Dave kicherte. Brooke wand sich und schrie, konnte aber weder ihre Hände befreien noch durch den Maulkorb ein deutliches Wort herausbringen. Will schaute zurück zu Ajay, der die Schöpfer noch immer hoch konzentriert anstarrte.

Bin gleich so weit, ließ Ajay ihn wissen.

Will ging jetzt vor den Schöpfern auf und ab und verhöhnte sie, indem er an seinen Fingern abzählte: »Mit Geld könnt ihr uns nicht kaufen, wir wollen keine Macht – jedenfalls nicht die, die ihr wollt – und wir scheren uns nicht um ewiges Leben, ihr Schwachköpfe. Wir sind Kids, wir glauben sowieso, dass wir ewig leben. Das Einzige, was wir wollen, ist die Freiheit zu sein, wer wir sind. In eurer jämmerlichen Vorstellung von einer Welt wollen wir gar nicht leben. Ist ja sowieso alles Attrappe. Wir mögen unsere Welt so, wie sie ist. Und das ist euer Problem: Wir wollen nichts von dem, was ihr im Angebot habt.«

In seinem Rücken nahm Ajay die Hände von den Augen. Er atmete schwer vor Anstrengung.

Bin fertig, übermittelte er.

Will zog Ajays Laserpointer aus der Tasche und hielt ihn wie eine Pistole vor sich. Zum ersten Mal schienen die Schöpfer wirklich Angst zu haben. Durch sein Raster sah Will genau das im

Inneren der Umhänge, was er erwartet hatte – wirbelnde, aufgewühlte Farben. Ein paar der Schöpfer schwebten sogar schon langsam zurück in Richtung Treppe. Allmählich ergab alles einen Sinn.

»Mit anderen Worten: Wir sind euer größter Albtraum.«

Will knipste den Laserpointer an und der harmlose rote Strahl schoss heraus. Er hielt das Gerät mit beiden Händen fest, als sei es schwer zu bändigen, und richtete es auf den Boden vor sich – wo die rote Linie sich über die Steine bis zur Treppe bewegte, dabei seine Gedankenform der Schlange säuberlich in zwei Hälften teilte und dann auf die Schöpfer zulief.

Alle sieben hoben die Arme und stießen eine Reihe spitzer Schreie aus – offenbar Angriffssignale für die Monstermassen, die um sie herum und unten auf dem Platz versammelt waren. Ein ohrenbetäubender Kampfschrei ertönte, als die Truppen aus allen Richtungen vorwärtsstürmten.

»JETZT!«, rief Will seinen Freunden zu.

Dann schob er blitzschnell ein Gedankenbild in Form eines Hakens zu dem Schöpfer in der Mitte, drehte ihn so, dass sich der Haken im Saum seines Umhangs verfing, und riss ihn wie eine Angel wieder zurück.

Im gleichen Moment richtete Elise einen Klangstrahl auf die drei Schöpfer rechts von der Mitte, Nick stürzte sich auf die beiden links davon und Ajay schoss aus einer kleinen Armbrust einen Bolzen auf die Figur ganz links außen.

Alle vier Angriffe erreichten gleichzeitig ihr Ziel – Nick flog direkt durch die beiden hindurch, die er anvisiert hatte, und landete leicht verwirrt auf den Stufen darunter – und alle sieben Umhänge fielen in sich zusammen.

Sie waren leer. Keine Ungeheuer, keine Schöpfer, nur Luft. Die Monster, die von unten und hinten auf sie zugerannt kamen, hielten hörbar den Atem an. Geschockt über das plötzliche Verschwinden ihrer Anführer erstarrte die Welle der Angreifer förmlich.

Bis auf Ajay und Will schienen alle überrascht zu sein, aber keiner schaute so perplex wie Brooke. Sie hörte auf zu zappeln und starrte wie versteinert auf den letzten Umhang, der auf den Boden segelte.

»Alter, wir haben sie verdampft!«, freute sich Nick und schnappte sich einen der Umhänge.

»Sie waren gar nicht hier«, sagte Will.

»Was waren sie?«, wunderte sich Elise.

»Gedankenprojektionen. Wie das, was ich kann. Zumindest weiß ich jetzt, woher ich es habe.«

»Kein Wunder, dass sie auf mich so entrückt gewirkt haben«, meinte Ajay und trat näher an einen der Umhänge heran.

»Woher wusstest du, dass es funktionieren würde, Alter?«

»Ich fühlte mich durch ihre Gegenwart nicht bedroht – ganz im Gegensatz zu dem Schöpfer, den wir bei den Bögen gesehen haben. Und als sie auf den Laserpointer reagierten, als sei es eine Waffe, kam ich auf die Idee, dass sie ihn wahrscheinlich nicht richtig sehen konnten.«

»Also warst du dir gar nicht sicher?«, fragte Elise empört.

»Nicht zu hundert Prozent.«

»Ich bin verwirrt«, gestand Nick. »Aber das bin ich ja gewohnt.«

»WO SIND DANN DIE ECHTEN?«, wollte Jericho wissen.

»Etwa einen Kilometer von hier entfernt«, entgegnete Ajay. »Ich konnte den Strom mentaler Energie von diesen Hüllen zu einem Gebäude auf der Anhöhe dort zurückverfolgen.«

Er zeigte zu einem Bauwerk, das aus dem Ring der Gebäude rund um den Platz herausragte und aussah wie der Parthenon.

»Das ist jetzt nicht mehr wichtig«, meinte Will.

»Ist es doch, wenn sie beschließen, uns zu verfolgen«, widersprach Elise.

»Oh, das werden sie«, sagte Will. »Wir müssen einfach nur schneller sein.«

»Moment mal, wie sehen die echten überhaupt aus?«, fragte Nick.

»Sie sind abscheulich, Kumpel, echt widerwärtig«, warf Dave ein, der jetzt für alle wieder sichtbar war und Brooke immer noch im Zangengriff hielt, als er zu ihnen trat. »Glaubt mir, manche Dinge bleiben besser verborgen ...«

»IN DER ZWISCHENZEIT ...!« rief Jericho und zeigte auf die Horden von Wachen und Monstern, die neuen Mut gefasst hatten und langsam durch die weitläufige Säulenhalle und über die Treppe auf sie zukamen.

»Hol die Pferde«, rief Will Elise zu. »Wir müssen das Portal vernichten.«

Als Elise pfiff, kamen die Pferde herbei.

»Ich muss gleich die Hände frei haben«, sagte Dave und warf einen Blick zu der Armee auf der Treppe. »Was machen wir mit der hier?«

Brooke schaute hilflos und flehend zu Will auf; wegen des Knebels war sie noch immer unfähig zu sprechen. Zum ersten und einzigen Mal, seit er sie kannte, schien ihre elegante Gelassenheit dahin. Ihr Blick verriet, dass etwas in ihr zerbrochen war.

»Lass mich das machen«, sagte Elise.

»Kein Brei«, bat Will.

»Dafür ist mir meine Stimme zu schade.«

Sie ging zu Brooke hinüber und verpasste ihr einen gewaltigen Kinnhaken. Brooke verdrehte die Augen, ihre Knie gaben nach, und kurz bevor sie vornüberkippte, sprang Nick herbei, um sie aufzufangen.

»Das war aber nicht besonders nett«, fand er.

»Das ist sie auch nicht«, entgegnete Elise.

»Jedenfalls können wir sie nicht einfach hierlassen.«

»Wir nehmen sie mit«, sagte Will.

Die Monster waren inzwischen bis auf einhundert Meter herangekommen, mit einem Mal fielen sie in Laufschritt und ihre Kampfschreie schwollen zu einem fürchterlichen Lärm an.

»IN DER ZWISCHENZEIT ...!«, brüllte Jericho jetzt noch lauter.

Will zog etwas aus der Tasche und warf es Dave zu. Der fing es auf und schaute ihn mit verschmitztem Grinsen an. Es waren die beiden schwarzen Würfel, die er Will gegeben hatte, kurz bevor er ins Niegewesen gerissen wurde.

»Jetzt geht's zur Sache«, sagte Dave.

Er schüttelte die Würfel in den Händen und verwandelte sie in einen glänzenden Schlüssel, der die Form eines Blitzstrahls hatte. Dann »drehte« er den Schlüssel. Augenblicklich materialisierte sich sein Furcht einflößender roter Prowler um ihn herum, mit Dave hinter dem Steuer. Alle wichen zurück, als er den Motor des Sportwagens startete, der brüllend zum Leben erwachte.

»Wer fährt mit mir?«, fragte Dave in die Runde.

»Ich sitze vorne«, rief Nick. Er warf sich die bewusstlose Brooke über die Schulter und sprang auf den Beifahrersitz. Dabei knallte ihr Kopf gegen die Rückenlehne.

»Oh«, sagte Nick. »Sorry.«

Elise und Will sprangen auf ihre Pferde.

»Wir reiten hinter euch her«, verkündete Will.

»Verwandeln Sie sich nicht wieder zurück?« fragte Ajay Jericho interessiert.

Jericho ließ den Blick über die näher kommenden Truppen schweifen. »VIELLEICHT BESSER NICHT.«

»Kommt in die Gänge«, forderte Dave.

»Aber ich kann nicht alleine reiten«, warf Ajay ein und schaute nervös auf die Pferde.

Jericho seufzte und setzte sich. »SPRING AUF, JUNGE.«

Ajay schaute kurz zurück zu seinem Pferd und Jericho verstand sofort.

»ICH WERDE KEINEN SATTEL TRAGEN.«

»Ich wollte auch nicht wirklich darum bitten«, entgegnete Ajay und kletterte auf Jerichos Rücken.

»Bleibt dicht hinter mir«, wies Dave sie an. Dann gab er Vollgas, riss den Wagen herum, sodass die Reifen des Prowlers schwarze Spuren auf dem Boden hinterließen, und raste durch die Säulenhalle. Er geriet kurz ins Schlingern, bevor er auf und ab hüpfend die endlose Treppenflucht hinunterholperte. Will und Elise galoppierten dicht genug hinter ihm, um die heißen Abgase zu spüren, die aus den Auspuffrohren des Prowlers schossen. Jericho rannte direkt hinter ihnen her und Ajay hielt sich wie ein Jockey an seinem Fell fest.

Ajay sah sich um und bemerkte, dass die Angreifer dicht hinter ihnen herströmten – Hunderte von Wachen und Monstern in nur knapp zwanzig Meter Entfernung. Viele warfen Waffen nach ihnen – Messer, Äxte und sich überschlagende Morgensterne – und Ajay duckte sich, als sie an ihnen vorbeiflogen. Etliche prallten an Jerichos dickem Fell ab.

»Ich hätte wirklich einen Helm aufsetzen sollen!«, schrie Ajay in Jerichos Ohr.

»RISKIER DOCH MAL WAS!«

»Wirf Blondie nach hinten!«, rief Dave Nick zu. »Und dann schnall dich an. Ich werde deine Hilfe brauchen!«

Nick drehte sich um und deponierte Brooke auf dem winzigen, engen Rücksitz. Sie passte genau hinein, aber ihr schlaffer Körper wurde bei jedem Aufprall des Sportwagens hin und her geworfen. Nick flog fast vom Beifahrersitz, als er sich wieder nach vorne drehte, doch er konnte sich gerade noch rechtzeitig an der Windschutzscheibe festhalten, drückte sich dann in den Sitz und schnallte sich an.

»Ich muss schon sagen, cooler fahrbarer Untersatz, Alter!«

»Ja, er tut's für den Notfall!«

Dave deutete auf das Armaturenbrett direkt vor Nick und ließ es aufklappen. Eine Reihe von Knöpfen und Griffen erschien.

»Zieh an diesem Griff da, wenn ich es dir sage ... NOCH NICHT!«

»'tschuldigung ...«

»Was habe ich gerade gesagt?«

»Zieh an diesem Griff ...«

»Wenn ich es dir sage! Und nicht an dem, sondern an dem!«

»Tut mir leid, Dave ...«

»Festhalten!«

Der Prowler raste dröhnend auf die noch größere Welle von Angreifern zu, die sich vom Platz aus näherte. Wieder gab Dave Vollgas, sodass sie von einer Stufe abhoben und in hohem Bogen direkt auf die Monster zuflogen.

»Jetzt! Und lass erst los, wenn ich es dir sage!«

Nick zog an dem Griff und an der Stoßstange des Prowlers erschienen zwei Düsen, aus denen Flüssigeis spritzte. Die Strahlen trafen die vordere Linie der Meute und ließen sie auf der Stelle gefrieren. Beständig arbeiteten die Düsen weiter, froren die Monster unter ihnen ein und legten dann eine dicke Eisschicht über ihre Köpfe, die etwa so breit war wie eine zweispurige Straße. Dave beschleunigte und aus den beiden Auspuffrohren sprühten Funken, während der Wagen über die ersten Angreifer hinwegschnellte.

Der Prowler landete krachend auf dem Eis, schlitterte in eine Dreihundertsechzig-Grad-Drehung einmal um sich selbst und verspritzte rundherum Eiskristalle, bevor Dave ihn wieder unter Kontrolle brachte. Dann trat Dave wieder aufs Gas und raste über die Eisfläche, während die Düsen weitersprühten und ihnen den Weg ebneten.

Direkt hinter ihnen setzten Will und Elise gerade mit ihren Pferden zu einem Sprung über den vorderen Teil der Armee an, der nicht eingefroren worden war. Rutschend landeten sie auf der Eispiste und es dauerte einen Augenblick, bis die Pferde wieder Halt fanden. Als sie dann hinter dem Prowler herpreschten, hinterließen ihre Hufe tiefe Kerben im Eis.

Jericho sprang als Letzter, und als er abhob, krachte die Welle der Angreifer hinter ihnen direkt in die ersten Reihen der Angreifer auf dem Platz. Nach seiner Landung schlitterte Jericho gut dreißig Meter übers Eis und drehte sich dabei ein paar Mal, sodass er gefährlich nah an den Rand der Eisfläche gelangte. Ajay schloss die Augen, krallte sich noch fester in das Bärenfell und schrie, als sei er auf einer Achterbahn, bis er spürte, dass Jericho Halt gefunden hatte und normal weiterlief.

»Fühlen sich Grizzlys wohl auf Eis?«, schrie er ihm ins Ohr.

»NEIN. NUR EISBÄREN!«

»Tut mir leid, blöde Frage!«

Sie hatten den Platz zur Hälfte überquert, als Dave sich umschaute und sah, dass sie die Nachhut der Armee hinter sich gelassen hatten. Die Soldaten formierten sich neu und verfolgten sie dann über die erhöhte Eisstraße, aber Dave hatte inzwischen gut fünfhundert Meter Vorsprung. Er schaute Nick an, der noch immer mit beiden Händen den Griff festhielt und darauf starrte, als hinge sein Leben davon ab.

»Du kannst loslassen ... DU KANNST JETZT LOSLASSEN!«

»Was? Oh. 'tschuldigung, Alter. Ich war total konzentriert.«

Er ließ den Griff los und die Düsen fuhren wieder in die Stoßstange zurück, während der Prowler von der Eisfläche herunter-

auf festen Boden rutschte. Dave brachte den Wagen zum Stehen und winkte die anderen zu sich.

Als sie sein Signal sahen, lenkten Will und Elise ihre Pferde heran. Der Bär und Ajay stießen kurz darauf zu ihnen.

»Folgt uns!« rief Will. »Wir kennen den Weg!«

»Verstanden!«, antwortete Dave.

Dieses Mal übernahm Elise die Führung, dicht gefolgt von Will. Sie ritt von dem Platz herunter zu der Straße, über die sie gekommen waren, gefolgt vom Prowler und Ajay und Jericho, der zunehmend Mühe hatte mitzuhalten.

»Ich hoffe, ich bin keine allzu große Last, Coach!«, rief Ajay.

»AUSDAUER ... IST MEIN ... SPEZIALGEBIET!«

»Ich meine, wenn man bedenkt, dass Sie ein Bär sind, der es mit einem offensichtlich übernatürlichen Fahrzeug und zwei prächtigen Hengsten in Bestform aufnimmt, schlagen Sie sich erstaunlich gut.«

Sie näherten sich dem Kreisel, über den sie in den klassischen Sektor gelangt waren. Hinter sich sah Ajay, dass ihre Verfolger gerade den Platz überquert hatten.

»Wir haben schon ungefähr zwei Minuten Vorsprung!«, verkündete er und griff in seinen Rucksack. »Mal sehen, ob wir ihn ein wenig ausbauen können!« Dann verstreute er die letzten Reste seiner selbst gebastelten Sprengkörper hinter ihnen auf der Straße.

Will ließ Elise nicht aus den Augen, die vor ihm durch das Tor des klassischen Sektors und wieder auf das Baustellengelände preschte. Seine größte Sorge war jetzt, ob er mit ihr Schritt halten konnte.

Erinnerst du dich an den Weg?, fragte er.

Natürlich.

Will sah sich um. Die Straßen waren vollkommen verlassen.

Sie müssen alle verfügbaren Kräfte auf dem Platz konzen-

triert haben, um die Falle zuschnappen zu lassen, übermittelte er Elise.

Dann sollten wir uns wohl geschmeichelt fühlen, wenn sie dachten, dass sie all das aufbieten müssen, um uns zu stoppen.

Irgendwo weiter hinten erklang eine Reihe von Explosionen, die Will irgendwie vertraut vorkamen.

Ajay?

Ja, das war ich.

Wir reiten direkt zum Portal. Haltet auf keinen Fall an. Wenn wir da sind, machen wir Folgendes ...

Telepathisch erklärte Will Ajay und Elise, was er vorhatte. Als er damit fertig war, hatte Elise sie bereits in das dichte Gewirr aus engen Straßen rund um die Lagerschuppen geführt. Hinter der nächsten Ecke sah Will schon das riesige Portal über einem der Dächer aufragen.

Noch immer gab es keine Anzeichen dafür, dass sie weiterverfolgt wurden, und als sie um die letzte Ecke vor der offenen Fläche mit der Baustelle bogen, sah es so aus, als seien die Bögen völlig unbewacht zurückgelassen worden. Aber die Arbeit war offenbar in rasantem Tempo weitergegangen, denn die Spitzen waren nun miteinander verbunden, der Kreis geschlossen. Ein Heer von Arbeitern hatte es fast geschafft, das große Metallgehäuse anzubringen, in dem sich das Schneidewerkzeug für die Spur befand, welche innen am Fuß der Bögen begann.

Jetzt übernahm Will die Führung und trieb sein Pferd über die verwüsteten, kargen Flächen auf die Bögen zu. Elise blieb dicht hinter ihm. Offenbar hörten die Arbeiterdrohnen das Röhren von Daves Prowler hinter sich, denn sie ließen alles stehen und liegen und stoben in alle Richtungen auseinander. Als Will am Fuß der Bögen von seinem Pferd abstieg, hatten sie sich davongemacht. Elise sprang ebenfalls aus dem Sattel. Zusammen machten sie sich sofort an die Arbeit und holten Material aus ihren Rucksäcken. Der Anblick des vollständigen Portals unmittelbar vor ihnen ließ Will an seinem Plan zweifeln, so solide und imposant sah es aus.

Hinter ihnen kam Dave mit quietschenden Reifen zum Stehen und Nick sprang aus dem Wagen. Dave schaltete in den Leerlauf, machte sich unsichtbar und erschien kurz darauf direkt neben den anderen am Portal.

»Ich weiß ja nicht, womit du ihr eins verpasst hast«, sagte er zu Elise und deutete auf Brooke, die hinten auf dem schmalen Rücksitz des Prowlers lag, »aber Dornröschen ist noch immer im Traumland.«

»Zwei Jahre unterdrückter Wut«, antwortete Elise.

»Wo sind Ajay und der Coach?«, fragte Will.

»Ich dachte, sie wären direkt hinter mir«, entgegnete Dave.

Einen Augenblick später erschien der Bär mit schleppenden Schritten hinter dem letzten Schuppen.

Wir sind hier, wir kommen!, ließ Ajay Will wissen und winkte ihm vom Rücken des Bären aus zu.

Sofort sprang Elise auf ihr Pferd, Dave erschien plötzlich wieder hinter dem Steuer des Prowlers, und gemeinsam eilten sie auf den Bären zu. Elise zog Ajay von Jerichos Rücken herunter auf ihr Pferd und nach einer kurzen, lebhaften Diskussion kletterte der Bär in den Prowler und stellte sich auf den Beifahrersitz.

Wenige Augenblicke später kamen sie alle unten am Fuß der Bögen an.

»Uns bleiben etwa drei Minuten«, teilte Ajay den anderen mit, als er vom Pferd sprang und zu dem fertiggestellten Portal aufschaute. »Wie ich sehe, haben sie deutliche Fortschritte gemacht. Erstaunlich, was man erreichen kann, wenn Zeit nicht so genau definiert ist.«

»Ich muss was auskundschaften, bin gleich wieder da«, teilte Dave Will mit und war auch schon verschwunden.

Der Bär hievte sich mühsam aus dem Prowler und ließ sich auf den Boden fallen, zu erschöpft, um etwas zu sagen. Als sie sich um ihn versammelten, bedeutete er ihnen, dass er Wasser brauchte. Nick holte seine Feldflasche heraus und goss ihm den gesamten Inhalt in das geöffnete Maul.

»Alles in Ordnung, Coach?«, erkundigte sich Elise.

Der Bär nickte und schnappte nach Luft.

Noch immer völlig benommen, hob Brooke auf dem Rücksitz des Prowlers kurz den Kopf, sackte aber sofort wieder ohnmächtig in sich zusammen, als sie einen Bären neben sich sah, der sie grollend anstarrte.

»Er hat mir immer wieder von seiner Kondition erzählt«, sagte Ajay, »aber die Physis des Bären ist für Anstrengungen über einen längeren Zeitraum nicht sehr gut geeignet.«

»Jetzt wissen Sie, wie sich Ihr Team fühlt, wenn Sie es den Suicide Hill hinaufjagen«, warf Nick ein.

Der Bär schlug ihm die leere Feldflasche aus der Hand. »WIE LAUTET DER PLAN?«, fragte er schließlich.

»Wir sprengen das Ding in die Luft«, teilte Will ihm mit und deutete mit dem Kinn auf den Bogen. »Und dann nichts wie weg hier.«

»Die Sprengkörper sind in meinem Rucksack«, sagte Ajay, rührte sich aber nicht von der Stelle.

Will bemerkte, dass er gespannt zurück zu dem Gelände und in die Richtung schaute, aus der sie gekommen waren. »Was ist los?«

»Kann sein, dass ich bezüglich der Zeit, die uns noch bleibt, leicht übertrieben habe.«

»Elise, kümmre dich um das Gehäuse. Nick, du hilfst ihr«, wies Will die beiden an. Dann fragte er leise: »Was siehst du?«

»Ich glaube, die Schöpfer kommen«, sagte Ajay, den Blick noch immer auf den Horizont gerichtet. »Die echten.«

Will schaute ebenfalls in diese Richtung, konnte aber noch nichts sehen. Inzwischen stand Jericho wieder auf allen vier Tatzen, tappte zu ihnen herüber und deutete zu dem Portal.

»WIE KRIEGEN WIR DAS KAPUTT?«

»Kommen Sie mit«, sagte Ajay. »Ich brauche Ihre Hilfe.«

Er lief mit seinem Rucksack zu der Stelle, wo die Bögen mit dicken Eisenbügeln und massiven Nieten an ihrem riesigen Metallfundament befestigt waren. Jericho trottete hinter ihm her. Ajay versah kleine Päckchen Plastiksprengstoff mit Fernzündern und bat dann Jericho, sich auf die Hinterbeine zu stellen und sie an strategischen Punkten an den oberen Enden der Bügel anzubringen.

Währenddessen schwang sich Nick auf das Metallgehäuse an der Spur – ein verkleidetes silbernes Rechteck, so groß wie ein VW-Bus. Er fand die Schweißnaht, brach sie mit ein paar Schlägen und Tritten auf und zog sie auseinander, um einen komplexen Block futuristisch anmutender Schaltkreise und komplizierter Elektronik freizulegen. Elise schaute zu ihm hinauf.

»Was sollen wir damit machen?«, rief Nick.

»Zerstört es«, rief Will.

Freudig machte sich Nick ans Werk und riss und zerrte den Rest des Gehäuses aus der Vorrichtung. Sobald das Innere vollkommen freigelegt war, begann Elise, kurze, platzierte Klangstrahlen auszusenden, mit denen sie die großen Platinen der Schaltkreise lahmlegte.

Dave erschien wieder neben Will und fragte besorgt: »Wie lange soll das alles noch dauern?«

»Ich weiß nicht, eine Minute?«

Dave schaute hinaus auf das offene Feld. »So viel Zeit haben wir nicht mehr.«

»Was sollen wir tun?«

»Ein Loch mit diesem Ding schnitzen und euch alle hier rausschaffen. Auf der Stelle.«

»Was ist mit dir?«

»Ich bleibe hier und erledige meinen Job.«

»Aber ich bin ein Initiierter. Ich dachte, es wäre auch mein Job ...«

»Es ist nicht dein Job zu sterben.« Dave meinte es ernst. So hatte Will ihn noch nie erlebt.

»Ich will zu Ende bringen, was ich angefangen habe«, erklärte er.

»Wir haben keine Zeit, darüber zu diskutieren ...«

»Ich diskutiere auch nicht.«

Will sah ihm fest in die Augen.

Dave grinste. »Wollte nur sichergehen, Kumpel«, gestand er.

Sie hörten sie, bevor sie irgendetwas sahen. Ein röchelndes Kreischen zerriss den Himmel und schlug eine urzeitliche Saite an, die Hirn und Herz mit unermesslicher Angst erfüllte.

»Da kommen sie«, verkündete Ajay.

Alle drehten sich um. Sieben schemenhafte Gestalten durchschnitten die Finsternis über den Mauern und entpuppten sich dann als lange, gewundene Körper, die auf lederartigen Flügeln auf sie zuglitten. Geflügelte Schlangen mit glatten, glänzenden Köpfen und silbern geschuppten Körpern. Auf ihnen saßen sieben gepanzerte Reiter, jeder sechs Meter groß und nicht minder widerwärtig als sein Reittier – mit Fleisch versehene Versionen der Reptil-Skelette, die sie in den Katakomben unter Cahokia gesehen hatten.

»Darf ich euch die Schöpfer vorstellen«, sagte Dave.

Nick und Elise sprangen von dem zerstörten Gehäuse herab und traten zu den anderen.

»Deswegen haben wir keine fliegenden Wesen gesehen«, sagte Will, zu Nick gewandt. »Sie haben den Himmel ganz für sich allein reserviert.«

»Diese Typen sehen irgendwie beängstigender aus als die leeren Umhänge«, meinte Nick.

»Ach tatsächlich?«, entgegnete Elise.

Und dann rückte von überall her – aus dem Straßengewirr, rund um die Schuppen und von der Hauptstraße, die zum Tor führte – scheinbar die gesamte Armee heran, die sich vor den Mauern versammelt hatte, und erfüllte den Horizont. Will erkannte Hobbes, der die vorderste Front im Galopp anführte.

Die Schöpfer flogen dicht über ihrer Armee heran, zogen eine Schleife und trieben die Soldaten auf die Bögen zu.

»Was jetzt?«, wollte Nick wissen.

»Ajay?«, schrie Will.

»Die Ladungen sind angebracht«, verkündete Ajay, der mit Jericho im Schlepptau zu ihnen gelaufen kam.

»KÖNNEN WIR JETZT VERSCHWINDEN?«

»Ich habe den Zünder hier«, sagte Ajay und hielt eine kleine Fernsteuerung hoch. »Aber ich würde dringend empfehlen, dass wir uns vorher in Sicherheit bringen.«

»Schneid das Loch aus, Will«, riet Dave und zog sein langes Seitengewehr heraus.

Will legte die Hand auf den Schnitzer in seiner Tasche und bemerkte dann, dass sich Brooke unten auf dem Rücksitz des Prowlers wieder regte.

»Nick, hol Brooke«, wies er ihn an.

»Ernsthaft?«, fragte Elise verwundert.

»Wir gehen nicht ohne sie«, stellte Will klar.

»Ausgerechnet heute muss ich meine Asbesthandschuhe vergessen«, klagte Nick. Er sprang von dem Metallsockel herunter, rollte sich bis zum Prowler ab, hob Brooke vom Rücksitz und warf sie sich über die Schulter, um sie zu ihnen zu bringen.

»Na los, Will«, drängte Dave. »Schneid es aus.«

Will nahm den Schnitzer heraus, schaltete ihn aber noch nicht ein. Nick kam mit Brooke auf der Schulter zurückgerannt, sprang auf den Sockel und setzte sie neben den anderen ab. Sie war wieder zu sich gekommen und der Gedankenform-Knebel war verschwunden, aber sie konnte noch immer nicht sprechen. Als sie aufblickte und die Schöpfer auf sie zufliegen sah, wurde sie starr vor Angst.

»Sag bloß«, höhnte Elise, »du weißt nicht, wie sie aussehen, weil du sie noch nie gesehen hast?«

Brooke schüttelte den Kopf.

»Und du wusstest auch nicht, was sie wirklich vorhatten?«

Wieder vehementes Kopfschütteln.

»Fass bloß nichts an«, warnte Will sie.

»Wir müssen mindestens noch sieben Meter weiter nach rechts«, sagte Ajay leise.

»Nicht zu schnell«, mahnte Will.

Langsam bewegten sie sich seitwärts, fort von den Bügeln, an denen Ajay die Sprengladungen angebracht hatte. Brooke stolperte ihnen hinterher, in panischer Angst, allein zurückgelassen zu werden. Dave hingegen folgte ihnen nicht.

Die Schöpfer schwebten vor ihre Armee, hielten dann an und verharrten etwa im Abstand von fünfzig Metern vor der vordersten Linie. Der Flügelschlag ihrer Reittiere erzeugte einen fauligen Wind. Dann stieg der Anführer – der mittlere der sieben – von seinem Reittier. Er war der Größte und Hässlichste der Meute. Das, was man von seinem Körper sehen konnte, schien eine einzige Fäulnis zu sein, überzogen von eitrigen Beulen, Schwielen und Geschwüren. Sein Gesicht war hinter einer geschlitzten Eisenmaske verborgen, und wenn man bedachte, wie ekelerregend der Rest von ihm aussah, betrachtete Will das als Segen.

Der oberste Schöpfer zeigte mit der Hand auf sie und begann dann, in einer knirschenden, vollkommen unverständlichen Sprache zu sprechen. Seine Stimme war unerträglich laut und hörte sich an, als würde ein Dinosaurier seine Krallen über eine Schiefertafel ziehen. Ihr Echo wurde von allen Oberflächen um sie herum zurückgeworfen. Die Freunde hielten sich die Ohren zu, entfernten sich aber weiterhin von den Sprengköpfen. Der Schöpfer beendete seine Drohrede und wartete auf eine Reaktion – vermutlich kriecherische, unterwürfige Kapitulation. Stattdessen trat Nick plötzlich einen Schritt vor, grinste und winkte ihm freundlich zu.

»BUENOS NACHOS, gnädige Frau!«

Der Schöpfer reagierte völlig perplex auf diese Antwort und neigte den Kopf zur Seite wie ein Hund, der ein unbekanntes Geräusch hört. Nick holte die anderen mit ein paar Flickflacks ein, während Dave an den Rand des Sockels trat und rief: »Erinnerst du dich an mich?«

Er hob sein Gewehr und feuerte einen Lichtstrahl auf die Eisenmaske des Schöpfers ab, der jedoch schwirrend daran abprallte. Wütend hob der Schöpfer den krummen Metallstock, den er bei sich trug, zeigte damit auf Dave und feuerte aus der Stockspitze eine blaue Kugel blendend schneller Energie ab.

Im Sekundenbruchteil verwandelte Dave sich wieder in den sechs Meter großen Engel, hob sein glänzendes weißgoldenes Schwert und lenkte den blauen Energieball einfach ab. Wutentbrannt starrte der Schöpfer ihn an.

»Mann, ist der geladen«, meinte Nick und schaute zu Dave. Will und Ajay zogen ihn um die äußere Ecke des rechten Bogens.

»Ich schneide jetzt das Loch aus«, verkündete Will und schaltete den Schnitzer ein. »Ajay, drück auf den Zünder.«

»Was ist mit Dave?«, wollte er wissen.

»Mach dir um ihn keine Sorgen«, sagte Will. »Er ist tot.«

Alle sieben Schöpfer gleichzeitig hoben riesige Knüppel und Stöcke und feuerten verschiedenfarbige Sprengladungen auf Dave ab. Abwehrend hielt er sein Schwert hoch, rief etwas und im nächsten Augenblick erschien rund um ihn herum eine Blase aus Licht. Sämtliche Energieblitze der Monster prallten daran ab und explodierten dort, wo sie landeten – darunter auch ein gelber Blitz, der den Sockel traf und die Freunde in Deckung gehen ließ.

Will richtete den Schnitzer in die Luft und im gleichen Moment löste Ajay die Sprengung aus. Die Ladungen rund um den Bügel am Fuß des linken Bogens zündeten – keine besonders beeindruckenden Explosionen angesichts der Größe des Portals, aber sie sorgten dafür, dass ein Hagel von Nieten und Metallsplittern auf die Schöpfer niederging und ein paar von ihnen sogar zu Fall brachte, was sie noch mehr erzürnte.

Kurz darauf fiel die dicke Platte des Bügels ab, landete laut klirrend und scheppernd auf dem Metallsockel und der linke Bogen geriet ganz leicht ins Wanken.

Will nahm den Finger vom Abzug des Schnitzers und wartete. Die Konstruktion wackelte noch immer, schwankte jedes Mal ein wenig stärker vor und zurück, sodass sich die Nieten, mit denen die Bögen oben am Scheitelpunkt zusammengehalten wurden, langsam lösten. Das Metall stöhnte hörbar, aber der Bogen stürzte nicht um.

»Komm schon«, sagte Ajay. »Ich habe alles genau berechnet. Das sollte mehr als genügend Schubkraft geliefert haben.«

Ein weiteres Schwanken, aber noch immer fiel das Portal nicht. Will schaltete den Schnitzer aus.

»Gebt ihm einen Stoß nach vorn«, instruierte er Elise.

Zusammen mit Ajay rannte sie hinten um die Bögen herum in Position. Er zeigte auf den Punkt, den sie treffen musste, und sie holte ein paar Mal tief Luft, um einen gewaltigen Klangstrahl auszusenden.

»Du musst genau den richtigen Moment abpassen«, erklärte Ajay und schaute an der schwankenden Konstruktion hinauf. »Wenn die maximale Neigung erreicht ist. Ich sage dir Bescheid, wenn es so weit ist.«

Der Anführer der Schöpfer hob erneut seinen metallenen Stock und erteilte mit seiner markerschütternden Stimme den Truppen hinter ihm einen Befehl. Daraufhin rannte die gesamte Armee geschlossen über das Feld auf die Bögen zu und ihr Gebrüll verschmolz zu einem einzigen, ohrenbetäubenden Schrei.

»Und da kommen sie wieder«, bemerkte Nick.

»WAS FÜR EIN HAUFEN VON IDIOTEN«, meinte Jericho.

Dave sprang vom Sockel herunter, direkt vor die Schöpfer, die alle ihre Stöcke hoben, um ihn anzugreifen. Aber bevor sie eine weitere Ladung abfeuern konnten, stieß Dave sein Schwert in den Boden und löste damit eine gewaltige Druckwelle aus, die sich entlang unzähliger explosiver Kraftlinien in alle Richtungen entlud. Wie bei einem Vulkanausbruch flog der Boden entlang dieser Linien in die Luft und riss etliche Soldaten mit sich.

»Jetzt!«, schrie Ajay.

Als das schwankende Portal sich wieder nach vorne neigte, ließ Elise einen konzentrierten Klangstrahl los, gerade stark genug, um ihn zum Kippen zu bringen.

Im selben Moment erreichte eine der Kraftlinien, die Dave mit seinem Schwert ausgelöst hatte, krachend den Sockel der linken Portalseite, sodass er nach hinten gedrückt wurde, während der obere Teil vorwärtsfiel. Die linke Seite riss die rechte mit und beide stürzten in die Tiefe, als die gesamte Konstruktion an den Nähten auseinanderbrach.

Die Bögen sausten an den Schöpfern vorbei, hinunter auf das

Feld und mitten in die heranrückende Armee. Will sah, wie der größte, noch intakte Abschnitt direkt auf Hobbes fiel, der gerade lange genug innehielt, um hinaufzuschauen und zu begreifen, was gleich passieren würde. Die Erschütterung erzeugte eine Druckwelle, die sämtliche Schöpfer mitsamt ihren Schlangen-Reittieren ins Schlingern brachte. Staub, Erde und Trümmerteile stiegen in einer gewaltigen Wolke auf und versperrten Will die Sicht auf das Feld. Alles dort verschwand – einschließlich Dave.

»OH NEIN«, rief Jericho.

Will folgte seinem Blick und rannte in Windeseile zu den anderen. Unter einem konstanten Regen aus Staub, Geröll und kleinen Steinen, hinter dem abrasierten Sockel, lagen Elise und Ajay auf dem Boden.

Will warf sich neben sie. Er konnte nicht sagen, wo sie getroffen worden waren, aber sie lagen vollkommen reglos da, mit Prellungen und blutenden Wunden übersät, und schienen auch nicht zu atmen. Bei Weitem das Schlimmste war, dass er ihre Stimmen nicht mehr hören konnte. Sie waren aus seinem Kopf verschwunden, einfach verstummt. Er wusste nicht, was er tun sollte, fühlte sich, als sei das Portal auf ihm selbst gelandet, und hatte nicht die geringste Ahnung, wie viel Zeit vergangen war.

»Dieses Ding«, sagte Jericho, der jetzt in menschlicher Gestalt über ihm stand. »Dieses Ding in deinem Rucksack.«

»Welches Ding?«

»Die Scheibe«, erinnerte ihn Nick, der plötzlich neben Jericho aufgetaucht war.

Will schaute zu seinem Rucksack, der neben ihm auf dem Boden stand. Die Worte ergaben keinen Sinn – er wusste nicht einmal, was sie bedeuteten –, aber er nahm die Tasche und schüttete ihren Inhalt aus.

Als die Scheibe in den Staub fiel, erinnerte er sich. Rund, silbern, fünfzehn Zentimeter im Durchmesser. Die »Heilscheibe«, die er aus Franklins Vitrine mitgenommen hatte.

Er nahm sie in die Hand, betrachtete sie von allen Seiten und suchte nach so etwas wie einem Knopf oder Schalter. Warum hatte er sich nicht die Zeit genommen, den alten Mann zu fragen, wie sie funktionierte? Er drückte die Scheibe mit beiden Händen zusammen, so fest er konnte, und tatsächlich erwachte sie kurz darauf brummend zum Leben, pulsierend vor Energie.

Will sah hinunter auf seine Freunde, die kalt und leblos dicht nebeneinanderlagen. Franklins Stimme hallte in seinem Kopf wider: »Erstaunlich effektiv, um menschliches Gewebe auf Zellebene zu reparieren. Man kann sie nur einmal verwenden, aber glücklicherweise sind sie nicht schwer herzustellen.«

»Worauf wartest du?«, fragte Nick.

»Es hat keinen Zweck«, entgegnete Will resigniert.

»Wieso nicht? Wovon redest du?«, fragte Jericho empört. »Benutz endlich das verdammte Ding.«

»Sie funktioniert nur ein Mal«, erklärte Will und sah auf. »Für wen soll ich sie benutzen?«

Keiner wusste, was er sagen sollte.

»Ajay«, kam es schließlich von Brooke. Sie kniete sich neben ihn, ruhig und gefasst, und schaute ihm in die Augen. »Benutze sie für Ajay, Will«, wiederholte sie. Dann legte sie ernst und konzentriert ihre Hände um Elises Kopf.

Will legte die Scheibe auf Ajays Brust, ohne zu wissen, wie er sie aktivieren sollte. Plötzlich spürte er, wie sich das Objekt mit Energie auflud und sie in Ajays Körper verteilte. Er ließ sich von seiner Intuition leiten, lenkte seinen Geist in die Scheibe und fuhr damit über die Verletzungen – von denen es etliche gab. Er hoffte auf eine Reaktion der Scheibe, auf etwas, das ihm zeigte, wie man sie richtig anwandte.

Nicht Sekunden, sondern Minuten vergingen und Will wusste, dass es ein Rennen gegen die Zeit war. Durch sein Raster konnte er sehen, wie die Energie Ajay durchströmte und gegen die Verletzungen ankämpfte, ein paar Schlachten gewann und andere verlor. Besonderes Augenmerk richtete er auf seinen Kopf, denn er wusste, dass er Ajay dabei zusah, wie er um sein Leben kämpfte.

Als er spürte, dass die Scheibe an Kraft verlor, fügte Will etwas von seiner eigenen Kraft hinzu, nach bestem Wissen und bester Intuition. Verzweifelt schaute er auf und seine Verzweiflung übermittelte sich auch den anderen. Jericho kniete sich neben ihn, legte ebenfalls die Hände auf Ajay, gefolgt von Nick, und dann bemerkte er, dass auch Brooke zu ihnen getreten war und ihre Hände auflegte, während Elise hinter ihr auf dem Boden sich regte, wieder atmete und Farbe in ihre Wangen zurückkehrte.

Und dann wurde die Scheibe in Wills Händen dunkel und kalt, war verbraucht. Er warf sie weg und alle hielten inne und warteten. Ajay sah noch immer leblos aus ... doch dann holte er Luft, öffnete die Augen und bemerkte über sich seine Freunde, die ihn besorgt anschauten.

»Ich kann euch gar nicht sagen, wie interessant das war«, sagte er begeistert.

Dave erschien neben ihnen, wieder in Menschengestalt, zerschunden und humpelnd.

»Blutüberströmt und geprügelt, denn diese Trottel sind zäh, das muss man ihnen lassen. Sie gruppieren sich neu und sie sind echt sauer ... Verdammt, sag bloß, du hast das Loch immer noch nicht ausgeschnitten, Kumpel!«

Will warf ihm den Schnitzer zu. »Tu dir keinen Zwang an.«

Dave schaltete den Schnitzer ein. Will zog Ajay an sich und hielt ihn eine Weile fest, während Nick vorsichtig Elise zu ihm herübertrug. Als Will die Arme um sie legte, die Wärme ihres Körpers und den Duft ihrer Haare spürte, glaubte er nicht, sie jemals wieder loslassen zu können.

Über Elises Schulter hinweg sah er Brooke, die unter Tränen den anderen um sie herum versicherte, wie leid ihr alles tat. Nick stützte sie, als würde er ihr verzeihen, und er war offenbar auch der Einzige, der ihr zuhörte.

Jericho stand ein wenig abseits und hielt Wache. Er holte ein Taschentuch heraus. Scheinbar hatte er etwas im Auge.

ACHTZEHN

WILLS LEBENSREGEL Nr. 18:
NUR DIE LIEBE ZÄHLT. UND EIN PAAR FREUNDE, DENEN DU VERTRAUEN KANNST. UND EIN WENIG GLÜCK KANN AUCH NICHT SCHADEN.

31. August
Lieber Dad,

ich will dir schon so lange schreiben. Da ich keine Ahnung habe, wo du bist, weiß ich nicht, ob du diesen Brief je lesen wirst, aber falls er den Weg zu dir findet, sollst du wissen, was geschehen ist.

Inzwischen kenne ich die ganze Geschichte. Warum du aus dem Center geflüchtet bist, warum du mich versteckt hast, warum wir ein solches Leben führen mussten und warum du mir nie die Wahrheit gesagt hast. Früher war ich deswegen sehr oft wütend und verwirrt. Im Laufe der Zeit lernte ich zwar sehr gut, meine Gefühle zu verbergen, aber ich bin sicher, du musst es gespürt haben. Andererseits hattest du natürlich auch genügend Gründe, mich nicht darauf anzusprechen.

Als ich herausfand, wer du wirklich bist, war ich erst recht durcheinander. Nachdem ich deinen Vater Franklin kennengelernt habe – ich bringe es einfach nicht fertig, ihn Großvater zu nennen –, kann ich allerdings nur sagen, dass ich selbst nicht anders gehandelt hätte. Du hast das Beste getan, was in einer so verrückten Situation möglich war.

Nachdem sie dich in Ojai entführt hatten, sah ich dich nur noch dieses eine Mal in der Burg – als er dich als Druckmittel benutzte, um von mir zu bekommen, was er wollte, genauso wie er mich benutzt hat, um dich zu erpressen. Ich weiß nicht einmal, ob du mich damals gesehen hast. Aber auch wenn ich seitdem nichts mehr von dir gehört habe, glaube ich, dass du noch am Leben bist, irgendwo, genauso wie ich es nach dem Flugzeugabsturz geglaubt habe.

Das Einzige, was du nicht verlieren darfst, ist die Hoffnung. *Das war vermutlich eine der besten Regeln, die du für mich aufgeschrieben hast. Danke dafür, übrigens. Sie haben mir wirklich geholfen, das alles durchzustehen – mehr als du dir vorstellen kannst.*

Ich habe hier ein paar tolle Freunde gefunden, echt »talentierte« Kids, auf vielen Gebieten, genau wie ich, aber das weißt du ja sicher alles. Doch es sind nicht ihre Talente, die sie zu etwas Besonderem machen, obwohl wir durch sie bestimmt alle irgendwie ungewöhnlich sind. Sie sind auch nicht wegen irgendwelcher Schnipsel einer bizarren DNA so toll. Es liegt an ihrem Charakter.

Sie hätten zum Beispiel hundert Ausreden finden können, um zu kneifen, als ich sie um ihre Hilfe bat, aber sie haben nie gezögert. Wir haben Franklin, die Ritter und die Schöpfer zum Kampf herausgefordert, bevor sie noch mehr Schaden anrichten konnten. Wie sich herausstellte, mussten wir ins Niegewesen, um diesen Job zu Ende zu bringen, und wir haben wirklich ganze Arbeit geleistet. Ich will nicht prahlen, es ist einfach so. Diese Monster werden sehr lange nicht mehr versuchen, auf unsere Seite des Zauns zu gelangen.

Als wir wieder zurückkamen – das ist jetzt fünf Wochen her –, war nichts so, wie wir es erwartet hatten. Franklin hatte mir erzählt, wenn ich den Schnitzer benutze, würden wir nur eine oder zwei Sekunden später wieder in unsere Welt zurückkehren. Wie fast alles andere in seinem Leben hat er auch das falsch verstanden.

In Wahrheit waren fast zehn Tage vergangen. Franklin war längst verschwunden, genau wie all seine Ritter-Kumpane auf dem Campus, darunter auch der Besitzer von »The Crag«, Stan Haxley. Niemand hat seitdem etwas von ihnen gehört oder gesehen.

Wir hatten noch eine Gruppe von Freunden, die uns den Rücken freigehalten haben, während wir im Niegewesen waren. Eine fahrende Truppe professioneller Wrestler, die mein Kumpel Nick aufgetan hat. Einer von ihnen war ebenfalls »talentiert« – der Sohn eines ehemaligen Schülers, den du als Happy Nepsted kanntest, der Gerätewart des Centers. Ich vermute, du kennst seine Geschichte. Er war einer der ersten Paladine, damals in Franklins Gruppe.

Wie auch immer, die Wiedervereinigung von Nepsted – der inzwischen unser Freund geworden ist – mit seinem Sohn ... Allein dafür hat sich alles gelohnt, was wir durchmachen mussten.

Es klopfte und Nick steckte seinen Kopf zur Tür hinein.

»Alter, wir warten auf dich«, sagte er. »Abendessen im Rathskeller, Ajay lädt uns alle ein. Er hat gerade seinen ersten Scheck für einen dieser Apparate bekommen, die er im Labor entwickelt hat. Der Coach kommt auch, wie ich gerade von ihm erfahren habe.«

»Gib mir fünf Minuten«, bat Will und kaute auf seinem Stift herum.

»Und stell dir vor: Jericho bringt seine Frau mit.«

»Der Coach ist verheiratet?«

»Wer hätte das gedacht.«

»Einfach unvorstellbar. In Ordnung, verschwind und lass mich das hier fertig machen ...«

»Fünf Minuten, versprochen?«

»Ja!« Will bombardierte die Tür mit Kissen – ohne seine Hände zu gebrauchen.

»Wehe, du tauchst nicht auf, sonst schicke ich Elise vorbei«, informierte ihn Nick und schloss die Tür.

Will schrieb weiter.

Schwer zu sagen, was als Nächstes passieren wird. Unser vorletztes Jahr im Center beginnt nächste Woche. Die gute Nachricht: Soweit wir wissen, hatte von den Angestellten oder Lehrern hier sonst niemand mit den Rittern zu tun. Die wenigen Kids, von denen wir wussten, dass sie auch in die Sache verwickelt waren, haben entweder bereits ihren Abschluss gemacht oder wurden plötzlich den Sommer über »ausquartiert«. So hat man uns das jedenfalls erzählt.

Das betrifft auch Brooke, unsere Mitbewohnerin, deren Eltern schon lange den Rittern angehören. Aber Rektor Rourke hat sich schwer für sie ins Zeug gelegt. Brookes Vater, der ehemalige Botschafter, ist plötzlich zu einer »diplomatischen Mission« an einen fernen, geheim gehaltenen Ort abberufen worden – und wenn du das glaubst, würde ich dir gerne Aktien an dieser neuen Sache verkaufen, die ich erfunden habe und die sich Internet nennt. Dann hat Rourke es arrangiert, dass Brooke »in Europa studiert«, während ihre Familie auf diplomatischer Mission ist, um sie vor den Rittern in Sicherheit zu bringen und zu verhindern, dass sie ihr wieder eine Gehirnwäsche verpassen. Zum Glück hat sie sich seit unserer Rückkehr ganz gut von dem ganzen Chaos erholt. Wenn den Rittern ihr Leben lieb ist, sollten sie besser die Finger von ihr lassen.

Ich muss gestehen, dass wir nicht genau wissen, wie viel Ärger da draußen noch auf uns wartet. Das Center scheint einstweilen sicher zu sein und meine Freunde und ich sind auf ewig miteinander verbunden. Damit kann ich gut leben. Solange wir hier sind, halten wir die Augen nach anderen »talentierten« Personen offen, die aufkreuzen. Es könnte noch viel mehr von ihnen geben – Franklin hat das Paladin-Programm unseres Wissens nach noch mindestens sechs Jahre fortgesetzt – und wir glauben, das Center hat all diese Kids noch immer auf dem Radar.

Wieder klopfte es und dieses Mal steckte Ajay seinen Kopf – der seit ihrer Rückkehr noch größer geworden zu sein schien – zur Tür hinein.

»Ich habe einige faszinierende Einblicke in eine Vielzahl von Gebieten gewonnen«, berichtete er. »Über eines möchte ich gerne mit dir sprechen, wenn du einen Moment Zeit hast.«

»Ajay, alle liegen mir in den Ohren, ich soll mich beeilen«, beschwerte sich Will. Dann sah er, wie enttäuscht Ajay war. »In Ordnung, schieß los.«

»Schreib es dir auf, damit du es nicht vergisst.«

»Okay, okay.« Will notierte Wort für Wort, was Ajay ihm mitteilte.

»Hat dir einer von den anderen gesagt, dass ich euch zum Essen einlade?«, fragte Ajay anschließend.

»Ja. Nick.«

»Das Geld dafür wurde heute Nachmittag auf ein Konto überwiesen, das ich bei einer Offshore-Bank eingerichtet habe«, sagte Ajay und grinste.

»Warum eine Offshore-Bank?«

»Mein Vater nennt es ›Notgroschen‹. Eine Spardose sozusagen, absolut unauffindbar. Du kannst also sicher sein, Will: Egal welche gute Tat wir uns auch als Nächstes vornehmen, dank meiner neuerlichen inspirierten Rumbastelei verfügen wir, wie Nick es ausdrücken würde, über haufenweise Kohle. Entschuldige, jetzt will ich dich nicht länger aufhalten.«

Damit schloss Ajay die Tür hinter sich.

In der Zwischenzeit halten wir uns bedeckt. Uns gefällt die Vorstellung, eine Zeit lang einfach nur ganz normale Schüler zu sein. Schließlich weiß keiner von uns, wie das eigentlich ist.

Übrigens schreibe ich jetzt meine eigenen Regeln auf. Dazu hast du mich ja ermutigt, nicht wahr? Ich hoffe, dass ich eines Tages Gelegenheit haben werde, sie dir zu zeigen, Dad. Daran halte ich fest. Wenn ich eines von meinem Freund Dave gelernt habe – irgendwann werde ich versuchen, dir zu erklären, was es mit ihm auf sich hat, aber das wird eine Weile dauern –, dann das:

WILLS LEBENSREGEL Nr. 19:
LASS NIEMALS JEMANDEN IM STICH.

Etwas plumpste schwer auf Wills Schreibtisch. Verblüfft schaute er von seinem Platz auf dem Bett auf, wo er gegen das Kopfteil gelehnt saß. Dann stand er auf, um nachzusehen. Dort lagen die dunkle, metallisch glänzende Brille eines Wanderers und ein wirklich seltsam aussehender Schlüssel – silbern, krumm und altmodisch, wie der Schlüssel zu einem Burgtor. Daneben fand er eine Nachricht auf einem Bogen cremeweißen Papiers, so groß wie eine offizielle Einladung und mit goldenem Rand – anscheinend aus echtem Gold. Als Will den Bogen in die Hand nahm, hörte er Daves Stimme, während die folgenden Worte auf dem Papier erschienen:

Lieber Will,

die Aufräumarbeiten im Niegewesen nähern sich ihrem Ende und ich freue mich, dir mitteilen zu können, dass dir nach eingehender Begutachtung deiner jüngsten Leistungen durch das Exekutiv-

komitee der Hierarchie mit sofortiger Wirkung die Sicherheitsunbedenklichkeitsbescheinigung der Stufe eins verliehen wird.

Glückwunsch, Kumpel: Du bist jetzt ein Wanderer.

Dein Freund Dave

PS: Als erste Annehmlichkeit des Jobs darfst du dir ein Fahrzeug aussuchen. Wähle sorgfältig!

Will setzte die Brille auf und griff dann nach dem Schlüssel. Plötzlich flog die Tür mit einem heftigen Windstoß auf und wirbelte alles im Raum durcheinander. Will musste sich festhalten, um nicht das Gleichgewicht zu verlieren ...

... Und im nächsten Augenblick lag Elise in seinen Armen, grinste ihn verschmitzt an, sah verboten gut aus, fühlte sich verboten gut an und duftete verboten gut, und als der Sturm sich gelegt hatte, küsste sie ihn sanft auf die Wange.

»Alle warten auf dich«, sagte sie und küsste ihn dann richtig. »Wieso dauert das so lange, West?«

»Sag den anderen, dass wir ein bisschen später zum Essen kommen.« Jetzt küsste er sie. »Wir treffen sie im Restaurant.«

»Was hast du vor?« Sie kniff spielerisch die Augen zusammen.

Will hielt den Schlüssel hoch und grinste.

»Wir machen eine Spritztour.«

WILLS LEBENSREGEL Nr. 20:

(von Ajay) Sie ist unser kostbarstes Gut, kostbarer als jeder Schatz Gottes, der Natur oder des Menschen. Sie lässt sich weder kaufen, verkaufen, eintauschen noch stehlen. Sie ist begrenzt und man weiß nie, wann sie abgelaufen ist. Deshalb darf man sie nicht verschwenden oder einfach verstreichen lassen und auf gar keinen Fall darf man je versuchen, sie totzuschlagen.

ES IST DIE ZEIT. NUTZE SIE WEISE. DENN WENN DU DIESE EINFACHE UND DOCH SCHWER ZU FASSENDE FÄHIGKEIT BEHERRSCHST, MEIN FREUND, DANN BIST DU WIRKLICH UND WAHRHAFTIG VOLLKOMMEN LEBENDIG.

DADS LISTE DER LEBENSREGELN

Nr. 1: EIN METHODISCHER GEIST IST ALLES.

Nr. 2: KONZENTRIERE DICH NUR AUF DIE BEVORSTEHENDE AUFGABE.

Nr. 3: LENKE KEINE AUFMERKSAMKEIT AUF DICH.

Nr. 4: WENN DU GLAUBST, DU BIST FERTIG, HAST DU GERADE ERST ANGEFANGEN.

Nr. 5: VERTRAUE NIEMANDEM.

Nr. 6: SEI DIR DER REALITÄT DER GEGENWART STETS BEWUSST. DENN WIR HABEN NICHTS AUSSER DEM JETZIGEN MOMENT.

Nr. 7: VERWECHSLE GLÜCKLICHE ZUFÄLLE NICHT MIT EINEM GUTEN PLAN.

Nr. 8: SEI IMMER BEREIT ZU IMPROVISIEREN.

Nr. 9: SIEH HIN UND HÖR ZU, SONST WIRST DU NICHT BEMERKEN, WAS DIR ENTGEHT.

Nr. 10: REAGIERE NICHT EINFACH NUR AUF EINE SITUATION, DIE DICH ÜBERRASCHT. GEH DARAUF EIN.

Nr. 11: VERTRAUE DEINEN INSTINKTEN.

Nr. 12: LASS DEN ANDEREN REDEN.

Nr. 13: FÜR DEN ERSTEN EINDRUCK GIBT ES KEINE ZWEITE CHANCE.

Nr. 14: STELLE ALLE FRAGEN IN DER REIHENFOLGE IHRER WICHTIGKEIT.

Nr. 15: SEI SCHNELL, ABER HETZE NICHT.

Nr. 16: SIEH DEN MENSCHEN IMMER IN DIE AUGEN. SCHÜTTLE IHNEN SO DIE HAND, DASS SIE SICH DARAN ERINNERN.

Nr. 17: BEGINNE JEDEN TAG MIT DEN WORTEN: DAS LEBEN IST SCHÖN. SPRICH ES LAUT AUS, SELBST WENN DU ES NICHT FÜHLST, DENN DAS ERHÖHT DIE WAHRSCHEINLICHKEIT, DASS DU ES DOCH NOCH FÜHLST.

Nr. 18: WENN NR. 17 NICHT FUNKTIONIERT, SEI DANKBAR FÜR DAS, WAS DU HAST.

Nr. 19: WENN ALLES SCHIEFLÄUFT, BETRACHTE DIE KATASTROPHE ALS MÖGLICHKEIT AUFZUWACHEN.

Nr. 20: ES MUSS IMMER EINEN ZUSAMMENHANG ZWISCHEN ANHALTSPUNKT UND SCHLUSSFOLGERUNG GEBEN.

Nr. 21: DAS GLÜCK IST MIT DEN MUTIGEN.

Nr. 22: WENN DIR DER KOPF SCHWIRRT, MACH EINE LISTE.

Nr. 23: WENN ES ÄRGER GIBT, DENKE SCHNELL UND HANDLE ENTSCHLOSSEN.

Nr. 24: DU KANNST NUR DANN ETWAS VERÄNDERN, WENN DU AUCH DEINE MEINUNG ÄNDERN KANNST.

Nr. 25: NICHT DAS, WAS DU GLAUBEN SOLLST, IST WICHTIG – ES ZÄHLT NUR DAS, WAS DU GLAUBEN WILLST. ES KOMMT NICHT AUF DIE TINTE UND DAS PAPIER AN, SONDERN AUF DIE HAND, DIE DIE FEDER FÜHRT.

Nr. 26: EINMAL IST EINE BESONDERHEIT. ZWEIMAL IST EIN ZUFALL. DREIMAL IST EIN MUSTER. UND WIE WIR JA WISSEN ...

Nr. 27: ES GIBT KEINE ZUFÄLLE.

Nr. 28: DIE LEUTE SOLLEN DICH RUHIG UNTERSCHÄTZEN. SO WISSEN SIE NIE GENAU, WOZU DU FÄHIG BIST.

Nr. 29: MAN KANN ZUFALL AUCH ALS SYNCHRONIZITÄT AUFFASSEN.

Nr. 30: MANCHMAL WIRD MAN MIT EINEM SCHLÄGER NUR FERTIG, WENN MAN ZUERST ZUSCHLÄGT. UND ZWAR HART.

Nr. 31: MANCHMAL IST ES NICHT DAS SCHLECHTESTE, WENN MAN DICH FÜR VERRÜCKT HÄLT.

Nr. 32: SELBST DER GERINGSTE VORTEIL KANN DEN ENTSCHEIDENDEN UNTERSCHIED ZWISCHEN LEBEN UND TOD BEDEUTEN. DU SOLLTEST IHN NIEMALS VERSCHENKEN.

Nr. 34: TU SO, ALS WÜRDEST DU VERANTWORTUNG TRAGEN, UND DIE LEUTE WERDEN DIR GLAUBEN.

Nr. 35: GERADE IN ANSTRENGENDEN ZEITEN DARF MAN NICHT AUFHÖREN, SICH ANZUSTRENGEN.

Nr. 37: MUT IST NICHT DIE ABWESENHEIT VON ANGST, SONDERN DER WILLE WEITERZUMACHEN, OBWOHL MAN ANGST HAT.

Nr. 40: VERSUCHE NIE, DICH HERAUSZUREDEN.

Nr. 41: SCHLAF, WENN DU MÜDE BIST. KATZEN MACHEN NICKERCHEN, DAMIT SIE STETS FÜR ALLES BEREIT SIND.

Nr. 43: DAS MUTIGSTE VORGEHEN IST NICHT IMMER DAS KLÜGSTE.

Nr. 45: KOOPERIERE MIT DEN OBRIGKEITEN, ABER NENNE KEINE NAMEN VON FREUNDEN.

Nr. 46: WENN DU FREMDE WISSEN LÄSST, WAS DU EMPFINDEST, SIND SIE DIR GEGENÜBER IM VORTEIL.

Nr. 47: UNGEZÜGELTE WUT BRINGT DICH NOCH SCHNELLER UM ALS DUMMHEIT.

Nr. 48: BEGINNE NIE EINEN KAMPF, WENN DU IHN NICHT BEENDEN KANNST. UND ZWAR SCHNELL.

Nr. 49: WENN NICHTS ANDERES MEHR HILFT, ATME EINMAL TIEF DURCH.

Nr. 50: WENN CHAOS HERRSCHT, HALTE DICH AN DIE ROUTINE. SCHAFFE NACH UND NACH ORDNUNG.

Nr. 51: DAS EINZIGE, WAS DU NICHT VERLIEREN DARFST, IST DIE HOFFNUNG.

Nr. 52: WENN DU DAS EIS BRECHEN WILLST, LOBE DIE HEIMATSTADT DEINES GEGENÜBERS.

Nr. 53: UND SYMPATHISIERE IMMER MIT DEM FOOTBALLTEAM SEINER STADT.

Nr. 54: WENN DU NICHT PÜNKTLICH SEIN KANNST, DANN SEI ZU FRÜH.

Nr. 55: WENN DU BEI DER VORBEREITUNG VERSAGST, BEREITE DICH AUFS VERSAGEN VOR.

Nr. 56: AUFGEBEN IST EINFACH. BEENDEN IST SCHWER.

Nr. 57: WENN DU WISSEN WILLST, WAS IN EINER KLEINEN STADT ALLES PASSIERT, GEH ZUM FRISEUR.

Nr. 58: DER WAHRHEIT INS GESICHT ZU SCHAUEN IST LETZTENDLICH VIEL EINFACHER, ALS SICH SELBST ZU BELÜGEN.

Nr. 59: MANCHMAL FINDET MAN MEHR HERAUS, WENN MAN FRAGEN STELLT, AUF DIE MAN DIE ANTWORT BEREITS KENNT.

Nr. 60: WENN DIR DIE ANTWORT, DIE DU BEKOMMST, NICHT GEFÄLLT, HÄTTEST DU DIE FRAGE NICHT STELLEN SOLLEN.

Nr. 61: WENN DU WILLST, DASS ETWAS RICHTIG GEMACHT WIRD, MACH ES SELBST.

Nr. 62: WENN DU AN EINEM BESTIMMTEN ORT NICHT AUFFALLEN WILLST, TU SO, ALS WÜRDEST DU DORTHIN GEHÖREN UND HÄTTEST ZU TUN.

Nr. 63: DIE BESTEN LÜGEN SIND DIE, DIE EINEN ANTEIL VON WAHRHEIT ENTHALTEN.

Nr. 65: DER DÜMMSTE TYP IM RAUM IST DERJENIGE, DER DIR ALS ERSTER ERZÄHLT, WIE SCHLAU ER IST.

Nr. 68: UNTERSCHREIBE NIE EIN JURISTISCHES DOKUMENT, OHNE ES VORHER VON EINEM ANWALT PRÜFEN ZU LASSEN, DER FÜR DICH ARBEITET.

Nr. 70: WENN DU IN SCHWIERIGKEITEN STECKST, BESINNE DICH AUF DEINE STÄRKEN.

Nr. 72: WENN DU AN EINEN NEUEN ORT KOMMST, VERHALTE DICH SO, ALS SEIST DU SCHON EINMAL DORT GEWESEN.

Nr. 73: BEGREIFE DEN UNTERSCHIED ZWISCHEN TAKTIK UND STRATEGIE.

Nr. 74: 99 PROZENT DER DINGE, ÜBER DIE DU DIR SORGEN MACHST, TRETEN NIE EIN. BEDEUTET DAS, DASS ES HILFT, SICH SORGEN ZU MACHEN, ODER DASS ES EINE VÖLLIGE VERSCHWENDUNG VON ZEIT UND ENERGIE DARSTELLT? ENTSCHEIDE SELBST.

Nr. 75: WENN DU EINE SCHNELLE ENTSCHEIDUNG TREFFEN MUSST, HALTE DICH NICHT MIT DEN DINGEN AUF, DIE NICHT MACHBAR SIND, SONDERN KONZENTRIERE DICH AUF DAS, WAS MÖGLICH IST.

Nr. 76: WENN DU DIE OBERHAND GEWINNST, NUTZ DEINEN VORTEIL VOLL AUS.

Nr. 77: DIE SCHWEIZER ARMEE MAG KAUM DER REDE WERT SEIN, ABER VERLASS DAS HAUS NIE OHNE IHR MESSER.

Nr. 78: DIE KLASSIKER SIND AUS GUTEM GRUND KLASSIKER: SIE SIND KLASSISCH.

Nr. 79: MACH DEN SCHMERZ EINES ANDEREN NICHT ZUR QUELLE DEINES EIGENEN GLÜCKS.

Nr. 80: GEH BEHUTSAM VOR, WENN DU ETWAS VERKAUFEN WILLST. ÜBERZEUGUNG IST DIE KUNST, ANDERE GLAUBEN ZU MACHEN, DASS ES IHRE IDEE WAR.

Nr. 81: NIMM NIE MEHR, ALS DU BRAUCHST.

Nr. 82: OHNE EIN GEISTIGES LEBEN LEBT MAN EIN GEISTLOSES LEBEN.

Nr. 83: NUR WEIL DU PARANOID BIST, HEISST DAS NICHT, DASS NACHSICHT BESSER ALS VORSICHT IST.

Nr. 84: WENN SONST NICHTS FUNKTIONIERT, VERSUCH ES MIT SCHOKOLADE.

Nr. 86: SEI NIE NERVÖS, WENN DU DICH MIT EINEM HÜBSCHEN MÄDCHEN UNTERHÄLTST. TU EINFACH SO, ALS SEI SIE AUCH NUR EIN MENSCH.

Nr. 87: MÄNNER WOLLEN GESELLSCHAFT, FRAUEN WOLLEN MITGEFÜHL.

Nr. 88: HÖR IMMER AUF DIE PERSON MIT DER PFEIFE.

Nr. 91: ES GIBT KEINE GRENZEN FÜR DAS, WAS EIN MANN AUF SICH NEHMEN SOLLTE, UM DAS RICHTIGE MÄDCHEN ZU BEEINDRUCKEN.

Nr. 92: WENN DU WILLST, DASS JEMAND DIR MEHR ERZÄHLT, SAG WENIGER. HALTE AUGEN UND OHREN OFFEN UND MACH DEN MUND ZU.

Nr. 94: DIE MEISTEN ALLER WAFFEN UND GEGENSTÄNDE, DIE DU JEMALS BENÖTIGEN WIRST, FINDEST DU IM HAUS.

Nr. 96: LERNE DIE GRUNDRECHTE DER VERFASSUNG AUSWENDIG.

Nr. 97: WAS BRILLEN UND UNTERWÄSCHE BETRIFFT: REISE STETS MIT RESERVE.

Nr. 98: BETRACHTE DEIN LEBEN NICHT WIE EINEN FILM ODER ALS WÜRDE ES JEMAND ANDEREN BETREFFEN. DEIN LEBEN BETRIFFT DICH. UND ES BETRIFFT DICH JETZT – IN DIESEM MOMENT.

Nr. 100: BLEIB AM LEBEN.

ÖFFNE ALLE TÜREN UND ERWACHE.

WILLS LEBENSREGELN

Nr. 1: WENN DU WIRKLICH EIN GEHEIMNIS BEWAHREN WILLST, VERRATE ES NIEMANDEM.

Nr. 2: MAN SOLLTE IM LEBEN NICHTS ÜBERSTÜRZEN.

Nr. 3: WENN DU DEINE WAHREN GEFÜHLE VOR DEINEN FREUNDEN VERBERGEN MUSST, DANN SIND ES NICHT DEINE FREUNDE.

Nr. 4: WENN IRGENDEINE AUFGABE VON DIR VERLANGT, ES SO LANGE ZU VERSUCHEN, BIS DU STIRBST, SOLLTEST DU DEINEN PLAN VIELLEICHT NOCH EINMAL ÜBERDENKEN.

Nr. 5: HEILUNG DAUERT VIEL LÄNGER, ALS MAN DENKT. DIE GRÖSSTEN NARBEN SIND NICHT DIE, DIE MAN SIEHT.

Nr. 6: WER ETWAS NICHT KANN, SOLLTE ES LASSEN.

Nr. 7: UM GEISTIG GANZ GESUND ZU WERDEN, MUSS MAN MANCHMAL EIN BISSCHEN VERRÜCKTSPIELEN.

Nr. 8: TUE STETS DAS RICHTIGE UND RISKIERE DIE KONSEQUENZEN.

Nr. 9: ACHTE AUF DIE MINUTEN UND DIE STUNDEN ERLEDIGEN SICH VON SELBST.

Nr. 10: WENN DU EIN FREMDES LAND BESUCHST, SOLLTEST DU STETS DIE EINHEIMISCHEN SITTEN UND GEBRÄUCHE RESPEKTIEREN. ES SEI DENN, MAN VERSUCHT, DICH ZU FRESSEN.

Nr. 11: ES IST EGAL, WIE DU ES TUST. HAUPTSACHE, DU TUST ES.

Nr. 12: WENN DU ES MIT EINER ÜBERWÄLTIGENDEN ÜBERMACHT ZU TUN HAST, UNTERNIMM EINEN KLUGEN SCHRITT NACH DEM ANDEREN.

Nr. 13: LIES BÜCHER UND DU WIRST KLÜGER. LIES MENSCHEN UND DU WIRST WEISER.

Nr. 14: TAPFER SEIN, BEDEUTET WEITERZUMACHEN, AUCH WENN MAN ANGST HAT.

Nr. 15: EINE OFFENE TÜR IST ENTWEDER EINE EINLADUNG ODER EINE FALLE. AM BESTEN, MAN WEISS ES, BEVOR MAN EINTRITT.

Nr. 16: WENN DU DAS ENDE DES SEILS ERREICHT HAST, HÄNG NICHT RUM.

Nr. 17: HALTE DEINE FREUNDE IMMER IN DEINER NÄHE – UND DEINE FEINDE GUT VERSCHLOSSEN IN EINER TASCHE AUF DEM GRUND DES FLUSSES.

Nr. 18: NUR DIE LIEBE ZÄHLT. UND EIN PAAR FREUNDE, DENEN DU VERTRAUEN KANNST. EIN WENIG GLÜCK KANN AUCH NICHT SCHADEN.

Nr. 19: LASS NIEMALS JEMANDEN IM STICH.

Nr. 20: (von Ajay) Sie ist unser kostbarstes Gut, kostbarer als jeder Schatz Gottes, der Natur oder des Menschen. Sie lässt sich weder kaufen, verkaufen, eintauschen noch stehlen. Sie ist begrenzt und man weiß nie, wann sie abgelaufen ist. Deshalb darf man sie nicht verschwenden oder einfach verstreichen lassen und auf gar keinen Fall darf man je versuchen, sie totzuschlagen.

ES IST DIE ZEIT. NUTZE SIE WEISE. DENN WENN DU DIESE EINFACHE UND DOCH SCHWER ZU FASSENDE FÄHIGKEIT BEHERRSCHST, MEIN FREUND, DANN BIST DU WIRKLICH UND WAHRHAFTIG VOLLKOMMEN LEBENDIG.

Danksagung

Ich danke James Thomas, meinem Lektor *extraordinaire,* sowie Barbara Marcus, Michelle Nagler, Mallory Loehr, Jenna Lettice und John Adamo bei Random House Children's Books. Und wie immer geht mein Dank an meinen Freund und Agenten Ed Victor und natürlich an meine Frau Lynn, die den Mut, die Geduld und den Weitblick bewiesen hat, einen Brotschriftsteller zu heiraten.

Mark Frost

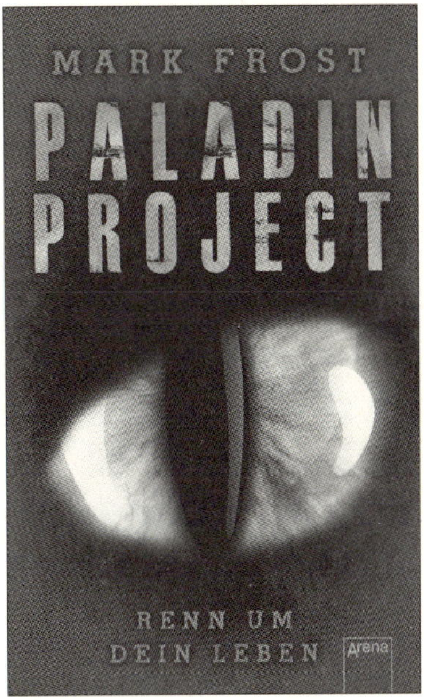

Paladin Project
Renn um dein Leben

Will West gerät mitten in den epischen Kampf der guten Mächte dieser Welt gegen das ultimativ Böse. Sein Vater ist spurlos verschwunden, die Frau, die zu Hause auf Will wartet, sieht zwar aus wie seine Mutter, aber sie agiert wie eine Fremde. Zum Glück hat Will Helfer an seiner Seite, deren Kräfte weiter reichen als menschliche Vorstellungskraft, und vier großartige Freunde, die keine noch so ungeheure Gefahr scheuen. Es beginnt eine dramatische Jagd – nichts Geringeres steht auf dem Spiel als die Zukunft der gesamten Menschheit!

Arena

576 Seiten • Klappenbroschur
ISBN 978-3-401-50794-1
www.arena-verlag.de

Mark Frost

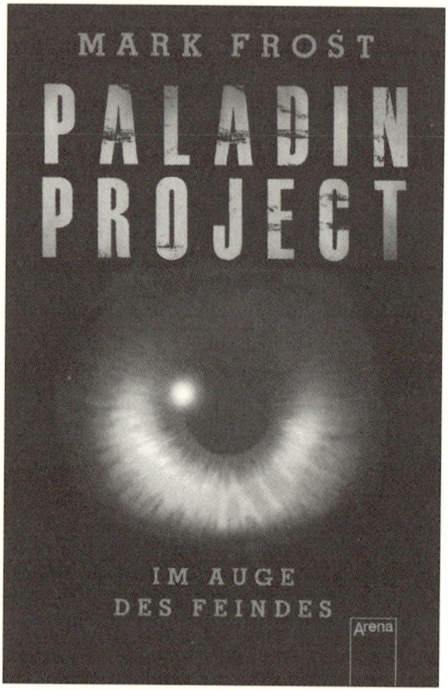

Paladin Project
Im Auge des Feindes

Will und seine Freunde verbringen die Sommerferien auf dem Campus. Sie wollen ihre neu erlernten Fähigkeiten perfektionieren und der geheimnisvollen Verschwörung, die sie entdeckt haben, auf die Spur kommen. Happy Nepsted, der seltsame Sportgerätewart, scheint etwas zu wissen. Doch er will erst reden, wenn Will und die anderen ihm einen Gefallen tun. Der Auftrag führt die Freunde tief unter die Erde. Was sie dort entdecken, lässt ihnen das Blut in den Adern gefrieren.

Manuela Martini

Die Insel

Der Job auf der Perlenfarm mitten im türkisblauen Pazifik scheint perfekt – bis Hannah eines Tages im Dschungel der Vulkaninsel auf einen verlassenen Bunker stößt. Und dort jene mysteriösen Worte aus dem Tagebuch ihrer leiblichen Mutter entdeckt, die sie bis in ihre Träume verfolgen: Mete bab ou alatranp – Prepare for what is coming!

Arena

400 Seiten • Klappenbroschur
ISBN 978-3-401-50864-1
www.arena-verlag.de

Auch als E-Book erhältlich